MISS AMELIA B. EDWARDS.

HISTOIRE
DE BARBARA,

TRADUITE LIBREMENT DE L'ANGLAIS

AVEC L'AGRÉMENT DE L'AUTEUR,

PAR

MME V^{VE} AMBROISE TARDIEU.

PARIS,
LIBRAIRIE DE FIRMIN-DIDOT ET CIE,
IMPRIMEURS DE L'INSTITUT, RUE JACOB, 56.
1882.

HISTOIRE
DE BARBARA,

PAR

Mme Z. TARDIEU.

PARIS,

LIBRAIRIE DE FIRMIN-DIDOT ET Cie,

IMPRIMEURS DE L'INSTITUT, RUE JACOB, 56.

1882.

HISTOIRE

DE BARBARA.

TYPOGRAPHIE FIRMIN-DIDOT. — MESNIL (EURE).

HISTOIRE

DE BARBARA.

———

Je me propose d'écrire l'histoire de ma vie...
c'est-à-dire l'histoire de mon enfance et celle de
ma jeunesse : car le roman de la vie est généralement terminé quand vient l'âge mûr, et au
delà ce qui nous reste à raconter, soit joie,
soit tristesse, ne saurait plus être que monotone.

Mon histoire commence donc et finit avec *ma
jeunesse!*... Il n'y a là que deux mots... et pourtant, au moment de commencer un travail qui
va durer bien des mois, ces deux mots ont le
pouvoir de retenir ma plume et de voiler mes
yeux de pleurs inaccoutumés; de ces pleurs qui
sont à la fois heureux et tristes, de ces pleurs au
travers desquels nous regardons tous notre enfance et son histoire, à moitié oubliées.

Oh! l'heureux temps!... Temps qui nous ap-

paraît comme une île tranquille au milieu des
ondes du souvenir.... Si loin de nous... et cependant si près!... devenu si étranger, et encore si familier!... Reviens, reviens! O heureux
temps! reviens illuminer ces pages d'un pâle
rayon du soleil de ce printemps, évanoui pour
toujours.

Je suis exaucée; le calme se fait autour de moi...
et comme celui qui préférant errer dans le
paisible sanctuaire des bas-côtés d'une église,
quitte les rues bruyantes, je me détourne des
tracas du présent, foule aux pieds les sombres
tristesses du passé, et donnant un soupir aux inscriptions gravées sur une ou deux tablettes fu-
néraires couvertes de poussière, je commence
l'histoire de ma vie toute pénétrée des souvenirs
de mon enfance.

CHAPITRE PREMIER.

Souvenirs d'enfance.

> « On rajeunit aux souvenirs d'en-
> fance comme on renaît au souffle du
> printemps. »
> BÉRANGER.

Quelquefois dans les faubourgs de Londres il
arrive que le hasard vous fait rencontrer certaine vieille maison à la tournure singulière, qui
évidemment, il y a quelques centaines d'années
a dû être une maison de campagne, et que la
ville a envahie; elle est là, tout interdite, environnée de rues nouvelles, comme un paysan dans
Charing-Cross. Il y en a beaucoup de ce genre.
Nous en avons vu souvent dans nos promenades. Elles ont un aspect triste et étrange. Les
ombres qui les entourent semblent plus noires
que celles de leurs voisines. Le soleil a l'air de
les éviter; et l'on s'imagine que si leurs murs
pouvaient parler ils raconteraient bien des choses. C'est précisément dans une maison comme
celles-là, située dans un faubourg, que je suis née.
Presque entièrement recouverte d'un manteau
de lierre foncé, entourée d'un jardin étroit qui

descendait par derrière jusqu'au canal, séparée
de la route par trois ou quatre ormes poudreux
et un mur bas, notre maison avait un air assez
triste et solitaire,... un air qui paraissait d'autant
plus triste et plus solitaire, par le contraste des
élégantes terrasses et des squares dont elle était
environnée. En dedans pourtant, elle semblait
plus gaie, ou du moins l'habitude nous la faisait
trouver telle. Des fenêtres d'en haut, on voyait
les collines de Hampstead. En été notre jardin
était couvert de gazon, et les lilas qui se penchaient vers le canal se couvraient de fleurs. Il
n'y avait pas jusqu'aux informes berges à charbon, où l'on travaillait lentement tout le long du
jour, qui n'eussent en elles-mêmes quelque chose
de pittoresque et d'agréable. D'ailleurs, quel est
l'endroit auquel de petits pieds d'enfants qui
montent et descendent incessamment les escaliers, des voix enfantines qui résonnent aux étages supérieurs, ne donneraient pas un aspect gai?

C'était une grande et vieille maison... trois fois
trop vaste pour notre usage... et que nous habi-
tions seuls; la plupart des chambres d'en haut
n'étaient pas meublées, et je me rappelle très
bien quel bel emplacement nous y trouvions le
jour pour nos jeux, et avec quelle terreur nous
passions devant quand il faisait noir. Là haut,
même quand notre père était au logis, nous pou-

vions faire autant de bruit que nous voulions. Le
terrain était à nous.. Et excepté une fois par an,
au moment du grand nettoyage, personne ne
nous disputait notre prérogative. On ne nous laissait vraiment que trop à nos instincts *pervers,* et
nous devenions sauvages, comme la semence qui
croît à côté du chemin.

Nous étions trois : Hilda, Jessie et Barbara.
C'est moi qui suis Barbara, et le jour de ma
naissance fut celui qui nous laissa toutes trois
orphelines de mère.

Mon père ne s'était pas remarié. Sa femme
avait été l'unique amour de sa vie, et quand elle
lui fut enlevée, il sembla qu'avec elle il eût perdu
la faculté d'aimer. Aussi il arriva que depuis notre plus tendre enfance nous n'eûmes d'autres
soins que ceux d'une servante fidèle qui nous
gâta tout son content, croyant que, comme le
roi, nous ne pouvions rien faire de mal. Nous
l'appelions Goody, mais son nom était Sarah Beever. Nous la tyrannisions, bien entendu; et elle
ne nous en aimait que davantage. Après tout,
son affection était la seule qui nous fût accor-
dée, et que ce fût sensé ou non, nous nous serions trouvées bien pauvres sans elle.

Notre père s'appelait Edmond Churchill. Il était
issu d'une bonne famille, avait reçu l'éducation
du collège et, à ce qu'on disait, avait dans sa

jeunesse dissipé une fortune considérable. Il s'é-
tait marié en voyant poindre son âge mûr. Ma
mère n'était pas riche ; on ne m'a jamais dit qu'elle
fût belle; mais il l'aima et tâcha, tant qu'elle
vécut, de la rendre heureuse à sa façon. — Trop
avancé en âge pour chercher à se créer une profession, même s'il avait eu le goût du travail, il
se trouva être dans cette vie sans but, sans espérances. Il ne lui fut même pas possible, comme
d'autres, de chercher une consolation dans la
société et dans l'éducation de ses filles, car, par
nature, il n'aimait pas les enfants; tous les char-
mes du foyer furent donc perdus pour lui. Misérable, stupéfié, se souciant aussi peu du présent
que de l'avenir, il languit ainsi quelques mois...
puis, comme on devait s'y attendre, retourna au
monde. Il renoua avec quelques-uns de ses anciens amis, qui, ainsi que lui étaient devenus
sérieux avec les années; il se fit recevoir d'un
club, prit goût aux dîners, à la politique et au
whist, devint quelque peu *un bon vivant*, et
se livra, à quarante-quatre ans, à tous les petits
vices égoïstes de cet âge. A l'époque dont je
parle il était encore beau quoiqu'un peu gros,
avec un teint fleuri. Il s'habillait avec une scrupuleuse élégance, soignait tout particulièrement
sa santé, et tirait grande vanité des proportions
parfaites de ses mains et de ses pieds.

Ses manières en général étaient froides et po-
lies; pourtant en société il plaisait généralement.
Il possédait même à un haut degré l'art de plaire,
et je ne me rappelle pas qu'il ait dîné à la maison un seul jour. Toutefois il avait fort à cœur
tout ce qui tenait à son chez lui, et ne négligeait
aucune circonstance pouvant se rapporter soit à
son nom, soit à sa lignée. C'est ce que d'un seul
regard jeté sur les murs de notre sombre salle à
manger et sur le grand corps de bibliothèque
en bois sculpté placé entre les deux fenêtres,
un observateur eût compris.

Là on pouvait voir l'ouvrage intitulé : *Histoire des anciennes et nobles maisons de Devon;*
on y laissait toujours cornée la page où il était
question des « Churchill d'Ash. » — Ici un exem-
plaire de ce livre rare intitulé : *Divi Britanici,*
écrit et publié par sir Winston Churchill en
1675. Plusieurs ouvrages sur les guerres du
temps de la reine Anne; cinq ou six vies différentes de *John Churchill, duc de Marlborough;*
la correspondance secrète de *la Duchesse de Marlborough;* les *Lettres de Chesterfield;* quelques vieux
exemplaires de *Blenheim de Philips,* etc., etc.
Mais ce n'était pas tout. Au-dessus de la cheminée et des deux côtés du buffet étaient suspendus : un portrait de l'illustre capitaine quand
il n'était que lord Churchill; et quelques vieil-

les gravures fort belles, des batailles de Ramil-
lies, Oudenarde et Malplaquet. Dans le vestibule
on voyait une grande étude en couleurs représentant Blenheim-house.

Mais quelque chose qui nous impressionnait
bien plus vivement que tout cela, qui, à nos
yeux d'enfants semblait bien plus respectable et
bien plus terrible, c'était une toile peinte occu-
pant la place d'honneur dans notre plus beau
salon. Cette œuvre d'art passait pour être le portrait d'un cousin issu de germain de mon père:
un Agamemnon Churchill, une haute autorité
en science héraldique, un chevalier de l'ordre
du Bain et l'un des hérauts d'armes les plus ho-
norables de Sa Majesté. Représenté là dans toute
la gloire de son costume officiel il avait si bien
l'air du valet de trèfle, qu'on l'eût dit tout récem-
ment tiré d'un gigantesque paquet de cartes. De
son cadre doré, sir Agamemnon Churchill rayon-
nait sur nous, et remplissait nos jeunes cœurs
d'étonnement et d'admiration. Nous nous deman-
dions humblement s'il était vraiment possible que
nous fussions de la famille de ce noble parent.
Pour nous, son rang venait immédiatement après
celui du roi Guillaume; nous nous plaisions même
à nous convaincre secrètement qu'il aurait pu
lui succéder dans un temps plus ou moins éloigné, et comme premier usage de ses royales

prérogatives qu'il aurait pu faire de notre père
un duc de Marlborough ou tout au moins un com-
mandant en chef, ou un lord maire de Londres.
Toutefois il était rare qu'il nous fût permis de
contempler la splendeur de sir Agamemnon et
de son brillant uniforme, car depuis la mort de
ma mère notre plus beau salon était toujours
fermé : on ne l'ouvrait que de temps à autre
pour le nettoyer. Mais précisément, cette manière d'agir, cet air de deuil et de solitude, ces
fenêtres sombres, ces meubles recouverts, la
poussière épaisse qui s'y incrustait de mois en
mois et par-dessus tout le sentiment mystérieux
d'une perte que nous n'étions pas en âge de comprendre, donnaient à cette pièce ainsi qu'à ce
portrait, un intérêt encore plus attachant.

Je me rappelle parfaitement combien de fois
il nous arrivait d'interrompre nos jeux dans le
jardin, pour venir en retenant notre souffle jeter un coup d'œil à travers les fentes des persiennes fermées; et comme nous baissions la voix
quand il nous fallait passer devant la porte.

J'ai dit que nous étions trois; mais je n'ai pas
expliqué que nous étions si rapprochées d'âge
que trois ans seulement me séparaient, moi la
plus jeune, de ma sœur aînée Hilda et quatorze
mois de ma seconde sœur Jessie. Les trois petites filles de mon père avaient surgi bien vite

autour de lui... et ma mère nous avait été enlevée, au moment où nous avions le plus besoin
d'elle.

Jessie était blonde et assez jolie; mais Hilda
était la beauté de la famille et la favorite de notre
père. Elle lui ressemblait en beaucoup plus brun,
avec .des traits plus délicats. Elle avait hérité du
même orgueil... elle était volontaire, impérieuse
et exerçait en même temps d'une façon précoce
la même irrésistible fascination; d'ailleurs fort
bien douée, — beaucoup mieux que Jessie et moi,
— elle apprenait avec une facilité surprenante.
Sous bien des rapports ma sœur Jessie était
moins avancée que moi. Elle n'avait ni la facilité d'Hilda ni ma persévérance, et manquait
d'ambition. Elle était entièrement dévouée à notre sœur aînée, se soumettant à tous ses capri-
ces, acceptant toutes ses opinions avec une foi
aveugle, digne d'une meilleure cause. Cette alliance entre elles était loin d'être favorable à
mon bonheur : Hilda et Jessie étaient tout l'une
pour l'autre, moi, je me trouvais exclue de la
confiance aussi bien de l'une que de l'autre.
Oubliant, ou faisant mine d'oublier, combien
nos âges différaient peu, elles me traitaient en
bé bé; m'appelant « la petite Barbara, » et affectant de tourner en ridicule tout ce que je disais
ou tout ce que je faisais. Quand, ne voulant pas

accepter ce patronage mortifiant, je repoussais
une compagnie qu'on ne m'offrait que pour jouer
à colin-maillard, ou au chat perché, on me re-
prochait d'être indifférente ou bien on me mettait de côté tout simplement, comme un être
triste et ennuyeux. Pour être juste, je ne crois
pas que mes sœurs aient eu jamais aucune idée
de ce qu'elles me faisaient souffrir; j'étais trop
fière pour le leur laisser voir, et quelquefois mon
chagrin pouvait bien me donner l'air maussade.
Ah! comme je me suis souvent sauvée dans une
de ces grandes chambres d'en haut, désespérée,
sanglotant, souhaitant voir mon cœur se briser
de façon à mettre un terme à mon chagrin!....
et cependant je gardais si bravement mon secret
que personne ne le soupçonnait, non, pas même
cette chère vieille servante en qui j'avais tant de
confiance et que j'aimais plus que tout au monde.

Les chagrins de l'enfance ne sont généralement pas profonds, le temps les apaise et ils ne
laissent pas de cicatrices. Mais pour moi, il n'en
fut pas ainsi. J'étais plus disposée à aimer et
aussi peut-être plus susceptible que la généra-
lité des enfants. J'aurais pu donner mon cœur
tout entier à mes sœurs, mais elles me repous-
sèrent... et ainsi l'éloignement entre elles et
moi qui eût pu être comblé d'un mot, s'agran-
dit avec les années et devint à la fin presque

irréparable. Quand j'arrivai à l'âge de neuf ou
dix ans je n'étais déjà plus une enfant. J'avais
perdu toute fraîcheur d'impression, — mon cœur
était glacé, — je ne me laissais aller à aucun de
mes premiers mouvements; je les repoussais
toujours. La solitude qui avait commencé par
être mon refuge, était devenue mon habitude;
et indifférente à ce qu'on disait de moi, je m'entendais traiter d'*étrange* et d'*insociable,* sans la
moindre émotion. Je m'étais approprié une des
mansardes, et comme personne ne m'en avait
disputé la possession j'y vivais parmi des occupations et des jeux de ma propre invention. Il
en résulta qu'excepté pendant les heures des repas, ou bien pendant les leçons, je vivais presque
entièrement seule. — Mon père ne savait rien
de cela, car il était toujours dehors et s'occupait fort peu de nos arrangements intérieurs.
Goody le voyait, s'en étonnait, mais m'aimait trop
pour aller à l'encontre de quelque chose qui
semblait me plaire; et mes sœurs, après m'avoir
taquinée et s'être moquées de moi tout à leur
aise, finirent par se lasser et par m'abandonner
à mes façons solitaires.

C'était là pour un enfant une triste vie qui
aurait pu avoir de fâcheuses conséquences sans
une circonstance que je regarderai toujours
comme plus qu'une bonne fortune. Un jour que

nonchalante et ennuyée, n'ayant rien à lire, ni
à penser, j'errais dans le haut de la maison, je
me ressouvins d'avoir vu une pile de vieilles
caisses emmagasinées dans un certain cabinet
noir, tout près de là, et l'idée me vint de regarder ce qu'il y avait dedans. La plupart étaient
vides, ou ne contenaient que quelques débris
de cordes pourries, des morceaux fanés d'étof-
fes et de damas et des liasses de comptes. Mais
dans l'une d'elles, la plus petite, celle qui pro-
mettait le moins, je découvris un poudreux trésor. Ce trésor consistait en trois ou quatre dou-
zaines de vieux bouquins, mangés par les vers,
liés en paquets de quatre ou six volumes et tous
couverts des taches produites par une moisissure
blanche. — Une compagnie des plus variées!
les Martyrs, de Fox, *l'Histoire de la Peste*, par
de Foë; les Poèmes de Waller; *les Lettres de
Bolingbroke sur l'histoire d'Angleterre,* et des ro-
mans, et des sermons, et une quantité d'autres
livres, composant la bibliothèque la plus singulière pour un esprit aussi jeune. — Naturellement je commençai par ce que je ne pouvais
comprendre, — mais j'étais décidée à récolter
plaisir et profit de ma trouvaille. — D'ailleurs,
comme les Arabes, j'étais convaincue que tout ce
qui était imprimé était vrai! — Je persévérai
donc; et bientôt les personnages de ce monde

fictif devinrent pour moi aussi réels que ceux
avec lesquels je vivais tous les jours. Par eux je
restai liée à l'humanité. Ils étaient mes amis,
mes professeurs, mes compagnons. — J'aimais
les uns, je haïssais les autres, aussi cordialement
que s'ils avaient pu, en retour, me rendre amour
ou haine; et la violence même avec laquelle je
m'identifiais à leurs chagrins, à leurs angoisses,
m'apprenait à oublier les miens. J'avais bien
d'autres livres plus à ma portée, mais ceux-là
étant à nous trois, se trouvaient dans la pièce
qui nous servait de classe, et, pour la plupart,
ce n'étaient que des contes moraux ou des ré-
cits de voyages, ouvrages qui ne supportent guère
d'être lus plus d'une fois.

Il fut donc fort heureux pour moi d'avoir trouvé
dans mes livres cette seconde vie; car j'étais une
petite créature bien isolée, douée d'un cœur rempli d'un besoin d'aimer qu'elle ne savait sur qui
répandre, et d'un naturel aussi bien disposé aux
larmes qu'aux sourires.

Mais je possédais encore un autre bonheur: —
un goût à demi développé, qui, bien que nourri
d'aliments aussi légers que ceux que je rencon-
trais sur mon chemin, devint en mûrissant avec
le temps une passion ardente et profonde, et eut
sur ma destinée une influence qu'aucun calcul
n'aurait su prévoir... je veux parler de l'amour

de l'art... de cet art qu'on nomme le divin, mais que je ne connaissais encore que sous sa forme la plus mesquine et la plus dépouillée. Ce goût alimentait les rêves de mon enfance et prêtait aux détestables illustrations éparpillées çà et là parmi les pages des *Martyrs* de Fox, ou de *la Géographie de* Goldsmith, ou d'autres ouvrages de même force, un intérêt bien peu mérité. Quelquefois j'essayais, à ma façon si imparfaite, de les copier soit avec un crayon, soit avec du charbon.

D'autres fois, même, je tentais de représenter les aventures de mes héros favoris, ou bien les paysages décrits dans mes livres de voyages. Les murs peints en blanc de ma mansarde, les couvertures et les marges de mes cahiers, tous les bouts de papier que je pouvais attraper étaient couverts d'ébauches dans lesquelles on aurait peut-être pu discerner l'amour du beau, mais dans lesquelles tout principe, soit en anatomie, soit en perspective, soit même en vraisemblance, était impitoyablement réduit à néant.

Mais de ceci, nous reparlerons dans l'avenir. O petit enfant! à qui il est donné d'être guidé par des parents aimants que tu es heureux! Heureux trois fois heureux, quand l'on prodigue à tes premières années chancelantes, les tendres encouragements, les doux reproches, les confidences et les consolations affectueuses!

Pour moi, j'avais perdu ma mère avant que
mes lèvres eussent été sanctifiées par ses baisers…. et si mon père ne me détestait pas, du
moins il me négligeait complètement. Dire combien je me suis émue et tourmentée au sujet de
ces affections que je ne pouvais jamais connaître, combien de fois je me suis réfugiée à l'heure
du crépuscule sur les genoux de la chère vieille
Goody, la suppliant de me raconter quelque chose
de ma mère, et comme j'écoutais alors, toute
baignée de larmes, que je dissimulais en me
sauvant…, dire comment il m'arrivait quelquefois, quand je réfléchissais à toutes ces choses,
d'entrer dans des accès d'amertume et de colère,
ou bien de m'endormir en sanglotant, la tête
posée sur un livre… n'a pas grand intérêt maintenant; et, si ce n'est pour jeter quelque lumière
sur certains passages de ma vie d'autrefois, il
ne vaudrait pas la peine d'en parler.

Hélas, j'en ai encore à dire bien plus long que
tout cela : L'interminable histoire de tous mes
travaux, de tous mes tâtonnements; est là devant
moi comme un paysage d'été, avec ses lumières
et ses ombres, ses plaines fatigantes, ses repos
verdoyants comme une carte déployée.. et tout
cela s'évanouit ensemble dans l'espace azuré.

CHAPITRE II.

Maintien et Discipline.

L'a sonnette de mon père retentissait violemment; c'était par une brillante matinée de mai, il était environ onze heures. Miss Whymper, qui venait nous donner des leçons tous les jours de neuf heures à midi, assise au haut bout de la table, corrigeait des exercices français. Nous, respectueusement retirées au pied de cette même table, penchées attentivement sur nos livres et nos ardoises, nous gardions un silence poli. Nous entendions toutes notre père qui fermait la porte de sa chambre à coucher et descendait l'escalier; mais c'était son habitude de se lever tard et de déjeuner tard; nous n'y faisions donc aucune attention. Nous l'entendions sonner aussi, sans nous en préoccuper davantage. Pourtant, les vibrations de la première sonnette commençaient à peine à s'éteindre quand un autre coup leur succéda... et celui-ci retentissait encore lorsque, la porte de la salle s'ouvrant, on entendit mon père qui appelait très fort avec impatience.

« Beever !... Beever ! faut-il donc que je sonne pendant une heure ? »

La réponse ne fut pas intelligible ; mais lui presque sans l'attendre :

« Quand cette lettre est-elle arrivée ?... Était-elle ici hier soir quand je suis rentré, ou l'a-t-on apportée ce matin seulement ?... Pourquoi ne me l'avoir pas montée avec l'eau pour ma barbe ?... — Où est Barbara ?... »

Toute saisie en entendant mon nom, je me levai sans quitter ma place, et attendis en retenant mon souffle. Mes sœurs, la tête toujours baissée sur leurs livres, avaient commencé par me jeter un coup d'œil, puis s'étaient regardées l'une l'autre...

« Soyez assez bonne, miss Barbara, » dit miss Whymper, sans même lever les yeux de dessus les exercices, « pour concentrer toute votre attention sur vos leçons.

— Je... je... c'est-à-dire papa... j'ai entendu...

— Soyez assez bonne pour ne rien entendre pendant les heures de classe, » interrompit miss Whymper en continuant à s'appliquer, toujours de la même façon glaciale sur les pages qu'elle avait devant elle.

« Mais papa m'appelle, et...

— Dans ce cas on vous fera demander. — Nous allons s'il vous plaît, Mesdemoiselles, nous occuper d'analyser l'idiome. »

Nous repoussâmes nos ardoises, chacune prit sa grammaire française et se prépara à écouter.

« L'idiome, » dit miss Whymper, se tenant droite et raide sur sa chaise, et donnant sa voix comme à son ordinaire un ton bas et monotone,... l'idiome est une manière familière et arbitraire d'employer les mots, qui, sans être en parfait accord avec les principes reconnus de...

« Barbara!... Barbara!... Venez ici. Dites à miss Whymper que j'ai besoin de vous. »

Je tressaillis encore une fois, et miss Whymper interrompue dans son discours, fronça les sourcils, inclina sa tête aussi peu que possible, et dit :

« Miss Barbara, je vous autorise à vous retirer. »

J'étais toujours émue en présence de mon père ; mais la façon étrange et soudaine dont il m'avait appelée, me rendit ce matin-là plus timide que d'habitude. Je courus en bas cependant, et me présentai toute tremblante à la porte de la salle à manger. — Il marchait à grands pas entre la table et la fenêtre... Son café était là, intact, dans sa tasse ; dans sa main il froissait une lettre ouverte. Quand il me vit à la porte, il s'arrêta, se jeta dans un grand fauteuil et me fit signe de m'approcher.

« Mettez-vous là, Barbara, dit-il en montrant du doigt un petit carré du dessin du tapis. »

Tremblante des pieds à la tête, je m'avançai et vins me poster où il me le disait, attendant ma sentence, comme le criminel.

« Hem!... pouvez-vous lever la tête? »

Je levai la tête, et la rebaissai de nouveau. Je rougissais, je pâlissais; il me semblait sentir le terrain se dérober sous mes pieds.

Mon père fit entendre une exclamation d'impatience :

« Grand Dieu! dit-il d'un ton bourru, quelle gaucherie! ne vous a-t-on jamais appris à vous tenir mieux que cela?.. Est-ce que vos bras sont des manches de pompes?... Quel est l'étranger qui s'imaginerait jamais.... Bon, bon, on n'y peut rien maintenant! — Dites-moi... avez-vous entendu parler une fois en votre vie de votre grand'-tante, qui demeure dans le Suffolk.

— Si elle a entendu parler de Mrs Sandyshaft? » s'écria Goody qui était restée tout debout près de la porte, tordant son tablier tout le temps entre ses doigts. « Je le crois bien! souvent et souvent...; et de Stoneycroft-hall aussi, n'est-ce pas, mon agneau? »

Trop interdite pour pouvoir parler, je fis signe que oui, et mon père reprit :

« J'ai reçu ce matin une lettre de votre grand'-tante, Barbara. La voici : Elle me demande de vous envoyer dans le Suffolk; et comme cela peut

être une fort bonne chose pour vous je vous permettrai d'y aller, quoique ce soit fort gênant pour
moi, souvenez-vous en bien, — très gênant pour
moi. »

Né sachant quoi répondre je baissai la tête en
balbutiant :

« Oui, papa.

— Il y a plusieurs années que je n'ai vu Mrs Sandyshaft, continua mon père. Par le fait... nous...
nous n'étions pas très bien ensemble. Mais elle
peut se prendre d'amitié pour vous, Barbara,...
et, elle est riche. Il faut essayer de lui plaire.
Vous partirez d'aujourd'hui en huit, si Beever
peut faire que vous soyez prête... Qu'en dites-
vous, Beever?

— Je n'ai pas besoin d'une semaine, Monsieur,
répondit de suite Goody.

« Si, si; c'est bien assez tôt dans une semaine.
Et, vous ne regarderez pas à une livre ou deux
de plus. Je veux qu'elle soit pourvue comme la
fille d'un gentleman, après tout. Non pas que ce
ne soit une grande gêne pour moi en ce moment.... oh! mais, une très grande gêne! »

Il s'arrêta; se mit à rêver; puis appuyant son
menton sur sa main il me regarda encore, et
soupira. Je suppose que ma vue n'avait rien de
satisfaisant, car plus il me regardait, plus sa physionomie s'assombrissait.

Tout d'un coup il se leva, repoussa son fauteuil et s'en alla se planter, le dos au feu, au beau milieu de la pierre du foyer.

« Beever, présentez mes compliments à miss Whymper, et dites-lui que je lui demande la faveur d'un moment d'entretien. »

Beever partit faire sa commission. Après quelques minutes d'un silence pénible, pendant lequel je n'osai bouger du carré qu'on m'avait indiqué dans le tapis, miss Whymper entra.

Mon père fit un profond salut; miss Whymper une révérence jusqu'à terre. J'avais souvent remarqué qu'ils étaient l'un pour l'autre d'une politesse étonnante.

« Mademoiselle, » dit mon père de son plus grand air et de sa voix la plus aimable, « bien que je me sois fait une loi de ne jamais distraire un moment de votre précieux temps, je me suis hasardé à vous interrompre ce matin, afin de vous demander votre avis sur... — Barbara, avancez un siège à miss Whymper. »

Miss Whymper fit une nouvelle révérence, pencha légèrement sa tête d'un côté comme un corbeau, et joignit ses deux mains comme si, à l'instar de l'alphabet simulé avec les doigts, elle avait voulu figurer un M.

« Je me propose, Mademoiselle, » poursuivit mon père, « d'envoyer Barbara passer quelque

temps chez une parente... — une parente riche
et assez excentrique, — qui vit à la campagne et
avec laquelle nous n'avons pas été en relations
depuis plusieurs années. Pour plusieurs raisons, miss Whymper, il serait important que
l'enfant produisît une impression favorable, et
je suis certain que pendant le peu de temps qui
va s'écouler entre le moment présent et celui de
son départ, je ne solliciterai pas en vain votre
coopération à ce sujet.

— Pour ce qui est en mon pouvoir, murmura
miss Whymper tapotant ses deux mains l'une
contre l'autre comme si elle voulait applaudir,
Monsieur Churchill peut toujours me donner ses
ordres. »

Mon père regarda les mains un peu rouges et
osseuses de miss Whymper, puis jeta un coup
d'œil sur les siennes, qui étaient particulièrement blanches et bien faites ; et, jouant négligemment avec sa chaîne de montre, il continua :

« Naturellement je sais bien qu'on ne peut
pas faire beaucoup en si peu de temps ; mais
que l'on puisse obtenir quelque résultat, c'est ce
que je me sens porté à espérer, connaissant...
- hem!... connaissant le mérite et le jugement de
la personne à laquelle je confie cette tâche. »

- Miss Whymper sourit du plus glacial des sourires et accueillit le compliment par un autre

salut, que mon père lui rendit immédiatement.

« Vous avez remarqué, sans aucun doute, Miss Whymper, » continua-t-il, « que la tournure de Barbara est essentiellement disgracieuse. Elle ne sait jamais que faire de ses pieds, et ses mains n'ont pas l'air de lui appartenir. Elle ne sait pas entrer, elle ne sait pas se tenir, elle n'a ni genre, ni grâce... Enfin rien en elle ne semble indiquer qu'elle est née d'un sang noble et d'une famille bien élevée. »

Sur quoi mon père lança par-dessus son épaule un regard dans la glace qui surmontait la cheminée, et se tut attendant une réponse.

Miss Whymper s'apercevant que je m'étais retirée derrière sa chaise, aussi peu en vue que possible, changea de position et se mit à me considérer attentivement.

« C'est parfaitement vrai, Monsieur, » soupira-t-elle après quelques minutes de silence. « Elle est lamentablement gauche, et pourtant sa sœur Hilda...

— Ah! si c'eût été Hilda! » s'écria mon père avec regret. Pourquoi n'a-t-on pas invité Hilda?

— Elle est si animée, si naturellement gracieuse, elle saisit tout si vite! » murmura miss Whymper applaudissant toujours sans faire de bruit.

« C'est la seule des trois qui me ressemble! »

ajouta mon père en jetant un nouveau regard sur la glace. .

« Ses traits ont tout à fait le type aristocratique, reprit miss Whymper; c'est bien là une enfant faite pour plaire à des étrangers! — Eh bien, après tout, nous pourrons faire quelque chose de miss Barbara; et peut-être en portant toute notre attention en ce moment de ce côté-là...

— C'est cela, précisément, Mademoiselle. Voilà ce que je désire.

— Et si Monsieur Churchill n'y voit pas d'inconvénients, en employant quelques exercices gymnastiques...

— Exactement, Miss Whymper, exactement.

— Je suis convaincue que j'arriverai à obtenir quelques petits progrès.

— Vous me rendrez, s'il en est ainsi, Mademoiselle, un grand service.

— Et si quelques légères dépenses étaient nécessaires...

— Vous ferez porter à mon compte tout ce qu'il vous faudra.

— Une planche dorsale, par exemple, et une paire d'altères?

— Je laisse tout à votre expérience et à votre discrétion, miss Whymper. »

Il fallait entendre le ton sur lequel mon père ar-

ticula ces derniers mots, qui avec un salut, termi-
nèrent la conversation. Miss Whymper se leva;
mon père maintint la porte ouverte tandis qu'elle
la franchissait. On échangea encore des saluts et
des révérences, puis quand l'institutrice fut partie, haussant les épaules avec mépris, mon père
revint se jeter de nouveau dans son grand fauteuil.

« Peuh!... » marmota-t-il; « gouvernante et
enfants... autant de maux nécessaires! Barbara,
vous pouvez retourner à vos leçons. Et dites à
Beever qu'elle m'apporte d'autre café. »

Cette conversation eût pour résulat de rendre
ma vie intolérable pendant les sept jours qui me
restaient à passer à la maison. On m'apprit à marcher, à rester debout, à donner la poignée de
mains. On me fit rester dans les blocs de bois,
et porter la planche dorsale jusqu'à ce que je
fusse sur le point de m'évanouir.

On me plaçait devant un miroir, et je devais
faire des révérences à mon image pendant une
demi-heure. On me faisait répéter ma première
entrevûe avec ma grand'tante vingt fois par jour;
ma grand'tante étant représentée par une chaise,
tandis que miss Whymper se tenait tout debout
à côté pour diriger la manœuvre. Tout ceci était
pénible, me tourmentait, et en même temps prêtait à rire.

Quant à Hilda et Jessie, elles ne me laissaient plus un instant de paix du matin au soir ; et quand notre gouvernante n'était plus là elles me contrefaisaient avec de grands saluts, s'informant perpétuellement de ma santé et de celle de ma grand' tante, espérant humblement que lorsque j'aurais hérité de Stoneycroft-hall et que je serais devenue une grande dame, je ne serais pas trop fière et voudrais bien m'occuper de mes pauvres parents !

Ainsi se passa cette fatigante semaine ; et sans la chère et bonne Goody qui me réconfortait et me consolait dans toutes mes épreuves, je ne sais vraiment pas comment j'aurais pu la supporter jusqu'au bout. Je la supportai pourtant ; mais brisée, disloquée, jusqu'à la dernière limite du possible, je saluai d'une bénédiction le matin de mon départ, qui m'apportait comme une impression de liberté à venir.

CHAPITRE III.

En route.

Assise dans un coin de la voiture de Suffolk, Goody toute en larmes, cramponnée après la portière tandis que le conducteur disant que la diligence allait partir immédiatement, insistait pour la faire descendre, je sentais que j'étais vraiment une pauvre petite voyageuse, bien seule.

J'avais quitté la maison de si bonne heure que personne ne s'était réveillé pour me dire adieu : J'avais à peine dormi, je n'avais pas touché à mon déjeuner, et, pis que tout cela, ma fermeté m'échappait... Il y avait dans mon gosier une grosseur qui allait infailliblement éclater en sanglots au premier mot que je dirais.

« Voyons, Madame, pour la dernière fois, s'il vous plaît, » dit le conducteur avec impatience.

« Quatre-vingts milles au moins! sanglota Goody en se cramponant de plus belle... « Oh! mon cher agneau, quatre-vingts milles, pour le moins!

— Ma foi, c'est vous qui l'aurez voulu, grommela le conducteur avec un juron, tout en.montant sur son siège. Vous allez être jetée par terre, aussi vrai que vous êtes une chrétienne ! »

Sur ce, après m'avoir étouffée dans une dernière étreinte frénétique, Goody arrachée de la portière par un passant compatissant disparut tout à coup.... mais pour reparaître aussi soudainement au moment où la voiture partait, en criant :

« Adieu ! adieu ! ma chérie !.. Mangez votre argent et faites bien attention à vos sandwiches ! »

Ne me sentant pas assez de voix pour répondre, je ne pus que me pendre à la fenêtre de la portière en agitant ma main.

. . . .

Qu'il fut long ce voyage de toute une journée, seule, au milieu d'étrangers ! Mes compagnons de route étaient au nombre de quatre : Le père, la mère, et leurs deux filles. Comme ils causaient gaiement tandis que je pleurais tout bas ! — La matinée était grise, froide, d'une humidité désolante, qui s'attachait aux vitres ; heureusement vers le milieu du jour le soleil s'étant mis à briller dans toute sa gloire, la vue de la campagne me rendit un peu de courage, et le sommeil aidant, je vis enfin arriver la fin de cette interminable journée. Comme le crépuscule commençait à se changer en nuit, la voiture s'arrêta

2.

devant la grille ouverte d'une maison dont je
ne pouvais voir que la silhouette et les fenêtres
éclairées.

Le conducteur sauta à terre, ouvrit la portière
toute grande, et deux personnes, un homme et
une femme, se hâtèrent de franchir le sentier.

« Une petite fille et une malle, ainsi que c'est
enregistré, » dit le conducteur en me prenant
dans ses bras et en me déposant sur la route,
comme si j'étais une autre malle à délivrer à l'a-
dresse indiquée.

« Venant de Londres? » demanda la femme
d'un ton aigre.

« Venant de Londres, » répondit le conducteur escaladant déjà son siège. « Tout y est,
n'est-ce pas? »

« Tout y est. »

Tandis que la voiture se replonge dans les ténèbres, l'homme charge ma malle sur ses épaules comme si c'était une plume, et la femme
qui, à cette clarté incertaine, semble étrangement décharnée et en cheveux gris, me saisit
par le poignet, et fait de telles enjambées vers la
maison que mes membres fatigués et crispés
peuvent à peine la suivre.

Toute malade, tout effarée, on m'introduit
brusquement dans une chambre fort gaie, où la
table est mise comme pour le thé du souper,

l'air est rempli d'un délicieux parfum de fleurs et
de café; et... et... tout à coup, au moment même
où je regarde tout cela, ce parfum, ces objets se
brouillent devant mes yeux... disparaissent tous
ensemble, et je ne me souviens plus de rien.

Combien a pu durer mon état d'inconscience,
je n'en sais rien; mais quand je reviens à moi
je me trouve couchée sur un sofa... on m'a ôté
mon manteau et mon chapeau; j'ai les yeux et la
bouche tout remplis d'eau de Cologne, les mains
me cuisent sous une volée de claques que m'ad-
ministrent d'un côté une jeune femme rou-
geaude et de l'autre la même personne décharnée qui m'a amenée de la voiture. Voyant que
j'ouvre les yeux, toutes deux s'arrêtent; et la
dernière, faisant un pas ou deux en arrière
comme pour mieux me contempler met sur son
nez une massive paire de lunettes d'or, me regarde attentivement pendant quelques secondes,
et dit à la fin :

« Eh bien, qu'est-ce que ça signifie, ça, maintenant? »

N'étant pas préparée à une question si brus-
que, je reste comme fascinée par ces yeux gris,
brillants, et ne puis articuler une seule syllabe.

« Êtes-vous mieux ? »

Toujours silencieuse je fais « oui » faiblement
avec la tête en évitant de la regarder.

« Allons, suis-je donc un serpent? Êtes-vous muette, enfant ? »

Je me demande pourquoi elle me parle ainsi; faible, exténuée comme je le suis, que puis-je faire si ce n'est d'essayer de répondre? mais c'est en vain... et succombant sous l'effort j'éclate de nouveau en sanglots. Là-dessus elle fronce les sourcils, ôte ses lunettes, secoue la tête d'un air fâché, et tout en disant : « Voici qui est fait pour aggraver ma position.... oui, certainement! » elle se retire vers la fenêtre où elle reste à regarder dehors dans la nuit sombre avec un air fort mécontent. Cependant la jeune femme, dont la figure rose respire la bonté, passe sa rude main sur mes joues humides, essuie mes larmes avec son tablier, et se penchant vers moi avec son doigt sur ses lèvres, me dit tout bas de ne plus pleurer.

« Cette enfant meurt de faim, dit l'autre, revenant tout à coup; voilà tout ce qu'elle a. Elle meurt de faim, je le vois; je ne veux pas qu'on me contredise; vous m'entendez, Jane? Je ne veux pas qu'on me contredise.

— En vérité, Madame, je le crois comme vous, » répondit Jane; « elle est fatiguée aussi, la pauvre petite.

— Fatiguée et affamée!... Miséricorde! alors pourquoi ne mange-t-elle pas? Il y a là de quoi nourrir une douzaine de personnes! Enfant, qu'est-ce que vous voulez?... du jambon?... du pâté de volaille?... du pain?... du beurre?... du thé?... du café?... de l'ale? »

Trop anéantie pour pouvoir, même maintenant parler tout haut, par le mouvement de mes lèvres j'exprime le mot « café, » plutôt que je ne le prononce, et après cet effort je retombe harassée en fermant les yeux.

Le premier pas est toujours le plus difficile; mais bien nourrie et bien soignée par la jeune femme je me sens bientôt mieux;... je deviens plus brave et parviens à me tenir assise, tandis qu'on me sert une tranche de pâté.

On comprendra aisément par quelles transitions je passai fort agréablement du pâté au jambon, du jambon à une seconde tasse de café... et de la seconde tasse de café encore une fois au pâté. Tout me paraît délicieux; et la vue même de la femme de charge décharnée, qui se tient assise de l'autre côté de la table avec son menton dans la paume de ses mains et ses yeux rivés sur moi, ne peut gâter mon bonheur.

Car il n'est pas douteux que ce ne soit là une femme de charge; ces lourdes lunettes d'or, cette robe de couleur sombre, ce bonnet si simplement garni ne peuvent appartenir qu'à une femme de charge. — Je me demande, à part moi, pourquoi elle est si désagréable; et pourquoi étant aussi désagréable, ma tante la garde à son service; puis, où peut bien être ma tante? pourquoi elle n'est pas encore venue me voir? comment elle me recevra quand elle viendra? et si j'aurai assez de présence d'esprit pour me rappeler toutes les révérences que l'on m'a dressée à faire, ainsi que tous les discours qu'on m'a enseignés... et je me retrouve mangeant comme si de rien n'était, et même regardant de temps en temps mon vis-à-vis sans trop de craintes.

Mon repas terminé, et le silence de mort avec lequel il s'est accompli continuant toujours, Jane dessert la table, ferme au dehors, prépare la lampe, roule mon sofa au coin du feu, et disparaît. Laissée seule alors avec les chiens qui dorment et la femme de charge, qui, elle, a l'air de n'avoir jamais dormi de sa vie... je trouve la soirée assommante. J'observe aussi que cette femme continue à me regarder avec ce même air imperturbable et refrogné, et ne voyant aucun livre, il me vient à l'idée qu'un peu de conversation serait peut-être accepté, et que comme je suis là nièce de sa maîtresse, c'est à moi de parler la première.

Je commence donc après une longue hésitation :

« S'il vous plaît, Madame.

— Hein ! »

Quelque peu déconcertée par la rudesse et la soudaineté de l'interruption, je m'arrête, puis je reprends :

« S'il vous plaît, Madame, quand est-ce que je verrai ma tante ?

— Hein ?... Quoi ?... Qui ?...

— Ma tante, s'il vous plaît, Madame.

— Miséricorde ! Et, je vous prie, qui croyez-vous donc que je suis ?

— Vous, Madame ?... et je balbutie avec un malaise impossible à décrire : N'êtes-vous pas... n'êtes-vous pas la femme de charge ? »

Dire que de derrière ses lunettes elle me regarde d'un air hagard, que la parole lui manque, et qu'elle devient tout à coup aussi raide aussi rigide sur son siège qu'il est possible de l'être, c'est ne donner qu'une faible idée de l'étonnement avec lequel elle reçoit cette observation.

« Moi ! s'écrie-t-elle en suffoquant. Moi !... Seigneur Dieu ! enfant... je suis votre tante ! »

Je sens que je perds contenance ; en un instant je deviens rouge, puis pâle, puis brûlante, puis glacée... les oreilles me tintent, le cœur me manque... je ne peux ni parler, ni penser.

Suit un terrible silence, et au beau milieu de ce silence, sans aucun avertissement, ma tante part d'un éclat de rire qui me semble horrible, et dit :

« Barbara, venez m'embrasser. »

J'éprouve un tel soulagement, — car j'aurais, je crois, embrassé volontiers un kangourou en ce moment, que me levant bien vite je vais poser mes lèvres enfantines sur sa joue décharnée portant sur mon visage toute la reconnaissance que je n'ose exprimer. A mon grand étonnement elle m'attire plus près de ses genoux, passe une de ses maigres mains dans ma chevelure, et, non sans affection, regarde jusqu'au fond mes yeux émerveillés, en murmurant plutôt pour elle-même que pour moi, le nom de « Barbara! »

Mais ces façons douces durent peu; et comme si elle avait honte d'y avoir cédé, elle me repousse, fronce les sourcils, branle la tête et dit d'un air tout à fait fâché :

« C'est bon, enfant; tout ceci n'a pas le sens commun; il est temps d'aller vous coucher. »

Donc, avec la bonne assistance de Jane je vais me coucher, et avec reconnaissance, car de ma vie je ne me suis sentie aussi fatiguée.

C'est une grande chambre, avec un grand lit au milieu... un lit si doux et si large que je disparais complètement dans ses puissantes profondeurs, et m'y perds jusqu'au matin.

CHAPITRE IV.

Nous faisons mieux connaissance, ma tante et moi.

Jours naïfs, plaisirs purs,
emportés par le temps!
J. REBOUL.

« Vous vous appelez Bab. — Souvenez-vous de cela, » dit ma tante avec un petit geste délibéré.

Elle semblait plus refrognée que jamais tandis qu'elle s'asseyait si raide, derrière la bouillotte du thé. Et voici le seul bonjour qu'elle m'accorda. — Un fauteuil vide m'attendait au bas de la table... et quel fauteuil! il avait un dossier très élevé, tout droit et sculpté avec d'énormes bras auxquels mon menton arrivait tout'juste ; ses pieds, qui ressemblaient à des colonnes de lit, étaient si élevés et mes jambes si courtes, que mes pieds pendaient à un demi-yard de la terre. Ressentant fort péniblement mon extrême petitesse et encore plus péniblement le regard pénétrant que ma tante fixait sur moi, je faisais tout au monde pour remplir convenablement ce meuble, et pour paraître aussi grande que possible.

« Bab, dit ma tante, qu'est-ce qui vous a fait

croire que j'étais la femme de charge ? » J'avais
commencé à déjeuner en appréciant assez agréablement toutes les bonnes choses étalées devant
moi, mais cette question m'enleva mon appétit
comme si on avait soufflé dessus.

« Je... je... je ne sais pas, Madame, » répondis-je en balbutiant.

« Sottise, Bab ; vous le savez fort bien. Je le
vois sur votre figure, et je ne veux pas qu'on me
contredise !

— S'il... s'il vous plaît, Madame...

— Non, il ne me plaît point ; qu'est-ce qui
vous a fait croire que j'étais la femme de
charge ?... Est-ce ma robe ?

— Oui, Madame ; je le crois.

— Trop minable, hein ?

— N... non, Madame... pas minable, mais...

— Mais quoi ? Il vous faut apprendre à parler
franchement, Bab. Je déteste les gens qui hési-
tent.

— Papa m'avait dit que vous étiez si riche,
et...

— Ah ! il vous a dit que j'étais riche ?...
Riche !... oh ! oh !... et quoi encore, Bab ; quoi de
plus ?... Riche, vraiment ! allons, dites-moi tout ;
que vous a-t-il dit encore, après vous avoir dit
que j'étais riche ?

— Ri... rien de plus, Madame ; » répondis-je,

toute saisie et toute confuse de cette véhémence
soudaine. « En vérité, rien de plus.

— Bab!... » dit ma tante en laissant tomber
sa main si lourdement sur la table que les tasses et les soucoupes résonnèrent les unes contre
les autres : « Bab, ceci est faux! S'il vous a dit
que j'étais riche, il vous aura dit aussi de
vous arranger pour accaparer mon argent un
jour ou l'autre! Il vous aura dit d'être bien ser-
vile, de me cajoler, de me faire la cour... pour
vous insinuer dans mes bonnes grâces... afin de
bénéficier à ma mort... — Il vous aura dit de
devenir menteuse, flatteuse, enfin une men-
diante! Et pourquoi?... parce que je suis riche;
oui, oui, parce que je suis riche! »

Je restais là, assise, comme si j'étais changée
en pierre; ne comprenant qu'à demi ce qu'elle
voulait dire, et incapable de proférer une syllabe.

« Riche!.. vraiment!... » continua-t-elle s'excitant de plus en plus au son de ses propres paroles, et allant et venant de la fenêtre à la table
comme une possédée. Ah! ah! nous verrons
bien!... nous verrons bien! Écoutez-moi, enfant :
Je ne vous laisserai rien... Non, pas un liard!...
N'attendez donc rien... N'espérez donc rien!.. Si
vous êtes bonne et sincère, et si je vous aime,
tant que je vivrai je serai pour vous une amie;
mais si vous vous montrez rapace et fausse, si

vous me mentez, je vous mépriserai... entendez-
vous? — Je vous mépriserai... je vous renverrai
chez vous... et jamais plus je ne vous parlerai,
ni ne m'occuperai de vous!... Mais dans tous les
cas, ma mort ne vous rapportera rien... rien...
rien... rien! »

Je sentais mon cœur gros à m'étouffer... Je
tremblais des pieds à la tête... J'essayai de parler, mais les paroles semblaient vouloir m'étran-
gler.

« Je n'ai nulle envie de votre argent! » m'é-
criai-je avec ardeur. « Je... je ne suis pas rapace!... je ne vous ai jamais menti... non, pas
une fois! »

Ma tante s'arrêta court, et me regarda sévèrement comme si elle avait voulu lire dans le fond
de mon âme.

« Bab, dit-elle, voudriez-vous dire que votre
père ne vous a pas parlé des intentions que je
pouvais avoir à votre égard en vous faisant venir? Prétendez-vous qu'il ne vous a rien dit?...
Non, pas un mot?

— Il m'a dit que cela pouvait être pour mon
bien,... il a dit à miss Whymper de m'apprendre à faire la révérence et à mieux marcher, à
savoir mieux entrer dans une chambre... il m'a
dit qu'il souhaitait que je vous plussse. Et çà a
été tout! Jamais il ne m'a parlé ni d'argent, ni de

mort, ni de dire des mensonges.... non, jamais!

— C'est bon; c'était là ce qu'il voulait dire! rétorqua aigrement ma tante; c'était là ce qu'il voulait dire! »

Toute rouge et toute tremblante dans ma colère d'enfant, je sautai en bas de mon fauteuil, et me plantant devant elle en la regardant bien en face :

— Non, il n'a pas voulu dire cela!. m'écriai-je. Comment osez-vous parler ainsi de papa?... Comment osez-vous... »

Je n'en pus dire davantage; terrifiée de ma propre impétuosité, je balbutiai, couvris ma figure de mes deux mains et éclatai en sanglots.

« Bab! dit ma tante; sa voix était altérée; ma petite Bab!.. et me prenant tout à coup dans ses bras, elle m'embrassa sur le front. »

Ma colère tomba à l'instant. Il y avait dans le son de sa voix, dans son baiser et dans mon propre cœur, quelque chose qui sollicitait une prompte réponse; et me blottissant dans ses bras, j'y sanglotai violemment. Alors s'asseyant, elle m'attira à elle, me prit sur ses genoux, de sa main lissa mes cheveux, et se mit à me consoler comme elle eût fait pour un petit bébé..

« Si brave, » dit-elle, « si fière et si honnête!...

Bon, ma petite Bab, vous et moi nous serons bons amis. »

Et nous fûmes amies, à partir de ce moment.
Car de ce moment il naquit entre nous une confiance et une affection mutuelles. Trop profondément émue pour pouvoir répondre un mot, je
me pressai contre elle, tout en m'efforçant de
calmer mes sanglots. Elle me comprit.

« Allons, dit-elle après quelques secondes de
silence, allons voir les cochons. »

Et là-dessus, détachant mes bras de son cou et
me posant brusquement à terre, elle sonna.

« Mes cochons, Bab, » dit-elle, « c'est ma ma-
rotte. J'en ai une centaine là-bas; ils attendent
leur nourriture. J'en garde toujours une centaine,
et je vais moi-même assister deux fois par jour
à leurs repas. Ne voulez-vous pas venir avec
moi?

— Oh! si, Madame, très volontiers.

— Ne m'appelez pas *Madame*, je n'aime pas
cela. Appelez-moi ma tante. — Jane, apportez-
moi mes bottes et mon fouet.

Le fouet était un petit fouet court et fort, avec
une lanière en cuir; et les bottes étaient bien
les plus étonnantes que j'eusse jamais vues. Jane
les apporta comme une chose toute simple et
ma tante les mit. Elles avaient des talons de fer,
des semelles épaisses d'un demi-pouce et montaient bien au-dessus de ses chevilles. Il semblait qu'elles eussent dû être à la Wellington

dans leur origine, mais on les avait légèrement
raccourcies et fendues du haut en bas sur le devant, de façon à permettre de les boutonner. Une
fois ces bottes mises, ma tante releva sa jupe tout
autour d'elle, et compléta sa toilette par l'addi-
tion d'un énorme chapeau de soie verte orné
d'un voile de même couleur qu'elle trouva pendu
à une patère dans le vestibule.

« Vous voyez, Bab, » dit-elle, « je suis une
fermière. Tout mon bien consiste en fermes. Je
cultive celle-ci et je loue le reste. Je fais mes affaires moi-même ; et comme je ne fais jamais
rien à demi, je vends, j'achète, je vais au marché, je tiens moi-même mes livres, et ne m'en
rapporte qu'à mes propres yeux. — Quelques-
uns en rient, mais je les laisse rire, en leur souhaitant encore plus de plaisir. — Ceci est mon
verger ; là-bas c'est la cour de la ferme. Mais ce
n'est pas là que nous allons en ce moment. Les
cochons attendent.

Tout en parlant ainsi ma tante me montrait
le chemin à travers un large espace herbeux,
où les dindons se pavanaient la tête en l'air, où
les poules caquetaient ayant à leurs talons tout
une couvée de petits poussins jaunes, et où les
arbres fruitiers étendaient une ombre verte. —
J'aurais pu rester des heures dans ce délicieux
endroit, mais ma tante me fit franchir une petite

porte sur la gauche, traverser une cour où un
jeune garçon fendait du bois, puis une autre
porte qui me mena dans une autre cour, toute tapissée de paille, entourée de fort jolies étables à
cochons bâties en briques, et aussi remplies de
ces animaux qu'il était possible au bâtiment
d'en contenir.

« Les voici ! » dit-elle avec une horrible satisfaction, « les voici ! »

C'était bien eux en effet ; — cochons de toutes
les tailles, de tous les âges et de tous les caractères. Il y en avait des noirs, des blancs, des ta-
chetés, des petits, des gros, des gras, des maigres, les uns avec des queues frisées, d'autres
sans queue du tout. Assez tranquilles tant que
nous n'entrions pas dans la cour, ils n'eurent pas
plutôt aperçu le grand chapeau vert de ma tante,
qu'entonnant le chœur le plus épouvantable
qu'on puisse s'imaginer, ils se précipitèrent sur
nous avec une rapidité telle, que le service du
fouet ne se fit pas attendre, ce qui en renvoya
quelques-uns en criant. — Mais la grande affaire
était de voir administrer leur nourriture, et d'assister au perpétuel renouvellement du contenu
des énormes auges rondes ; de voir se former
les grands cercles de toutes ces queues en l'air,
frémissantes d'excitation ; de contempler les
joyeux désordres qui, de temps à autre écla-

taient parmi les plus jeunes membres de la compagnie, les coups de dents de l'amitié, les fu-
gues et les batailles qui venaient faire diversion
aux intérêts plus graves.

Pendant ce temps ma tante allait et venait son
fouet à la main, inspectant l'état des étables, la
qualité de la nourriture; grondant les domestiques de la ferme; discutant sur la farine de haricots et sur celle de pois; donnant des ordres
pour que l'on passât un anneau dans le nez à
toute une jeune famille; condamnant deux misé-
rables individus de croissance moyenne à être
séquestrés solitairement, et enfin, pour terminer,
m'emmenant visiter dans une cour voisine une
farouche douairière, qui, la veille au soir avait
doté la société de quinze petits, tous noirs comme
du jais, et pas plus gros que des petits chats.

Après avoir vu les cochons nous nous en allâmes aux étables, nous fîmes le tour de la cour
aux taureaux, puis nous cheminâmes assez longtemps pour atteindre un champ de trèfle qui s'é-
tendait sur la pente de la colline et où l'on voyait
plus de trois cents brebis avec leurs petits agneaux
blancs gambadant autour d'elles. — Et pendant toute cette excursion les yeux vigilants de
ma tante étaient à la fois sur chaque objet et sur
chaque individu. Rien ne lui échappait. A son
approche il n'y avait pas dans toute la propriété

un seul domestique qui ne tressautât en se re-
mettant à l'ouvrage... Non seulement elle paraissait inspirer beaucoup de respect, mais aussi
un peu de terreur.

A midi nous rentrions pour goûter; à quatre
heures nous dînions, et, après le dîner, ma tante
me mettait entre les mains le *Times* en me priant
de le lui lire, tandis que, s'asseyant dans la bergère elle prenait son tricot. Ce n'était pas amusant; mais je m'en acquittai à mon honneur et
reçus des compliments sur la netteté de ma dic-
tion.

A sept heures, après le thé, nous fîmes un tour
dans les jardins et dans le verger jusqu'à près
de neuf heures, heure à laquelle ma tante m'en-
voya coucher. Tel fut l'emploi de mon premier
jour à Stoneycroft-hall; et il en fut ainsi pendant
des semaines et des mois. Quelquefois nous allions passer la soirée au presbytère... d'autres
fois c'était le vicaire ou le docteur qui nous tombait à l'heure du thé; mais à part ces légères va-
riantes le programme demeurait le même.

Au bout de quelques semaines ma tante me
montra la marche du jeu du whist, et chaque soir
nous faisions un double « mort », pendant une
heure après le thé. C'était une vie tranquille mais
très heureuse... d'autant plus heureuse qu'elle
était monotone, et d'autant plus agréable qu'elle

était retirée. Le calme, le bon air, les heures mati-
nales, tout ce changement de vie semblait me
donner des forces et me faire grand bien. Tout
ce qui se passait dans la cour de la ferme ou dans
les champs me ravissait. Chaque heure était un
congé... Je respirais la joie. Guérie de mes goûts
solitaires, je devenais tous les jours plus fraîche,
plus de mon âge, et plus accessible aux bonnes
influences. Être délivrée de la direction de miss
Whymper ainsi que de la mesquine tyrannie de
mes sœurs c'était certes beaucoup, mais vivre
au milieu de la verdure, entourée de visages
amis, c'était encore plus. Chaque jour ajoutait à
l'amitié qui s'établit entre ma tante et moi, —
chaque jour je l'aimais davantage, elle, sa vieille
maison et tous ses alentours.

Mais ceci me rappelle que je n'ai pas encore
décrit Stoneycroft-hall.

Pourquoi on appelait la maison Stoneycroft
hall (1)? c'est tout à fait un mystère; jamais nom
ne fut plus mal approprié; il n'était justifié par
aucune apparence de stérilité, ni de pauvreté du
sol, ni aucun fragment de roc. Tout au contraire,
il eût été difficile de trouver dans tout le comté
un district plus productif et mieux cultivé. Dans
les environs, il est vrai, se trouvaient de vastes
champs de bruyères, qui traversaient douze ou

(1) Stoneycroft signifie : « endroit pierreux. »

quatorze paroisses et s'en allaient mourir sur les
bords de la côte battue par les vagues de l'océan
allemand, qui roule ses flots entre l'Anglerre et
les rivages de la Hollande. Mais ces bruyères
étaient à une distance considérable de la maison;
on ne les apercevait même pas des fenêtres les
plus élevées; elles ne pouvaient guère avoir in-
flué sur le nom de Stoneycroft-hall.

C'était un beau vieux bâtiment dans le style
du temps d'Élizabeth, et, en dépit de son nom si
dur, c'était bien le véritable type d'une vaste et
hospitalière maison anglaise. Une petite esquisse
au crayon que j'en ai faite peu de jours après
mon arrivée est là devant moi pendant que j'é-
cris; toute médiore et enfantine qu'elle est, elle
me remet en mémoire chacune des sculptures
originales, le galbe arrondi du bâtiment, la cheminée tordue et la girouette fantastique, aussi
vivement que si je les avais vus hier. Voici le
cher vieux portique avec son entourage de roses
rouges et couleur d'ambre; voici la fenêtre de
ma grande chambre à coucher, — ici, la mansarde dans laquelle je me suis si souvent sauvée
avec mon crayon et mes livres, contemplant par
sa petite croisée étroite les inoffensifs éclairs
d'une soirée d'été. Tout autour de la maison, à
une grande distance, s'étendait un agréable
paysage du Suffolk. A l'ouest on apercevait le

parc et les réserves de Broomhill qui remplissaient de riches masses de feuillage tout le versant d'une colline depuis le faîte de la hauteur
jusqu'au fond de la vallée.

Telle était la maison, tel était le pays où habitait ma tante. Rien là qui ne fût ordinaire :
l'agriculteur y eût trouvé plus d'intérêt que le
peintre, et peut-être plus d'un passant eût-il traité
le tout *d'insignifiant* même dans un comté aussi
insignifiant que le Suffolk? Pour moi, je l'aimais.
A l'âge impressionnable auquel je me trouvais,
j'y voyais une nouveauté, un charme, que la parole ne saurait rendre.

Contempler les brûlants couchers de soleil au
travers les branches des arbres du parc, ou le
lever de la lune qui semblait leur donner un aspect bronzé ·sur le ciel tranquille... errer dans
les prairies jusqu'au moment où éclate le nuage
pourpre chargé d'orage, m'étendre au pied de
quelque chêne aux grandes branches, pour regarder là haut le ciel bleu à travers ses feuilles
changeantes, ou encore par une matinée d'été
suivre de l'œil les mouvements onduleux de l'a-
voine et de l'orge............ Voilà qui pouvait
compter parmi mes plus délicieux passe-temps.

Le bien que ces moments m'ont fait, les goûts
qu'ils ont contribué à développer en moi, n'ont
jamais varié depuis. Devenue familière avec tou-

tes les écoles du Beau, avec les sites que la poésie et l'histoire ont consacrés, je me retrouve
encore contemplant cette campagne intime de
l'Angleterre avec une fraîcheur d'admiration
toujours nouvelle, et un amour qui ne subit aucun changement.

CHAPITRE V.

Broomhill et ses propriétaires.

Le parc, le château, les dépendances connus
dans leur ensemble sous le non de Broomhill,
étaient situés à environ un mille du côté ouest
de Stoneycroft-hall. Le domaine avait tiré son
nom d'un pittoresque rocher de sable qui, s'élevant à une hauteur assez considérable derrière
la maison, était entièrement couvert de trèfles et
de bruyères ondoyantes. Le parc, sans être immense, était admirablement situé; possédant plus
d'un avantage donné par la nature, tels que collines et vallons, agrémentés de temps à autre
par quelques éclaircies d'eau, et parsemés de
chênes et de cèdres qui passaient pour avoir été
plantés du temps de la reine Élizabeth. Au delà
du parc il existait une longue ligne de plantations
et une vaste étendue de collines ondulées qui
couvraient un espace de plus de trois milles dans

la direction de Normanbridge. Il faut dire que
Normanbridge était la ville la plus proche, possédant un marché.

Entouré de fossés, antique, irrégulier et sur-
monté d'une forêt de cheminées à la tournure
originale, le château de Broomhill était un morceau d'architecture composite. Il était situé au
fond d'une chaude vallée, environné d'arbres et
à l'abri de tous les vents du ciel. Commencé vers
l'année 1496 et continué de siècle en siècle, en
subissant toutes les déviations à son plan d'origine
que le goût de chacun de ses possesseurs s'était
plu à lui infliger, on ne pouvait pas dire qu'il
appartînt à aucun type d'architecture. C'était
un mélange de plusieurs styles : La tour octogone,
la tourelle du beffroi et toute la façade orientale,
dataient du temps des premiers Tudors. L'aile du
Nord avec ses vilains ornements, ses disgracieux
pilastres corinthiens avait été bâtie sous Jacques Ier.
La cour et la porte cochère, en pierres, étaient
des spécimens de la Renaissance la plus détestable; on avait construit les communs dans le style
rustique italien. Si jamais il y avait eu un plan,
il avait été abandonné et oublié, depuis la con-
fection de la partie primitive du bâtiment. On
aurait dit vraiment que les maîtres de Broomhill s'étaient appliqués, chacun selon le goût de
son époque, à encombrer le vieux monument de

tout ce que la nouveauté avait de moins en harmonie avec ce qui avait été déjà fait. Cependant
c'était encore un intéressant échantillon d'architecture domestique : pittoresque en raison même
de son peu d'homogénéité, et historique dans
toute la plénitude du mot.

Érigé en fief sous les rois normands, et donné
à quelque ancêtre éloigné, ce lieu était demeuré
entre les mains des descendants de cet ancêtre
pendant de longs siècles, avant qu'on n'eût posé
une pierre de l'édifice actuel. Donné à un Farquhar, il était toujours resté dans la famille des
Farquhar. Celle-ci se glorifiait de n'avoir jamais
eu un titre. Esquires indépendants, les Farquhar
de Broomhill avaient constamment décliné les honneurs beaucoup moindres de la noblesse, et n'auraient jamais voulu échanger leur nom et leur
position pour n'importe quel rang au-dessous de
la pairie. Ils n'étaient pas riches, mais leur lignage
était pur et leur honneur sans tache. Un Farquhar, suivi de ses cinquante lances, s'était distingué dans la troisième croisade sous Richard
Cœur-de-Lion, et avait assisté au siège d'Acre.

Charles II dans son long exil eut peu de parti-
sans aussi fidèles qu'un James Farquhar de
Broomhill, qui hypothéqua ses terres et fondit son
argenterie pour le service du roi, et fut ensuite
récompensé par le grade de capitaine dans le

régiment de Coldstream-guards. Dévoué à la maison des Stuart ce fut un Farquhar qui suivit l'un
des premiers la fortune du prétendant, et fut l'un
dès derniers à l'abandonner. Plus tard encore,
deux Farquhar, père et fils, combattaient pour
Charles-Edward à la fatale bataille de Culloden,
où ils tombaient côte à côte, précisément à l'instant où les officiers du prince le forcèrent à s'enfuir. Cette conduite ayant failli de bien peu leur
faire confisquer leurs biens, à partir de cette époque les Farquhar avaient vécu dans une grande
retraite, se mêlant fort peu aux questions poli-
tiques et littéraires, et mettant pour la plupart
d'entr'eux tous leurs soins à l'agriculture. Amé-
liorer, bâtir, cultiver, arrondir, avaient été pendant les trois quarts d'un siècle l'orgueil et le
plaisir des maîtres de Broomhill. Profitant des
économies dues à la façon de vivre qu'ils avaient
choisie, ils avaient ajouté plus d'une ferme à l'hé-
ritage de leurs prédécesseurs normands, et étendu
les limites de leur parc chaque fois que la vente
de quelque terre adjacente le leur avait permis.

Comment, voulant acheter Stoneycroft-hall, ils
avaient eu des différends avec mon arrière grand-
père; comment, ayant été forcés d'y renoncer, ils
avaient toujours depuis cette époque regardé
d'un œil jaloux ces six cents acres si riches, qui
auraient ajouté une si réelle valeur, une si grande

importance à leur propriété, c'était toute une
histoire que ma tante se délectait à raconter. Ce
qu'il y avait de certain c'est que, pour une cause.
ou pour une autre, elle ne pouvait pas sentir la
famille des Farquhar.

Ils ne faisaient pas une action, ils ne rempor-
taient pas un honneur qui trouvât grâce à ses
yeux. Elle était foncièrement opposée à tout ce
qui les concernait; et il n'existait pas un individu
de ce nom, soit parmi les plus anciens, soit
parmi les modernes, dont elle ne dît du mal.

Dans toutes les affaires de la paroisse et du
comté, elle était en principe d'un avis opposé au
leur; et au moment des élections, il suffisait que
les Farquhar montrassent de l'intérêt à un parti
pour qu'elle fît peser toute son influence sur l'autre. Ainsi, comme ils étaient tories et prêchaient
l'union de l'Église et de l'État, ma tante inclinait
vers les vues libérales, se montrait fort dure envers les évèques du Parlement, et avait fait du
prince d'Orange son héros des héros.

« Les Farquhar!... vraiment! avait-elle la coutume de dire avec aigreur; ne me parlez pas des
Farquhar! Je suis lasse d'entendre citer leurs ancêtres moisis, leur sottise jacobite, et leur orgueil
vieilli. Il n'y a pas eu une once de cervelle chez
ces gens-là depuis deux cents ans, Bab, voilà tout
ce qu'on en peut dire; — le vieux bonhomme était

un imbécile, — feu le dernier était un imbécile,
— et le Farquhar actuel est un imbécile ou un
fou. — Oui un fou, je le crois... fou comme un lièvre
au printemps, Bab, vous pouvez m'en croire. »

Je ne la crus pas cependant; et comme j'avais
entendu émettre nombre d'opinions différentes
sur ce sujet, je conservai une toute autre manière de voir à l'égard de la sanité et de la valeur intellectuelle du maître actuel de Broomhill.

Hugues Farquhar était sur le continent en train
de faire ce qu'on appelle le *grand tour* quand la
mort soudaine de son père le laissa sans aucune
proche parenté en ce monde. Il était à Gênes
quand la nouvelle l'atteignit, et, au grand étonnement de toute la paroisse, elle ne le ramena
pas chez lui. Au lieu de revenir en Angleterre,
il avait pris place sur un bâtiment en partance
pour l'Orient et avait toujours été absent depuis.
On avait clos les volets de la maison, fermé les
portes du parc, payé et renvoyé ou bien renté
les domestiques selon leur âge et leurs services.
Une femme de charge avec une ou deux servantes avaient été préposées à l'entretien de la
maison; un seul jardinier devait préserver les
allées et les prairies d'un abandon complet, et
pendant des années les choses allèrent ainsi.

L'herbe croissait dans les spacieuses avenues;
l'orpin couronnait le faîte des murs du jardin;

les oiseaux faisaient leurs nids dans les groupes
de cheminées. d'où jamais aucune fumée ne sortait... et le lord de Broomhill ne montrait aucun désir de revenir visiter le domaine de ses
pères... A l'époque où je commençai à faire
partie des hôtes de Stoneycroft-hall, il y avait
près de cinq années que durait l'exil volontaire
du jeune châtelain. Il circulait dans le comté
une foule d'histoires sur son insouciance, sa
prodigalité, ses aventures insensées. On disait
qu'il voyageait bien au delà des routes connues.
On avait eu de ses nouvelles au Caire, — il avait
été vu à Jérusalem ; — il avait remonté le Nil en
bateau et inscrit son nom au sommet de la grande
pyramide ; — il s'était fait mahométan et avait
épousé une princesse persane qui lui avait apporté en dot son pesant d'or et de bijoux ; — il
avait fraternisé avec une horde de sauvages tar-
tares et vivait en chef de tribu quelque part dans
le Thibet au milieu d'autres chefs, et comme lord
Byron il avait pris les armes pour la Grèce ; selon d'autres, comme lady Hister Stanhope, il était
devenu un habitant des tentes arabes.

°Avec quelle ardeur j'écoutais tous ces can-
cans, qui exerçaient sur moi la fascination d'un
roman, et comment dans mon esprit d'enfant
j'associais le nom du voyageur à celui de mes
héros favoris, le comparant à Sinbad, à Don

Quichotte; à Tom Jones, au prince Camaralzaman, à Robinson Crusoé, c'est ce qu'il est à
peine nécessaire de dire. C'est ainsi que Farquhar de Broomhill devint pour moi l'idéal du
preux chevalier sans qu'aucun des sarcasmes de
ma tante eût le moindre poids à mes yeux. En
vérité je crois que plus on le traitait mal, plus
je l'admirais; cela ajoutait à mon roman et le
rendait plus charmant. A cette époque rien ne
me faisait plus de plaisir que d'esquisser de lui,
sur les feuilles volantes de mes livres d'histoire,
des portraits imaginaires; et plus ambitieuse
encore, de couvrir de grandes feuilles de papier avec de petites scènes où il était représenté
sous les costumes les plus séduisants, dans les
positions les plus incroyables : luttant avec des
tigres, triomphant des crocodiles, sauvant de
malheureuses princesses, mettant en fuite des
tribus entières d'Indiens, enfin se conduisant toujours le mieux et le plus vaillamment du monde.

Toutefois j'avais bien soin de ne laisser rien
soupçonner de tout cela à ma tante; sans aucun
doute elle se serait moquée de moi, et j'étais
extrêmement sensible au ridicule. Je nourrissais
donc mon roman en secret; inventant chaque jour
pour alimenter mon ardente imagination, et
brodant de nouveaux incidents sur le brillant
canevas de mes rêves.

CHAPITRE VI.

Le docteur Topham et Paul Véronèse.

« Bonjour, Mistress Sandyshaft, » dit le docteur Topham arrêtant son cheval à la porte de notre jardin, et saluant de la tête ma tante, qui arpentait le milieu du sentier les mains derrière le dos, avec son grand chapeau vert posé sur les yeux, comme un pot de fleurs. « Fameux temps pour la récolte! mauvais pour les marchés! on va lever haut les verres, — et baisser les prix! Toujours deux faces à une question. — Jamais personne de satisfait... — Surtout les fermiers. Eh! mistress Sandyshaft? »

Il faut dire que le docteur Topham était l'ami le plus intime et le voisin le plus proche de ma tante; ce qui n'empêchait qu'ils ne fussent jamais du même avis sur rien, et que rarement ils se rencontrassent pour autre chose que pour se quereller. Ce qui faisait apparemment qu'ils ne s'en aimaient que mieux. Leur affection était réellement basée sur une incompatibilité de goût et d'humeur, et plus cette incompatibilité était vive, plus elle ajoutait de piquant à leurs

relations. Le docteur Topham était blême et taciturne; il avait de longues jambes, un tout petit
poney, et voyageait avec un parapluie.

« Hem! Vous feriez mieux de laisser tranquilles les fermiers et les affaires de fermage, » répondit aigrement ma tante. « Parlez de ce que
vous comprenez; quand ça ne serait que pour
faire une variante.

— Je ne saurais vous prendre pour sujet alors,
Mistress Sandyshaft, » rétorqua le docteur.

« Je ne regarde nullement comme un honneur
de dépasser votre compréhension, » dit ma
tante.

Là-dessus le docteur se gratta l'oreille et ne
trouvant rien à répondre, changea de sujet.

« Avez-vous entendu parler de cette histoire
sur Hugues Farquhar et Paul Véronèse? » demanda-t-il.

« Oui; est-ce vrai?

— Je le crains.

— Ah!... et c'est une peinture du Maître?

— On le dit; mais il est dangereux de se frotter
aux anciens maîtres. Il n'y a pas d'articles de
choix sur lesquels un homme puisse être plus
trompé que sur un tableau.... ou sur une femme.

— Et de la valeur de six mille livres sterling
encore! » s'écria ma tante, absolument indifférente à la satire concernant son sexe.

« La valeur est une chose et le prix en est une autre, Mistress Sandyshaft, » dit sèchement le docteur; « il a été payé six mille livres, c'est Bandall qui me l'a dit.

— Fou, extravagant! Il aura trouvé cela à Venise, ou quelque part par là, n'est-ce pas?

— Je le crois.

— Six mille livres pour un tableau! Bon, bon, si ça va comme ça, nous verrons bientôt Broom-hill sous le marteau du commissaire priseur. Quel fou! je l'ai toujours dit qu'il était fou; six mille livres pour un tableau! — Dieu me pardonne, Docteur, pour ce prix-là il aurait pu acheter la terre de Bosmere.

— Bah! après tout il a peut-être fait tout aussi bien, » dit le docteur Topham, exprimant un avis différent, uniquement par amour de la con-tradiction. « Les voyageurs voient d'étranges choses, et se trouvent souvent avoir agi sagement, par erreur. Il est fort possible que Farquhar ait payé six mille livres un objet qui en vaut douze.

— Docteur, » dit ma tante avec emphase, « vous êtes encore plus idiot que je ne me l'ima-ginais.

— Bien obligé, Mistress Sandyshaft. Heureux de pouvoir vous retourner le compliment.

— Et à votre âge vous devriez mieux savoir ce que vous dites.

— Ma chère Madame, je ne suis qu'un enfant...
j'ai sept ans de moins que vous. »

Ma tante se mit à rire d'un petit rire sec, qui
ressemblait à un coup frappé deux fois.

« Vous donneriez votre tête pour avoir le dernier; » dit-elle. — « Et bien, pour en revenir au
Paul Véronèse, va-t-il l'envoyer à Broomhill,
croyez-vous?

— L'envoyer ! mais il est arrivé hier ! J'ai rencontré le cortège moi-même; la voiture, la
caisse d'emballage, Brandall et tout le reste. C'est
comme ça que j'en ai tant su.

— Et le sujet du tableau?

— Les planches de sapin, Mistress Sandyshaft,
ne sont généralement pas transparentes; et mes
yeux, quoique perçants, ne sont pas des vrilles;
toutefois, à voir la taille de l'objet, je puis calmer
votre esprit : notre ami semble en avoir eu am-
plement pour son argent.

— Ainsi, c'est un grand tableau?

— Un quart d'acre... je dirais volontiers : c'est
du grand art au mètre carré. »

Ma tante haussa les épaules. Le docteur regarda sa montre.

« Mistress Sandyshaft, » dit-il, « j'ai une con-
sultation à onze heures et vous m'avez fait perdre dix minutes. — A propos, vous savez le triste
sort du pauvre Saunders? -

— Saunders?... non; que lui arrive-t-il?

— Tout est fini pour lui.

— Tout est fini!.... Miséricorde! serait-il mort?

— Pis que cela, Mistress Sandyshaft,... il est MARIÉ! »

Et sur ce, docteur Topham remonta ses genoux, donna de l'éperon à son poney, et se mit à trotter d'un bon pas, son parapluie ouvert sur sa tête et ses pieds pendants à environ huit pouces du sol.

Ma tante le suivit du regard, se permit encore deux petits rires secs, et bientôt après reprit sa promenade. Je ne pus contenir ma curiosité plus longtemps.

« Tante, m'écriai-je ardemment, tante, qu'est-ce que c'est qu'un Paul Véronèse? »

Continuant à arpenter le sentier avec ses mains derrière le dos et ses yeux fixés par terre, mistress Sandyshaft n'entendit ni ne répondit. Je la tirai par la manche et répétai ma question.

« Ma tante, s'il vous plaît... qu'est-ce qu'un Paul Véronèse?

— Ne m'ennuyez pas, Bab; je calcule... » Habituée à ces rebuffades je me retirai en arrière et attendis tranquillement. Bientôt elle releva la tête, rencontra mes yeux interrogateurs, et s'arrêta brusquement.

« Eh bien, enfant, dit-elle, qu'est-ce que vous dites ? »

Je répétai ma demande pour la troisième fois ; ma tante fronça le sourcil en secouant la tête.

« Il faut que je vous dise une chose, Bab, » dit-elle aigrement, « vous faites beaucoup trop de questions. Ma vie est un catéchisme perpétuel. On pourrait dire que vous ne respirez que pour interroger. Je ne puis plus supporter cela. — Il y a une Encyclopédie dans la maison — vingt-deux volumes, — sans compter la suite.— Quand vous voudrez savoir quelque chose, cherchez-y vous-même. Paul Véronèse, vraiment ! Regardez au V, vous le trouverez. »

Ravie de voir s'ouvrir devant moi la bibliothè-que, j'y courus, clé en main, et passai le reste de cette matinée le nez sur les in-quarto poudreux. Je cherchai au V sans succès ; mais enfin, après m'être donné un peu de peine je trouvai, sous le nom de CAGLIARI, tout ce que je pouvais désirer. Je trouvai qu'à l'époque où ce grand ar-tiste n'était encore qu'un enfant, ses compétiteurs eux-mêmes lui avaient décerné un prix pour le-quel ils avaient tous concouru ; — que dans sa maturité, il avait fondé une école des beaux-arts et avait été l'associé d'ambassadeurs et de rois, que quantité d'églises et de palais avaient dû leurs richesses à son pinceau, et qu'il avait su

acquérir : les honneurs pendant sa vie, l'immor-
talité après sa mort.

Quoique brève et écourtée, cette biographie fit
sur moi une impression profonde. — Elle fut
une révélation et m'éblouit de vagues rêveries
sur la vie artistique et les splendeurs des peintres
du moyen âge. — Les allusions, les renseigne-
ments indiqués dans cet article me conduisirent
à en lire d'autres, et tour à tour je dévorai ardemment les vies de Léonard de Vinci, du Titien, de Rubens, et de Van-Dyck. Comme je n'a-
vais jamais vu une peinture vraiment belle, mes
notions ne pouvaient être que bien confuses,
bien enfantines, et le vocabulaire de la critique
m'embarrassait autant que du grec. Je ne pouvais comprendre la signification de mots comme
ceux-ci : *ton, largeur, clair-obscur*, et bien d'autres; et ma tante n'était pas capable de m'aider.

« Ne me demandez rien, Bab; » avait-elle
coutume de me dire, « j'en sais plus long sur
les cochons que sur les tableaux... et quant à
ce jargon de l'art, je crois que c'est une hâblerie
et pas autre chose. »

Avec tout cela cependant je lisais, je croyais,
et continuais à rêver. Être un peintre, devint
l'unique ambition de mon âme; et le désir incessant de voir le Paul Véronèse de M. Farquhar
me poursuivait nuit et jour.

CHAPITRE VII.

Ma grande aventure.

> Qui est celui qui ayant aimé,
> n'a pas aimé à première vue?
> MARLOWE.

Ma tante assise devant son pupitre, et droite comme un piquet, écrivait; tandis qu'en attendant le billet je jouais avec les chiens et regardais par la fenêtre.

« Si le docteur Topham est chez lui, vous le verrez, Bab, » dit ma tante sans lever la tête.

« Oui, ma tante;

— Et vous me rapporterez une réponse.

— Oui, ma tante.

— Prenez le sentier à travers les champs, c'est de beaucoup le plus court.

— Plus court que par le parc, tante?

— Dieu me pardonne! je crois bien. D'un demi-mille au moins. »

Je soupirai en silence, tandis que ma tante signait, cachetait, et mettait l'adresse à sa lettre. Quand elle eut achevé elle me fit signe de venir près d'elle, et me regardant droit dans les yeux, elle dit :

« Bab, si j'étais de vous, je me bâtirais une hutte dans le parc de Broomhill et j'y vivrais comme Robinson Crusoé. »

Je me sentis rougir jusqu'à la racine des cheveux... mais je ne répondis rien.

« Où que je vous envoie, vous vous arrangez pour traverser le parc. Quand vous allez vous promener, c'est toujours dans le parc. Vous le hantez. A ma connaissance vous y avez été tous les jours pendant ces deux ou trois dernières semaines. Qu'est-ce que cela signifie? »

Je baissai les yeux, balbutiai, mais ne trouvai pas un mot à dire — c'était très vrai, j'avais tout dernièrement erré dans le parc; mais je n'avais pas le courage de le confesser. Comment aurais-je pu lui confier les imaginations perverses de mes heures de désœuvrement? Comment avouer le désir incessant, et jamais assouvi, qui me poussait chaque jour à regarder de loin les murs qui renfermaient un Paul Véronèse? — Devina-t-elle quelque chose de la vérité, ou me trouva-t-elle simplement singulière et incompréhensible; c'est ce que je ne saurais dire; mais toujours est-il qu'elle eut pitié de moi, de ma confusion, et ne me fit plus de questions. Elle regarda à sa montre et me donna la lettre.

« Il est maintenant près de cinq heures, dit-
elle. Par les champs vous avez un mille à faire.
Je vous donne une demi-heure pour aller, une
demi-heure pour revenir, et une demi-heure pour
rester. — C'est assez loin pour vous, mais vous
avez tout à fait assez de temps. Donc si vous n'ê-
tes pas ponctuelle, j'en conclurai que vous m'a-
vez désobéi et que vous avez pris par le parc. —
Maintenant, allez. »

Remplie de reconnaissance d'être renvoyée, je
bondis à travers le vestibule et le jardin, et en
un moment j'étais hors de vue.

On était alors en août, et le soleil étouffant,
tout en inclinant vers l'occident, dardait des
rayons féroces... Pas un souffle... pas un nuage
au ciel.

L'herbe languissante semblait desséchée et
altérée, les oiseaux eux-mêmes chantaient d'un
air agité comme s'ils soupiraient après une
averse. Quant à moi, je me délectais dans la chaleur, et présentant ma tête nue au soleil comme
une petite salamandre, je dansais toute joyeuse.

Quand j'arrivai chez le docteur Topham, il était
sorti, et ne devait pas vraisemblablement rentrer
avant la nuit. Le domestique voulait me faire attendre un moment; mais je regardai vivement
à la vieille horloge du vestibule et voyant qu'il
n'y avait que vingt-cinq minutes d'écoulées sur

le temps qui m'était alloué, je laissai le billet et
repris lentement le chemin de la maison. — Rien
que vingt-cinq minutes sur une heure et demie !

A ma droite s'étendaient les champs, à ma
gauche le sentier conduisant à Broomhill. En
supposant que je prisse ce dernier, cela n'ajou-
terait qu'un demi-mille à ma promenade, et,
après tout, ce n'était pas de la distance que s'inquiétait ma tante, mais du délai. — J'étais si certaine d'atteindre la maison avant l'heure indiquée... Comment ma tante pourrait-elle m'en
vouloir ? — Encore hésitante, c'était ainsi que
j'argumentais avec ma conscience, tout en ralen-
tissant mon pas à l'endroit où la route bifurquait.
Nous persuader que ce qu'il y a de mieux est ce
que nous désirons, n'est pas chose difficile. — Le
débat tourna bientôt en ma faveur ; je traversai la barrière et gagnai le parc.

Ah ! quel parc ! La question du Paul Véronèse,
mise à part, c'était bien l'endroit le plus charmant de tout notre voisinage. Je n'aimais rien
autant que de m'étendre à l'ombre des chênes
noueux, d'où je guettais les daims que l'on
apercevait broutant par troupeaux le long des
éclaircies herbeuses qui m'entouraient. Cette
après-dînée l'endroit semblait plus sylvain que
jamais ; l'atmosphère qui avait été tout le jour
d'une chaleur accablante, était maintenant tra-

versée par des courants d'un air frais et chargé
de douces senteurs. Le calme qui précède le coucher du soleil était tombé sur chaque feuille, sur
chaque fleur du bois, sur chaque brin d'herbe...

Je marchais nonchalamment, m'arrêtant de
temps en temps pour écouter le silence; j'arrivai à un point où les sentiers se divisaient de nouveau. Il y en avait un qui conduisant sur les pen-
tes où les bœufs par vingtaines cherchaient leur
nourriture, venait aboutir à la grande route, —
l'autre tout droit, passait à travers les cours, et
bordait les jardins privés du château. Mon horreur pour les bêtes à cornes me décida en faveur
du dernier... et je m'y engageai.... je m'engageai à travers l'ombre diaprée qui tombait entre
les arbres, je dépassai les deux grands cèdres et
entrai sous le porche, orné de sa sculpture représentant un bouclier avec une devise, je passai
devant les remises à voitures et les écuries, et
sous les fenêtres de la galerie Tudor, située derrière le château.

Naturellement comme une enfant timide j'allais aussi vite que mes pieds me le permettaient,
redoutant de rencontrer quelqu'un des domestiques ou de voir une figure me regarder du haut
d'une des fenêtres. Une fois que j'eus dépassé la
grille, les cours et les offices, je m'arrêtai pour
reprendre haleine.

J'avais·devant moi une nouvelle étendue d'arbres et de mouvements de terrain bordée d'une palissade. A ma droite, entourés d'un mur si élevé que c'est à peine si je pouvais apercevoir les têtes des poiriers, étaient le verger et le potager. A ma gauche, à moitié dans la lumière et à moitié dans l'ombre se dressait le grand vieux château avec ses vitres reluisant comme des patènes en or brillant, sous les rayons brûlants du soleil couchant. Plus brillants et plus proches que tous les autres, flamboyaient les vitraux des grandes fenêtres de l'aile terminant la galerie Tudor, et en comparaison, l'étroit espace consacré à la pelouse de convention située sur le devant, semblait étrangement frais et calme. Cela formait comme une petite bande séparée du reste du parc par un grillage en fil de fer, on y entrait par une petite porte qui avait été laissée entr'ouverte. Un air de parfaite quiétude régnait en cet endroit.

Au milieu une toute petite fontaine sortait en bouillonnant d'un monticule de gazon, et devant la fenêtre s'élevait un cadran solaire posé sur un piédestal taché par le temps. Pas une porte ne bougeait.... pas une voix ne se faisait entendre... aucun bruit de pas ni dans la cour, ni dans le jardin.

On aurait dit un palais enchanté renfermant

une princesse ensorcelée qui dormait ses cent années de sommeil dans le silence de quelqu'une
de ces chambres là-haut... car personne ne pouvait surprendre un signe de vie! Épouvantée à
la fois par la solitude et l'heure, je retenais mon
souffle, me demandant si les domestiques s'aven-
turaient jamais dans ces corridors là-haut... et
ce qu'ils éprouvaient le soir quand tout devenait
sombre.

C'est alors que, pour la première fois, je remarquai que les volets de la grande fenêtre n'é-
tant pas fermés se tenaient à quelques pouces de
la croisée. Peut-être le Paul Véronèse était-il
précisément dans cette pièce!

Frappée comme s'il y avait là une conviction,
j'hésitais encore... je jetai autour de moi un rapide regard et m'élançai dans l'ouverture de la
porte! — Grimper à l'aide d'un chèvre-feuille,
me percher sur le large rebord en pierre et col-
ler mon visage contre la vitre, fut l'affaire d'un
instant. J'étais restée si longtemps à la grande lumière du soleil que pendant plusieurs minutes
je ne pus rien distinguer. Mais peu à peu, et un
à un, chaque objet devint visible, et je reconnus
à mon désappointement, que ce que je voyais
était la bibliothèque. — Des livres, des livres,
des livres!.... partout des livres... — Des livres
par centaines... tapissant les murs, encombrant

les tables, empilés en grands tas sur le parquet.
— Il semblait qu'on fût en train de nettoyer la
pièce, ou d'y mettre de l'ordre. Je regardai longtemps bien ardemment, puis me retournant avec
un soupir : « Non, il n'est pas là ! » m'écriai-
je !... et me pendant aux branches, je tombai sur
la pelouse.

« Qu'est-ce qui n'est pas là ? » dit une voix tout
près de moi.

Aveuglée par le passage de l'obscurité à la
lumière, je ne pus voir qu'une grande figure
qui se tenait entre le soleil couchant et moi.

« Qu'est-ce qui n'est pas là ? — qu'est-ce que
vous cherchez ? — qui êtes-vous ? » demanda l'é-
tranger en posant sa main sur mon épaule. « Eh !
quelle petite pécheresse effrayée ai-je donc là ! »

Effrayée, oh ! oui !... effrayée presque au delà
de mes forces ; n'osant ni regarder, ni parler, je
me sentais écrasée sous le poids de cette étreinte
qui semblait devoir m'aplatir sur le sol. Il eut
pitié de ma détresse, car lorsqu'il parla de nouveau sa voix était douce et grave comme les notes basses d'un orgue.

« Ne craignez rien, mon enfant, » dit-il, « je
ne suis pas fâché contre vous. — Voyons, parlez,
dites-moi pourquoi vous regardiez à travers cette
fenêtre. »

Et il maintenait toujours sa main sur mon

épaule, assez fortement même — comme s'il me soupçonnait de vouloir lui échapper.

« Comment, toujours muette? — Vous voudrez bien au moins me dire votre nom? »

Je balbutiai faiblement :

« Barbara.

— Barbara! » répéta l'étranger, d'un ton badin. « Un aimable vieux nom. »

Ma mère avait une servante appelée Barbara!

« Voyons, qui est-ce qui dit cela?.. C'est Desdémone, hein?

— Je... je ne sais pas, Monsieur, » dis-je en reprenant confiance, mais très étonnée par la question.

Il sourit, passa la main sous mon menton et tourna mon visage vers la lumière.

« Je crois que vous n'en savez rien en effet! » répliqua-t-il; « qu'est-ce qu'une petite fille comme vous, peut savoir de Shakespeare?

— J'ai lu bien des choses sur lui, » dis-je en haussant la voix. « C'était un poète, il a écrit des pièces de théâtre.

— *Per Bacco*! Voilà une savante Barbara; une Barbara versée dans la poésie!... Allons, petite, vous avez sûrement un autre nom; quel est-il? »

Sentant avec peine un semblant d'ironie dans les manières de l'étranger, j'hésitais et baissais la tête.

« Mon autre nom est Churchill, » répondis-je après une minute.

« Churchill! — Barbara Churchill! Deux bons noms! — Ils coulent légèrement sur la langue et sont agréables à prononcer. Au bout du compte, il y a quelque chose dans un nom. — Churchill est historique aussi!

Et ma nouvelle connaissance, dont les observations semblables à des pensées dites tout haut, ne paraissaient guère m'être adressées, se mit à fredonner le vieux refrain :

Malbrook s'en va-t-en guerre...

« Le duc de Marlborough est un des ancêtres de papa, » dis-je avec une grande dignité; « nous avons bien des Vies de lui à la maison.

— Allons, par Jupiter, ceci est merveilleux! s'écria l'étranger en riant et en me regardant attentivement. Voilà que c'est une Barbara à généalogie!...

— Et nous avons une généalogie aussi, repris-je avec ardeur. Elle est pendue dans la chambre de papa. — Je l'ai bien souvent regardée. — Il y a un grand arbre qui sort du corps d'un homme, et les pommes ont toutes des noms. » .

Il me regarda de nouveau et mit sa main sur mon front.

« C'est étrange, » murmura-t-il, « mais je...

je ne me rappelle aucun Churchill dans les environs. Où demeure votre père, Barbara, à Ipswich?

— Oh! Dieu, non! à Londres.

— Bon,... bon... Ce n'est pas une famille du
Suffolk. Je pensais bien que je n'aurais guère
pu oublier ce nom-là. Chez qui demeurez-vous,
petite? Chez les Grants de Bosmère?

— Je suis chez ma grand'tante, dis-je, à Stoneycroft-hall. »

Comme j'avais une fort haute idée de la position sociale de ma tante, j'annonçai ce fait avec
un très grand air, m'attendant à lui voir produire un merveilleux effet. Mais l'étranger partit
seulement d'un grand éclat de rire et se mit à
répéter le nom de ma tante je ne sais combien
de fois, comme si le son qu'il produisait l'amusait par lui-même.

« Comment, Mrs Sandyshaft! » criait-il, est-
elle votre grand'tante? — Mrs Sandyshaft de Stoneycroft! — Mrs Sandyshaft aux cent cochons?
A-t-elle toujours ses cent cochons, Barbara?

— Mais certainement qu'elle les a, » répondis-je à demi offensée.

Il recommença à rire, puis tout à coup il devint grave et se mit à arpenter le sentier entre
le cadran solaire et la porte... perdu apparam-
ment dans ses pensées.

« Vous n'e m'avez toujours pas dit ce que vous faisiez à la fenêtre de la bibliothèque, » dit-il en s'arrêtant brusquement et en me reprenant par l'épaule.

Je sentis le rouge me monter au visage; mais je répondis avec un tolérable sang-froid que je regardais simplement en dedans.

— Oui, mais qu'est-ce que vous y cherchiez?

— Ri... ri... rien du tout, » dis-je à contre-cœur.

« *Non è vero*, Barbara! Vous cherchiez quelque chose; je vous ai entendu dire : « Non, il n'est pas là! » « Allons, il faut que je sache tout dans cette affaire; ou bien je vais vous reconduire chez votre tante et lui dire que je vous ai trouvée en flagrant délit de péché. »

Je savais qu'il n'avait pas l'intention de faire ce qu'il disait, mais je sentais aussi que ce que j'avais de mieux à faire était d'avouer tout de suite; d'ailleurs je n'avais plus peur de lui.

« Je croyais que le tableau pouvait bien y être, » dis-je en hésitant, « je désirais tant... tant le voir!

— Le tableau? » répliqua vivement l'étranger.

« Quel tableau?

— Oh! un magnifique, un merveilleux tableau par Paul Véronèse!

— Paul Véronèse!

— Oui; n'avez-vous jamais entendu parler de lui? — C'était un peintre, — un grand peintre, — il est mort il y a bien, bien longtemps, quelque part en Italie, » dis-je avec une volubilité enfantine. « J'ai lu toutes sortes de choses de lui dans un livre à la maison, et il y a ici dans ce château un tableau de lui, — un tableau qui a coûté dix mille livres sterling.

— Et c'est ce tableau que vous désirez voir?

— Je n'ai rien désiré d'autre, depuis que le docteur Topham nous en a parlé.

— Et, dites-moi, je vous prie, qu'est-ce que le docteur Topham disait de cela?

— Rien; si ce n'est que M. Farquhar l'avait acheté, et qu'il est ici.

— Et M⁰ˢ Sandyshaft,... qu'a-t-elle dit?

— Oh! elle a dit que M. Farquhar était un fou extravagant... aussi fou qu'un lièvre au printemps! »

L'étranger se remit à rire; mais sa joue était devenue d'un rouge sombre; on aurait dit que ce qui le faisait rire n'était guère un sujet agréable.

« Sur ma parole, voilà un jugement peu flatteur, » dit-il. « Il est instructif toutefois, si on le prend comme mesure de l'opinion publique. — Oh! l'opinion, quelle plaie!!! L'homme doit la porter dans tous les sens, à l'endroit et à l'envers comme un pourpoint de cuir. — Il est dur pour Hugues Farquhar qu'on parle plus mal de lui que du signor Heimdale de céleste mémoire!

— Heimdale! m'écriai-je, qui est-ce?

— Heimdale, ma chère petite Barbara, » dit l'étranger, « était un très respectable personnage; c'était un veilleur de nuit qui portait la lumière devant les rois scandinaves. Il avait des oreilles d'une si gênante finesse qu'il entendait pousser l'herbe dans les prairies, et la laine sur le dos des moutons. »

Ce fut à mon tour de rire.

« C'est un conte de fées, » m'écriai-je. » Et, après?

— Oh! c'est trop long pour que je puisse vous le dire maintenant, » répondit-il en regardant sa montre. — *Vediamo*... il est juste six heures sept minutes, nous avons pour plus d'une heure d'une bonne clarté. C'est assez de temps, petite, pour vous faire voir le tableau.

— Le... le... tableau? » balbutiai-je sans y croire.

Il fit signe que oui, me prit par la main et me conduisit à une basse porte gothique située au pied d'une tourelle octogone couverte de lierre, en face du fossé.

A l'aide d'une petite clé qu'il tira de son gousset, nous pénétrâmes dans un étroit corridor qui aussitôt que la porte fut refermée devint profondément obscur. L'étranger alors me reprit la main, et m'ayant avertie qu'il y avait trois ou quatre marches à monter, nous prîmes notre chemin avec précaution, repoussant de côté un lourd rideau qui semblait tout d'abord devoir nous empêcher d'aller plus loin ; il m'introduisit dans une belle pièce octogone, toute garnie de livres, tout imprégnée du parfum de fleurs fraîches, et tout inondée des glorieux rayons du soleil, qui baissait à l'horizon. Une grande fenêtre bordée de riches vitraux héraldiques donnait sur une vaste courbe du parc et sur la campagne. Une lampe en bronze travaillé, soutenue par une triple chaîne, pendait au milieu du plafond, trois ou quatre bustes d'empereurs romains et de poètes en marbres de couleur, étaient posés sur la tablette de la cheminée et sur les rayons des corps de bibliothèque. Cette pièce avait quelque chose de scolastique en même temps que d'élégant et d'indolent ; chacune des bagatelles qui la remplissaient faisait naître cette impression, depuis le pupitre, la lampe et la bergère, jusqu'à l'antique encrier ciselé posé sur la table et les délicates curiosités en porcelaine et en terre-cuite, qui encombraient le dessus de la cheminée.

« Oh ! quelle belle chambre ! » m'écriai-je,

quand ma première surprise fut un peu passée.

« C'est mon cabinet, Barbara, » répliqua mon nouvel ami.

« *Votre* cabinet!!! » m'écriai-je.

Pour la première fois un étrange soupçon traversait mon esprit comme un rayon de lumière.

« Oui; je suis Hugues Farquhar, » dit-il; et il sonna.

Hugues Farquhar! Mon héros, mon Sinbad, mon prince Camaralzaman!... Hugues Farquhar de qui j'avais tant entendu parler... à qui j'avais tant rêvé... dont j'avais si souvent suivi sur de vieilles cartes les voyages racontés par la rumeur publique et dont j'avais illustré les aventures sur du grand papier ministre, sans jamais me lasser!..... Toutes les histoires qu'on avait faites sur lui, toute la censure que lui avaient infligé les langues désœuvrées, me revinrent à l'instant en mémoire... et me souvenant de la conversation que j'avais moi-même répétée, couverte de confusion, je ne savais où porter mes yeux.

« Eh bien, petite, » dit-il après une courte pause, « maintenant que vous savez qui je suis, n'avez-vous rien à me dire? — Ou bien auriez-vous peur de moi, parce que je suis aussi fou qu'un lièvre au printemps? »

5.

Peur de lui! il me semblait déjà que je le connaissais depuis des années. Je n'osai pourtant pas lui dire cela. Mais relevant la tète, je vis briller dans ses yeux tant d'affection, que je souris, secouai la tète·et répondis avec une parfaite confiance :

« Pas le moins du monde.

— Tant mieux; car quelque chose me dit, Barbara, que vous et moi, nous deviendrons de grands amis. Tippoo, priez les domestiques d'ouvrir les volets de la grande galerie, et envoyez quérir le jardinier, je désire faire ouvrir la caisse. »

« Oui, Sahib, » dit tout bas une voix derrière moi.

Je me retournai quelque peu émue, et vis tout près de moi un homme au teint olivâtre, mince et élancé, vètu d'un simple costume noir avec une cravate blanche et des anneaux à ses oreilles.

« Apportez un ciseau et des marteaux, Tippoo. Et soyez aussi prompt que possible, car le jour s'en va. »

Tippoo baissa la tète, glissa dans la porte comme une ombre et quitta la chambre aussi silencieusement qu'il y était entré. Il n'avait montré aucune surprise de ma présence — il n'avait même pas paru me voir. — Ses brillants yeux noirs n'avaient pas quitté la figure de son maître.. — Il s'était mû comme une automate n'obéissant qu'à la volonté de « celui auquel elle appartient.

« Tippoo est mon domestique hindou, » dit M. Farquhar en manière d'explication, je l'ai ramené de Bessarès. Un jour il m'a sauvé la vie au risque de la sienne, et depuis ce moment nous ne nous sommes jamais quittés.

— Il vous a sauvé la vie! » m'écriai-je avec ardeur « et comment? Étiez-vous menacé par un lion, ou par un tigre?

— Non; j'ai failli être mordu par un serpent, mais je vous conterai cela tout au long une autre fois, Barbara. — Occupons-nous du Paul Véronèse : — je ne l'ai pas vu moi-même depuis le jour où je l'ai acheté. »

Et ce disant, il me faisait quitter le cabinet pour reprendre la tourelle; nous traversions des chambres effrayantes remplies de meubles recouverts avec des draps, et arrivions à un immense escalier tout tapissé de sombres et vieilles peintures, et si large que dix personnes auraient pu y monter de front. Au pied de cet escalier nous rencontrâmes un homme qui ôta respectueusement sa casquette; il tenait un panier d'outils, et se mit de côté pour nous laisser passer. Alors M. Farquhar ouvrit un battant d'une porte en chêne, et je me trouvai dans une longue galerie, éclairée d'un côté par un rang de fenêtres et ornée de l'autre d'une masse de tableaux placés tout près les uns des autres. Le parquet était couvert de nattes; une grande table sur laquelle était étendu un drap formait le seul meuble visible, et au beau milieu de la pièce on voyait une énorme caisse d'emballage en bois de sapin, étayée par des supports en bois. Deux femmes, servantes de la maison qui étaient en train d'ouvrir les volets au moment où nous entrions, me regardèrent avec un étonnement peu dissimulé.

« Ceci, Barbara, » dit M. Farquhar, « est la galerie de peinture. — Les peintures sont pour la plupart des portraits, comme vous voyez. — Je pourrais vous conter des tas d'histoires sur ces affreuses vieilles ladies et sur ces vieux gentlemen. — Mais il nous faut garder cela pour une autre occasion. — Maintenant... jardinier, Tippoo, il s'agit d'enlever le couvercle de cette boîte. — Donnez-moi le ciseau, et voyons si nous y arriverons vite. »

Et attrapant un outil dans le panier, il se mit à l'œuvre avec autant d'activité que n'importe quel serviteur. Retenant ma respiration j'étais là debout, surveillant la marche du travail, comptant les clous à mesure qu'ils tom-

baient sur le parquet, et les planches à mesure
qu'on les posait de côté. Quand la dernière fut
enlevée et qu'il ne resta plus entre l'objet de
mon désir et moi qu'une serge verte, je sentis
que je devenais froide et tremblante.

« Maintenant, retirez-vous tous de côté, » dit
le maître légèrement animé et un peu ému lui-
même. — « Petite, avancez jusqu'à l'angle de
cette fenêtre, vous le verrez dans son meilleur
jour. — Le voici mon Paul Véronèse,... sain et
sauf! »

Il avait enlevé la serge, et venant se placer
à côté de moi, il contemplait son acquisition.
Dans le premier moment il fut si absorbé par
le plaisir de la regarder qu'il oublia de m'ob-
server. — Il avançait... il reculait... se faisant
de sa main une ombre sur les yeux; il allait de
droite à gauche, puis de gauche à droite, poussant des exclamations d'impatience sur le jour
qui s'en allait.

Quant à moi?... comment pourrais-je avouer
cela?... ma première impression fut... du désappointement!...

Je m'étais attendue à trop; je m'étais attendue je ne sais pas à quoi... mais à quelque
chose qui, à coup sûr, dépassait l'éclat et la
gloire de la nature elle-même. Le Paul Véronèse
de mes rêves était quelque chose d'immortel...:

un mystère resplendissant — la représentation
de figures héroïques plus d'à moitié divines, et
ornées de couleurs qui surpassaient de beaucoup
l'or et la pourpre du ciel de l'Orient. — Le Paul
Véronèse de mon réveil, au contraire, était terni
et noirci par le temps. Majestueux, mais sombre,
il était couvert de ces petites craquelures qui
sont comme des rides au front de l'art ancien :
Un homme âgé revêtu d'une robe et portant une
couronne, placé presque au centre de la toile,
était entouré de sénateurs et de nobles en habits
de gala; quatre d'entre eux lui tenaient un dais
sur la tête. A ses pieds des ambassadeurs lui présentant des dons étaient agenouillés, au loin on
apercevait les tours et les coupoles d'une grande
ville, puis la mer chargée d'une foule de galères.

C'était grand, mais froid; cela n'excitait ni
mon imagination, ni mes sympathies, et même
au point de vue de la couleur, cette peinture
restait douloureusement au-dessous de mon idéal.

Frappé de mon silence M. Farquhar finit par
se retourner, et me regarda.

« Eh bien, petite, » dit-il, « que dites-vous
du tableau? »

Je ne savais quoi répondre.

« Est-il à la hauteur de votre attente? »

Il fallait un certain courage pour confesser la

·vérité... je parvins à balbutier un : non, bien à
contre-cœur. Il eut l'air tout à la fois surpris,
contrarié et désappointé. Il fronça les sourcils,
me regarda, regarda le tableau... puis du tableau ses yeux revinrent sur moi, et soupirant
avec impatience il dit tout haut :

« Naturellement... j'étais stupide de m'attendre à autre chose. En quoi la pauvre enfant peut-
elle se connaître en ces matières? — Tippoo,
replacez la serge. L'exposition est manquée. »

J'aurais bien voulu demander à regarder le
tableau plus longtemps afin de me faire expliquer le sujet, et d'apprendre pourquoi on trouvait cela si beau... et pourquoi je ne l'appréciais
pas — mais je n'osai pas. — Je l'avais contrarié, — il m'avait estimée plus haut que je ne va-
lais, — je l'avais désappointé. Une impression
d'humiliation arrêtait les paroles dans mon gosier, je n'aurais pas pu articuler un mot... fût-ce
pour sauver ma vie.

Heureusement pour moi ce que j'éprouvais
passa inaperçu. L'attention de M. Farquhar
fut entièrement absorbée par la fermeture de la
caisse et celle des volets. Alors il fit passer tous
les domestiques devant lui, ferma la porte à clé,
et mit la clé dans sa poche.

« Venez, Barbara, » dit-il « retournons dans
mon cabinet. »

Et nous reprimes le même chemin par lequel
nous étions venus.

Tout avait été transformé pendant notre absence — de lourdes draperies cramoisi mar-
quaient les dernières lueurs de la lumière du jour
— la table était dressée pour le diner. — La
lampe, sur nos têtes, répandait une douce lumière dans toute la pièce, et en dépit de la
chaleur de la saison, des bûches de bois et des
pommes de pins empilées dans le foyer, flam-
baient en crépitant. Mon compagnon alla se
jeter dans la bergère, se pencha tout frissonnant vers le feu et sembla se perdre dans ses
pensées. — Je m'assis sur un tabouret de l'autre
côté du foyer et le regardai.

Bien des années se sont écoulées depuis cette
soirée et il y a longtemps que j'ai appris à ne
pas croire aux idées que nous nous faisons à
l'avance des hommes et des choses ; mais alors,
ce qui m'intriguait c'était de voir à quel point
je m'étais trompée. Combien M. Hugues Farquhar ressemblait peu au Farquhar de mes rêves !..
Comme il était différent de ce brillant héros au
cou byronnien que je m'étais figuré depuis
quatre ou cinq mois ! Je me l'étais imaginé si
beau, si vaillant, si séduisant !... aussi rare qu'un
phénix ! Je ne trouvais rien de tout cela en lui...
et cependant, tout étrange que cela peut sem-

bler,.je n'étais pas désappointée; j'avais déjà
un instinct qui ne manquait pas de justesse pour
discerner les caractères; et j'aime à me rappeler que même alors, je préférais l'originalité et
les dons de l'intelligence aux avantages pure-
ment physiques. — Mais il me faut faire le portrait de ma nouvelle connaissance, et la tâche
n'est pas des plus aisées. — Me reporter en arrière à la première impression que me fit un
.visage devenu familier depuis longtemps... effacer les petites marques déposées par le doigt
du temps sur le front et sur les joues... faire
revivre le son de la voix, les gestes qui, à cette
époque semblaient en dire si long... tout cela
et bien d'autres chose encore, concourent à me
dérouter.

En fait d'âge, je n'ai jamais été bon juge;
mais au temps dont je parle mes notions à cet
égard étaient les plus vagues du monde : assis
là dans la lueur rougeâtre du feu, bronzé, sérieux, grand,... Hugues Farquhar me faisait l'effet
d'être parvenu à l'âge mûr... je sais actuellement
qu'il venait précisément d'avoir vingt-sept ans.

Toutefois, il est possible qu'il parût plus âgé;
les climats variés, les mœurs différentes, la nourriture des pays dans lesquels il avait vécu, les
aventures sur terre et sur mer qu'il avait tra-
versées, toutes les péripéties d'une vie errante

et sauvage, avaient bien laissé quelques traces sur lui. — Qu'il en soit ainsi ou non, à tout prendre, l'année qui suivit n'y ajouta guère de différence perceptible.

J'ai dit qu'il n'était pas beau... et même si l'on me pressait de faire l'analyse de ses traits je serais peut-être forcée d'avouer qu'il était fort ordinaire... et pourtant je n'ai jamais connu personne qui l'envisageât de cette façon. Il y avait dans la manière de tenir sa tête une certaine grandeur, sur son front une expression de puissance et de rudesse, dans le moindre de ses gestes une force et une dignité insouciantes, qui le faisaient remarquer et le distinguaient du commun des mortels.

Pour donner une idée de lui si l'on me commandait d'indiquer une tête connue, non comme ressemblance mais comme type, je citerais Beethowen,.. à la condition d'effacer ces sillons tracés par la souffrance et le mépris, par la rage et l'amertume, qui labourent les traits du musicien sourd... Lui aussi avait ces mêmes boucles épaisses aux larges anneaux, ces mêmes proéminences caractéristiques au-dessus des yeux... ce même front large et la mâchoire massive. — Avec des cheveux et des yeux noirs, le teint hâlé, la peau tannée par le vent et par le soleil, une barbe ondoyante et des moustaches d'une dimension peu usitée jusqu'alors de ce côté-ci du détroit, Hugues Farquhar avait l'air viril et une tournure tout individuelle.

Les femmes trouvaient dans sa physionomie un je ne sais quoi, qui les attirait plus que la beauté elle-même. — Qu'était-ce que ce je ne sais quoi? Était-ce une mobilité d'expression, ou la lueur d'une grande puissance intellectuelle? Ou bien n'était-ce pas plutôt que chacun de ses regards, chaque son de sa voix, faisait naître comme une subtile réminiscence d'une vie aventureuse, insouciante, dévorée par la passion, jamais satisfaite, se consumant elle-même?

J'avais eu l'intention de donner la première impression qu'avait faite sur moi Hugues Farquhar dans mon enfance et je découvre que je l'ai décrit d'après ma manière de voir la plus récente. C'est un peu prématuré... mais n'importe; tout imparfait que cela puisse être, je ne saurais faire mieux.

Pendant tout ce temps le feu flambait et pétillait joyeusement. Mon compagnon, assis, le regardait, mais ses pensées étaient bien loin de lui. Je me blottis par terre dans l'ombre et me mis à étudier sa figure jusqu'à la savoir par cœur. Il se passa ainsi en silence un quart d'heure ou vingt minutes. Puis la porte s'ouvrit sans bruit et Tippoo entra portant un petit plateau sur lequel

étaient des plats surmontés de couvercles d'argent. M. Farquhar poussa un soupir, et pour la
première fois leva les yeux.

« Comment, » dit-il d'un air fatigué, » est-il
déjà sept heures et demie?

— Il est huit heures moins vingt, Sahib, »
répliqua l'Hindou, attendant l'ordre de son maître pour enlever les couvercles.

M. Farquhar roula sa bergère vers la table et
regardant avec un étonnement distrait la place
qu'on avait préparée pour moi.

« Est-ce que nous attendons quelqu'un, Tippoo? dit-il. »

Tippoo, levant ses yeux noirs jusqu'au visage
de son maître, regarda d'une manière significative vers le coin où je m'étais assise. M. Farquhar se détourna à demi, tressaillit, se mit à
rire d'un air un peu confus, et dit :

« Venez, ma petite fille, le dîner est prêt, et
j'espère que nous avons faim, vous et moi. »

J'avançai sans dire un mot, et m'assis là où il
me l'ordonnait; mais je n'avais pas faim du
tout... Il m'avait oubliée!

Combien il fut bon pendant tout le temps du dîner! Comme il chercha à compenser son moment
d'oubli!... Il secoua sa rêverie, et je pus voir que
ce n'était pas sans effort. Il causa avec moi et
tâcha de me faire rire. Il me servit les morceaux

les plus choisis, insistant pour me faire goûter à tous les plats. Ils m'étaient tous inconnus, et avaient une saveur épicée et brûlante qui ne me plaisait pas. Et puis ils avaient tous les plus drôles de noms qu'on puisse imaginer : mulligatawn, pilaff, caviar, carry, macaroni... et ainsi de suite.... réunissant le double avantage d'être immangeables et imprononçables. — Bientôt on enleva les mets, et on apporta sur la table du café noir très fort, des fruits secs, des liqueurs et des bonbons. M. Farquhar emplit alors mon assiette de dattes, de raisins et de sucreries, retourna son fauteuil du côté du feu, me dit d'en faire autant et alluma une longue pipe turque, munie d'un tube qui se repliait comme un serpent vert et or et d'un bol en verre de la forme d'une cloche, qui demeura posé à terre.

« Petite, » dit-il, lorsque Tippoo ayant quitté la chambre nous nous retrouvâmes seuls encore une fois, « j'ai peur que vous n'ayez pas de grandes louanges à donner à ma cuisine quand vous serez rentrée à la maison. »

A la maison !... le mot me fit l'effet d'un coup. Comme le « paysan à la foire » de Hazlitt, j'avais été si émerveillée, si ravie, que je n'avais plus pensé ni à retourner à la maison, ni à la nuit qui allait venir... Maintenant tout cela m'assaillait en un instant.

« Oh! quelle heure est-il, je vous prie? » balbutiai-je.

« Près de neuf heures à ma montre. »

Je m'étais levée, mais en entendant ceci je
retombai pâle de terreur à côté des fruits auxquels je n'avais pas goûté. Neuf heures! et je devais être rentrée au plus tard à six heures et demie! Qu'allais-je devenir? Qu'est-ce que ma tante
allait me dire? Comment oserais-je me présenter
devant elle? Quelle excuse pourrais-je donner
pour ma désobéissance?

J'essayai, par quelques mots sans suite, d'exprimer une partie de tout ceci, et M. Farquhar
voyant ma détresse, sonna immédiatement en
tâchant de me rassurer.

« Ne craignez rien, ma petite amie, » disait-il
affectueusement; « c'est moi qui vais vous ramener à la maison, je prendrai tout sur moi.
Tippoo, faites seller Satan, et qu'on me l'amène
de suite. »

Tippoo courba la tête et disparut. M. Farquhar
regarda de nouveau à sa montre et se remit à
fumer avec le plus grand sang-froid.

« Dans un quart d'heure, » dit-il, « je vous
promets de vous débarquer dans le salon de votre
tante. Ceci me donne encore cinq minutes pour
jouir de ma pipe et de mon café, nous avons dix
minutes d'ici à Stoneycroft-Hall. Allons, chassez

cet air mélancolique, et comptez sur moi pour
obtenir le pardon de Mrs Sandyshaft. »

J'aurais bien voulu pouvoir y compter. Mais je
connaissais trop bien les préjugés de ma tante,
ainsi que son opinion sur Hugues Farquhar et sa
famille. Cependant je fis un effort pour redevenir
gaie, et les cinq minutes passèrent lentement.
Au moment où expirait la dernière minute, mon
compagnon mettant sa pipe de côté, passa en
un instant de la plus pure langueur orientale à
l'activité naturelle aux Européens.

Sonner Tippoo, qui apparut sur-le-champ
chargé de manteaux.... m'envelopper dans un
collet doublé de fourrures, se couvrir lui-même
d'un vêtement en peaux d'ours plus fait pour les
régions arctiques que pour une nuit d'automne
en Angleterre.... Verser un verre d'une liqueur
délicieuse qu'il me force à avaler, mettre ses bottes, ses éperons, etc... — le tout en un clin d'œil —
me prendre dans ses bras comme si j'étais une
plume, et précédé de Tippoo me portant dans ses
bras, traverser la cour... tout ceci fut l'affaire de
quelques secondes et exécuté en moins de temps
qu'il n'en faut pour le dire.

Un groom, tenant un superbe cheval noir,
nous attendait à la porte extérieure.

« Là... là... Satan !... là, là, mon garçon, »
dit Farquhar s'arrêtant un instant pour poser sa

main sur la crinière et le cou luisant du bel
animal, avant de sauter légèrement en selle. Le
cheval hennit, frappant impatiemment le sable
de son pied de devant. — Tippoo me souleva, me
plaça sur la selle devant son maître, M. Farquhar
passa son bras droit tout autour de moi en me
disant de bien me tenir, siffla tout doucement...
et nous partîmes au grand galop, passant comme
une flèche sous le grand portique et prenant
droit à travers le parc.

Au premier moment cette locomotion si rapide
m'enlevait la respiration ; il me semblait que
j'allais tomber et être mise en pièces. Toutefois
cette impression dura peu. Je sentais l'étreinte
du bras nerveux de mon compagnon... Je pris
bientôt confiance et pus jouir de la rapidité de
notre course. La nuit était magnifique. — La lune
brillait de cette lumière jaune qu'elle ne donne
qu'au temps de la moisson dorée; les gouttes de
rosée brillaient dans l'herbe comme autant de
diamants.

« Hé! petite fille, » dit mon nouvel ami,
« comme nous courons! Cette course me rappelle
une dame Léonore qui, je ne sais où en Allemagne, a fait une fois cent milles à cheval, à une
heure de nuit peu convenable, et n'a vécu ensuite que pour s'en repentir. — Par Jupiter! Je
serais tenté de croire que je suis Wilhelm, et

vous Léonore... Bon... nous voici au bout du parc
et devant une palissade de cinq pieds de haut qui
nous sépare de la route. — Tenez-vous bien, petite fille, et hope!... pour un saut... — Hope-là!...
Satan... hope! »

Horriblement effrayée, je me cramponnai après
lui comme le noyé après une plante; mais Satan
sauta par-dessus la palissade comme un vrai lévrier... C'était fait avant que je ne susse où
j'étais.

« Pourquoi l'appelez-vous Satan, » demandai-
je aussitôt que j'eus retrouvé ma respiration?

— Parce qu'il est noir et méchant, » répondit
en riant M. Farquhar. « Il n'est aimable que pour
moi. Il mord tous les grooms, tue tous les petits chiens, et a horreur des femmes. Il tolère
Tippoo (cela tient à sa couleur) et il m'aime...
N'est-ce pas, Satan, mon vieux? Il mange dans
ma main, s'agenouille quand je le monte et me
suit comme un chien. Je l'ai acheté à un Arabe;
ce n'était encore qu'un poulain, et nourri au désert. Il ne foulera plus le sable arabe, ni moi
non plus peut-être... Bah! qui sait?... Avant
de mourir il se peut que je me fasse mahométan et que je m'en aille « plein de foi, » comme
dit Claudio, faire un pèlerinage à la Mecque. »

Et là-dessus, les arbres, les haies, semblent
voler... On dirait que Satan veut déchirer la

route sous ses pieds... De temps en temps d'un
caillou jaillissent des étincelles, et nos ombres
courent à côté de nous, comme des revenants
à la clarté de la lune.

Bientôt nous atteignons la pièce d'eau de Stoneycroft-hall... Voici la mare et la vieille maison
où les lumières vont et viennent derrière les
fenêtres. — La grille est ouverte (ce dont je me
réjouis fort, car s'il en eût été autrement, nous
aurions certainement sauté par-dessus), et nous
arrivons au grand galop devant la maison. —
Une manière de toucher les rênes, un mot... et
Satan tout frissonnant, couvert d'écume, s'arrêtant court, demeure parfaitement immobile... on
dirait un cheval sculpté dans du marbre noir.

M. Farquhar descendit en me tenant dans ses
bras, et levant son fouet il s'apprêtait à frapper
à la porte quand elle s'ouvrit... Il s'en fallut
de peu que ma tante, sa lumière à la main, ne
reçût les coups du manche du fouet! Elle était
pâle et avait l'air sévère; les lèvres entr'ouvertes
comme pour formuler une question... puis apercevant ma figure effarée qui pointait hors des
fourrures, elle poussa un cri perçant et laissa
tomber sa bougie.

« Retrouvée!... retrouvée!... Jane, venez...
Oh! Bab!... méchante, méchante Bab!.., quelle
soirée vous m'avez fait passer! »

Et demi-riant, demi-pleurant, elle s'emparait de moi m'embrassait, me tapait, me secouait tout ensemble, de telle sorte que je ne savais pas si j'étais contente ou fâchée. Jane arriva alors avec des lumières, et je reçus encore plus de baisers et de gronderies... puis le calme se fit et comme nous commencions à reprendre haleine, ma tante se retourna vers M. Farquhar.

« C'est à Monsieur que je dois le retour de ma vagabonde? » dit-elle en fixant sur lui ses yeux fins et interrogateurs. « Comment pourrai-je jamais le remercier assez?

— Simplement en ne me remerciant pas du tout, » dit-il debout dans l'embrasure de la porte, la bride de son cheval passée dans son bras, et parlant pour la première fois. « En vérité, Madame, c'est à moi de vous demander pardon avant que vous me parliez d'obligations... car, sur mon âme, j'ai failli faire votre connaissance en vous renversant.

— Monsieur, » répondit ma tante avec une révérence pleine de dignité, car elle savait être fort digne à l'occasion, je suis heureuse de faire la vôtre dans de telles circonstances.

— Permettez-moi donc de tout vous conter. Pardonnez à cette petite fille les inquiétudes qu'elle vous a causées; la faute en est à moi. Je l'ai rencontrée tout près de chez moi, nous nous

sommes mis à bavarder et sans y penser je l'ai
fait entrer pour voir un tableau. Comment le
temps s'est envolé, je ne saurais le dire, mais
nous prenions plaisir à être ensemble, et avant
d'avoir dîné nous n'avons pensé, ni l'un ni l'autre, aux conséquences de ce que nous faisions. Il
y a juste vingt minutes que le mot : « à la maison, » a été prononcé pour la première fois, et
je crois pouvoir me flatter de n'avoir pas perdu
de temps en route. J'avais promis de plaider pour
elle.... et même, je dirai plus, je lui avais promis
votre pardon. »

Ma tante avait l'air grave ou plutôt essayait de
l'avoir. Je crois qu'elle était presque contente
d'être forcée de me pardonner.

« Je ferai honneur à votre promesse, Monsieur,
dit-elle, en reconnaissance de la peine que vous
avez prise de me ramener cette enfant; car si ce
n'était à cause de votre intervention (secouant la
tête en me regardant) j'aurais dû la punir. Je
tiens à l'obéissance... je l'exige. Bab, remerciez
Monsieur pour toutes ses bontés. Vous plairait-il
d'entrer, Monsieur ?

— Pas ce soir, je vous remercie, » dit-il cour-
toisement; il est déjà tard et ma petite amie paraît bien fatiguée. Si, une autre fois, je puis me
présenter à une heure plus convenable...

— Vous serez le bienvenu, interrompit ma

tante avec un de ses brusques saluts. Vous serez
le très bienvenu. Avant de vous laisser partir,
pourrais-je vous demander votre nom? Votre figure m'est étrangère, et cependant il me semble
qu'elle ne m'est pas inconnue. »

M. Farquhar sourit, tira une carte de son porte-
feuille, me la donna avec un baiser en me disant
de la donner à ma tante, puis s'élançant sur sa
selle et soulevant entièrement son chapeau, il
salua profondément et partit au grand galop à
travers le jardin.

« Hem! » dit ma tante garantissant ses yeux
de la lumière de la bougie, et suivant le jeune
homme jusqu'au tournant de la route, « un beau
cheval, et un hardi cavalier. Voyons quel est son
nom... Miséricorde!!! FARQUHAR DE BROMHILL! »

CHAPITRE VIII.

Un citoyen de l'univers.

Tu sais, je cours après la sagesse
comme la mer Rouge après les esprits. — C'est pourquoi je voyage.
DEATH'S JEST-BOOKS.

Il se passa plusieurs jours et Hugues Farquhar
ne venait pas faire la visite promise. Chaque matin je me levais avec l'espoir de le voir avant la
fin du jour, et chaque soir j'allais me coucher
désolée. Je l'attendais,... je soupirais après lui,...
j'avais de l'amour pour lui, autant que la chose
est possible à une petite fille de dix ans. Je re-
cueillais et méditais chacune de ses paroles, —
j'essayais de faire son portrait, déchirant chaque
esquisse aussitôt qu'elle était faite ; je me rappelais les dernières intonations de sa voix, le bruit
des sabots de son cheval, et le baiser qu'il m'a-
vait donné en partant. Il était toujours mon
héros... et un héros plus héroïque que jamais.
En repassant dans mes souvenirs cette passion
enfantine, je crois que par-dessus tout c'était la
force dont cet homme était doué qui m'attirait
vers lui. Cette force se manifestait en tout,... en

santé, en courage, en audace,.. force de l'esprit,
force de la volonté,... puissance que donnent
l'indépendance et la fortune.

Je pensais que ses richesses étaient incalcula-
bles et Broomhill avec sa galerie de portraits, ses
longs corridors, ses enfilades de pièces imposantes,
me rappelait le palais d'Aladin. La manière de
vivre de mon héros avait aussi quelque chose
d'étrange et de solitaire. Il y avait du mystère et
du charme dans la mélancolie qui l'envahissait
quelquefois. Les mets dont il se nourrissait, la
pipe qu'il fumait, Tippoo le silencieux et le rapide
Satan, tout cela sentait le roman oriental! En
somme, je ne pouvais faire autre chose que de
parler et de rêver de Farquhar de Broomhill.

Ma tante parlait fort peu de lui, et écoutait
tout ce que j'en racontais en feignant l'indifférence. J'eus cependant la preuve que tout cela
l'intéressait et que non seulement elle m'écoutait,
mais qu'elle se souvenait de ce que je disais ;
car je l'entendis le lendemain matin répéter tout,
mot pour mot, au docteur Topham pendant
qu'ils arpentaient ensemble l'allée du jardin.
De ce moment ce fut une traînée de poudre, et
les nouvelles volèrent transportées de paroisse
en paroisse, de maison en maison ; elles se répan-
dirent à travers le comté comme si le télégraphe
s'en était mêlé. Hélas! pauvre Hugues Farqu-

har.... Son incognito ne fut pas de longue durée.

Enfin un jour vint où, après le dîner, nous étions ma tante et moi assises près de la fenêtre ouverte. Il avait plu, le temps était lourd et humide comme l'atmosphère d'une serre chaude. Il n'y avait pas un souffle. Cédant à l'influence de l'heure, ma tante s'était endormie son journal à la main, tandis que moi, perchée sur le large rebord de la fenêtre avec mon canevas et mes soies, j'avais laissé tomber mon ouvrage sur mes genoux, et le menton appuyé sur les paumes de mes deux mains je rêvais... Un long espace de temps s'écoula ainsi...

Tout à coup, au loin, mais se rapprochant rapidement, j'entendis le bruit d'un galop bien connu! Toujours plus fort, toujours plus vif, de plus en plus proche... Je sentis le rouge me monter au visage — et retenant ma respiration fixai mes yeux sur le point où les arbres laissaient une ouverture... puis sautant soudain sur mes pieds, je saisis Mrs Sandyshaft par le bras, en criant.

« Ma tante! ma tante! réveillez-vous! Le voici, enfin! — Je savais bien qu'il viendrait un jour!

— Il? qui? quoi? » s'écria ma tante tout effarée, et encore à moitié endormie. « Quel est ce bruit?

— C'est Satan, ma tante; écoutez comme il vient vite. »

Ma tante redevint raide.

« Satan! répéta-t-elle : Dieu ait pitié de nous! l'enfant perd l'esprit! »

Je ne pus que montrer en triomphe la porte du jardin où M. Farquhar, qui venait de descendre de son cheval, prenait soin de l'attacher.

Ma tante se relâchant de sa raideur, sourit d'un affreux sourire.

« Oh! oh! vous l'appelez Satan... hein? » dit-elle, « ça n'est pas mal ça, Bab,... le nom convient aussi bien au maître qu'à l'animal ; oh! »

Sur ce, je me précipitai dehors sans répondre et le rencontrant sous le porche, je fus prise tout à coup d'une timidité telle qu'il me fut impossible d'articuler un mot. En me voyant, il sourit et me tendit ses deux mains.

« *Eccolà!* dit-il. La Barbara de mon cœur; comment va Votre Grâce aujourd'hui? J'espère que les dernières fluctuations de la rente et le changement de ministère ne vous ont pas troublée? — Quelles nouvelles des cochons et des beaux-arts? »

Toute rouge et tout embarrassée, je laissais ma main dans la sienne sans savoir que répondre.

« Comment, pas un mot? pas un bonjour? pas seulement un : *Je vous donne le bonjour, sir Richard*. Oh! inconstante Barbara?... Quand on pense que j'ai apporté, dans ma poche, une boîte de bonbons turcs pour vous... Voyons, est-ce que vous n'êtes pas contente de me voir? »

Et tirant une jolie petite boîte en bois incrusté, il la tint gaiement devant mes yeux. — Je retirai vivement ma main et reculai.

« Ce n'est pas pour l'amour de ce que vous me donnez que je suis contente, » dis-je, grièvement blessée; et je m'enfuis du côté de la porte du salon, le laissant me suivre. Ma tante levant son doigt en signe de remontrances, — elle avait tout entendu, — s'avançait au-devant de lui.

« Monsieur, » commença-t-elle, « je suis heureuse de vous voir... et vous êtes le premier de votre race auquel j'en aie jamais dit autant. — Asseyez-vous. » M. Farquhar sourit, salua, et prit le siège indiqué.

« J'espère, Monsieur, dit ma tante, que vous voici revenu pour tout de bon parmi nous. Vous avez été absent trop longtemps. Voyager est le paradis des fous, et vous devez maintenant en avoir fini de semer votre folle avoine. »

M. Farquhar semblait s'amuser beaucoup.

« Madame, dit-il, c'est précisément à cette branche de l'agriculture que je me suis consacré durant ces cinq dernières années.

« Hem! et alors vous revenez pour le bon motif?

— Je serais désolé, si je croyais revenir pour le mauvais. »

Ma tante le regarda fixement et branla la tête.

— Ce n'est pas là ce que je veux dire, Monsieur Farquhar ; je voudrais savoir si vous avez l'intention de vivre sur vos terres, comme un véritable gentleman anglais, et d'épouser une femme.

— J'aimerais mieux épouser une fille, répondit-il avec son même sourire provoquant, mais mieux que tout, mistress Sandyshaft, je préférerais rester garçon. Quant à ce qui est de vivre sur mes terres, je puis vous affirmer que c'est ce que j'ai toujours fait depuis que j'ai quitté l'Angleterre, comme mon intendant peut l'attester, car j'ai fait toucher mes rentes avec la plus scrupuleuse régularité.

— Et vous les avez dépensées de même, j'en jurerais ! » dit ma tante avec cruauté.

M. Farquhar se mit à rire et ne répondit rien ; mais revenant à la charge :

« L'Angleterre est le plus charmant pays du monde après tout, » dit-elle ; « l'unique pays possible !

— Pour les brouillards et la chasse aux renards, c'est parfaitement vrai.

— Pour la liberté de la presse, pour l'esprit public, pour le comfort du foyer domestique et pour l'honneur national ! Venez me dire que vous trouvez du sens commun en France, Monsieur Farquhar ?

. — Trouvez-moi en France l'occasion de con-
juguer les verbes : *Bougonner, grogner!*

— J'en serais bien fâchée, » dit ma tante, ravie
de l'argument en se frottant les mains. « Ceci est
pour nous un trait de caractère national, — un
plaisir national, — une institution nationale!

— Et le privilège exclusif du Lion britannique! » ajouta M. Farquhar en haussant les épaules. « Allons!.. je suis un citoyen de l'univers, —
par nature un être errant, — par le cœur un
cosmopolite. — J'avoue être peu patriote et très
bohémien. Le porter de Londres n'a pas pour
mon palais une saveur meilleure que les vins de
Hongrie, et entre les *kabobs* et les côtelettes de
mouton je trouve bien peu de différence. »

Stupéfaite, ma tante leva les mains en l'air.

« Jeune homme, » dit-elle, « vos opinions sont
détestables. Vous ne méritez pas de descendre
d'une famille qui compte huit siècles. Point d'a-
mour de la patrie, vraiment! miséricorde! —
Que pensez-vous donc, je vous prie, de l'histoire
d'Angleterre?

— Ma chère Madame, je pense que c'est une
œuvre admirable... pour les rayons d'une bibliothèque.

— L'avez-vous jamais lue?

— Oui, dans mon enfance, quand je croyais
en messieurs Hume et Smoltest, quand je re-

gardais Charles Ier comme un vrai martyr de la royauté, quand j'étais convaincu de la pureté de la virginité de la reine Élizabeth. »

Ma tante sourit en dépit d'elle-même.

— Je crains que vous ne soyez un bien mauvais sujet, » dit-elle, « et que vous ne croyiez à fort peu de choses, et je ne vois rien de mieux pour vous que la ligne droite du mariage.

— Alors votre opinion est que mon cas est véritablement sérieux !

— Il vous faut vous établir en Angleterre, » continua ma tante, « et voir la société. Il faut vous marier. Une jeune fille anglaise, bonne, bien élevée, d'un aimable caractère, voilà ce qu'il vous faut. Et j'en connais quatre ou cinq dans ce comté qui vous iraient comme un gant.

— Faut-il que je les épouse toutes ?

— Non, en vérité ! Vous êtes ici dans un pays civilisé, Monsieur, et non parmi des sauvages ou des Turcs. Les épouser toutes ? Ah ! ah ! j'aime bien l'idée !...

— Moi, je préférerais la réalité. »

Ma tante secoua la tête avec impatience.

« Stupidité ! dit-elle, je vous parle sérieusement et vous donne un conseil d'amie. Vous avez besoin d'une femme, je le répète, il faut vous marier.

— C'est parlé *ex cathedrâ*, » observa M. Farquhar en forme de parenthèse.

HISTOIRE DE BARBARA.   7

« Nous avons... voyons, laissez-moi songer...
nous avons les filles de sir John Crompton, »
continua ma tante, comptant les jeunes personnes
sur ses doigts; puis miss Heathcote, avec trente
mille livres sterling de dot, puis les deux Somer-
ville, les filles du doyen de Wrentham, puis...

— Ma chère Madame, » interrompit M. Farquhar, « avant de vous laisser poursuivre votre
liste, dites-moi quelles chances je puis avoir de
faire la connaissance de ces sirènes. Faut-il que je
me fasse mettre dans le « Ipswich Herald, » ou
bien que je pende à mon cou une étiquette avec
les mots : A LOUER, inscrits en lettres d'or?

— Ni l'un ni l'autre, Monsieur; vous enverrez
quérir un peintre décorateur, un tapissier, un
confiseur, qui mettront votre maison en état, et
vous lancerez des invitations pour un bal...

— Oh! pas pour un royaume! — Comment?
me créer des embarras jusque par-dessus les
oreilles! soumettre la vieille maison à l'invasion
de femmes coquettes et de violoneux? Non, Madame, j'ai trop de respect pour les araignées.

— En ce cas, dit ma tante, c'est moi qui donnerai une soirée.

— Je ne croirai jamais une chose pareille,
mistress Sandyshaft, » s'écria une voix à la porte:
« C'est une fiction, une fable...

— Topham! » observa ma tante, « vous êtes

un fou! entrez, s'il vous plaît, que je vous présente à M. Farquhar de Broomhill. »

Le docteur Topham entra, tenant en main son chapeau, son parapluie, et le reste... qu'il alla solennellement déposer sur la table.

« Vous m'avez dit cela si souvent, mistress Sandyshaft, que je commence à m'imaginer qu'après tout en effet je dois être un fou, et je vais prendre le bonnet *ad hoc* avec ses grelots en votre honneur. — Ne prenez pas la peine, Madame, de me faire connaître à M. Farquhar, c'est une chose que je puis faire parfaitement moi-même. — Votre main, Monsieur; — vous et moi sommes de vieux amis, et notre connaissance date de plus d'un quart de siècle. — Il s'agit bien de présentations, ma foi!... Mais, Monsieur, c'est moi qui ai eu le plaisir de vous présenter le premier à monsieur votre père. Je pense bien que vous ne vous rappelez pas cet événement avec autant de netteté que moi. »

Une ombre, un trouble, quelque chose d'indescriptible passa sur la figure hâlée de Hugues Farquhar en entendant ces paroles.

« En vérité, dit-il très bas; alors vous avez connu ma mère.

— Certainement. — C'était la plus excellente et la plus belle des femmes; charitable, vraie, sé= rieuse. Elle était adorée aussi bien par les riches

que par les pauvres, et pendant bien des années
son nom est resté dans toute cette partie du pays
comme le type de la bonne ménagère. »

M. Farquhar baissa gravement la tête.

« Vous lui rendez justice, Monsieur, » dit-il,
et il se détourna en soupirant.

Il se fit un silence de quelques minutes pendant
lequel le docteur Topham et ma tante échangèrent quelques regards belliqueux; on eût dit
qu'ils grillaient de recommencer leurs chamail-
leries accoutumées. Bientôt Hugues Farquhar reprit la parole :

« Ce qui me surprend, docteur Topham, c'est
de n'avoir conservé aucun souvenir de votre figure. Il me semble bien avoir déjà entendu votre
nom et pourtant lorsque j'étais un jeune garçon
et revenais d'Éton et d'Oxford passer les vacances
à la maison, c'était M. Stanley qui...

— Précisément. M. Stanley de Normanbridge, »
interrompit le docteur. « Votre père et moi, nous
n'étions jamais du même avis, Monsieur Farquhar, si bien que nous avons fini par nous
brouiller, et quoique votre mère ait fait de son
mieux pour nous réconcilier, les hostilités sont
toujours restées ouvertes. M. Stanley est un fort
habile homme,... mais il aime trop la lancette!...
trop la lancette !...

— Taisez-vous, docteur, dit ma tante aigrement, vous n'êtes tous qu'un tas d'assassins. Les uns préfèrent l'acier, les autres le poison :... là est toute la différence.

— Bien obligé, Mistress Sandyshaft. Je réserve ma vengeance pour la première occasion où vous aurez besoin de mes services. »

Hugues Farquhar se mit à rire et se leva pour prendre congé.

« Puisque la guerre est déclarée, » dit-il, « je veux vous laisser combattre vaillamment. Docteur Topham, voulez-vous venir demain soir fumer avec moi une pipe de tabac turc? — Mistress Sandyshaft, vous voudrez bien me faire savoir quand vous m'aurez trouvé une femme. Si vous pouvez faire en sorte que je me rencontre avec elle avant d'aller à l'autel, je le préférerais. Mais, au nom du ciel, n'allez pas me marier sans me prévenir.

— Vous choisirez vous-même, Monsieur Farquhar, » répliqua ma tante. « J'ai vraiment l'intention de donner cette soirée, je vous l'affirme.

— Pas pour moi, au moins; je vous en prie.

— Si fait, pour vous uniquement — donc vous êtes forcé d'y venir. »

Et là-dessus ils se donnèrent une poignée de mains après quoi il partit. Comme il sortait de la chambre, M. Farquhar me fit signe de le suivre;

nous allâmes ensemble et en silence jusqu'à la porte du jardin, là il s'arrêta.

« Barbara, me dit-il avec douceur, pourquoi vous êtes-vous fâchée si fort tout à l'heure quand je vous ai offert cette boîte? »

Je baissai la tête sans trouver rien à dire.

« Si vous aviez su, » continua-t-il sur le même ton, « quelle peine j'ai eue à trouver ces bonbons; que de centaines de milles ils ont faites avec moi, et avec quel plaisir je les avais mis dans ma poche aujourd'hui (espérant vous être agréable), je crois, petite, que vous m'auriez traité moins durement. »

Je me sentis trembler et changer de couleur.

« Je... je... ce n'est pas que je sois ingrate, balbutiai-je, mais vous avez dit : Eh bien êtes-vous contente de me voir *maintenant?* — J'étais contente bien avant d'avoir vu les bonbons! Je vous avais entendu venir quand vous étiez encore à un mille d'ici... je savais que c'était vous!... Je... je suis restée à la fenêtre toute la semaine à vous attendre... Oh! je vous en prie, pardonnez-moi, je ne suis pas une ingrate! »

M. Farquhar me regarda très sérieusement; il y avait sur ses traits quelque chose qui ressemblait à de l'étonnement.

« Eh! bien, *Barbara mia*, » dit-il, « vous êtes bien le petit cœur de femme le plus tendre que

j'aie jamais rencontré. — Allons, soyons bons
amis. — Par Jupiter! après tout, je crois que tout
cela est de ma faute. »

Et se penchant vers moi, par deux baisers il
sécha les deux grosses larmes qui roulaient le long
de mes joues.

« Voulez-vous bien prendre la boîte maintenant pour l'amour de moi? » me dit-il à l'oreille,
puis avec un dernier baiser il la plaça entre mes
mains, monta sur son cheval et partit au galop.

Je le suivis des yeux à perte de vue; me demandant s'il n'allait pas se retourner; mais il ne
regarda ni à droite ni à gauche, il alla tout droit
devant lui et disparut bientôt au tournant de la
route.

CHAPITRE IX.

Une passion d'enfant.

L'amour convoité fait plaisir. —
Mais quand on le reçoit sans l'avoir
convoité il semble bien plus doux.
SHAKESPEARE.

La première visite d'Hugues Farquhar fut suivie peu de temps après d'une seconde et d'une
troisième, si bien qu'au bout de peu de temps il
devint un habitué de la maison. — Son heure
favorite était le crépuscule ; il avait la coutume
d'arriver à cheval jusqu'à la porte de la maison,
là, il attachait Satan par la bride et entrait sans
se faire annoncer. — Ma tante alors mettait son
journal de côté, bougonnant vertement après le
visiteur qui venait troubler son somme,... puis
elle se préparait à bavarder.

Moi, je restais quelquefois assise dans un petit
coin noir, retombant dans mon ancienne occupation : le contempler,... jusqu'à ce que la nuit
vînt si bien que ne pouvant plus distinguer ses
traits, je me contentais d'entendre sa voix. D'autres fois il m'arrivait, — car j'étais bien gâtée maintenant, et jouissais de grands privilèges, — de

venir m'asseoir à ses pieds sur un petit tabouret... je posais ma tête sur ses genoux.... oh ! dans
ces moments-là j'étais presque *trop* heureuse!

Quand le bonheur voulait que s'interrompant
au milieu de sa conversation il m'adressât un
mot, par hasard, ou bien lorsque se laissant aller
à ses rêveries il passait sa main dans les replis
onduleux de ma longue chevelure, je tremblais,... je retenais mon souffle dans la crainte
de faire retirer plus tôt cette main par le plus
léger mouvement. — Dire combien j'aurais donné
alors pour oser la porter à mes lèvres, cette main
aimée, n'a pas grande importance aujourd'hui.
Fidèles à leur ancienne manière, bien que toujours en guerre, ma tante et lui s'entendaient fort
bien ; ils différaient constamment d'opinion, mais
ce n'était que pour avoir le plaisir de discuter.

Ma tante avait beaucoup lu, et, en dépit de ses
billevesées et de ses préjugés, était fort capable de
bien causer. En politique, en littérature comme
sur les arts, Hugues Farquhar avait quelque chose
d'amusant et d'original à dire. Sa conversation
avait un tour à part, un cachet d'originalité qui
lui était tout particulier. Quand il était à son aise
il sautait d'un sujet à un autre, — du plaisant au
sévère, — et semblait plutôt penser tout haut que
causer. Bref, il parlait comme peu de gens savent parler, comme encore moins savent écrire.

7.

. Reproduire sa conversation est, par conséquent, singulièrement difficile,... lui conserver
sa saveur est absolument impossible..

Ces causeries du crépuscule m'apprirent bien
des choses. Et quoique je ne comprisse pas toujours ce qui s'y disait, j'y prenais un vif plaisir. Qui sait si ces entretiens ne contribuèrent pas
plus à développer mon intelligence que n'aurait
pu le faire un système d'éducation!

Il faut bien avouer qu'à cet égard j'étais restée
en quelque sorte stationnaire : Deux heures chaque matin passées à lire Gibbon Goldsmith et
Buffon, une autre dans l'après-midi consacrée
aux débats du parlement ne pouvaient guère
mériter le nom d'études, seulement j'avais à ma
libre disposition la bibliothèque de ma tante,...
les champs, le grand air, et durant cette période
de ma vie je ressentis plus de choses que je n'en
avais encore ressenti. Les semaines passèrent
ainsi, l'automne disparut et Hugues Farquhar
demeurant toujours seul dans sa tour solitaire,
continua à faire comme je l'ai déjà dit, de fréquentes visites à Stoneycroft-hall. Souvent il
arrivait à cheval entre huit et neuf heures pour
prendre le café et faire un piquet avec ma tante.
— Il ne se passait pas une semaine qu'il ne lui
envoyât du gibier, enfin il faisait tout ce qu'il fallait pour se faire admettre comme un intime,

— pourquoi? et quel plaisir pouvait-il trouver
dans la société d'une vieille femme excentrique
et d'une enfant timide de dix ans. — Avait-il
donc l'intention de se fixer en Angleterre? —
C'était un mystère qu'on ne pouvait point éclair-
cir. Quand on le questionnait il ne répondait
rien ou déclarait n'en pas savoir plus que vous.
— Il n'avait aucun désir de se fixer... il préférait
avoir un pied sur la mer, l'autre sur le rivage,
du moins encore pendant quelques années.

« Mais sûrement, » disait ma tante l'attaquant
un soir sur ce sujet : son sujet favori, à elle;
« sûrement, vous avez quelque plan arrêté?

— Un plan, ma chère mistress Sandyshaft?
Non pas, vraiment. Que Dieu me pardonne!

— Eh bien, alors, vous avez quelque idée
pour l'avenir?

— Aucune. *Oggi*, voilà ma devise... et que
domani aille au diable! »

Ma tante secoua la tête d'un air grave et parut
choquée.

« Vous avez tort, » dit-elle; « vous êtes jeune
encore et, je le répète, vous avez tort. Vous
n'envisagez pas la vie assez sérieusement... vous
ne...

— Pardonnez-moi, je l'envisage au contraire
peut-être trop sérieusement. Aussi la trouvant
lourde à porter, j'aime à me laisser aller au jour

le jour, à la dérive, comme l'herbe marine qui s'en va de vague en vague.

— D'où je conclus, » observa ma tante sèchement, « que la vie de votre choix est une vie de *farniente*. Quelle stupidité ! Laissez-vous aller à la dérive ici, puisqu'il vous plaît tant de dériver... et si vous trouvez que rester au lit soit une si excellente philosophie,... eh bien, restez-y,... mais que ce soit à Broomhill.

— Commencez d'abord, mistress Sandyshaft, par me pourvoir de cette femme modèle que vous m'avez promise.

— D'ailleurs, » continua ma tante, « votre position vous impose des devoirs. — Vous avez un rôle (*stake*) à jouer dans le pays.

— Il est un peu dur, mon rôle, il est même coriace,... » interrompit-il en riant : « j'aime mieux *une côtelette à la Soubise* ou une tranche de bœuf (*steak*), mangées à la Maison dorée (1). »

Ma tante, alors très irritée, cita l'opinion du docteur Johnson sur les faiseurs de calembourgs et les pick-pockets, et, pour ce soir-là abandonna la partie.

Il s'était écoulé peu de soirées depuis celle-ci, quand il revint de nouveau. — C'était la première

(1) Farquhar fait un calembourg impossible à rendre en français. Il joue sur le mot *stake* pris ici dans le sens de rôle ; ce mot se prononce comme le mot *steak* qui signifie « une tranche de viande ».

gelée de la saison, et quoiqu'il fût venu très vite
à cheval, enveloppé dans son grand manteau de
fourrures, il se plaignait amèrement du climat.

« Le climat! » répétait ma tante; « que Dieu
le bénisse! que peut-il désirer de mieux qu'un
climat comme celui-ci, je le demande? Et avec un
pareil manteau sur son dos encore!

« En dépit de toutes ses plumes, le hibou
avait très froid », cita Hugues Farquhar en se
penchant vers le feu comme un habitant du
Kamtschatka à moitié gelé.

Ma tante renforça le monticule de charbon,
sonna pour le café, tout en marmottant quelque
chose sur les salamandres et les adorateurs du feu.

« Cela vous étonne que je gèle, dit-il, quand
depuis cinq ans je n'ai pas subi un hiver. — J'ai
passé tous mes mois de décembre et de janvier
soit dans le sud de l'Italie, soit en Orient, soit
sous les tropiques. — Ce n'est pas drôle du tout,
permettez-moi de vous le dire, de revenir dans
cette infernale contrée des gelées et des brouillards, après avoir erré pendant cinq longues
années.

> . . . . partout où l'universel Pan
> Se joignant à la danse des Heures et des Grâces,
> Nous donne un éternel printemps!

« Peuh! Dante était de mon avis quand il a fait

de la région glacée le cercle le plus bas de son
Enfer... enfermant sa majesté le diable au beau
milieu.

— Si vous vous étiez contenté de vivre d'une
façon respectable dans votre propre pays, dit aigrement ma tante, vous n'auriez pas connu la
différence. — Voulez-vous un peu d'eau-de-vie
avec votre café? Je déteste entendre les dents
des gens claquer comme des castagnettes.

— C'est un « Esprit de santé, » je ne refuserai
pas ce bien-être. *Barbarina mia*, me ferez-vous
la grâce de m'embrasser ce soir? Bon! voici
un petit bonjour bien timide. — Votre Seigneurie est bien chiche de ses lèvres de rose,
il me semble!... Ah! si vous saviez ce que j'ai
apporté pour vous le montrer... et dans quelle
poche cela est?... Un album, petite, un album
plein d'images! »

En un instant mes mains plongeaient tout au
fond de ses poches; car à cette époque ses poches
étaient pour moi un terrain familier. La première chose que je tirai fut un petit paquet carré
cacheté aux deux extrémités, la seconde, un
livre avec un fermoir d'argent.

« Attendez, » dit-il en me reprenant le premier
objet dont il brisa les cachets. « Ceci est un paquet de cartes, Mistress Sandyshaft, avec lesquelles je me propose de faire votre piquet ce soir.

Examinez-les, je vous prie, et dites-moi quelles sont celles qui serviront d'atout. »

Et en disant cela il sortait rapidement du paquet vingt ou trente cartes de visite, riant de tout son cœur de l'air stupéfait de ma tante.

« Général Kirby, — Monsieur Fuller, — Mistress Fuller, etc., etc... Eh, mais, au nom du ciel, où avez-vous trouvé tout ceci?

Dans une corbeille placée dans mon cabinet. Un fameux jeu de cartes pour faire la partie, hein?

— Avez-vous rendu quelques-unes de ces visites?

— Pas une. Je pensais envoyer Tippoo partout comme mon représentant.

— Vous êtes absurde!

— Mais pas du tout. Il n'a qu'à se tenir couché dans un coin tout au fond de la voiture; il mettra des gants de chevreau couleur lavande, et lancera des cartes de visite par la fenêtre,... et si quelqu'un aperçoit sa figure, on pensera que les voyages m'ont gâté le teint.. Vous pouvez être sûre qu'il fera cela on ne peut mieux, et avec bien plus de majesté que moi-même. »

Mais ma tante se contenta de secouer la tête; et prenant un crayon elle se mit gravement à écrire la liste de tous ces noms, sur le dos d'une vieille lettre.

« Avez-vous une idée, » dit-elle bientôt, « du

nombre d'individus que ces cartes représentent?

— Non, du tout.

— Eh bien, cela fait de quatre-vingt-cinq à cent personnes.

— Pas possible!... Suis-je donc forcé d'être poli avec tous ces gens-là?

— Oh! c'est comme il vous plaira! »

Il prit la liste, la lut d'un bout à l'autre plusieurs fois; puis, posant sa tête sur sa main, il tomba dans une rêverie noire. Un instant après, ma tante apporta sa petite table en noisetier, arrangea sa lampe, et tira les cartes à jouer. Quand tous ces apprêts furent terminés ils se mirent à faire un piquet et la soirée se passa ainsi.

Quant à moi, m'asseoir sur un tabouret aux pieds d'Hugues Farquhar, les yeux fixés sur le livre au fermoir d'argent, n'était-ce pas une ravissante manière de passer mon temps? Oui, en vérité, il y avait là des esquisses!... les unes coloriées, d'autres au crayon, ou bien à la sépia. — Quand j'eus tout vu jusqu'à la fin, je repris du commencement; et à part quelques coups d'œil lancés par moi de temps en temps sur la figure bronzée que j'aimais tant à regarder, je ne levais pas les yeux de sur les esquisses. Le Paul Véronèse était trop fort pour moi, tandis que là je trouvais l'art tel que je l'avais rêvé durant le cours de ma petite existence.

Enfin dix heures sonnèrent à la pendule ; ma
tante laissa tomber la main qui tenait les cartes.
Qu'elle fût au milieu d'une partie, ou en pleine
contestation sur un point du jeu, au premier
coup de dix heures elle s'arrêtait toujours inexo-
rablement.

« Cet album vous amuse, Barbara ? » demanda
M. Farquhar, me parlant pour la première fois
depuis qu'il avait commencé à jouer.

« Je n'ai jamais rien vu d'aussi beau, » m'é-
criai-je. Et ma figure, sans nul doute, en disait
plus en fait d'éloges que tout ce que j'aurais pu
articuler.

Il sourit et me reprit le livre.

« Montrez-moi le dessin que vous préférez, »
dit-il en tournant rapidement les feuillets.

Je l'arrêtai à une esquisse représentant une
fontaine en ruines qui se détachait sur un fond de
montagnes brumeuses ; sur le premier plan une
paysanne italienne remplissait sa cruche.

« J'aime mieux ceci que tout le reste, » m'é-
criai-je.

« Et moi aussi, petite. Vous avez mis le doigt
sur ce qu'il y a de mieux dans l'album. »

Et tout en partant il ouvrait son canif, décou-
pait la feuille et la remettait entre mes mains.

« Miséricorde ! cria ma tante, vous n'allez pas
donner cette esquisse à cette enfant ?

— Mais si, vraiment; et, fût-elle encore cinquante fois meilleure, elle l'aurait de même. *Carina*, j'en ai bien d'autres à la maison, et de bien
plus grandes. Il faudra venir passer une journée
avec moi et les regarder toutes... peut-être, après,
aimerez-vous mieux le Paul Véronèse. — Pas de
remerciments, ma petite fille. — Je déteste cela.
— Mistress Sandyshaft!... mon parti est pris!

— Quel parti, je vous prie?

— De remplir un devoir solennel, de recevoir
mes quatre-vingt-cinq chères connaissances...
que je ne connais pas!... Mais que faut-il donner?
— un bal? un dîner? — ou tous les deux?

— Tous les deux, bien certainement, si vous
avez réellement l'intention de faire quelque chose.

— Amen! et quand?

— Comment puis-je vous dire cela? Il faut
préparer votre maison.

— Et moi ensuite, à mourir! Ma chère Madame, votre phraséologie sent les « mets bouillis
des funérailles! » — Bon, il faut que je retourne
la chose dans ma tête, et que je tienne conseil
avec ma femme de charge,... après quoi, nous
verrons! »

Et là-dessus il prit congé. Je le suivis jusqu'à
la porte où Satan l'attendait, farouche et impatient. — Il n'y avait pas de lune, mais les étoiles brillaient avec force dans cette nuit de ge-

lée, et la lanterne du garçon d'écurie projetait un cercle lumineux sur le sentier.

« Bonsoir, ma petite amie, » dit-il en touchant légèrement mon front de ses lèvres.

Je ne pus lui dire bonsoir en retour ; mon cœur était trop plein ; mais je le suivis des yeux longtemps après que la nuit noire l'avait englouti, et j'écoutai le bruit des pas de son cheval jusqu'au dernier son. — Ce soir-là, en allant me coucher j'emportai ma chère peinture avec moi, et la plaçai de façon à pouvoir la voir aussitôt mon réveil. J'étais excessivement heureuse... et pourtant, je me rappelle que je m'endormis en pleurant.

CHAPITRE X.

Le bal à Broomhill.

A l'ombre d'un grand poirier, dans un agréable coin du verger derrière la maison, on voyait une petite construction en bois, très peu élevée, dont le toit était couvert de taches de moisissures répandues par groupes, et de lichen. La serrure était toute rouge de rouille et les araignées avaient tissé leur toile sur les gonds de la porte. On aurait dit un endroit abandonné : c'était la remise de ma tante ; ce petit monument contenait son carrosse. Jamais tiré de là, si ce n'est une fois dans l'année pour être nettoyé, ou dans les occasions de grandes cérémonies, ce véhicule reposait dans sa poussière et dans sa dignité comme le char funéraire de lord Nelson sous les voûtes de Saint-Paul, et n'en menait pas moins une douce vie.

La première fois que j'eus l'honneur d'être cahotée par lui fut le jour où Hugues Farquhar donna son grand dîner et son bal, environ cinq

semaines après les événements que je viens de
raconter.

Je dis cahotée, et je ne le dis pas sans raison ;
car jamais objet plus récalcitrant et plus dé-
pourvu de ressorts ne fut posé sur quatre roues.
Quand on le mettait en mouvement, il faisait
entendre des craquements désespérés ; dans les
descentes, il allait d'un côté à l'autre de la route
comme un géant ivre, et jamais nous ne tour-
nions un coin sans être menacées de verser. Malgré ces petites excentricités, cette antique *com-
modité en cuir* n'en demeurait pas moins l'objet
tout spécial de ma vénération.

Toutes nos difficultés furent encore décuplées
par le mauvais état des chemins ; car il avait
neigé la nuit d'avant, puis gelé le matin.

« Bab, » dit ma tante, « je n'aurais jamais
cru que je vivrais assez pour accomplir une chose
pareille. »

Ma tante était superbe ce soir-là. Elle portait
sa robe de brocart de soie noire, son turban
noir et or, et la parure d'améthystes qui lui avait
été donnée par son mari le jour de ses noces.

« Pour accomplir quoi, » ma tante ? demandai-
je tout en me cramponnant à l'une des courroies
de la voiture ; car nous étions précisément à un
endroit de la route où la neige s'était accumulée
assez fortement, et notre véhicule travaillait en

ce moment à gravir ce monticule avec autant
de peine qu'un allumeur de réverbères pris par
un coup de vent.

« Eh bien, aller dîner à Broomhill, donc! Ne
m'avez-vous pas entendue dire et redire souvent
que jamais de ma vie, je n'avais échangé une
politesse avec les Farquhar, que je n'avais jamais
franchi le seuil de la porte d'un Farquhar? Et
pourtant me voici, à mon âge, en train d'aller
dîner à Broomhill!

— Alors, vous aimez ce Farquhar-là, » suggérai-je, « et...

— Ne dites pas que je l'aime, Bab; je le tolère; c'est un fou amusant, avec un restant de
cervelle; je le supporte, voilà tout... Restez tranquillement assise, Bab. »

Mais j'étais si excitée qu'il m'était impossible
de me tenir tranquillement assise. — Nous venions
alors d'entrer dans le parc et plus loin on voyait
dans la neige brillante et le ciel en deuil, s'é-
lever la maison, qui, éclairée de la base jusqu'au faîte ressemblait à un énorme phare. L'avenue avait été illuminée d'un bout à l'autre et les
grands vieux chênes étendaient sur nos têtes
leurs bras chargés de neige, qui ressemblaient,
à la clarté fantastique des lanternes de notre voiture, à des branches de corail blanc; et quand
nous arrivâmes à quelques mètres de l'arcade de

l'entrée, nous nous trouvâmes à l'extrémité d'une file d'équipages dont chacun déversait à son tour, et un à un, ses occupants. Comme mon cœur battait quand ce fut enfin à nous... et que nous nous trouvâmes en face de la brillante perspective du vestibule tout allumé !

Un valet à la perruque poudrée se tenait juste dans l'entrée, — un second nous prit nos manteaux, — un troisième nous annonça à la porte du salon. — Je n'avais encore jamais vu une soirée, et comme nous passions dans la grande salle toute resplendissante de candélabres se reflétant dans des miroirs, j'étais toute tremblante et n'osais avancer. Il y avait là environ une vingtaine de personnes éparpillées sur les sofas ou groupées autour d'une table chargée de gravures. C'est de ce groupe, qu'entendant le nom de ma tante, se détacha un gentleman qui vint à notre rencontre. C'est à peine si je le reconnus au premier abord dans son bel habillement noir bien collant, et sa cravate blanche, il ressemblait si peu à l'Hugues Farquhar de tous les jours peu soigné, dans son grand manteau fourré ! Il nous fit un profond salut... si profond, que dans mon ignorance j'en restai ébahie.... et conduisit ma tante à un fauteuil près du feu.

« Voici ce que je considère comme une grande faveur, Mistress Sandyshaft, » dit-il, « et suis heureux de pouvoir pour la première fois, vous souhaiter la bienvenue chez moi. »

Le décorum avec lequel était fait cet accueil, la politesse hautaine avec laquelle ma tante le recevait, et, par-dessus tout le mouvement de curiosité qui sembla s'opérer immédiatement parmi tous les invités présents, tout cela me frappa comme quelque chose d'étrange. Ce ne fut que bien des années plus tard, alors que j'étais initiée depuis assez longtemps aux usages du monde pour pouvoir interpréter cette énigme, que je pus arriver à comprendre pourquoi Hugues Farquhar avait rendu ce soir-là à ma tante un hommage public aussi courtois, et pourquoi tout le monde avait tenu la présence de cette dernière en ces lieux, comme la preuve d'une amitié reconnue et la fin de vieilles querelles.

Pendant le court silence qui avait suivi tout ceci, il était arrivé d'autres invités, et le bourdonnement des conversations avait recommencé à nouveau. L'une après l'autre, chacune des personnes présentes vint saluer ma tante; à quelques rares exceptions près, je n'en connaissais aucune.

Bientôt on vint annoncer le dîner. M. Farquhar donna le bras à ma tante, le reste suivit deux par deux. Moi je me trouvai entraînée par le courant et allai m'asseoir presque tout au bas de la longue table qui était couverte de cristaux, d'argenterie, de candélabres resplendissants et de vases remplis de fleurs délicieuses comme je n'en avais encore jamais vu en hiver.

Ce repas fut d'une imposante solennité, et comme celui d'un mariage se termina, au moins pour moi, dans l'éblouissement.

Enfin, au bout de deux longues heures, comme j'allais tomber endormie ma tante et lady Crompton, l'une des grandes dames du comté, s'étant levées de table, nous suivîmes toutes en une procession étincelante de soie et de satin, laissant les gentlemen boire leur vin de Bordeaux.

Arrivées au salon, ma tante s'assit, raide comme un piquet, sur une chaise à dossier élevé où je la vis luttant contre ses yeux qui se fermaient impitoyablement, et je me retirai dans l'embrasure d'une fenêtre d'où je voyais la neige qui recommençait à tomber très serrée. Au bout de peu de temps les voitures défilèrent, la pièce commença à se remplir ; on passa le café, on ouvrit les tables de jeu, et répondant à l'appel de l'orchestre qui résonnait gaiement, les invités s'accouplèrent deux à deux à travers le vaste vestibule et le long des escaliers. Personne ne m'offrit de me conduire à la salle de bal ; je restai donc dans ma fenêtre me sentant aussi seule, aussi abandonnée, que je l'étais dans ma man-

8

sarde solitaire de la maison de Londres. Tous
ces couples jeunes et radieux avaient l'air si heureux! combien j'avais envie de les voir danser!...
Quelle chose éblouissante devait être une salle
de bal... Bref je finis par éprouver un tel désappointement, un tel sentiment d'abandon,
qu'ils dépassèrent mes forces, et appuyant mon
front contre la vitre je laissai couler mes larmes
en silence.

« Comment, Barbara ici, et toute seule ! » dit
la voix d'Hugues Farquhar. « Pourquoi n'êtes-
vous pas dans la salle de bal, mignonne ? » Toute
honteuse d'être trouvée pleurant, je collai ma
figure encore plus fort contre la fenêtre et ne
répondis rien; il posa sa main sur mon épaule
et se pencha si bien que je sentis son souffle sur
mon cou.

« Il y a quelque chose, *carina*, » dit-il doucement, « retournez-vous, regardez-moi, et dites-moi ce qu'il y a. »

Je ne pouvais supporter son étreinte ni la tendresse de sa voix; je me mis immédiatement
à trembler des pieds à la tête et sanglotai sans
contrainte. Un moment après il avait approché
une chaise de la mienne, m'attirait sur ses genoux, m'enveloppait de ses bras et m'embrassait
vingt fois.

« Chut!. chut!. *Barbara mia!* » murmurait-il

tout doucement... « Chut! pour l'amour de moi,
ma princesse aux beaux yeux brillants! Je vois
ce que c'est... on l'a oubliée... on l'a laissée
là, toute seule, dans cette chambre triste... et
alors elle a pris du chagrin faute de compagnie.
Allons! il ne faut plus pleurer, petite! vous allez
venir avec moi auprès de la femme de charge,
elle vous lavera les yeux et puis nous entrerons
dans le bal et nous danserons ensemble!

« Danser! » répétai-je au milieu de mon chagrin, « moi, je danserai!

— Certainement, vous danserez; et c'est moi
qui serai votre cavalier. *Eccolà!..* je savais bien
que le soleil ne tarderait pas à briller de nouveau. »

Et me faisant quitter le salon et suivre un
corridor il me conduisit dans une petite chambre bien confortable où se tenait une vieille
dame en train de remplir de thé et de café des
vingtaines de tasses qu'elle envoyait aux invités.
Sur un mot de M. Farquhar cette dame m'en-
mena dans une chambre plus éloignée, et là,
après avoir lavé ma figure, brossé mes cheveux,
refait le nœud de ma ceinture, elle me rendit
tout à fait belle et présentable. Alors il me reprit
par la main et nous entrâmes ensemble dans le bal.

C'était la galerie des portraits qui servait de
salle de bal. Mais, la galerie des portraits trans-

formée... transfigurée... changée en une terre
des fées. On aurait dit un immense bosquet. Les
vieux portraits souriaient au milieu de leur entourage de myrte et de houx. — Les murs, les
candélabres, la galerie de musique étaient ornés
de festons formés de feuillages d'arbres verts, de
chrysanthèmes, de bruyères d'hiver ; — des lampes de couleur, des lampes de Chine blotties
dans le feuillage étaient surpendues à chaque pi-
lier, à chaque corniche ; — l'orchestre se parait
des drapeaux de plusieurs nations, enfin à l'extrémité de la pièce, remplissant presque tout un
panneau de sa seule valeur, figurait le Paul
Véronèse. Joignez à cela une foule joyeuse na-
viguant par couples à travers les cercles inextri-
cables que formait la valse rêveuse, danse charmante, qui en disparaissant a emporté avec elle
toute la poésie du mouvement. Ajoutez à cela
les entraînements enivrants de la musique militaire et vous comprendrez mon ravissement. Je
m'arrêtai sur le seuil, regardant la scène qui se
déroulait devant moi, tandis que ma main reposait dans celle du maître de Broomhill ! Mais ma
joie ne devait pas être de longue durée : à peine
si nous étions entrés et au moment où je m'ap-
prêtais à danser avec M. Farquhar, il lui revint
à l'esprit qu'il avait un engagement pour cette
valse avec une jeune fille fort belle, qu'on appe-

lait lady Flora et à laquelle il me parut faire la
cour. Tout attristée et encore une fois délaissée,
j'allai me réfugier près du Paul Véronèse, d'où je
pouvais suivre, dans le tourbillon des danseurs,
le couple qui me tenait si fort au cœur... Tout
à coup les voici qui, se détachant de la foule, viennent de mon côté et s'arrêtent devant le précieux
tableau. J'étais assez près pour tout entendre,...
j'écoutai avidement.

« La place est bonne, » disait la jeune fille,
« mais il n'est pas bien disposé. La lumière tombe
sur lui d'une façon désavantageuse. Pourquoi
ne pas le faire pencher un peu plus en avant?
Il y gagnerait beaucoup.

— Je le crois aussi, » répondit M. Farquhar.
« Voudriez-vous en voir l'effet tout de suite?...
Rien n'est plus facile.

— J'en serais enchantée.

— Pour vous causer un plaisir, lady Flora, je
dérangerais tous les tableaux de la maison. » Sur
ce, s'étant retiré un peu de côté, il avait été parler à un domestique demeuré là, attendant des
ordres. Le serviteur quitta la chambre, et revint
bientôt portant un marche-pied de bibliothèque
et suivi de Tippoo. Il y eut quelques-uns des hôtes qui sourirent, trouvant la chose un peu singulière, mais la plupart n'y firent aucune attention, et continuèrent à danser gaiement.

8.

« Vraiment, j'espère que cela ne donnera pas
trop de mal... ou que ce n'est pas trop difficile, »
dit lady Flora, debout, à côté, jouant avec son
éventail.

« Ne vous ai-je pas dit que rien n'était plus
facile, » répondit Hugues. « Ils n'ont qu'à allon-
ger un peu les cordes et la chose est faite. Le
tableau sera plus ou moins incliné suivant la
longueur de la corde. Doucement, Tippoo, doucement! Les crampons sont sûrs, hein?

— S'il allait tomber et s'abîmer, je ne pourrais
jamais me le pardonner, » dit lady Flora.

« Grand Dieu! je ne pensais pas à cela... » s'é-
cria-t-il, « mettez vous de côté... s'il tombait il
vous tuerait! »

Elle rit avec insouciance, et se recula de quelques pas.

« Je ne pensais pas à moi en disant cela, » dit-
elle, « mais ne serait-il pas bon de le soutenir
un peu de ce côté? »

Il fit signe que oui; et s'avançait la main levée
pour prêter son secours, quand s'échappa des
lèvres de l'Hindou... un cri perçant, inarticulé,
car l'énorme masse tombait en avant, comme
une maison qui s'écroule!...

Un cri d'horreur, universel, — un bruit de
piétinement — la foule anxieuse nous entourant
et le bourdonnement de voix effrayées... c'est tout

ce que je me rappelai pendant assez longtemps.

« Le docteur Topham ! » cria quelqu'un. « Où est le docteur Topham ? »

Il était dans la salle de jeu. Avant même qu'on eût prononcé son nom plusieurs gentlemen avaient volé le chercher ; et, pâle, mais plein de sang-froid, il arrivait tout courant. Les rangs s'ouvrirent pour le laisser passer et se refermèrent immédiatement derrière lui, comme des flots que l'on a fendus. En proie à un grand malaise, toute tremblante, j'étais restée sur ma chaise, et quoique presque incapable de me soutenir je m'appuyais contre le mur pour surveiller la foule... Je ne pouvais rien voir de ce qui était arrivé,... je n'entendais rien dire — quand tous parlaient à la fois, je ne pouvais comprendre, — et je n'osais pas vouloir comprendre. Mais je ne restai pas longtemps en suspens ; bientôt la foule se retira et au milieu de la place qu'elle laissait vacante,... surgit à mes yeux... oh ! grand Dieu !... le corps inanimé de Hugues Farquhar... livide, couvert de sang, porté par deux de ses domestiques.

Ils l'emportèrent lentement, soigneusement, avec le docteur Topham à leur côté. Alors il se fit un silence de mort... il me sembla que tout vacillait devant mes yeux ; un bruit confus comme le bouillonnement des eaux arriva à mes

oreilles, et je tombai sans pouvoir me retenir.
Quand je revins à moi j'étais étendue par terre
à la même place, à demi cachée dans les rideaux
de la croisée. Personne ne m'avait entendue tomber, et dans le trouble général personne n'avait
songé à moi. Je m'assis sur mon séant, j'appuyai
ma tête qui me semblait bien lourde contre le
mur, j'avais très froid, je me sentais bien faible,... je cherchai à me rappeler l'accident qui
venait d'avoir lieu. Était-il mort? — ou mourant? — ou seulement grièvement blessé? —
j'avais une peur horrible de le demander, et
pourtant je voulais le savoir.

Enfin je parvins à me remettre sur mes pieds,
et m'approchai de deux messieurs qui causaient
tout bas, dans l'embrasure de la fenêtre la plus
proche. Le plus âgé avait l'air sérieux et bon;
je le tirai par la manche.

« Oh! Monsieur, je vous prie... bégayai-je en
l'implorant, est-il... est-il mort? »

Il me regarda très gravement, et secoua la
tête.

« Non, ma chère, M. Farquhar n'est pas mort, »
dit-il, « mais...

— Mais, quoi? » laissai-je plutôt deviner que
je ne le dis, car mes lèvres remuaient, mais
ma voix expirait...

« Mais on craint qu'il ne soit très sérieusement

blessé. Le tableau l'a renversé, et le cadre est venu frapper un côté de la tête... et en ce cas...

— En ce cas, il y a très probablement une fracture ; il peut s'ensuivre une fièvre cérébrale ou quelque chose de pire, » dit l'autre gentleman en haussant les épaules. « Ah ! mon cher ami, nous sommes là aujourd'hui... et partis demain... partis demain !... Quelle détestable nuit pour nos chevaux !... Je crois qu'il reneige encore. »

Et là-dessus ils regardèrent par la fenêtre, tandis que moi, toute malade, et tremblant des pieds à la tête, je me retirai dans le coin le plus éloigné où je tombai assise, en proie à un désespoir muet.

Un à un, les groupes qui chuchotaient se turent, et disparurent. Les musicens réunirent leur musique et leurs instruments, et partirent aussi. Enfin au bout de quelques minutes on eût dit que le silence et la solitude de la mort avaient envahi la salle.

Toute seule, blottie contre une banquette, je fermai les yeux pour ne pas voir cette chambre vide ; je me tourmentais en me demandant où ma tante pouvait être... De temps en temps un bruit de portes que l'on fermait au loin parvenait jusqu'à moi, alors je retenais ma respiration et écoutais avec angoisse. Une fois je vis un domestique traverser le vestibule; mais un instant après il était parti, n'ayant pas même eu l'idée de jeter un coup d'œil dans la galerie pour s'assurer qu'il n'y était resté personne.

Alors les bougies commencèrent à osciller dans leurs bobèches, coulant par-dessus les bords, tombant çà et là, parmi les fleurs fanées, puis peu à peu, soit le froid, soit la lassitude ou la fatigue d'avoir trop pensé, j'en vins à m'étendre sur la peu confortable banquette et là reposant ma joue en feu sur l'oreiller de mon bras, je tombai endormie.

Je dormis d'un sommeil inquiet, avec la sensation fièvreuse d'un malheur. — Fut-ce un rêve? — ou m'éveillai-je réellement un instant, pour m'apercevoir qu'on me portait en montant un escalier peu éclairé, et que la figure couleur olive de Tippoo se penchait tout près de la mienne?

CHAPITRE XI.

La crise.

Le chagrin prête à une seule heure
la valeur de dix.
SHAKESPEARE.

Hugues Farquhar était en réalité fort mal; et
pendant plusieurs jours encore on craignit pour
sa vie. A la torpeur qui l'avait anéanti pendant
de longues heures à la suite de sa chute, avait
succédé une fièvre brûlante accompagnée de
délire. Pendant près d'une quinzaine il resta
dans cet état, passant d'un sommeil sans repos
à un anéantissement complet. Durant cette période le docteur Topham ne quitta pas Broomhill et ma tante y vint tous les jours. En présence
de l'épreuve elle montrait véritablement que si
elle savait haïr elle savait aussi aimer. Le troisième jour on avait fait venir de Londres un
médecin en renom. C'était un gros monsieur,
faiseur d'embarras, qui vit le malade environ
dix minutes, n'émit aucune opinion particulière
sur ce qu'il y aurait à faire, dîna énormément,
but deux bouteilles de vieux porto, coucha dans

la meilleure chambre, et s'en alla le lendemain
matin par la première voiture emportant avec
un air de condescendance et une parfaite indifférence, les cinquante guinées qu'on 'lui avait
données comme honoraires.

Oh! les tristes jours! comme ils passèrent lentement! L'intervalle qui s'écoula alors entre
l'instant où je m'éveillai pénétrée d'une impression douloureuse le lendemain du bal, jusqu'au moment où, enfin, on déclara l'état de
M. Farquhar rassurant, me sembla avoir été plutôt composé de mois que de jours. C'est pour
moi un souvenir confus comme celui d'un rêve,
ou plutôt comme une suite de rêves, que l'on a
faits il y a longtemps.

Ayant passé la nuit à Broomhill le jour de
l'accident, j'avais été renvoyée à Stoneycroft-
hall le lendemain matin et j'y étais restée seule
jusqu'au soir, alors que ma tante rentra. La vue
de ma figure pâlie, de mes paupières gonflées,
accompagnée du récit de la servante qui raconta
que j'étais restée à gémir tout le jour sur la pierre
du foyer devant le feu, sans vouloir rien prendre, ouvrit les yeux de mistress Sandyshaft sur
le danger de me laisser seule.

Elle décida qu'à l'avenir elle me prendrait
avec elle, et dorénavant elle m'emmena chaque
fois qu'elle alla à Broomhill, ce qui arriva tous

les jours tant que dura la maladie de M. Farquhar.

N'ayant pas la permission d'entrer dans sa
chambre, je passais mon temps à flâner dans la
vaste maison et dans les jardins, malgré le froid
que je ne sentais pas,... puis je revenais m'asseoir sur la natte étendue à la porte du malade
où j'écoutais, l'oreille tendue comme un chien
fidèle... attendant que l'on sortît de la chambre
et suppliant de me donner des nouvelles. Enfin,
pendant cette cruelle période, m'éveiller chaque matin... m'endormir chaque soir le cœur
triste et serré,... telle fut ma vie. C'était ainsi que
je l'aimais!... Tous ceux qui avaient été ses hôtes
pendant cette fatale soirée envoyaient fréquem-
ment prendre de ses nouvelles; lady Bayham
avec lady Flora venaient elles-mêmes plus souvent que tous les autres.

Un jour elles passèrent près de moi, tandis
que j'errais le long de l'avenue dépouillée de
feuillage... mais je me détournai à la vue de
cette beauté brune, je ne voulais pas la regarder. N'était-elle pas la cause de tout le mal? et
n'avais-je pas, selon ma logique d'enfant, le
droit de la haïr?

Enfin un jour vint, — c'était, je crois, le trei-
zième ou le quatorzième depuis l'accident —
Hugues avait été plus mal que jamais durant la

nuit précédente, et était tombé dans un sommeil profond qui durait depuis plusieurs heures. Le docteur Topham disait que la crise était
arrivée à son apogée; nous savions tous qu'au
sortir de ce sommeil la question serait jugée!...
La longue journée se passa ainsi; la nuit vint,
et toujours aucun changement. Incapable de
rester plus longtemps sans rien prendre, ma
tante s'en alla avec précaution, laissant la garde
et le docteur auprès du dormeur. Elle descendit
chez la femme de charge et se mit silencieusement à table. Elle était plus pâle, avait l'air plus
sévère que jamais et ne tenait aucun compte de
ma présence. Elle portait sur sa figure une impression qui m'épouvantait; je ne disais rien.
Après s'être versé un verre de vin qu'elle but,
le coude toujours posé sur la table, elle se servit de la viande; ses mains tremblaient tandis
qu'elle se servait... et bientôt, repoussant l'assiette loin d'elle, elle approcha sa chaise du feu.

« Je ne peux pas, Bab, » dit-elle, « je ne peux
pas; il semble que la nourriture m'étouffe. »

Je vins me blottir à ses pieds, appuyant ma
tête contre ses genoux. Il y avait entre nous le lien
sympathique d'un mutuel chagrin; aucun autre
mot ne fut prononcé. Ella posa sa main sur mes
cheveux et l'y laissa. Quelques instants après la
main glissait, et je comprenais à sa respiration

qu'elle dormait. — Il se passa quelque temps
ainsi, — peut-être bien trois quarts d'heure, —
pendant lesquels mon occupation fut de surveiller
les cavernes rouges formées par le feu; je n'osais
faire un mouvement dans la crainte de la réveiller. Une fois, il y eut un charbon qui tomba; elle
gémit douloureusement; puis la pendule française, placée sur le buffet, sonna l'heure;... elle
dormait toujours, on eût presque dit qu'elle rê-
vait. Tout à coup, on entendit des pas dans le corridor, une main saisit le bouton de la porte; je
sautai sur mes pieds; il était trop tard : — ma
tante était déjà revenue à elle, et le docteur Topham entrait dans la chambre.

« Le danger est passé, » dit-il tout haletant.
« Il est réveillé, — il vous a demandée, — le délire
est fini. — Il vivra ! »

Alors ma tante se leva,... se rassit, se couvrit
les yeux avec sa main et dit très doucement, mais
très distinctement après un moment de silence :
« Dieu soit loué ! »

Quant à moi, j'éclatais en sanglots convulsifs...
je croyais que mon cœur allait se briser de joie.

CHAPITRE XII.

La bague d'argent.

La convalescence fut longue ; Hugues Farquhar se remit difficilement. Frappé lorsque la neige couvrait le sol, ce ne fut que lorsque les primevères fleurissaient par touffes, qu'il put remonter à cheval. Sa première course fut pour Stoney-croft-Hall. Il semblait naturel de croire que nos rapports devaient dorénavant n'être que plus intimes. N'était-ce pas à lui de rendre actuellement à ma tante les bontés qu'elle avait eues pour lui ? et cependant, à partir de ce moment, nous le vimes bien moins. Nous n'étions plus ses seuls amis ; il n'était plus un étranger pour le comté, et quoiqu'il fit peu de cas de ses habitants, il aimait trop la chasse pour refuser aucune des parties qui s'organisaient en cette saison.

Mais ce ne fut pas tout : durant la maladie de M. Farquhar, tous ses hôtes étaient venus prendre de ses nouvelles et parmi eux la belle lady Flora, accompagnée de sa mère lady Bayham, s'étaient montrées des plus assidues. Ma tante savait que Hugues allait quelquefois rendre visite à ces dames à Ashley-Park et cela lui déplaisait... Elle ne voulait pas qu'il se laissât prendre aux intrigues matrimoniales de lady Bayham et le tracassait sans cesse à ce sujet. Ce fut, je crois, une grande maladresse de la part de mistress Sandyshaft, et dans cette affaire le blâme peut retomber entièrement sur elle. — Hugues para d'abord en riant toutes ses attaques... Mais quand il vit qu'elle persistait, il commença à se lasser, à s'impatienter : peu à peu on en vint à se dire des choses amères... et le bon vieux temps ne revint plus.

Oh! comme ses chères visites me manquaient! Pendant sa convalescence, Broomhill était devenu pour moi comme un autre foyer; j'avais été lui prodiguer mes soins, je savais où trouver ses livres favoris, lui préparer sa pipe... Maintenant je n'avais plus rien à faire et je me sentais oubliée! Mais j'étais loin de lui en vouloir pour cela.

Tout mon cœur était à lui; et en échange il me donnait de temps en temps un mot affectueux, une caresse, une pensée en passant, quand il n'avait rien de mieux à faire. — Pour lui j'étais moins qu'un passe-temps... pour moi, il était quelque chose de plus cher que ma vie! — Qu'y avait-il d'étonnant alors, que je devinsse pâle et maigre?

« Bab, vous ne vous promenez pas assez, »

dit ma tante par une chaude matinée du printemps. « Vous avez perdu vos belles couleurs et
vous ne mangerez bientôt plus rien. Cela ne peut
pas aller ainsi. — Mettez votre chapeau et allez
immédiatement faire provision d'oxygène. »

J'obéis et pris le sentier qui conduit aux bois.
Par quels mots pourrais-je décrire la paisible
beauté qui régnait en cet endroit ce jour-là ?...
Le ciel était gris et bas, un doux zéphyr chargé
fortement des parfums de l'aubépine et des ja-
cinthes sauvages, soufflait partout.

Les jeunes feuilles serrées les unes contre les
autres formaient un toit de verdure qui répandait une teinte sombre et vaporeuse sur chaque
petite échappée. Bientôt j'arrivai à un endroit découvert, tout tapissé de frais gazon au milieu duquel s'élevait la chaumière du garde-chasse. Là
un grand lévrier, s'élançant de sa niche aussi loin
que le lui permettait sa chaîne, se mit à aboyer
après moi et me fit une telle peur que je me hâtai
de regagner les sentiers voisins... J'eus alors la
chance de rencontrer un petit espace où les coupeurs de bois avaient dû travailler ; leur scie était
restée à demi enterrée dans le tronc d'un grand
hêtre et un autre grand arbre gisait à terre tout
dépouillé de ses feuilles. Cet endroit était plus
silencieux, plus solitaire que partout ailleurs. —
Je m'assis sur un vieux tronçon couvert de mousse,

écoutant le silence, écoutant tous ces bruits qui
rendent cette sorte de silence plus profond.

« Que ce serait agréable, » pensais-je, « de
vivre ici dans une maisonnette avec un toit de
chaume et des roses grimpantes autour de la
porte!... Seulement il faudrait que ce fût tou-.
jours l'été et savoir la langue des oiseaux comme
le Prince dans le conte de fées ! »

Et je me rappelais que Hugues un matin
m'avait raconté cette histoire, un bras passé autour de ma taille, tandis que sa joue pâle reposait sur l'oreiller.... et ce souvenir amenait des
larmes : c'est quelquefois bon de répandre des
larmes, et ce jour-là dans cette solitude embau-
mée, il était à la fois triste et doux de pleurer.
Soudain, au sein de cette tranquillité, et si près
de moi qu'il semblait que cela vînt de derrière
l'arbre au pied duquel j'étais assise, partit un
coup de carabine ! — Au même instant quelque
chose passait en sifflant tout à côté de mon oreille,
un petit oiseau voletait à mes pieds, un chien,
puis un homme, s'avançaient en faisant craquer
les branches dans le fourré du bois... une voix
bien connue s'écriait : « Dieu du ciel !!! j'aurais
pu la tuer ! ». — Et je me trouvais étroitement
serrée dans les bras de Hugues Farquhar, sans
avoir aucun mal, effrayée, tremblante, mais bien
heureuse.

Au premier moment, il était plus ému que moi-
même. Jetant son fusil loin de lui, il s'assit sur le
tronçon d'arbre, et là, m'écartant de toute la longueur de son bras, il se mit à me regarder dans
les yeux jusqu'à ce que les siens en fussent trou-
blés.

« Oh! Barbara!. petite Barbara!! » s'écria-
t-il avec tendresse, « que serais-je devenu si je
t'avais blessée ? »

Je me blottis tout contre lui, et pour toute
réponse posai ma joue sur son épaule.

« Quel miracle, chérie, que la charge ne t'ait
pas atteinte! Vois où l'écorce de l'arbre a été enlevée là-bas... et où le faisan est tombé... Elle
a dû passer à un pouce de ta tête !...

— J'ai entendu siffler quelque chose tout près
de moi, » dis-je en frémissant, « mais tout cela
a été si rapide que je n'ai pas eu le temps d'a-
voir peur. »

Il m'embrassa sur le front et resta silencieux
pendant quelques minutes.

« Il doit bien y avoir trois semaines que je ne
t'ai vue, mignonne, » dit-il à la fin. « Comme
le temps file entre nos doigts!

— Cela m'a paru bien long, Hugues.

— Parce que vous êtes jeune, heureuse, sans
préoccupations... parce que la vie est toute nouvelle pour vous. Parce que vous ne comptez que

par impressions, et non par faits. Allez, enfant,
le sablier ira vite bientôt... — trop vite... que
trop vite !

— Pourquoi, trop vite ?

— Parce que la terre est un endroit puissam-
ment agréable, et que l'on voudrait toujours vivre
pour pouvoir en jouir. — Songez à tous les livres que nous ne pouvons avoir lus, à tous les
tableaux que nous ne pouvons parvenir à voir,
à tous les pays, à tous les peuples, à toutes les
sciences, à toutes les expériences qu'il nous est
interdit de connaître, faute de temps !...

« Je déteste être pressé, Barbara *mia*, mais
surtout lorsqu'il s'agit de l'être par ce vieux gentilhomme implacable qui porte en sa main un
sablier et une faux. »

En ce moment, le chien qui pendant tout ce
temps n'avait cessé de flairer le faisan tombé, le
prenant dans sa gueule, vint le déposer aux pieds
de son maître. — Une expression étrange passa
sur le visage d'Hugues Farquhar.

« Eh ! Pompey, qu'ai-je fait, dit-il, oh ! le plus
satirique des chiens, pour que tu viennes ainsi
me le reprocher ! — Là... voilà-t-il pas mon propre chien qui se moque de moi ! et qui dresse sa
queue en signe de mépris à l'endroit de ma philosophie !

« Eh bien, oui, Pompey, je l'avoue, je suis un

9.

hâbleur, un égoïste, un vil casuiste qui ne voit
qu'un côté des choses. J'aime la vie! je bougonne
après la mort... et je tue des faisans! »

Quand il eut dit, il resta un bon moment assis, son menton dans sa main regardant le chien
et l'oiseau. Son attitude était méditative; il était
plus pâle qu'avant son accident, et portait sur
sa figure une expression plus rêveuse que d'habitude. Je m'étendis à côté de lui, le regardant,
l'écoutant et gardant en mon cœur chacune de
ses paroles comme un trésor. Tout bien considéré
je saisissais le sens de ce qu'il voulait dire, bien
plus qu'on n'aurait pu s'y attendre.

« Petite, » dit-il, tout à coup, quand vous restez une semaine, ou un mois sans me voir, pensez-vous à moi?

— Si je pense à vous, Hugues! » répondis-je
en balbutiant. Je n'osais pas lui dire que je ne
pensais à rien d'autre.

Il rit, passa sa main sur mes cheveux :

« Si j'allais m'en aller encore... vous m'auriez
bien vite oublié.

— Jamais, Hugues, jamais, tant que je vivrai. »

Saisi par l'ardeur de mon accent, il se tourna
à demi, prit ma tête entre ses deux mains et me
regarda.

« Mon enfant! ma petite amie, » dit-il avec

étonnement, eh mais! comme nous sommes pâlie ? »

J'essayai de sourire ; mais l'effort dépassa mes forces ; je sentis ma lèvre trembler, mes yeux se remplir de larmes, et laissant tomber ma tête sur ses genoux, j'éclatai en sanglots.

« Vous... vous ne voulez pas vous en aller, n'est-ce pas? » criai-je avec passion... vous... ne songez pas à vous en aller.... ou bien... ou bien à épouser lady Flora ?

— Épouser lady Flora! » répéta-t-il vivement.

« Qu'est-ce qui vous a mis cela en tête ? Qui a dit cela ? — Voyons, enfant, je veux le savoir !

— Tout le monde.

— Qu'est-ce que « tout le monde », je vous prie ?

— Je... je ne sais pas. Docteur Topham nous a dit que tout le monde le disait. Oh! Hugues, ne vous mettez pas en colère... je... je suis si fâchée de l'avoir dit!... Mais c'est parfaitement vrai.

— Est-ce possible, par Jupiter? » s'écria-t-il, se levant très irrité, et arpentant le terrain à grandes enjambées. « Que ce monde est donc obligeant ! et combien est flatteur l'intérêt avec lequel il se mêle de nos affaires privées ! »

Voyant qu'il était très contrarié, je me tus, et

essayai de maîtriser les sanglots qui soulevaient ma poitrine,

Bientôt il revint se placer devant moi.

« Sur mon âme, Barbara, » dit-il avec un rire amer, « je crois que je ferais mieux de vous épouser, vous... et d'arrêter ainsi les bavardages. Qu'en dites-vous? Voulez-vous devenir ma petite femme dans sept ans d'ici? »

Je savais bien que ce n'était qu'une plaisanterie, et pourtant je sentais mon cœur battre, et le rouge me monter aux joues.

« Vous ne pensez pas ce que vous dites, » répondis-je, « et si vous le pensiez...

— Oh! mais je pense très bien ce que je dis, » répliqua-t-il ; « mettez votre main dans la mienne et dites : « Hugues Farquhar, dans sept ans d'ici, « quand je serai en âge, je vous épouserai. » Allons, ça n'est pas difficile. »

Je tremblais de la tête aux pieds; je mourais d'envie de le dire,... et je n'osais pas. Il s'assit, toujours riant, m'attira sur ses genoux et se mit en devoir de dégager d'une quantité de cachets et autres babioles qu'il portait à sa chaîne de montre, une singulière bague en argent.

« Voyez, dit-il, je veux me fiancer à vous dans toutes les formes. Ceci n'est pas une jolie chose, mais c'est une chose curieuse; je l'ai eue d'un Arabe, dans le désert, près de la mer Morte. Il me l'a donnée en échange de mon canif. Maintenant, Barbara, dites ce que je vous ai dit de dire, et vous aurez la bague arabe. »

Voyant que j'hésitais encore, il redit la phrase de nouveau, et je la répétai après lui à voix basse et en détournant la tête.

Alors, plaçant la bague avec une solennité moqueuse au quatrième doigt de ma main gauche :

« Femme, » dit-il, « je jure par cette lune bénie, qui avec un à propos parfait puisqu'il s'agit d'une bague d'argent, colore de la teinte de ce métal la cime de ces arbres fruitiers... » Puis s'interrompant... « Malheureusement la lune est absente en ce moment, elle est entrain de faire une visite à nos antipodes ; mais nous pouvons nous passer d'elle !... Maintenant donc embrassez moi, Barbarina, et promettez-moi de ne dire un mot de ceci à personne. »

Ma promesse fut bien vite donnée.

« *Corpo di Bacco*, » dit-il, « maintenant je fournirai à *tout le monde* l'occasion de cancaner. Je vais proclamer que je suis fiancé. — Quelle bonne farce !... Par Jupiter, si les Bayham ont jamais eu quelque idée... »

Il s'arrêta, me poussa doucement de côté, se leva et recommença à arpenter le terrain les yeux fixés à terre, et les mains derrière le dos.

Quand il revint un instant après à l'endroit où
j'étais demeurée, il me vit toujours occupée de
la bague.

« Vous ne pouvez pas la mettre, mignonne, »
dit-il, « elle est deux fois trop grande pour votre
petit doigt fin.

— Cependant je veux la porter, Hugues... la
porter toujours.

— Vraiment? Eh bien alors je vous donnerai
ma chaîne, et vous la porterez autour de votre
cou comme un médaillon. Voyez-vous ces drôles
de caractères qui y sont gravés? — En Arabe cela
forme le nom d'Allah. — Là!... voici qui va admirablement bien... Maintenant, souvenez-vous
Barbara, si quelqu'un voit cette bague, si on vous
fait des questions à ce propos... vous direz que
c'est moi qui vous l'ai donnée, sans un mot de
plus, sans un mot de moins. »

C'était une toute petite chaîne élastique, pas
plus grosse qu'un fil : quand il y eut passé la bague, il l'attacha lui-même à mon cou.

« La vie est remplie de singuliers hasards, »
dit-il, « je commence ce matin à peu près par
vous tuer... et je finis par... Bah! se fiancer vaut
mieux que recevoir une balle, après tout! Sept
années, courtes ou longues, heureuses ou miséra-
bles; de combien serez-vous plus grande en ce
temps-là, Barbara? Vous viendrez « juste à la

hauteur de mon cœur, » comme le dit Orlando à
Rosalinde, hein?... mais sapristi! comme la petite chérie prend la chose au sérieux!... La voici
toute pâle; l'instant d'après, elle est toute rouge,
et tremblante, et effrayée comme un jeune faon!
Allons, allons, Barbara, il ne faut pas de cela;
reprenez votre gaieté et dites-moi adieu, car je
n'ai encore abattu que cet oiseau aujourd'hui et
il faut avant de rentrer que j'offre un plus grand
nombre de victimes à l'amour. »

Je m'efforçai de sourire et levai la tête pour
l'embrasser.

« Adieu, Hugues, dis-je, quand reviendrez-
vous chez nous?

— Je viendrai... attendez. J'ai deux jours...
trois jours pris cette semaine; nous sommes à
lundi? eh bien, petite, je viendrai vendredi.

Je rayonnai de joie.

— Bien vrai? » demandai-je, avec tout mon
cœur sur mes lèvres.

« Oui, réellement. Maintenant rentrez bien vite
avant que l'averse ne tombe.

— Adieu, mon amoureuse.

Et là-dessus, posant encore une fois ses lèvres
sur ma joue, il siffla Pompéy et disparut. Je restai
là assise, encore longtemps.... assez longtemps
pour que l'averse eût son cours, et que le soleil
ait ramené l'ombre des arbres sur l'herbe. Une

fois j'entendis, au loin, le bruit de son fusil... c'est
tout ce que je me rappelle, ainsi que l'étonnement
étrange, vague et rêveur, avec lequel je contem-
plais la bague. Il m'avait demandé d'être *sa petite femme* dans sept ans? N'y avait-il pas là un
mélange de plaisanterie et de sérieux? qu'est-ce
que cela signifiait? et comment cela finirait-il?

Enfin j'arrangeai la chaîne de façon à ce que
personne ne pût la voir et revins à la maison.
La journée se passa lentement, délicieusement,
comme un rêve, un peu angoissé mais heureux
pourtant. Et le soir je m'endormis tenant la
bague étroitement serrée dans ma main, tandis
que le nom qu'il m'avait donné errait sur mes
lèvres.

CHAPITRE XIII.

Le tour du calendrier.

« Adieu, mes beaux jours! »
MARIE STUART.

Le matin du vendredi arriva — le matin du jour où Hugues avait promis de venir. J'en avais rêvé toute la nuit; et maintenant que les premiers rayons du soleil venaient se poser sur les carreaux de ma fenêtre, je m'éveillais en me disant que les pénibles jours d'attente étaient passés et que j'allais bientôt le revoir.

La matinée était splendide, sans un brouillard, l'orient tout teinté de cramoisi. Il était de grand matin, car on voyait les laboureurs arriver dans les champs pour faire leur journée.

Bien que ce ne fût pas encore l'heure, je m'habillai, j'ouvris la croisée et m'y installai à respirer l'air frais. Soudain il me vint à l'esprit que le mois de mai était revenu et qu'il y avait juste un an de mon arrivée dans cette maison. — Oui, une année, une année tout entière, pendant la-

quelle j'avais assisté à tous les changements de
la nature : j'avais vu la verdure naître, mourir
et renaître de nouveau... J'avais vu tout périr
sous la gelée... et la neige tomber... Quelle
heureuse année! Comme elle s'était vite envo-
lée! — J'avais eu peu de nouvelles de Londres
pendant tout ce temps. Une fois ou deux mon
père et ma tante avaient échangé une lettre of-
ficielle. Pour moi, je savais que mes sœurs allaient
bien, que tout était comme par le passé; je n'en
savais pas davantage, mais cela me suffisait.
Libre et heureuse, je ne désirais qu'une chose :
rester ici, toujours.

Bientôt, voyant que personne ne bougeait encore dans la maison, je pris un livre, me blottis
dans l'embrasure de la fenêtre et commençai à
lire. C'était l'histoire de Grisalda, une traduction
de Boccace; je me rappelle parfaitement aussi,
que je ne pouvais parvenir à fixer mon attention... que mes pensées erraient vers Hugues
Farquhar, tandis que mes mains jouaient avec
la bague d'argent, et que je finis par tomber
dans une longue rêverie, dont je ne fus tirée que
par le grincement de la porte du jardin, et par
le pas inégal du facteur boiteux, sur le gravier.
M'ayant vue à la fenêtre, il toucha sa casquette
en souriant, déposa les lettres sous le portique,
et s'en alla reclopinant de nouveau avec sa sa-

coche de cuir qui se balançait à son côté. Je le
suivis des yeux jusqu'à l'endroit où la route
tourne, puis jugeant qu'à cette heure, on devait
être éveillé et remuer dans la maison, je descendis.

Je trouvai ma tante dans la salle à manger.
Elle était à la fenêtre, tout debout, me tournant
le dos et tenant à la main une lettre ouverte. Au
moment où j'entrai, je fus frappée de quelque
chose d'indéfinissable dans son attitude, et dans
la manière dont elle tourna la tête vers moi ; j'allais lui parler, mais j'hésitai et restai immobile ;
alors elle plia la lettre, doucement mais d'un
air décidé, et vint s'asseoir au déjeuner. Je pris
silencieusement ma place accoutumée sur la
grande chaise sculptée, vis-à-vis d'elle. Je sentais
qu'il y avait quelque chose qui allait mal ; elle
posa la lettre à côté de son assiette. Je ne pouvais
pas voir l'écriture, mais le cachet ressemblait
beaucoup au cachet large, rond et ferme, de
mon père, avec ses armoiries à effet.

Il se passa un pénible quart d'heure pendant
lequel je mangeai peu, et ma tante pas du tout.
De temps à autre elle jetait un regard troublé
vers la lettre... Une seule fois, elle leva les yeux
sur moi. L'avais-je donc offensée ?

Le silence devenait pesant, et d'autant plus intolérable que la splendeur du soleil qui brillait

au dehors, était grande. Le vestibule était inondé
d'une lumière dorée, et les jolis bruits de la ferme
nous arrivaient mêlés aux chants des oiseaux. —
Oh! comme j'avais envie d'aller au grand air...
Et quel soulagement j'éprouvai quand ma tante,
repoussant sa chaise, me dit :

— Bab, j'ai des lettres à écrire ce matin et
désire être seule — Allez jouer jusqu'à dix heures.

O permission bien venue! Appeler les chiens,
mettre mon grand chapeau de jardin, m'élancer
en dansant et m'ébattre au soleil, comme un
papillon, fut pour moi l'affaire de quelques secondes.

Descendant à l'abri des ombres diaprées des
ruelles feuillues, je traversai la prairie, toute
jaune de boutons d'or, passai au milieu du cimetière où paissait le vieux cheval du vicaire, gra-
vis le monticule où le foin qu'on avait transporté
la veille au soir, en charrette, restait encore ac-
croché aux deux côtés des haies, traversai bien
d'autres prairies encore et bien d'autres ruelles...
puis je revins à la maison ayant si chaud, étant
si fatiguée, que je trouvai fort doux de m'asseoir
à l'ombre d'un bouquet de jeunes aulnes et d'y
rester jusqu'à ce que l'heure de rentrer fût arrivée.

Ma tante m'attendait à la porte. En me voyant

venir elle mit sa main sur ses yeux pour se faire une ombre, et me regarda ardemment.

— Venez, Bab, dit-elle, arpentant le sentier devant moi et s'asseyant sous le portique. Venez, et asseyez-vous là ; j'ai quelque chose à vous dire.

Je m'assis ; mon cœur battait d'une vague appréhension... Ma tante commença bientôt :

— Votre père et moi avons été dernièrement en correspondance, Bab ; mais maintenant c'est fini. J'ai eu une lettre de lui ce matin, je lui ai répondu et ai envoyé ma réponse à la poste ; ainsi tout est terminé. A propos de quoi pensez-vous que nous nous soyons écrit ?

Je secouai la tête. Comment aurais-je pu savoir pour quel motif ils s'étaient écrit ?

— Eh bien, Bab, c'est à votre sujet.

— A mon sujet ?

— Oui ; et comme vous devez savoir ce qui est résulté de cette correspondance, il n'est que juste que vous en connaissiez aussi les préliminaires. C'est moi qui ai écrit la première, Bab ; j'avais écrit à votre père pour lui demander de vous laisser toujours avec moi. Voici une année que vous êtes ici, et, à tout prendre, je me suis habituée à vous, j'aime à vous avoir autour de moi,.. je vous crois vraie... et... et... je me figure que vous avez quelqu'affection pour moi, si vieille et si désagréable que je sois. — Chut ! — pas un mot. — Écoutez-moi patiemment; car j'en ai long à vous dire. — Eh bien donc, Bab, j'ai offert à votre père de me charger de vous, de faire votre éducation, enfin d'être une mère pour vous. — Je n'ai jamais eu d'enfant, et j'aurais aimé à vous garder avec moi jusqu'à ma mort... pourvu que vous fussiez consentante, Bab......

— Si j'y consentais! répétais-je les mains jointes et les yeux pleins de larmes, si j'y consentais!

— Eh! je pensais bien que vous y consentiriez. Allons, enfant, ne faisons pas la bête; il y a bien autre chose encore. Votre père se mit à marchander avec moi, Bab, — essayant de trafiquer sur l'affection que je vous porte, afin de la tourner à son profit! Ne vous l'avais-je pas dit dès le commencement? Je vous ai dit, n'est-ce pas, que je voulais être une amie pour vous toute ma vie... vous avertissant en même temps de ne compter sur rien — rien — après ma mort?... Répondez, enfant, vous en souvient-il?

Toute tremblante, je courbai la tête, mais ne pus articuler un mot. Cela m'effrayait de la voir dans l'état où elle était... Je savais qu'aucun sujet ne l'émotionnait comme celui-là.

Elle se leva, fit un tour ou deux devant le portique; elle avait l'air très mécontent et fort excité — puis revenant prendre sa place, elle continua.

— Votre père, Bab, dit-elle, très calme, mais

avec un certain tremblement dans la voix, est un homme très habile, très positif et qui sait fort bien calculer...... Un peu trop habile, quelquefois, et un peu trop positif aussi. Capable de spéculer fortement sur la faiblesse d'autrui, et capable aussi, de temps à autre, de se mettre dedans lui-même... mais n'importe !. Maintenant à quel prix pensez-vous que votre habile père veuille vous vendre.. hein?

— Me vendre ! m'écriai-je, la rougeur de l'indignation me montant au visage, me vendre !

— Eh ! eh ! le mot est dur, mais il est vrai, Bab, emportez-vous si vous voulez. Il m'a proposé — écoutez bien ceci — il m'a proposé non seulement de vous garder entièrement à ma charge, éducation et tout; mais de m'engager à vous laisser mon bien, à la condition de le partager avec vos deux sœurs en trois parts égales !

— Muette de honte, je ne pus que joindre les mains en baissant la tête.

— Ce qui m'étonne, c'est de n'avoir pas déchiré cette lettre en mille morceaux, et renvoyé ces morceaux courrier par courrier, dit ma tante encore une fois très excitée, malgré tous ses efforts pour rester calmer. Mais non — avant de répondre, j'ai attendu deux jours entiers, ne pensant qu'à cela du matin au soir. Ce que j'ai répondu enfin, Bab, je peux bien vous le dire : j'ai dia-

métralement refusé ses conditions. Je ne veux
pas entendre parler de ses deux filles aînées —
elles ne me sont rien, et ne me seront jamais
rien. — J'ai refusé de me lier par aucune promesse, même à votre égard. Mais je lui ai dit que
s'il voulait bien vous laisser ici, se fier à ma justice et à ma générosité, vous ne seriez pas lésée
à ma mort.

Ce que je voulais avant tout, c'était que l'on
crût en moi; et ce que je déteste le plus au
monde, c'est qu'on me dicte ce que j'ai à faire !

— Et... quelle fut la réponse? demandai-je
avec angoisse.

— Peuh! Bah! raccourcissons cette longue histoire : Nous avons argumenté, nous avons mar-
chandé, et ce matin j'ai reçu ce qu'il lui plaît de
nommer son *ultimatum*, dans lequel il établit
positivement que si je ne veux pas vous garder
aux conditions qu'il a faites, je n'ai qu'à vous renvoyer chez lui.

Il croit que plutôt que de me séparer de vous,
je consentirai à tout. Eh bien, il aura demain
matin ma réponse. Elle est écrite et partie... tout
est fini... — Bah, je... je...

Elle s'arrêta, sa lèvre tremblait; — quant à
moi, je me levais, je me r'asseyais... je me rele-
vais, et prise d'un tremblement nerveux qui me
secouait des pieds à la tête, je m'écriai :

— Vous n'allez pas me renvoyer?.... Vous n'allez pas me renvoyer ?

— Bab, dit-elle en détournant la tête, votre mère a été ma nièce préférée; je l'ai tendrement aimée... seulement elle s'est mariée contre ma volonté, et je ne l'ai jamais revue depuis le jour de son mariage. Cela m'a causé un profond chagrin; mais j'ai tenu bon. Depuis ce moment nous avons été ennemis, votre père et moi; et désormais l'inimitié qui nous sépare sera plus forte que jamais. — Je ne puis pas être son joujou, son ton-ton, Bab!... non je ne le puis, ni ne le veux!

— Mais pourtant, dites, vous ne me renvoyez pas? répétais-je avec une agitation croissante...

Elle demeura silencieuse pendant un instant; puis se raidissant pour trouver la force.

— Il faut que vous retourniez chez vous, Bab, dit-elle, je l'ai dit!

Retourner chez moi! Les mots frappaient bien mon oreille, mais ils étaient vides de sens. Stupéfiée, désespérée, muette, je restais là debout devant ma tante, sans pouvoir parler ni pleurer. Bientôt elle aussi se leva, et se tourna comme pour rentrer dans la maison... mais nos yeux se rencontrèrent, et elle s'arrêta, la main posée sur le loquet.

Je murmurai alors, plutôt que je ne dis :

10

— Quand?

Elle secoua la tête et soupira profondément.

— Demain matin, quand la diligence passera…
Le plus tôt sera le mieux, Bab; le plus tôt, le
mieux!

Involontairement il m'échappa un cri d'angoisse… Je me r'assis sans rien dire et en la regardant.

— Que Dieu nous vienne en aide, Bab! dit-elle,
et se penchant sur moi, elle m'embrassa vite sur
les deux joues et rentra.

Oh! la triste, l'énervante journée! Combien
les heures semblèrent pesantes!… Quelle fut
cruelle la rencontre à la table du repas!… quelle
douleur au cœur! quelle langueur dans l'âme!
avec quelle difficulté je refoulais mes larmes qui
revenaient toujours. J'errai toute cette après-
midi comme une âme en peine à travers tous les
chers endroits qui m'étaient familiers..

J'allai tout visiter; je m'en allai dans les bois
revoir le tronc d'arbre moussu, où Hugues Farquhar s'était assis il y avait trois jours. A chaque chose je disais « Adieu, » et cependant quand
je regardais tous ces objets en me traînant et en
me désolant, je ne pouvais croire que je les visse
pour la dernière fois. — Mon seul espoir était de
revoir Hugues dans la soirée; mon seul bonheur
de serrer la bague d'argent plus étroitement sur

mon cœur. — J'avais une idée vague que de façon ou d'autre, lui seul pourrait venir à mon
aide; et tant que je ne l'avais pas vu, je ne voulais pas désespérer. N'était-il pas mon idéal de
bonté et de puissance? — N'était-il pas toujours
mon héros, mon prince? et quoi de plus naturel
que dans un pareil embarras je pensasse à lui
comme secours?

La clarté du jour s'assombrit dans le ciel, le
crépuscule s'épaissit, les étoiles commencèrent
à paraître l'une après l'autre, et bientôt j'attendis... j'espérais... je croyais. Ma tante était restée enfermée dans sa chambre toute l'après-midi
et maintenant elle s'occupait avec Jane des préparatifs de mon départ. Personne n'était là pour
me le défendre, je m'en allai sur la route et à la
lueur obscure des étoiles, je restai près de la
porte, écoutant s'il venait.

Là-bas brillait la lumière de la croisée de ma
chambre, et de temps en temps à travers les
persiennes on apercevait une ombre qui re-
muait. Je ne pouvais m'empêcher de la regarder,
car je savais qui allait et venait là dedans, —
je savais qu'on était entrain de faire ma malle
et qu'il me fallait partir le lendemain. Hélas!
quand me retournant je regardais dans la nuit
sombre, vers Broomhill, j'avais au cœur autant
de colère que de chagrin. Hugues Farquhar et

son influence sur ma tante étaient mon unique
espérance, et pendant tout le temps que j'attendis, comptant les minutes et les battements de
mon cœur, cette espérance avait pris une force
plus grande.

Mais il ne vint point. La tour de l'église au
delà de la prairie sonna les quarts, l'un après
l'autre... puis neuf heures... puis l'un après
l'autre encore trois quarts d'heure... et dix
heures... Là, je compris que la dernière chance
était passée.

Il avait oublié sa promesse ; et il allait falloir
m'en aller sans même lui avoir dit adieu !

CHAPITRE XIV.

Un lugubre accueil.

Me laisserait-elle réellement partir? je ne pouvais parvenir à le croire; non, jusqu'au dernier moment, même quand la voiture était arrêtée à la porte et que je n'avais plus que le temps de dire adieu, je n'y croyais point encore! — Hélas! par sa pâleur, par son silence, par la rigidité de pierre de sa détermination écrite sur chaque ligne de son visage, je vis que c'était vrai. — Tout étourdie, toute mal à l'aise, exténuée par le chagrin et le manque de sommeil, je me laissai attirer sur son sein, et sentis qu'elle m'embrassait deux fois sur chaque joue.

— Adieu, Bab, dit-elle; sa voix était enrouée, que Dieu vous garde!

Mais je n'avais pas la force de répondre... je ne pouvais même pas pleurer. Tout ce que je pus faire fut de placer une petite main toute froide entre les siennes et sans un mot, lugubrement, je suivis Jane jusqu'à la porte. Le conducteur attendait, la portière de la voiture tout ouverte,

10

impatient de partir... Un instant après je me sentais soulevée en l'air et déposée dans l'intérieur
de la diligence. J'entendais donner le signal du
départ... et me trouvais lancée au galop sur la
route.. vers Londres.

Il m'est resté peu de chose ou pour mieux dire
rien, de ce qui suivit ce cruel moment... Si ce
n'est que la voiture était vide et que je m'étais
blottie dans un coin, stupéfiée.... A part cela,
je n'ai conservé aucun souvenir. — Plus tard
dans la journée, je me souviens de m'être réveillée comme d'un rêve profond... et d'avoir
trouvé la voiture remplie de voyageurs. Comment
et quand ils étaient montés? Quel âge ils avaient?
de quel sexe ils étaient?.. je n'en avais aucune
idée.

A mesure que le jour tombait, nous approchions
de Londres, et enfin, tournant brusquement au
détour d'une rue, nous faisions le plongeon sous
une arcade, entrant avec fracas dans une cour
sombre... Nous étions arrivés au terme de notre
voyage.

Les voyageurs descendirent et eurent bientôt
trouvé les amis qui étaient venus au devant
d'eux; moi je cherchais Goody... mais il n'y avait
pas de Goody et je m'éloignai le cœur horriblement serré attendant qu'on eût descendu ma
malle. Quand je l'eus en ma possession, je m'as-

sis dessus dans un coin de la cour et me résignai
à attendre. Goody se serait trompée d'heure, elle
allait venir.... Que faire si on ne venait pas me
chercher?

La nuit alors était complètement venue et un
vent pénétrant soufflait au travers de l'arcade
d'entrée. Combien de minutes, combien de quarts
d'heure s'écoulèrent ainsi, je ne saurais le dire ;
tout ce que je sais c'est que, grelotante et désolée, je cherchais dans ma tête un moyen pour
me faire ramener chez nous, quand je vis arriver
mon père en personne.

« Allons, Barbara, » dit-il... et sans un mot
sur son retard, sans une parole affectueuse, il me
saisit par le bras, m'entraînant à travers la cour
vers un fiacre qui stationnait à la porte.

Je m'enfonçai dans un coin du véhicule, mon
père se jeta dans le coin vis-à-vis, et ordonna au
cocher de partir. — Il commençait à pleuvoir,
les rues étaient vides... à peine si l'on voyait une
boutique ouverte. Assise en face de mon père,
sentant que j'avais plus peur de lui que jamais,
je regardais la nuit lugubre sans oser parler ni
bouger.

Le trajet que nous avions à parcourir était
long... que de rues nous traversâmes!... enfin
j'aperçois les ormes qui avoisinent notre maison,
voici le triste lierre qui la couvre jusqu'à la moi-

tié de son élévation... et au moment où la voiture
s'arrête, je vois la chère vieille Goody tenant une
chandelle qu'elle abrite avec sa main, qui vient
regarder dehors au premier bruit que font nos
roues.

Descendant de mon mieux pendant que mon
père traite avec le cocher, je me jette dans les
bras de ma fidèle servante.

« Mon agneau, ma chérie, » criait-elle d'une
voix saccadée en couvrant ma figure de larmes
et de baisers.

Nous étions encore serrées dans les bras l'une
de l'autre quand mon père entra; il jeta sur nous
un regard mécontent et se mordit les lèvres.

« Finissez tout ce bruit, Beever, » dit-il durement, « mettez cette enfant au lit. » Et passant
précipitamment par la chambre, il entra chez lui.

Mais au lieu d'obéir à un pareil ordre, Goody
me fit descendre à la cuisine, où une petite table
était dressée devant un feu joyeux. Là elle se mit
à réchauffer mes mains gelées et mes pieds plus
gelés encore, m'enleva mon manteau, mon chapeau... et tout en pleurant abondamment elle-
même, elle me suppliait de ne plus pleurer.

« Car il est bien inutile de se mettre hors de soi,
ma chérie, » disait-elle; « nous sommes dans un
triste monde et les chagrins viennent aussi bien
aux jeunes qu'aux vieux. Mais ce que Dieu veut

est sûrement pour notre bien ; c'est une chose souvent difficile à croire, chère enfant, mais à quoi servirait-il de se mettre hors de soi. Essayez de manger un petit morceau de poulet, mon agneau. — Allons, vous êtes un peu réchauffée, hein ? »

Quoique bien faible assurément, je n'avais pas faim, et il fallut beaucoup de caresses et de discours pour me décider à goûter à quelque chose. Pourtant, une fois que j'eus commencé, je me sentis mieux ; et Goody ayant apporté une bouteille dans laquelle il y avait encore un peu d'eau-de-vie, me fit un petit grog bien chaud qui me rendit toutes mes forces. Quand j'eus fini, j'allai m'asseoir sur ses genoux comme j'en avais l'habitude au vieux temps avant mon absence, et posai ma tête sur son épaule. A ma grande surprise, Goody éclata de nouveau en sanglots en me serrant sur son cœur et en me balançant comme on fait à quelqu'un qui a un profond chagrin.

« Ne pleurez pas ainsi Goody, » dis-je tout bas en passant mes bras autour de son cou ; « je vous en prie, ne pleurez pas ainsi !

— Je ne puis pas m'en empêcher, ma petite chérie... je ne puis pas m'en empêcher quand ça me revient à travers la tête, dit-elle en gémissant. Elle va tant vous manquer !... tant vous manquer !

— Elle me manquera tous les jours de ma vie, »
répondis-je en luttant de toutes mes forces pour
retenir mes larmes. « Elle était si bonne pour
moi, et je l'aimais tant !

— Non, elle n'a pas toujours été aussi bonne
pour vous qu'elle aurait dû l'être... mais elle ne
comprenait pas le mal qu'elle faisait ; et vous êtes
un cher agneau de vous souvenir si affectueusement d'elle, » sanglota Goody, « mais ça a été si
prompt !... trop prompt, ma chérie, pour que je
puisse encore arriver à le supporter !

— On ne m'avait rien dit jusqu'à hier matin, »
m'écriai-je, donnant pleinement dans le malen-
tendu, « non, pas un seul mot... et j'étais si
heureuse... et je... .

— Hier matin? » répéta Goody. « Mais cela n'a
eu lieu que vers onze heures, hier au soir !... »

Frappée de la conviction subite qu'elle se dé-
solait au sujet d'un autre chagrin que le mien,
je relevai ma tête de dessus son épaule et la regardai bien en face.

« Oh ! Goody, » balbutiai-je, « que voulez-vous
dire? Y a-t-il donc quelque chose? »

Elle tourna vers moi une figure toute saisie.

« Eh quoi ! » dit-elle, haletante, « ne savez-vous
pas? Est-ce qu'il... est-ce que le maître ne vous
aurait rien dit pendant le trajet?

— Non, » Goody, « rien... il ne m'a rien dit !

— Jessie, votre pauvre sœur, votre chère sœur...

. — Oh! Goody que lui est-il arrivé?

— Elle est morte, ma chère, morte, partie pour toujours!... c'est à cette heure-ci, hier soir, qu'elle est morte! »

Et elle se tordait les mains, élevant la voix et se lamentant comme une mère qui pleure son enfant.

Glacée, saisie d'horreur, je la regardais, ne pouvant ni parler ni pleurer.

« Elle allait bien le matin, » continua Goody, « elle était gaie et jolie comme toujours! elle n'a souffert que quelques heures... Ah! ça a été bien vite fini!... et elle est morte dans mes bras... dans mes bras!... l'enfant que j'avais reçue à sa naissance, et que j'aimais... Oh! je n'avais jamais su jusqu'ici combien je l'aimais. Que Dieu nous aide, ma chérie... ah! qu'il ait pitié de nous tous!

— De quoi est-elle morte, Goody? » demandai-je tout bas en frissonnant.

— Du choléra... du choléra, ma mignonne! »

Je n'avais jamais entendu prononcer ce mot là... je ne savais pas ce qu'il signifiait, je ne savais qu'une chose, c'est que ma sœur Jessie était morte... Morte!! je répétais vaguement le mot, encore et encore, ne pouvant parvenir à me

faire une idée de sa signification. J'éprouvais la
sensation d'une main posée lourdement sur mon
cœur. Les yeux me brûlaient, j'avais la bouche
sèche. Je m'étonnais de ne pouvoir pleurer
comme Goody. — Mille choses me traversaient
l'esprit... des souvenirs d'autrefois, des paroles
qu'elle avait dites, des gestes, des bagatelles,
toutes sortes de traits oubliés jusqu'alors. Pauvre
Jessie!... morte!

« Et papa? » balbutiai-je.

« Il était sorti, » dit Goody avec quelque amertume, tout en essuyant ses yeux du coin de son
tablier. Il était parti de bonne heure pour aller
dîner à Richmond et passer la journée à la campagne. Je n'avais personne à envoyer vers lui,
et n'aurais pas su dire où le trouver. Quand il
revint le soir la petite Jessie était partie. Dans le
premier moment il fut cruellement ébranlé, et se
promena longtemps dans sa chambre avant de
se coucher. Ce matin il a demandé à la voir, et
alors il a pris Hilda sur ses genoux, l'a embras-
sée et s'est mis à pleurer avec elle... oh! si ç'a-
vait été Hilda!...

Elle s'arrêta; nos yeux se rencontrèrent. Puis
nous nous assîmes pendant quelque temps sans
parler... ma joue posée contre la sienne tandis
que ses bras m'entouraient avec amour. Peu
après, voyant que le feu s'éteignait, elle me prit

par la main et nous montâmes pour aller trouver mon lit. Elle m'arrêta au premier, devant la
porte d'une chambre située deux étages plus
bas que celle qui d'ordinaire était la nôtre.

« Hilda est là, dit-elle tout bas en mettant
un doigt sur sa bouche. Je suis restée ce soir
auprès d'elle jusqu'à ce qu'elle fût endormie ; tâchons de ne pas la réveiller. Elle est épuisée d'a-
voir pleuré, la pauvre chérie ; elles s'aimaient
tant toutes les deux !... »

Il y avait une année entière que je n'avais vu
Hilda. J'avais quitté la maison sans avoir pu lui
dire adieu, et en revenant je la retrouvais comme
je l'avais laissée... dormant. Et sans l'expression de souffrance que je n'avais jamais vue auparavant sur sa figure, elle m'eût paru bien peu
changée.

Sa joue était rouge et fiévreuse, et les belles
tresses de ses cheveux reposaient en lourdes
masses sur son cou et sur ses bras. En me rapprochant d'elle, je vis que ses cils étaient encore
humides et que son oreiller était tout taché par
les larmes. Elle s'éveilla tout de suite, me regarda
fixement, presque avec frayeur, et murmura :
« Barbara ! »

Je me penchai sur elle les mains jointes, les
yeux pleins de larmes... Avec je ne sais quel
accent d'ardente prière dans la voix, je lui dis :

— Oh! Hilda!... Aimez-moi, chère!... Aimez-
moi un peu. Nous sommes si seules toutes les
deux! »

Un languissant sourire erra sur ses lèvres, elle
m'ouvrit ses bras et me tint étroitement serrée
par le cou, en sanglotant comme si son cœur allait se briser.

Cette nuit là pour la première fois de notre vie,
nous dormîmes dans le même lit ayant chacune
un bras passé autour du cou de l'autre.

CHAPITRE XV.

Résultats — Zollenstrasse.

« Que la terre retourne à la terre, la cendre à la cendre, la poussière à la poussière ; » tristes et éternelles paroles qui trouvent un écho dans tout cœur humain, et qui du berceau à la tombe sont suspendues pour nous dans chaque souffle que nous respirons. Telles, il y a bien des années, on les prononçait sur la tombe de la mère que nous perdions... telles on les redisait sur celle de notre sœur. — Je me rappelle tous les détails de ces funérailles avec une netteté douloureuse : les pleureurs placés à la porte ; les pas pesants des porteurs sur l'escalier, l'étrange silence dont la maison se trouva envahie après le départ de tout le monde, — la réouverture des volets dans l'après-midi, et la lueur maladive du soleil couchant quand elle vint de nouveau s'infiltrer dans les chambres... — Dès le lendemain, les choses avaient à peu près repris leur train habituel. Mon père était retourné à son club ; et miss Whymper, comme de coutume, était ve-

nue prendre sa place au haut bout de la table,
dans la chambre qui nous servait de classe.

Une semaine, quinze jours, un mois se passèrent, je n'entendais pas parler de ma tante, je
ne recevais rien d'elle. — J'avais été trop profondément frappée tout d'abord par le malheur
arrivé à la maison pour penser beaucoup à mes
propres chagrins... mais ces impressions perdant
un peu de leur intensité à mesure que le temps
s'écoulait, toute l'ancienne amertume reparais-
sait. Quelquefois je m'étonnais que tout cela fût
vrai... et m'éveillant au milieu du calme de la
nuit, je me demandais si je n'avais pas rêvé.
Puis bientôt, la désolante certitude m'éblouis-
sant... les larmes brûlantes faisaient irruption...
Alors me glissant tout doucement hors de mon
lit, je m'en allais éclairée par la sombre clarté
des étoiles, vers un certain tiroir, et je tirais de
sa cachette la bague d'argent... Puis retournant bien vite à mon lit, je m'y étendais en pressant la bague chérie sur mes lèvres, en la mettant au doigt auquel lui-même l'avait placée...
La retirer, la baiser plus de vingt fois, et enfin retomber endormie en murmurant le nom de
Hugues Farquhar... voilà les seules consolations
qui me restassent.

Quant à Hilda, elle était trop malheureuse
elle-même, pour faire grande attention à moi.

Elle pleurait Jessie avec une violence passionnée dont l'enfance seule est capable, et en se laissant ainsi aller à son chagrin elle perdait le sommeil, l'appétit et ses forces. Chez certaines natures impérieuses le chagrin prenant la forme du désespoir consume la vie comme un feu dévastateur. Il en était ainsi pour Hilda : se livrant pendant de tristes et monotones semaines à ce chagrin qui la rongeait, elle devenait chaque jour plus pâle et plus maigre, plus différente de ce qu'elle était auparavant.

Hilda était la seule de ses filles que mon père aimât; cet état de langueur finit par l'inquiéter, il fit venir un médecin qui après avoir examiné la malade ordonna soit des eaux minérales, soit un changement d'air, et surtout de la distraction.

Le lendemain mon père congédiait avec beaucoup d'égards miss Whymper, et nous déclarait qu'il allait nous envoyer toutes les deux à la grande école de Zollenstrasse, en Allemagne!...

Il se passa alors plusieurs jours où l'on ne s'occupa que de renouveler notre garde-robe peu fournie. Deux jeunes ouvrières que l'on installa dans les chambres d'en haut, nous confectionnèrent des robes et des manteaux et un beau matin les larmes de Goody nous avertirent que notre départ était fixé au lendemain.

Où était Zollenstrasse?... Je savais que c'était
en Allemagne, bien loin de l'Angleterre, qu'il
fallait traverser la mer pour y arriver; mais c'é-
tait tout. Et en effet c'est à bord d'un bateau à
vapeur partant pour Rotterdam, que mon père
nous conduisit le matin de notre départ. Arrivées
à Rotterdam nous devions prendre un autre
bateau qui nous conduirait jusqu'à Mayence où
nous descendrions à terre et où nous trouverions
une diligence qui nous déposerait à Zollenstrasse-
sur-le-Mein. C'était un long voyage qui devait
durer au moins cinq jours. Mon père nous recom-
manda aux soins du capitaine, le priant d'en
faire autant au capitaine du bateau qui devait
nous conduire à Mayence, puis entendant la cloche qui annonçait le départ il prit les deux
mains d'Hilda dans les siennes, la baisa au front,
lui recommandant de se bien porter, de bien
profiter de l'instruction qu'on allait lui donner,
et touchant froidement ma joue de ses lèvres,
il tourna sur ses talons, se hâtant d'atteindre le
rivage en disant : « Adieu, Barbara. ! »

. . . .

Cinq jours après, à la suite d'un long et pénible voyage, nous arrivions enfin à Zollenstrasse... Zollenstrasse-sur-le-Mein... et quelques
minutes plus tard nous entrions dans l'institut
grand-ducal.

O chère maison, où se sont écoulées les plus belles années de ma vie, qu'il m'est doux, même actuellement, de revivre en pensée de ta douce vie ! avec quel charme je me rappelle mes efforts, mes luttes, mes triomphes... obtenus dans ces solennelles séances de concours où le public était admis, et où le lauréat était couronné par le grand-duc lui-même !... Avec quelle reconnaissance je proclame que tu étais devenue pour moi un *home* chéri, pour moi, qui dans toute l'Angleterre n'en connaissais qu'un, fermé à jamais, hélas ! maintenant devant moi ! c'est dans tes murs sacrés que je saisis les splendeurs du grand art, c'est là que l'ambition de devenir un artiste distingué s'empara de mon âme, que le professeur Metz, homme à l'écorce un peu rude peut-être, mais doué d'un cœur d'or et d'un grand talent, m'aida à développer le don que j'avais reçu de la nature. Peu à peu l'amour de l'art envahit tout mon être. Mon idée fixe, peut-être parce que je me sentais si peu aimée dans ma famille, était de me rendre indépendante par mon talent. Aller à Rome, étudier les grands maîtres... toute mon ambition était-là, et je savais bien que jamais mon père ne me donnerait à cet effet ni consentement, ni argent. Depuis que nous étions à Zollenstrasse il nous avait écrit environ deux fois par an, et ses lettres étaient si

banales, si semblables les unes aux autres, qu'on
aurait pu les croire lithographiées d'avance.

Un jour, il y avait six ans qu'Hilda et moi
nous étions dans l'Institut, comme nous rentrions
d'une excursion faite avec toute la classe dans les
bois environnants, on nous dit que nous étions
demandées au parloir.

— Nous, au parloir? qui pouvait venir nous voir?
Jamais personne ne nous avait demandées depuis
six ans... Serait-ce ma tante?... serait-ce Hugues?
Je me sentis rougir et pâlir.

Quand nous entrâmes, la pièce, peu éclairée
d'ailleurs, contenait un monsieur et une dame. Le
monsieur s'avança... je reconnus mon père!...
Il toucha légèrement nos fronts de ses lèvres, et
se tournant vers la dame qui était nonchalamment étendue sur une bergère : « Mes chères enfants, » dit-il très cérémonieusement, « je suis
heureux de vous revoir et de vous présenter mis-
triss Churchill : veuillez accueillir madame avec
le respect et l'affection que vous devez à... à...
hem! hem! à la femme de votre père. »

La dame nous tendit le bout de ses doigts tandis qu'elle disait :

« J'étais loin de me figurer, monsieur Churchill, que vos *petites filles* fussent aussi grandes! »

Ainsi donc, mon père s'était remarié..... à
soixante ans!... et leur voyage à Zollenstrasse

était celui de leur lune de miel. — Mrs Churchill
était encore belle, bien qu'elle eût quarante ans;
froide, peu intelligente, elle avait du tact, ce
qui souvent vaut mieux que de l'esprit, et une
grande propension à la toilette et aux plaisirs
mondains. Nous sûmes bientôt qu'elle était veuve
d'un employé du gouvernement aux Indes, et
qu'elle possédait un joli revenu. Son caractère
ne pouvait manquer de sympathiser fortement
avec celui d'Hilda; aussi, au bout de six semaines
passées à jouir avec cette dernière de tous les
divertissements que pouvait donner le Casino de
Zollenstrasse, eus-je à subir le cruel saisissement
d'apprendre l'étrange nouvelle du départ de ma
sœur avec mes parents!... On me laissait, moi,
pour achever mes études; et je les vis partir le
cœur navré, sans avoir reçu un encouragement
affectueux, et après avoir appris que pendant ces
six ans ma tante n'avait pas donné signe de vie...
Hélas! j'étais bien réellement oubliée!

Ces événements se passaient au mois de mai et
le grand concours de l'année, le fameux festival
des beaux-arts, devait avoir lieu en juillet. Combien j'eus lieu alors de bénir les études ardentes
et fiévreuses auxquelles je me livrais déjà depuis
quelque temps afin de composer un tableau digne
de figurer parmi ceux qui ambitionnaient d'obtenir la grande médaille d'or! Jamais semblable

11.

pensée ne me fût venue... mais le professeur
Metz, *mein* cher professeur l'avait voulu, et j'a-
vais essayé d'obéir.

Le grand jour arriva. Les visiteurs affluaient
de telle sorte que la ville de Zollenstrasse regor-
geait de monde. — La séance eut lieu dans la
salle du Casino, magnifique pièce de quatre-
vingts pieds de long, toute décorée de glaces. Le
Duc fit un discours, puis on commença la distribu-
tion des médailles : la musique passa la première,
la sculpture ensuite et enfin la peinture... Comment dire quelle fut mon émotion lorsque j'entendis le grand-duc lui-même, proclamer que la
médaille d'or était décernée à

« Mademoiselle Barbara Churchill, née en
« Angleterre, et depuis six ans élève interne de
« cette académie. »

N'en croyant pas mes oreilles, je me levai.
Mais sentant sur moi les yeux de la salle entière,
je restai debout n'osant pas quitter ma place.

« Venez, mon élève, » dit une voix affectueuse
tout près de moi, « ne craignez rien. »

Je ne me rappelle pas si je pris son bras...
Tout ce que je sais, c'est qu'un instant après le
duc se penchait sur moi, plaçait la médaille
dans ma main et les lauriers sur ma tête.

Comme je tournais sur moi-même pour regagner ma place je levai les yeux... et là, parmi

les spectateurs de la tribune de droite, penché
vivement en avant, pâle, les yeux ardents, je
vis... oh! joie!!! pour la première fois depuis
cette matinée passée dans les bois il y a si longtemps... je vis le héros, l'idole de mon enfance :
Farquhar de Broomhill! Ce n'était ni la confusion, ni la fatigue, ni l'émotion inséparable d'un
triomphe si inattendu... non, ce que j'éprouvais
n'avait rien à démêler avec les concours, les
grands ducs, etc... ce qui faisait tourner la salle
devant moi au point que je fus forcée de m'ap-
puyer lourdement sur le bras du professeur Metz,
c'était d'avoir vu cette figue bronzée, d'avoir
subi le choc de ses yeux sur les miens.

« Vous avez besoin d'air, » me dit tout bas mon
cavalier en me conduisant dans une antichambre
où on me donna un verre d'eau rougie, et il voulut me ramener lui-même à l'institut. Je me retirai dans ma chambre.

« Si je puis dormir, » me disais-je, « je serai
mieux. » Mais ce n'était pas de sommeil que j'a-
vais besoin, c'était de solitude et de silence.

CHAPITRE XVI.

Le bienvenu.

Il prit mes mains dans les siennes, et me conduisit vers la fenêtre.

« Eh quoi, dit-il, Barbara? La petite Barbarina qui par une belle après-dînée avait grimpé sur la fenêtre d'une certaine bibliothèque, et qu'on a reconduite chez elle, à cheval sur Satan! ma parole, c'est à peine si je puis le croire!

— Croyez-le, ou ne le croyez pas, Sahib, » répondis-je, riant et pleurant à demi, « ce n'en sera pas moins la vérité.

— Je ne sais pas, » dit-il sérieusement, « je ne sais pas. Il ne peut guère y avoir deux Barbarinas sur un petit globe comme celui-ci! — Et vous découvrir ici..... ici, dans le trou des trous de l'Europe! Vrai, j'aurais autant pensé vous rencontrer ici qu'à l'endroit où les Chinois conduisent leurs légers chariots! — Peste! Votre vue me rajeunit d'une douzaine d'années. Combien y a-t-il, *Carina,* que nous étions ensemble à Broomhill?

— Il y a juste six ans et trois mois que j'ai
quitté Stoneycroft-Hall, » dis-je en soupirant.

« Il me semble qu'il y a six siècles. Dans cet
espace de temps j'ai été de Dan à Beersheba, et
je ne puis pas dire que je sois devenu meilleur
pour cela... tandis que vous? — Par le fait vous
avez toujours eu du goût pour les arts. Vous rappelez-vous comme vous avez choisi la meilleure
esquisse de mon album, Barbara? Et vous souvenez-vous que ce fut pour la grande satisfaction de votre esprit de connaisseuse, que j'ai fait
déballer le Paul Véronèse?

— Vraiment oui; — mais ce que je me rappelle aussi c'est que ce même tableau a failli
vous tuer.

— Ombre de Polyphème!.. et moi aussi un
peu plus, et j'étais écrasé comme Acis, sans avoir
même une Galatée pour me pleurer. Pauvre vieux
Paul! Dieu veuille que les rats de mes ancêtres
ne l'aient pas entièrement dévoré à l'heure qu'il
est! — Mais Barbarina, comment êtes-vous venue
ici? et dans quel but? chercheriez-vous à vous
créer une profession dans l'art? Quels sont vos
plans? Voyons, vous avez mille choses à me dire.

— Pas la moitié autant que vous-même,
Monsieur Farquhar. Un voyage de Dan à Beersheba vaut la peine d'être raconté; vous devez
avoir eu bien des aventures.

— Autant que le chevalier de la Manche! Mais
laissez en paix mes histoires encore pour quelque temps, Barbarina, elles valent à peine le
souffle qu'il me faut dépenser pour les conter.
Asseyez-vous et dites-moi tout ce qui vous est arrivé, depuis que nous avons été séparés.

— Voulez-vous d'abord me répondre à une
question?

— Volontiers,... si je le puis.

— Combien y a-t-il de temps que vous avez
quitté Broomhill? — Avez-vous vu souvent ma
tante après que j'ai été partie? — Lui ai-je manqué? A-t-elle eu du chagrin de mon départ? —
Pourquoi ne m'a-t-elle pas écrit à la maison? —
Qu'avais-je fait pour qu'elle m'abandonnât aussi
complètement?

— Mon enfant, au lieu d'une question en voici
une douzaine. Et je ne puis répondre d'une façon satisfaisante à aucune. D'abord je ne sais
même pas dans quel mois vous êtes partie.

— En mai.

— Et moi, en septembre. Ensuite je n'ai vu
que deux fois mistress Sandyshaft pendant cet
intervalle. Ce fut entièrement ma faute et je n'ai
eu que ce que je méritais. Je me suis conduit
comme un vrai sauvage; j'ai joué avec des instruments tranchants, et j'ai failli tomber entre
les mains d'un Philistin du beau sexe. Mais j'ai

découvert mon erreur avant qu'il ne fût trop
tard.. et j'ai fui mon pays. Bah! vous vous sou-
venez bien d'elle, Barbara?

— Lady Flora....? balbutiai-je. »

« Actuellement comtesse de n'importe quoi,
ayant château dans l'ouest de l'Angleterre et un
mari vieux comme Mathusalem! Bon, pour en
revenir à mistress Sandyshaft, je ne l'ai vue que
deux fois. La première, ce fut peu de temps
après que vous étiez partie, et la seconde, pour
lui faire mes adieux, le soir qui précéda mon
départ pour l'Orient.

— Et que vous a-t-elle dit de moi?

— Fort peu de chose à ma première visite,
rien du tout à la seconde.

— A-t-elle su que papa nous avait envoyées
en Allemagne?

— Je ne crois pas. Il me semble qu'elle me
l'aurait dit si elle l'avait su.

— Pensez-vous que je lui aie manqué?

— J'en suis sûr... d'autant plus sûr qu'elle
ne m'en a jamais dit un mot. Jeannette, elle,
vous a bien regrettée; elle pleurait quand on
prononçait votre nom.

— Pauvre Jeannette!

— Pour ma part, Barbara, il me sembla que
la maison n'était plus à sa même place. On eut
dit que toute lumière en était partie, et qu'un

mauvais sort l'avait condamnée au silence. Quand j'entrai dans le vieux salon familier, où votre tante était assise à l'ancienne place, je me mis à vous chercher en regardant tout autour, et lorsqu'on m'eut dit que vous étiez partie — partie pour toujours, — j'ai senti... par Jupiter ! j'ai senti comme une main de glace qui se posait sur mon cœur !

— Oh ! monsieur Farquhar, m'auriez-vous regrettée, vous aussi ?

— Si je vous ai regrettée ? Eh ! ma petite fille ! vous n'auriez pu me manquer davantage même si j'avais..... Parbleu, c'est bien pour cela que je suis resté à l'écart — si je n'avais pas été un monstre d'égoïsme, si je n'avais pas pris Stoneycroft-Hall en grippe, est-ce que je n'aurais pas été passer bien des heures avec la pauvre vieille dame solitaire ? — Ainsi vous ne l'avez jamais revue depuis.

— Jamais.

— Et vous n'en avez eu aucune nouvelle ? »

Je secouai la tête.

« Alors vous ne savez même pas si elle est morte ou vivante ?

— J'ai vu mon père. Il dit, qu'elle vit.

— Mais pourquoi ne lui écrivez-vous pas ?

— Je ne puis pas. Je l'ai aimée comme si elle avait été ma mère, et j'ai été dans sa maison bien plus *chez moi*, qu'à mon propre foyer; elle m'a exilée loin d'elle, loin de tout ce qui me rendait heureuse,…. je ne puis pas lui écrire… non, je ne puis plus lui écrire maintenant! »

Il haussa les épaules, et prit la mine que font les gens quand ils vous blâment sans vouloir vous le dire.

« Bon, bon, » dit-il, « nous recauserons de cela. En attendant, Barbarina, parlez-moi de vous, dites-moi ce qu'est devenue la petite sauvage aux yeux brillants que j'ai connue dans un temps à Broomhill, et s'il est possible qu'il y ait quelque affinité entre elle et vous? »

Je pris la chaise qu'il m'avait avancée et lui obéis en aussi peu de mots, et avec autant de fidélité que possible. — Il m'écouta attentivement… Quand j'eus fini il repoussa son siège et se mit à arpenter la chambre avec agitation.

« Comme c'est étrange, » disait-il, « toujours la vieille histoire…. Le cœur brisé, l'exil, l'abandon qui concourent à développer la nature de l'artiste. Tenez, Barbara, il faut vous féliciter de tous vos chagrins! si vous aviez végété dans l'atmosphère bucolique de Stoneycroft-Hall, vous n'auriez jamais remporté une médaille!….

— Peut-être bien, » répondis-je tristement, « mais aussi, j'aurais été aimée dans mon enfance, et je n'aurais pas vu s'évanouir en fumée parmi

des étrangers, les premières aspirations de mon
cœur, et.... »

La voix me manqua ; il finit la phrase pour moi.

« Et comme une petite vierge folle, vous mé-
connaissez les biens dont les dieux vous ont comblée. Bah ! Enfant, méfiez-vous de ces regrets,
méfiez-vous de ces mots vides de sens : amour,
amitié ! Ils ne signifient rien. — Oubliez que vous
avez un cœur, dévouez-vous entièrement à votre
art. Qu'il vous soit un foyer, une patrie ; un
ami... Épousez-le, vivez, mourez pour lui ; que
vos yeux et vos oreilles se ferment à tout ce qui
n'est pas lui. Et si jamais un imbécile venait
vous parler d'amour, moquez-vous de lui et ren-
voyez-le.

— Et si je ne pouvais pas ? Si, ce qu'il y a
d'humain en moi demandait autre chose qu'une
toile et des couleurs, qu'arriverait-il ?

— Ce qui arriverait ?... Un naufrage, enfant,
un naufrage au fin fond de la mer. »

Il y avait dans sa voix un regret amer qui me
frappa comme une révélation.

« Vous parlez comme quelqu'un qui a souffert, » dis-je presque sans le vouloir.

Il eut un sourire lugubre.

« Je parle, répondit-il, comme quelqu'un qui
a essayé de tout, et qui n'a trouvé qu'amertume
sur sa route... mais parlons d'autre chose.

— Si j'osais, dis-je tristement je vous demanderais de me parler de vous.. de vous seul....

— Oh! vous êtes bien trop jeune pour recevoir mes confidences, Barbara. Non, Dieu me garde de charger votre innocente mémoire de mes fautes et de mes folies. »

Je n'avais rien à répondre, il se fit un long silence pendant lequel il continua à arpenter la chambre.

Comme mon cœur était plein !.... Que de choses j'aurais voulu savoir, que d'autres j'avais à lui dire !... J'aurais voulu qu'il sût que j'avais gardé sa bague comme une relique sacrée... mais une étrange répugnance retenait ma langue et me rendait silencieuse.

Tout à coup il saisit son chapeau et me montrant la pendule de la cheminée.

« Voici une heure et demie que je suis ici, je craindrais que les autorités de l'Académie n'eussent le mauvais goût de faire quelques observations. Adieu, Barbarina, je reviendrai bientôt.

— Restez-vous longtemps à Zollenstrasse?

— *Chi lo sa*, peut-être oui, peut-être non. Adieu. » Il me donna la poignée de mains, hésitant comme s'il se demandait si je n'étais pas trop grande maintenant pour qu'il pût se permettre de m'embrasser... puis, riant, il se retira en arrière, et se jetant dans la fenêtre du balcon qui n'était

qu'à trois ou quatre pieds du sol, il sauta légèrement dans la cour; — évitant, par ce moyen
la peine de refaire tous les corridors — et sortit
par la porte d'entrée comme un respectable visiteur. Arrivé là, il se retourna, me fit de la main
un signe d'adieu et disparut.

J'avais hâte d'être seule dans ma chambre, je
m'y enfermai, et restai longtemps assise sur le
bord de mon lit me demandant si j'étais heureuse
ou chagrine....? ou encore si je n'étais pas les
deux à la fois... et à dire vrai je n'en savais
trop rien.

Une fois le concours passé, Zollenstrasse retomba dans l'état de quiétude qui lui était habituel.

Quant à l'Institut, l'époque des grandes vacances étant arrivées les élèves se dispersèrent, et
le grand bâtiment parut de plus en plus vide et
désolé aux malheureuses qui, ainsi que mon
amie, la jeune Ida Saxe et moi, ne sortaient jamais de ses murs. Sans la joie d'avoir revu Hugues, en vérité mon triomphe eût été bien triste.
Pourtant ce triomphe ne demeura pas sans ré-
sultats. — Le soir même du concours, au souper,
on m'installa à la place d'honneur et le lendemain
je reçus mon brevet de professeur en second,
avec une rétribution de deux cents florins par an.

Hugues vint me voir souvent; sa bizarrerie,

ses manières étranges, intriguaient beaucoup la
directrice de l'établissement. Mad. Brenner ; mais
ce fut bien autre chose quand elle l'eut rencontré à cheval se promenant à côté du grand duc
et causant familièrement avec lui.... De ce jour
elle en fit un grand personnage, et je vis que
j'étais bien plus considérée à l'Institut à cause de
mon noble ami, qu'en raison de ma médaille
d'or.

J'avais écrit mon succès à ma sœur, espérant
que non seulement elle comprendrait ma joie,
mais qu'elle essaierait de la faire partager par
mon père. Hélas ! mon illusion fut de courte durée... Je travaillais un jour avec le professeur
Metz à décorer les panneaux d'un pavillon appartenant au grand duc lorsqu'on m'apporta une
lettre de ma sœur... je l'ouvris en tremblant :
Hilda me racontait la vie d'enchantements suc-
cessifs qu'elle menait à Paris ; ses succès, ses
triomphes à la Présidence.. et principalement auprès d'un certain comte de Chaumont, ami et
contemporain de mon père, qui, disait-elle, avait
pris pour elle un goût tout particulier... — C'é-
tait tout ; de moi, de ma médaille... pas un mot.

Je repris mes pinceaux en silence ; seulement
malgré moi et presqu'à mon insu les larmes roulaient sur mes joues. Tout à coup la pression
d'une lourde main sur mon épaule me tira de

mes absorbantes pensées... Le professeur était
debout à côté de moi.

« Qu'y a-t-il Fraülein? » me demanda herr
Metz en se penchant pour chercher mon regard :
« pourquoi pleurez-vous?

— Je... je... ne sais pas... je ne suis pas très
bien, » balbutiai-je.

Il secoua la tête.

« Allons, allons, vous n'êtes pas heureuse, »
dit-il avec une douceur qui ne lui était pas ha-
bituelle. « Auriez-vous reçu de mauvaises nouvelles de chez vous?

— Non, mein Professeur.

— Qu'y a-t-il alors?... Voyons, Fraülein Barbara, je sais ce que vous valez; vous n'êtes pas
de ces femmes qui trouvent charmant de pleurer parce qu'elles n'ont rien de mieux à faire.
Vous avez du chagrin... Fort bien, débattez-vous
à vous toute seule si vous en êtes capable;
mais si vous avez besoin soit d'un conseil, soit
d'un secours... venez me trouver. »

Profondément touchée de cette démarche si peu
en harmonie avec les habitudes de notre bourru
professeur j'essayai de lui exprimer ma reconnaissance, mais il m'arrêta aux premiers mots :

« Chut!.. chut!.., quittez votre ouvrage, et
laissez-moi la paix. »

Je profitai du congé et revins dans ma cham-

bre, j'avais besoin de solitude : les pensées les
plus amères hantaient mon cerveau. Où allais-
je?... qu'allais-je devenir?... qu'avais-je à espérer? Mon père ne me permettrait jamais de vivre de mon travail : ma sœur, par son silence sur
ce qui faisait mon orgueil et ma joie, montrait
assez avec quel dédain elle en accueillait la nouvelle... pour la première fois je voyais à quel
point la lutte qui s'ouvrait devant moi serait difficile.

Si, marchant carrément contre leurs idées je
me livrais à la peinture, j'étais seule au monde
pour toujours; si au contraire je cédais et leur
obéissais, c'était cette vie creuse de la société
mondaine qui n'a pour but qu'un mariage....
qui s'ouvrait devant moi. Hélas! quelle alternative.. était-ce donc pour un pareil résultat que
j'avais tant travaillé, que j'avais fait tant de rêves, tant de châteaux en Espagne!. — Plus que
jamais le désir d'aller m'établir à Rome pour y
vivre et y travailler en artiste, tournant à l'idée
fixe, j'avais demandé à Hugues ce qu'il fallait
d'argent pour mettre ce rêve à exécution; il m'a-
vait parlé de vingt livres st. au moins pour le
voyage et de cinquante pour y séjourner toute
une année... Ah! mon Dieu! comment parvien-
drai-je jamais à économiser une somme pareille
sur les seize livres st. que je gagne par an?

CHAPITRE XVII.

Un événement inattendu.

A quelque temps de là, comme j'étais à travailler dans le Pavillon, M. Farquhar entra, et s'emparant du tabouret laissé vacant par le professeur Metz qui était allé déjeuner, il me dit :

« Je suis bien content de vous trouver seule, ma chère petite Barbara, car je viens vous dire adieu. Je pars pour Saint-Pétersbourg. »

Je me sentis devenir écarlate, puis pâle.

« Pour Saint-Pétersbourg » ? répétai-je.

« Oui, c'est un des endroits que je n'ai pas encore vus, et je me suis mis en tête de faire connaissance avec nos amis les Russes dans leur propre capitale. Je veux voir la différence qui existe entre le prince Ivan qui loue un hôtel dans la chaussée d'Antin et fait courir à New-Market, et Ivan le rustre, qui mène la vie d'un lévrier battu buvant l'eau-de-vie dès le berceau.

— C'est une résolution soudaine?

— Oui. Toutes mes résolutions sont soudaines, *Carina*. Je suis l'esclave d'un démon dont le nom est Caprice. »

Sa voix était brève, ses paroles saccadées,
il était facile de voir qu'il n'était pas dans son
état ordinaire.

« Vous avez quelque autre motif plus grave
qu'un caprice, monsieur Farquhar, pour entreprendre ce voyage; je ne désire pas le connaître,
mais j'en suis sûre. » Il se retourna vivement et
me regarda.... puis reprenant sa position :

« Vous vous trompez, dit-il, je suis le caprice
en personne; il n'y a chez moi ni but, ni principe d'action. Il m'a pris la fantaisie d'aller à
Saint-Pétersbourg et j'y vais, voilà tout.

— « Alors, dis-je tristement, » j'aurais préféré
que vous fussiez resté ici.

— Resté ici! pas pour un empire! Je n'y suis
déjà resté que trop. »

Comme il disait cela une ombre se dessina
dans l'embrasure de la porte et le professeur
Metz entra. Il avait un air qui ne lui était pas
habituel. D'un signe de tête il salua M. Farquhar
et nous tournant fort peu gracieusement le dos,
il se mit à peindre comme si sa vie dépendait de
son assiduité au travail.

« Une belle journée, herr Professeur, » dit
Hugues en rendant le tabouret, tout en saluant
en manière d'excuses.

« Une abominable journée, à mon avis, » grommela le professeur.

12

« Comment! avec ce beau soleil, et cette brise rafraîchissante ?...

— Les terres polaires à l'ombre, au soleil les régions infernales, » interrompit le professeur, « j'ai ce temps en horreur. »

Hugues partit d'un grand éclat de rire.

« Monsieur le professeur aura oublié chez lui ses lunettes couleur de rose, » s'écria-t-il gaiement, et, prenant son chapeau, il se prépara à se retirer :

« Je reviendrai ce soir vous dire une dernière fois adieu, Barbara, » me dit-il tout bas, tandis que nous échangions une poignée de mains.

— Ferez-vous cela? vrai, bien vrai? dis-je; les larmes me montaient aux yeux.

— Oui, certainement, ma chère, répondit-il avec beaucoup de douceur, et il sortit précipitamment sans même regarder en arrière.

Je le suivis des yeux tant que je pus le voir, et je venais de reprendre mon ouvrage quand le professeur jetant par terre palette et pinceaux se retourna tout à coup sur son tabouret en me disant :

« Il faut que je vous donne encore congé aujourd'hui, Fraülein Barbara!

— Pourquoi donc mein Professeur? je préfèrerais avancer ce ciel davantage.

— Ce n'est pas une question de *préférence*.

grogna-t-il, il faut que vous retourniez à l'Institut; la directrice vous demande.

— Que peut me vouloir Mme Brenner à cette heure-ci? »

Le professeur tiraillait tristement ses moustaches, il me regarda sans répondre.

« Alors, il faut que j'y aille? » dis-je en soupirant.

« Mais oui, » dit-il, « il le faut. »

Je mis mon chapeau, mes gants, et me dirigeai vers la porte.

« Adieu! » dit le professeur.

« Adieu, Monsieur, » répondis-je, « je vais revenir tout de suite.

— Non, » dit-il, en me tendant la main.

Voir le professeur Metz me tendre la main de lui-même, c'était un fait si extraordinaire que je ne pouvais contenir mon étonnement... mais lorsque nos deux mains furent unies, surprendre des larmes dans ses petits yeux gris farouches... c'était un phénomène auquel il était si impossible de s'attendre, que je le regardai d'un air ébahi, sans trouver une parole.

« Adieu, » me dit-il, gardant ma main à l'aise dans la sienne, sans pourtant la lâcher, « que Dieu vous protège!

— Qu'est-ce qu'il y a, mein Professeur? » m'écriai-je frappée d'un pressentiment soudain.

« Vous me dites là un adieu sérieux.

—Oui ; mais allez, » répondit-il brusquement !
« en effet, c'est un adieu sérieux... allez !

— Mais je ne veux pas m'en aller ! — Qu'est-
ce que c'est? — Qu'est-ce que tout cela signifie?

— Vous le saurez bientôt. Je ne suis qu'un
vieil imbécile qui se figure que sa petite élève
ne reviendra jamais! Allons, partez! allez trouver Mme Brenner, elle vous attend. »

Je courus tout le long du chemin; mais au
moment de rentrer à l'Institut,... j'hésitai... j'a-
vais peur. Je sentais qu'il y avait là quelque chose
d'étrange, d'inattendu, et j'aurais voulu l'éviter
si c'eût été possible.

« Mademoiselle est priée de monter chez Madame, » dit le concierge à la porte ; et tandis
que mon cœur battait bien fort, j'obéis.

Madame me reçut les bras ouverts.

« Venez, ma chérie, » s'écria-t-elle, « j'ai des
nouvelles pour vous. J'ai reçu une lettre de monsieur votre père... Quelles nouvelles!.. votre sœur
Hilda se marie!

— Hilda se marie!. » m'écriai-je.

« Oui, dans dix jours; et il faut que vous
partiez immédiatement pour Paris afin d'assister
au mariage. »

Je m'assis sans parole sur le siège le plus proche; je ne pouvais y croire.

« Maintenant la question est de savoir si vous

allez voyager seule ; je ne vois malheureusement
personne à qui vous confier, » dit-elle en branlant
la tête d'un air désespéré... « Comment faire ?

— Puis-je voir la lettre, Madame ?

« Je crois bien ! »

Je pris la lettre, écrite de la superbe écriture
de mon père et cachetée de son cachet massif.

Elle contenait ce qui suit :

« Très honorée Madame,

« J'ai l'honneur de vous informer que votre
« ancienne élève, ma fille Hilda Churchill, a été
« fiancée hier soir à Son Excellence le comte Hip-
« polyte-Amédée de Chaumont, ex-ministre plé-
« nipotentiaire à la cour de Bruxelles, comman-
« deur de la Légion d'honneur, etc., etc., etc.,
« Le mariage aura lieu dans dix jours à partir
« de la présente date. Nous désirons que ma plus
« jeune fille, à laquelle vous voudrez bien com-
« muniquer la nouvelle ci-dessus mentionnée,
« vienne immédiatement nous rejoindre. Je re-
« grette qu'il ne me soit pas possible d'aller la
« prendre pour faire le voyage de Zollenstrasse
« à Paris, mais j'ai la confiance qu'on pourra
« trouver à la placer sous l'égide d'une respec-
« table famille, faisant ce trajet. — Ayez l'obli-
« geance, Madame, de me faire savoir par le
« plus proche courrier, à quelle heure, et par

12.

« quel mode de transport, je pourrai attendre
« son arrivée.

« Veuillez agréer mes compliments distingués,
« et me croire votre obéissant serviteur.

« Edmond Churchill. »

. « C'est un beau mariage ! » dit Mme Brenner
avec admiration, un magnifique mariage ! —
« Elle va être madame la comtesse... pensez un
peu à cela, Barbara !...

— J'espère qu'elle l'aime vraiment, » répondis-je.

« Si elle l'aime?... vous pouvez compter qu'elle
l'adore, » répliqua Madame, dont le tendre cœur
allemand débordait de sentiment : « jeune, noble,
rempli de distinction, comment pourrait-elle ne
pas l'aimer? »

Personne n'avait dit qu'il fût jeune et beau,
mais Mme Brenner se le figurait ainsi, et le
croyait par conséquent.

« Mais, Barbara, mon enfant, je croyais que
vous auriez été plus contente d'apprendre les
fiançailles d'Hilda.

— Je ne sais pas, Madame, — c'est si inattendu... j'espère qu'elle sera heureuse...

— Et puis, est-ce que vous n'êtes pas ravie
d'aller à Paris?...

—J'aurais préféré rester ici, ma chère Madame

Brenner, oh! mille fois!... mais je reviendrai
bien vite, aussitôt que le mariage aura eu lieu. »

Madame Brenner prit un air incrédule.

« Paris est une ville d'enchantements, » dit-
elle, « il se peut faire que vous l'aimiez trop pour
vouloir la quitter... vous aussi vous pouvez trouver un mari... qui sait?

— Oh! je ne me marierai jamais! J'ai résolu
de consacrer ma vie à la peinture.

— Les résolutions qu'on prend à dix-sept ans
sont sujettes au changement, » répliqua Mme
Brenner en souriant. — Allons, montons, mon enfant, il nous faut visiter votre garde-robe, songez
que vous devez partir demain de grand matin. »

Tout le reste du jour et assez tard dans la
soirée, nous travaillâmes sans relâche, à garnir,
à raccommoder, à embellir tout mon petit trousseau. Vers huit heures et demie Hugues vint
comme il l'avait promis. On le fit entrer dans
le petit salon de Mme Brenner où nous étions
toutes assises, fort occupées avec nos aiguilles.

« Je viens vous dire un dernier adieu, Barbara, dit-il; — nous sommes de très anciens
amis, Madame Brenner, et nous n'aimons pas
les séparations.

— Je sais cela, herr Farquhar, » répondit Madame, « mais je vous assure que vous n'êtes pas
plus chagrin que nous ne le sommes.

— Sur ma parole, Madame, » répliqua Hugues profondément surpris et saluant avec politesse, vous êtes trop bonne.

— Tout va être si différent pour nous, » continua Madame, avec des larmes dans ses bons yeux.

« Je... croyez bien... je ne sais vraiment comment..... »

Hugues nous regardait les unes après les autres avec un air si effaré, si consterné, que je ne pus retenir plus longtemps un éclat de rire.

« Et tout cela parce que la pauvre petite Barbara est rappelée à Paris pour les noces de sa sœur!.. m'écriai-je, » voulant rompre cette conversation à double entente. « Vous ne saviez pas, Monsieur Farquhar, que si vous vous préparez à partir demain pour Saint-Pétersbourg, moi, je pars pour Paris.

— Vous?... vous allez à Paris? » dit-il avec un profond soupir de satisfaction. « Voilà qui est soudain, n'est-ce pas?

— Oui, » répondis-je gravement; « toutes mes résolutions sont soudaines; je suis l'esclave d'un démon dont le nom est Caprice... Non, mais sans plaisanterie, j'ai reçu des nouvelles très importantes de Paris. Ma sœur Hilda va épouser dans dix jours le comte de Chaumont, et mon père veut que je sois présente à la cérémonie.

— Mais vous n'allez pas faire ce voyage toute seule, petite fille?

— Vraiment, si.

— C'est fort malheureux, » dit Madame, « mais nous sommes pris tellement de court, qu'il nous est impossible de découvrir une famille voyageant dans cette direction. »

« Je suis sur le point de quitter Zollenstrasse, » dit Hugues, « mais quelques jours plus tôt, ou quelques jours plus tard, me sont parfaitement indifférents, et si Madame Brenner y consent, je serais heureux d'escorter Barbara jusqu'à Paris. »

La surintendante leva ses bras en l'air avec tous les signes de la plus grande horreur.

« *Mein Gott!* impossible, » dit-elle; « on n'a jamais rien entendu de pareil!... Monsieur Farquhar est étranger et n'est pas probablement au courant des.....

— *Des convenances*, je suppose, » répliqua-t-il en riant; « je vous avoue franchement, Madame, que je suis un sauvage. Je ne connais pas plus les usages du monde qu'un Esquimeau; je ne sais qu'une chose c'est que j'ai connu Barbara quand elle n'était pas plus haute que ma canne, et j'aurais cru pouvoir, en toutes convenances, m'offrir pour la protéger pendant un si petit voyage. — Mais, petite, depuis que vous êtes née vous n'êtes jamais allée nulle part toute seule?...

— Je vous demande bien pardon ; j'ai voyagé seule pour aller et pour revenir de Suffolk, alors que j'étais une bien petite fille. Et nous sommes venues, Hilda et moi, toutes seules, il y a six ans, du pont de Londres, à la porte de cette maison.

— Et vous partez par le bateau?

— Oui, jusqu'à Francfort. »

Hugues se leva et prit congé.

— Adieu, petite, dit-il, tout à fait gaiement. « Quand je serai fatigué de la Russie, je reviendrai à Zollenstrasse, et vous me raconterez les noces d'Hilda, ainsi que votre visite à Paris. — Qu'est-ce qu'il faut que je vous rapporte de Saint-Pétersbourg?

— Rien, merci.

— Allons donc!... je vous rapporterai une parure de martre zibeline, ou, si vous l'aimez mieux, un bracelet de roubles d'or?

— Qu'ai-je besoin de bracelet ou de martre zibeline, Hugues? Rapportez-vous vous-même, c'est tout ce que je vous demande.

— Ah! Barbarina, ceci est bien plus difficile! Adieu, et que Dieu vous garde, — Adieu! chère Madame; — j'espère avoir encore le plaisir de vous présenter mes respects. » Et il partit. J'étais bien triste ce soir là; et il me semblait dur de le voir me quitter si gaiement.

CHAPITRE XVIII.

Départ cruel. Arrivée sans joie.

Il est presqu'aussi difficile de se séparer des endroits qu'on aime que des personnes auxquelles on est attaché. — C'est à peine, en vérité, si je savais pour qui mes larmes coulaient le plus fort, de l'Académie ou des amis que j'y laissais. Vingt fois je me retournai pour donner un dernier regard à cette jolie chambre que j'avais partagée si longtemps avec Ida, à l'atelier dans lequel j'avais travaillé avec tant de bonheur : « Ne retirez pas mon chevalet, » disais-je, « je serai bien vite revenue. »

Le bon professeur Metz vint tout exprès pour me donner la main; la directrice m'accompagna jusque sur le quai et je partis sur le bateau, le cœur navré, seule au milieu d'étrangers.

Vers le milieu du jour nous arrivâmes à une ancienne ville située sur un rocher de granit où le bateau faisait une station. On prit là des soldats, des paysans, plus une paire de splendides chevaux qui disparaissaient sous les couvertures

depuis les oreilles jusqu'au fanon. Triste comme
je l'étais, c'était à peine si j'avais fait attention
à ces nouveaux arrivants. Quelle ne fut pas ma
stupéfaction lorsqu'un gentleman venant se jeter très familièrement sur le banc à côté de moi,
me dit :

« Descendons-nous ensemble dans la salle
pour prendre quelque chose, Fraülein? » Sans
même tourner la tête pour le regarder, je me
levais indignée voulant m'éloigner, quand il me
saisit par le bras en ajoutant :

« Barbarina!

— Eh quoi! Hugues!

— Naturellement. Qui cela pourrait-il être?

— Mais... mais, comment?...

— Comment je suis ici? Eh bien, mais, par une
chaise de poste, s'il faut que je rende compte de
mes faits et gestes. J'ai envoyé mes chevaux dans
cette ville hier soir, — ce n'est qu'à quatorze
milles par la route — puis je les ai suivis ce
matin, juste à temps pour attraper le bateau et
venir me placer aux ordres de Votre Altesse. Je
n'avais pas du tout envie de voir ma petite Barbarina s'en aller toute seule à Paris.

— Oh! Hugues! que c'est aimable à vous! —
mais, que c'est mal!!.. Que dirait Madame, si
elle savait cela?

— Ce qu'elle voudrait, *Carina*. J'ai le droit

de voyager quand, et où il me plaît. — Vous
serait-il agréable de venir voir les chevaux? »

Eh! sans doute, il m'était agréable d'aller
voir les chevaux; invitée par lui, il m'eût été
agréable d'aller regarder des serpents! Je ne
me connaissais nullement en chevaux; mais cela
n'avait point d'importance... je les admirai parce qu'ils étaient à lui. Un beau groom anglais,
dont les bottes faisaient l'admiration de tous les
paysans allemands à bord, nous précéda, et dé-
couvrit les chevaux pour ma satisfaction toute
spéciale.

Pendant tout le cours de cette journée Hugues
fit tout ce qu'il put pour m'amuser et m'égayer.

A partir de ce moment je voyageai en princesse. Tippoo nous précédait partout, nous retenant les meilleures chambres dans les meilleurs
hôtels; j'étais comblée de soins, de prévenances,
de plaisirs, pendant ce temps Hugues se montra
un ami dévoué, un frère pour moi.

A Coblentz nous prîmes le chemin de fer.
C'était la première fois que je montais dans la
machine roulante! La rapidité, la douceur, la
force mystérieuse de cette nouvelle puissance me
firent une très vive impression,... j'étais même
un peu émue et sentais que la présence de
M. Farquhar à mes côtés, m'était d'un grand secours. Nous n'arrivâmes à Paris qu'à dix heu-

res passées du soir. Comme toujours, Tippoo
était là pour nous recevoir.

« Regardez bien, Barbara, » dit Hugues,
« voyez si vous apercevez quelque figure de
connaissance. »

Je regardai, mais en vain; il n'y avait personne.

« On vous aura oubliée, Barbara, ou il y
aura eu quelque erreur sur l'heure du train.

— Et j'ai écrit hier soir de Coblentz, aussitôt
que nous avons été arrivés. Ce n'est guère flatteur d'être oubliée ainsi!

— A tout hasard vous savez l'adresse de votre père?

— Non; mais j'ai sa lettre dans ma poche.

— Alors, nous n'avons qu'à envoyer Tippoo
chercher une voiture. Pst!... Tippoo! une voiture de place!... »

Mais, à mon grand effroi, je ne pus trouver la
lettre! Un à un je sortis tous les objets que
contenait ma poche; je fus bientôt convaincue,
sans que le doute fût possible, de l'avoir laissée
sur la table de ma chambre à coucher, à l'hôtel
de Coblentz. Je n'eus pas besoin de dire que
je l'avais perdue, ma figure parlait pour moi.

« N'importe! » dit Hugues en souriant, « le
malheur n'est pas irréparable. Nous allons aller
ensemble à l'hôtel Meurice, et pendant douze heures encore, nous serons compagnons de voyage.

— Mais...

— Mais je m'engage à avoir découvert votre père demain avant midi. — Ainsi n'y pensez plus. Venez; il n'est nullement nécessaire de nous éterniser ici. »

Précisément au moment où nous nous préparions à quitter la gare, un domestique en livrée arrivait en grande hâte ; comparant l'heure de sa montre avec celle de l'horloge du chemin de fer, me regardant, regardant mon compagnon, hésitant... regardant encore une fois sa montre... et enfin touchant son chapeau, s'avançait vers nous en disant :

« Pardon, Madame ; je cherche mademoiselle Churchill. »

Ce qui mit fin à toutes mes difficultés.

M. Farquhar me prit le bras, le domestique nous précéda, un homme nous suivit portant ma malle, et Tippoo forma l'arrière-garde.

A ma grande surprise je trouvai, m'attendant à l'entrée, un équipage, — un superbe équipage, — avec des lanternes brillantes de clarté, des housses ornées d'armoiries et une paire de magnifiques chevaux bais.

« Adieu, Barbara, » dit Hugues, comme je me retournais pour lui dire adieu ; « notre temps de camaraderie est fini.

— Pour le présent, monsieur Farquhar.

— Oh! pour le présent!.. qui se soucie du passé, et qui oserait répondre de l'avenir? — Tu m'oublieras quand je ne serai plus là... hein, petite Barbara?

— Non, Monsieur.

— *Non, Monsieur!* vraiment... En vérité vous êtes aussi avare de protestations que Cordélia elle-même. Je vais dire à Tippoo de monter derrière la voiture pour qu'il vous voie arriver en sûreté chez vous. — Est-ce là l'équipage de votre père?

— Je ne pense pas.

— Ah! ah! alors, d'où vient-il?

— Je n'en sais rien, et ne m'en soucie guère. Mais si vous êtes curieux, vous pouvez vous en informer.

— Mais certainement, je vais m'en informer. Il y a peut-être quelque sorcellerie là-dessous; Grand Dieu! Si la voiture allait se changer en citrouille avant d'avoir fait la moitié du chemin!... qui sait? »

Et là-dessus il demanda au domestique à qui appartenait l'équipage.

« A *monsieur le comte de Chaumont!*

— A votre futur beau-frère, Barbarina. Il paraîtrait se connaître aussi bien en chevaux qu'en fiancée. — Et maintenant, soyez heureuse, puisque je vous sais sous une bonne garde.

— Adieu, mais ne faites pas venir Tippoo avec moi, c'est tout à fait inutile.

— Ce n'est pas inutile du moment que je désire savoir si vous êtes en sûreté. D'ailleurs il faut que je sache votre adresse.

— Et vous en servirez-vous? demandai-je ardemment, viendrez-vous me voir avant de partir pour Saint-Pétersbourg? »

Il resta un moment le pied sur le marche-pied de la voiture, tenant toujours ma main dans la sienne.

« Je ne sais pas, — peut-être! » dit-il brusquement, et fermant la portière, il s'en alla. Un moment après je roulais parmi la population affairée des rues de Paris...

C'était dans une des avenues formant les rayons du Rond-Point des Champs-Élysées que demeuraient mes parents; la maison me parut splendide, on ouvrit de lourdes portes en bois et la voiture entra dans une cour sablée; un groom anglais habillé tout en noir attendait dans le vestibule, je le suivis au premier étage, mais, hélas! là non plus je ne devais pas trouver un visage ami.

« Ces dames sont à l'Opéra avec M. le comte de Chaumont, » me dit le domestique, « et Monsieur est à son club. Mademoiselle prendra-t-elle quelque chose?

— Apportez-moi un peu de café, » répondis-
je, « et faites-moi conduire à ma chambre.

« Que ne donnerais-je pas pour que tout cela
fût fini, pensai-je, et pour pouvoir repartir pour
Zollenstrasse dès demain. Oh! du moins j'aurai
vu le Louvre! »

Une fois dans ma chambre j'ouvris la fenêtre
et restai longtemps à contempler le va et vient
des voitures dont les lanternes brillaient à travers
les arbres, puis triste et fatiguée je me mis au
lit.

Je dormais profondément quand je sentis une
main se poser sur mon épaule tandis qu'une lumière soudaine éclairait la chambre.

« Barbara! » dit une voix qui m'était familière, « chère Barbara, je n'ai pas voulu aller
me coucher sans vous avoir revue.

— D'où venez-vous donc, Hilda, » m'écriais-
.je, « oubliant où j'étais.

— De l'ambassade de Prusse où il y avait une
réception, après avoir été à l'Opéra. Bruce ne
vous l'a-t-il pas dit?

— De l'Opéra... ah! oui, je m'en souviens. Et
le comte?

— Le comte de Chaumont était avec nous, naturellement. — Il vient partout avec nous. — Il
m'a donné ce soir ce bracelet; voyez, n'est-ce
pas qu'il est beau? un serpent en émail bleu,

orné de diamants. Je regardai le bracelet... puis je la regardai, elle.

— J'aurais peine à dire lequel des deux est le plus beau, de vous ou de ce bijou, dis-je en souriant; le comte doit être bien fier de vous.

Elle se mit à rire, rejeta en arrière le mantelet de dentelle qui couvrait ses épaules, et s'assit sur le bord de mon lit.

— Oui, il est fier de moi, « répliqua-t-elle, » flattée de mon admiration. Il a déjà présenté maman à tout le monde comme sa belle-mère, et il n'y a pas de jour qu'il ne m'apporte un splendide présent. Mardi c'était un ornement pour mes cheveux, et hier, son portrait monté en broche. Voulez-vous le voir?

— Oui vraiment; si cela ne vous donne pas trop de peine de l'aller chercher.

— Oh! ma chambre est tout près de la vôtre, et la boîte est sur ma table. Je ne serai pas une seconde.

Elle glissa hors de la chambre, et revint avec le portrait dans sa main.

« Songez, » dit-elle, avec une gaieté un peu embarrassée, « que vous devez me dire bien exactement ce que vous pensez de lui. Ce sont mes conditions. »

Je pris l'objet, y jetai les yeux et saisie de surprise laissai échapper une exclamation d'effroi.

« Est-il possible qu'il soit aussi vieux que cela! » m'écriai-je.

Elle baissa les yeux en se mordant les lèvres.

« Il n'est pas vieux, » dit-elle, « ou du moins pas si vieux que vous semblez le croire. Il a un an de moins que papa.

— Un an de moins que papa!.. » répétai-je, « oh! Hilda!

— Et il a de fort beaux traits. Vraiment, il passe encore pour un très bel homme.

— Et, vous l'aimez?

— Mais oui.... c'est-à-dire, je l'aime... Eh bien naturellement, je l'aime. »

Je continuai à regarder le portrait, sans répondre.

« D'ailleurs, » ajouta ma sœur, qui se piquait de plus en plus, « nous ne vivons pas au temps des troubadours et des Croisés, et nous ne pouvons nous attendre à avoir constamment à nos pieds des Léandres et des Roméos!.. Les choses vont différemment dans le grand monde, ma chère, et l'on ne s'imagine pas que lorsqu'on se marie pour avoir une position et une fortune, on doive se mourir d'amour. Le comte est un vrai gentilhomme de la plus haute distinction, et tout à fait assez riche pour satisfaire mon ambition. Que peut-on vouloir de plus?

— Quoi de plus?.. oh! rien, si cela vous suffit.

— Si cela me suffit? Oh! Barbara, que vous êtes absurde! Je vous dis que je serai très heureuse. J'adore les voyages. Eh bien, nous allons voyager... nous allons visiter la Norwège, ce n'est pas banal, cela, hein? — Et ensuite, au retour, je recevrai, je deviendrai une femme à la mode... Quel sort serait plus enviable?..

— Et à quand le mariage.

— De demain en huit; ou plutôt d'aujourd'hui en huit, car il est trois heures du matin. — Oh! nous allons faire le plus d'étalage possible. On nous mariera aux deux églises, ma robe sera recouverte de point de Bruxelles, j'ai le voile pareil... C'est le comte qui me donne la dentelle, et mistress Churchill dit qu'il y en a là au moins pour trois mille francs. Mais il est honteusement tard et je suis morte de fatigue... Et vous, qui avez voyagé!...

— Oui, j'ai fait de quatre à cinq cents milles en trois jours.

— Pauvre enfant!.. et toute seule!...

— Non, pas toute seule. J'ai été accompagnée tout le temps.

— Voilà qui est heureux. Quelques connaissances de madame Brenner, je suppose. — Allons, bonsoir. »

Je la suivis des yeux en soupirant. Hélas! au lieu des joies de la famille, au lieu des saintes

13.

affections, elle avait préféré la jouissance d'exciter l'admiration ou l'envie des indifférents! Pauvre Hilda!

Le lendemain, comme nous étions tous réunis avant le dîner dans le salon, attendant le comte de Chaumont, mon père tirant une carte de sa poche la tendit à Hilda en disant :

« Ceci a été déposé aujourd'hui pour vous par un gentleman à cheval. Qui est-ce? Je ne me souviens pas de ce nom.

— Ni moi non plus, » répondit ma sœur, en passant la carte à mistress Churchill, « ce doit être pour maman. »

D'un air languissant, à travers son binocle, mistress Churchill regarda la carte et secoua la tête.

« Je n'ai de ma vie entendu parler de ce monsieur-là, » murmura-t-elle en se rencognant dans un des coins du sofa.

Mon père mit ses lunettes, prit la carte et s'en alla vers la fenêtre.

« Hilda, » dit-il, « je suis convaincu que cette visite était pour vous. On vous aura présenté ce monsieur hier soir à l'ambassade de Prusse ; j'étais dans la salle à manger ce matin quand il est venu, et je l'ai entendu demander si vous étiez fatiguée ce matin. Réfléchissez un peu. Qui avez-vous vu hier soir?

— Très peu d'Anglais, » dit-elle, « et aucun que je n'eusse déjà rencontré auparavant.

— Hem! c'est à peine si c'est un nom anglais... ça ressemble bien plus à un nom écossais quand on le prononce. — Farquhar! Farquhar.... Attendez donc, il y avait un capitaine Farquharson de.... mais non, cela ne peut rien avoir de commun. C'est bien singulier! »

Mon cœur battait, et malgré tous mes efforts, le rouge me montait aux joues.

« Si c'est M. Farquhar de Broomhill, » dis-je avec émotion, c'est pour moi qu'a été laissée la carte. Il m'a accompagnée de Zollenstrasse à Paris. »

Ils se tournèrent tous pour me regarder, et Hilda éclatant de rire s'écria :

« Bravo, Barbara! vous commencez bien. Oh! comme vous rougissez! Qu'est-ce que c'est que ce M. Farquhar?

— Oui, qu'est-ce que c'est que ce M. Farquhar? » répéta mon père en se redressant de toute sa hauteur, et de son ton le plus digne; « qu'est-ce que c'est que ce monsieur, qui trouve bon de venir dans ma maison, sans avoir été présenté! Madame Brenner le connaissait donc bien, pour lui avoir confié ma fille?

— M. Farquhar est d'une famille noble et riche, » répondis-je; « c'est un grand voyageur, un protecteur des arts. Il était constamment avec le grand duc à Zollenstrasse, et dînait souvent à la Résidence.

— Et est-ce là tout ce qu'on sait de lui, hein?

— Pas le moins du monde, Monsieur, » dis-je avec fermeté. « Ses propriétés touchent à celles de mistress Sandyshaft, et il n'y a pas un endroit de Broomhill que je ne connaisse aussi bien que l'Institut dans lequel j'ai été élevée. »

Mon père toussa, il semblait embarrassé.

« Et cet ancien ami que vous avez là, Barbara, est-ce un jeune homme? » demanda ironiquement ma sœur.

« Environ trente-quatre ans.

— Et une jolie position?

— Je me rappelle qu'un jour il a donné six mille livres st. pour un tableau. »

Mistress Churchill et Hilda échangèrent un regard. — Mon père sonna, et dit à Bruce d'aller lui chercher un certain livre qui était sur un certain rayon, dans la toute petite pièce qu'on élevait à la dignité de cabinet de travail. C'était un épais volume à la tranche colorée en rouge, revêtu d'une vieille reliure en veau, et tout en tournant ses pages, mon père prit soin de nous informer de ce qu'il contenait.

« Ce livre, » nous dit-il, « donne un bref aperçu des vieilles familles d'Angleterre. Il dit

ce que sont les gens, ce qui n'est pas un mince
avantage quand on est à l'étranger, et.... Ah!
le voici : Farquhar de Broomhill... — Hem!...
ils ont fait de Broomhill une espèce de titre
comme les lairds Écossais; c'est très curieux.
« L'une des plus anciennes familles de l'est de
l'Angleterre. Possessions qui se sont considéra-
blement augmentées pendant la dernière moitié du siècle. — Le présent possesseur a épousé
Lucy, la fille aînée de J. Clive, Esq. membre du
Parlement, — la fortune représente de douze à
quatorze mille livres st. de rentes..... » Alors,
votre ami est marié, Barbara?

— Non, Monsieur; je crois que si vous regardiez à la date.....

— C'est vrai, ce livre a été publié il y a vingt-
cinq à trente ans. — Alors ce Farquhar-là doit
être le fils du Farquhar qui avait épousé Lucy...
je comprends! et quel âge dites-vous qu'il a?

— Environ trente-quatre ans, je crois. »

Mon père me regarda d'un air songeur et fit
sonner l'argent dans sa poche.

« Quatorze mille livres st. de rentes n'est pas
un revenu à dédaigner! dit-il, s'adressant bien
plutôt à lui-même qu'à moi. Eh! Eh!.. qua....
torze mille livres ster... ling! et trente-qua-tre
ans!.... »

Mistress Churchill souriait en branlant la tête;

(elle avait l'art de faire avec ses paupières un
signe, qui, lui évitant souvent bien des peines,
avait l'air très distingué.) Mais Hilda avec un
rire sardonique répéta les derniers mots de mon
père :

« Quatorze mille livres st. de rentes et trente-
quatre ans, sont à eux seuls une garantie de res-
pectabilité.

En ce moment la porte s'ouvrit et Bruce annonça :

« Monsieur le comte de Chaumont. »

Un grand homme complètement chauve avec
une énorme moustache blanche et l'air très grave
entra dans la chambre son chapeau sous le bras.
Impossible de s'imaginer rien de plus raide, de
plus gourmé, de plus diplomatique.. Il fit un
profond salut à mistress Churchill, un autre à
mon père, porta la main d'Hilda à ses lèvres, et
comme on me le présentait, refit un nouveau
salut, puis alla s'asseoir et n'articula pas une
syllabe jusqu'au moment où on vint nous annoncer que le dîner était servi.

Le repas s'écoula tristement; puis nous, les
dames, nous nous en allâmes nous habiller pour
l'Opéra. La femme de chambre m'eut bientôt, à
l'aide de la garde-robe de ma sœur, improvisé
une toilette parisienne et nous partîmes.

Le premier acte me plongea dans un ravisse-

ment que je ne saurais rendre, jamais je n'avais
vu, ni entendu, rien d'aussi beau...

Quand le rideau tomba, mistress Churchill me
tapa sur la joue en souriant avec bienveillance.

« C'est vraiment une jouissance, ma chère enfant, » dit-elle, « que d'assister à votre plaisir.
Venez un peu sur le devant de la loge regarder
la salle. Que dites-vous des toilettes parisiennes?

— J'aime mieux la pièce, » répondis-je, « va-
t-on recommencer bientôt?

— Oui, dans dix minutes à peu près... Hilda,
chère amour, qui est donc ce gentleman à l'air
distingué qui est là au second rang de l'orchestre? Voici trois minutes que sa lorgnette n'a pas
quitté notre loge. »

Involontairement je regardai dans la direction
indiquée. Le gentleman baissa immédiatement
sa lorgnette, et salua.

« C'est M. Farquhar! » m'écriai-je avec quelque peu du triomphe d'un enfant; et je lui ren-
dis son salut.

« M. Farquhar? » répétèrent mon père, Hilda,
et mistress Churchill, dans un même élan. « Est-
ce là M. Farquhar?... » Et ils se penchaient en
avant tous les trois pour le regarder.

« Un vrai gentleman, sur ma parole, » dit
mon père d'un ton approbatif... « réellement, un
vrai gentleman.

— Mais excessivement laid, » dit Hilda.

« Non, pas excessivement, mon amour, » dit mistress Churchill... — Ce n'est pas là le mot; c'est une laideur séduisante.. et décidément aristocratique!

— Mais oui, c'est un monsieur très comme il faut, » cria le comte de Chaumont en regardant dans le miroir placé sur un des côtés de la loge.

— Il me semble... hein!... » dit mon père, qu'en considération de toutes les attentions que M. Farquhar a eues pour Barbara, il serait convenable d'aller moi-même lui exprimer combien je lui en suis obligé. Qu'en pensez-vous, Mistress Churchill?

— Ce ne serait que correct. Et, Mister Churchill, amenez-le ici, si vous pouvez. »

Mon père prit donc son chapeau, et nous le vîmes bientôt en conversation avec ce même M. Farquhar *qui avait trouvé bon de venir dans sa maison sans lui avoir été présenté!..* tant est grande l'influence qu'exercent une position dans le monde et douze à quatorze mille livres st. de rentes.... Au bout de quelques minutes Hugues Farquhar était présenté à ma famille selon toutes les règles. Il passa le second acte dans notre loge. Oh! quelle joie! quelle douceur! que de partager avec lui les impressions si vives que me faisaient éprouver et le chant et la peinture des décors.

Il s'était placé derrière ma chaise, ce qui ne
l'empêcha point d'être si aimable, si gracieux
pour tous, surtout pour ma belle-mère, que
celle-ci ne tarda pas à proclamer M. Farquhar le
gentleman le plus aristocratiquement distingué
qu'elle eût jamais connu. Combien cet acte me
parut court!... et après avoir accepté de venir
dîner le lendemain à la maison, Hugues se reti-
rait en me donnant une affectueuse poignée de
mains.

CHAPITRE XIX.

Une révélation.

Un cynique a dit : « Nous sommes appréciés non pas d'après notre valeur réelle, mais d'après ce que les autres pensent de nous. » Et j'ai cru à cette maxime à dater de l'époque où Hugues Farquhar a fait son entrée dans ma famille. De ce jour ma position a changé du tout au tout; alors on s'est aperçu que j'étais douée de quelque intelligence, que j'étais aimable même... et on m'a prise en considération. Mon père s'est occupé de moi, m'a donné l'argent nécessaire pour organiser mes toilettes, mistress Churchill a eu la bonté de m'accompagner dans les magasins, enfin je suis devenue un personnage, moi qui ne comptais jamais pour rien... Hilda seule, qui m'avait reçue d'une façon si affectueuse, devint subitement froide et ironique. M. Farquhar vint nous voir presque chaque jour pendant cette semaine qui précéda la grande cérémonie; ma sœur ne cessa point de faire sur lui les remarques les plus désobligeantes... Son irritabilité était telle, qu'elle retombait même sur le pauvre comte!.. Ceci inquiétait fort peu Hu-

gues qui continuait à causer politique avec mon
père, à se montrer d'une galanterie raffinée avec
mistress Churchill et enlevait ainsi leurs suffra-
ges. Pour moi, je n'étais plus la même, je respirais... je n'entendais plus parler de Saint-Pétersbourg !...

Enfin le jour du mariage arriva. — Tous les
mariages se ressemblent : toutefois celui-ci se
distingua par cette particularité qu'il fut célé-
bré en deux langues différentes, dans deux
églises de religions différentes. Ma sœur qui avait
été toute la matinée dans un désespoir morne,
avait réussi à prendre le dessus, comme l'attestaient, hélas, les taches rouges de ses joues et
ses yeux brillants de fièvre... Elle l'avait voulu,
elle avait immolé à son orgueil, à son ambition,
sa jeunesse, sa beauté, ses affections, sans comprendre peut-être, toute l'étendue du sacrifice.

Au retour, on nous servit un splendide déjeuner au champagne, où ne manquèrent ni les
toasts, ni les discours, puis après avoir revêtu son
costume de voyage, ma sœur nous dit adieu et
monta avec son noble époux dans le bel équipage
qui les attendait au bas du perron. C'en était
fait... la partie était gagnée, elle était Madame
la comtesse de Chaumont.... et chacun se reti-
rait pour aller se préparer à la grande fête qui
devait avoir lieu le soir.

Qu'il fut beau ce bal? ou du moins qu'il me
sembla beau!.. Toujours à mes côtés, Hugues
dansait, et dansait constamment avec moi; ma
main reposait bien souvent dans la sienne, jamais
je ne l'avais vu si expansif, si affectueux; une fois
je l'entendis faire l'éloge de mes manières et
aussi de la façon dont j'arrangeais mes cheveux...
enfin je me sentais si heureuse que remontée
dans ma chambre après que tout le monde fut
parti, j'ouvris ma fenêtre à deux battants dans la
nuit fraîche, je m'y appuyai et pleurai de joie...
Mais alors je pensai à Hilda et mon cœur saignait
pour elle. Je l'avais plainte le matin, combien je
la plaignais davantage maintenant.... en quelques heures, d'enfant j'étais devenue femme...
tout un monde de sentiment s'était ouvert devant moi, et mesurant tout ce que perdait ma
sœur à la douceur de ce que j'avais gagné, je
frémissais en pensant à la vie à laquelle elle s'é-
tait condamnée. Pourtant il ne m'arriva pas
une seule fois de penser à ce que l'avenir pouvait me réserver... non pas une seule fois... je
ne m'étonnai même pas de ce que notre position
avait eu jusqu'ici d'étrange et d'ambigu... j'aimais, j'étais aimée... ma science ne voulait pas
aller au-delà.

Vers midi le lendemain, M. Farquhar vint nous
rendre visite. Mon père était sorti, et mistress

Churchill étendue sur un canapé s'absorbait dans
la lecture d'un roman de George Sand.

Quand notre visiteur entra elle mit son livre
de côté, lui souhaita gracieusement la bienvenue, et le fit asseoir auprès de son canapé. —
Quant à moi, il ne m'avait donné qu'un coup
d'œil et une poignée de mains.

Ils parlèrent d'abord du mariage, du bal, des
belles toilettes, etc... Puis ce fut le tour de la Nor-
vège; mistress Churchill et Hugues se mirent à
suivre sur une carte la route qu'avaient dû prendre les nouveaux mariés. Je ne me mêlai en rien
à tout cela; silencieusement assise j'étais heureuse d'entendre sa voix. J'avais dessiné un petit
sujet dans l'album de mistress Churchill et je
m'efforçais de paraître y apporter une vive attention; mais ma main tremblait, et mon esprit
s'en allait errant. Bientôt, sous le prétexte le plus
vulgaire, mistress Churchill quitta la chambre,
et me sourit en passant... Je me souvins immédiatement que déjà une fois ou deux, elle avait
agi de la sorte..... le sang me monta au visage,
et·moitié honteuse, moitié fâchée, je me levai
pour la suivre.

En un instant Hugues fut près de moi.

« Où vous en allez-vous donc, mon enfant? »
dit-il, « auriez-vous peur de moi aujourd'hui? »

Je murmurai quelque chose d'inintelligible,

à peine si je savais quoi, et, passivement, je
repris ma place. Il se pencha sur le dos de ma
chaise et regarda mon dessin inachevé.

« Qu'avons-nous là, » s'écria-t-il, « une fontaine, un groupe de mendiants, un robuste personnage dominant tous les autres, avec une man-
doline en main et deux seaux à ses pieds.... *Per
Bacco!* C'est mon porteur d'eau andalous de la
Puerta del Sol! A qui est cet album?

— A mistress Churchill.

— Eh bien, mistress Churchill se dessaisira du
porteur d'eau en ma faveur. — Chut! chut! enfant! N'ai-je pas déjà la moitié d'un droit sur
lui; n'est-ce pas moi qui l'ai connu?

— Mais, n'est-ce pas moi qui l'ai imaginé? »
dis-je en manière de remontrance en voyant qu'il
tirait son canif de sa poche; « et, d'ailleurs, je
l'ai déjà donné.

— Raison de plus pour que je le prenne! J'entends prendre possession de votre imagination,
de votre cœur, de votre passé, de votre avenir,
enfin de tout ce qui vous touche! Donc, quand
madame la belle-mère reviendra pour examiner
son album, elle se demandera si quelque sorcier
n'a pas passé par là. »

Et là-dessus il coupa la feuille, très délibéré-
ment, très dextrement, et la mit dans son porte-
feuille.

« Vraiment, monsiéur » Farquhar, lui dis-je avec reproche, « ce n'est pas bien ce que vous faites là. Que dirai-je à mistress Churchill?

— Rien du tout. Je m'engage à arranger la chose avec elle. Vous avez l'air fatigué Barbara *mia*.

— En effet, je le suis, « répondis-je, » je suis sortie toute la matinée avec mistress Churchill.

— Et vous avez trop peu dormi cette nuit.

— Oh! non, la soirée ne s'est pas prolongée tard; tout le monde était parti à une heure.

— C'est vrai, mais vous n'étiez pas au lit avant trois.

— Comment le savez-vous? » m'écriai-je entraînée par l'étonnement dans une confession involontaire.

« Ah! ceci, c'est mon secret. Devinez-le si vous pouvez.

— Il faut alors que, comme le diable, vous voyagiez la nuit à travers Paris sur des échasses!

— Rien de tout cela *Carina*. Qu'est-ce que vous me donnerez si je vous le dis? »

Je souris en secouant la tête. J'étais péniblement émue, et malgré tous mes efforts je ne pouvais empêcher mes joues de changer de couleur, et ma main de trembler.

« Voulez-vous me donner cette belle boucle brune?

— Non; car de tous les dons, c'est celui qui porte malheur le plus souvent.

—Mon enfant, vous êtes superstitieuse. Voyons, je ne suis pas difficile; donnez-moi cette petite croix d'or que vous portez à votre cou et je vous promets de m'agenouiller devant elle chaque soir avant de me coucher, et chaque matin en me levant, comme le meilleur des catholiques.

— Non, car la croix me vient d'Ida, et j'ai promis de la garder pour l'amour d'elle. Et il y a bien d'autres choses devant lesquelles vous ferez mieux de vous agenouiller.

— Devant vous peut-être? Eh bien, donnez-vous vous-même... et je resterai pour toujours à vos pieds!

— Dites-moi donc votre secret sans rien exiger en échange, » bégayai-je, « ce sera bien plus généreux.

— Mais je ne suis pas généreux. Je demande d'une façon exorbitante, je suis jaloux, insatiable... un véritable Shylock... Eh bien, voyons, Barbarina, puisque vous êtes si peu donnante.... donnez-moi ce que vous voudrez... ne me donnez rien du tout, je vais vous le dire de même.

— Je vous ai déjà donné le dessin, monsieur Farquhar.

— Vous m'avez donné le dessin!.. Vous l'entendez, ô dieux de l'Olympe! mais vous n'avez

donc pas de conscience, Barbara? Vous appelez cela un don!.. Je l'ai bel et bien volé... et
ne vous dois aucuns remercîments. Allons, je
vais vous faire cadeau de mon secret, laissant à
votre générosité de me récompenser comme il
vous plaira. — Je sais que vous n'étiez pas endormie avant trois heures du matin, parce que
vous n'avez éteint votre lumière qu'un peu avant
trois heures; maintenant, si vous voulez savoir
comment j'ai obtenu ce renseignement, nous allons recommencer à marchander.

— Non, vraiment, vous ne ferez pas cela; après
tout, je pense que vous aurez eu la chance de
deviner juste.

— La chance de deviner juste! Hélas! il faut
donc que je me confesse d'une insigne folie!

— Mais, je ne suis pas votre confesseur.

— Ça ne fait rien. Supposons donc alors......
supposons que moi, le grave, le puissant, le ré-
vérend signor, j'ai été assez romanesque pour
avoir passé la nuit dernière, comme Roméo, deux
mortelles heures à l'ombre des arbres tout là-
bas, afin de surveiller cette petite lumière qui
était la vôtre..... qu'en diriez-vous? »

Ce que j'en dirais! je sentais que mes lèvres
tremblaient et n'osais me fier à ma voix pour
prononcer une parole. Cette conversation, où se
trouvaient en parties égales, la plaisanterie et la

14

passion, était on ne peut plus éprouvante, et je sentais que j'aurais donné tout au monde pour y échapper. Tout à coup il se leva, et resta debout devant moi.

« Ma petite Barbara, » dit-il sérieusement, « assez de badinage. Je suis un monstre de fatuité, je vous l'accorde, mais quand j'ai vu cette petite lumière qui brûlait derrière votre fenêtre... j'ai eu la vanité, l'incroyable, la stupide vanité de croire que vous veilliez en mon honneur, comme moi-même je veillais à cause de vous. — J'ai eu tort, je reconnais que j'ai eu tort, et pourtant je ne serai pas tranquille tant que je n'aurai pas eu une réponse de vous. Donnez-la-moi par un seul mot, par un seul regard, et laissez-moi partir ! »

Je sentais que je rougissais et pâlissais tour à tour, et cependant je ne disais rien. Il se penchait vers moi de plus en plus.

« Eh quoi ! silencieuse, Barbara ? Vous ne voulez pas me chasser ? »

Je secouai la tête.

« Pourquoi vous chasserais-je ? balbutiai-je, lorsque votre présence fait mon bonheur. »

Il tomba à genoux devant moi avec une sorte de sanglot rauque, et couvrit mes mains de baisers.

« Ma chérie ! mon adorée ! » criait-il, « vrai, bien vrai ! est-il possible que vous m'aimiez ?

— Je vous ai aimé, murmurai-je, depuis ma plus tendre enfance. Vous rappelez-vous notre dernière rencontre dans les bois?

— Oui, » répondit-il doucement.

« J'ai toujours gardé la bague avec amour. Elle était trop grande pour moi alors, elle l'est encore. Vous en souvenez-vous?

— Oui, » répéta-t-il sur le même ton, « je m'en souviens. »

Nous restâmes silencieux pendant quelques minutes.

« Que de choses depuis ce temps! » ajoutai-je... je n'aurais jamais crû vous revoir.

— Et maintenant, réellement vous m'aimez? Vous en êtes bien sûre... bien sûre, Barbara?

— Oh! tout à fait sûre, » répondis-je en posant timidement ma main sur son front. « Tout à fait sûre, Hugues, et complètement heureuse. »

Il frissonna, et plongea sa figure dans mes genoux.

« Heureuse!... heureuse! Oh! mon Dieu!

— Que voulez-vous dire? » balbutiai-je; « vous, n'êtes-vous donc pas heureux?

— Moi, moi, heureux? » s'écria-t-il d'une voix troublée. « Je suis horriblement misérable, j'ai horreur de moi-même!.. Oh! Barbara, dites-moi que vous ne m'aimez plus et laissez-moi partir

— C'est la seconde fois que vous me dites de vous renvoyer, » dis-je de plus en plus émue; « qu'est-ce que cela signifie? Vous êtes libre de vous en aller... vous étiez libre de ne jamais venir! Pourquoi mon affection ne peut-elle vous rendre heureux? si cela vient de ma faute je m'en corrigerai, mais ne me torturez pas par des craintes vagues, ou en me disant que vous êtes misérable. — Si vous m'aimez, pourquoi vouloir me quitter? et si vous ne m'aimez pas, pourquoi venir ici humilier mon orgueil en m'arrachant un aveu.......

— Je vous aime! » dit-il en sanglotant, « je vous aime plus que tout au monde! »

L'angoisse où je le voyais me désarma.

« Oh! Hugues, » m'écriai-je, « votre amour est la bénédiction de ma vie! »

Il se dressa d'un bond, et tourna vers moi un visage si hagard, si altéré, qu'il semblait à peine que ce fût le même.

« Oui, mais c'est la malédiction de la mienne... la malédiction de la mienne! » s'écria-t-il amèrement, et, marchant comme un homme ivre il se dirigea vers la porte. Arrivé à peu près au milieu de la chambre il s'arrêta, revint en courant sur ses pas, me saisit, me serra dans ses bras comme un insensé... et un instant après, il était parti.

Terrifiée, à demi évanouie, je le suivis jusque sur le carré, et entendis le bruit de la porte qui se refermait... alors je m'assis sur les marches de l'escalier, m'étonnant de ne pouvoir pleurer, me demandant si je rêvais...

— Je ne le reverrai jamais plus, me dis-je... Non, jamais plus je ne le reverrai!

CHAPITRE XX.

Avant le déjeuner.

Trois jours s'écoulèrent pendant lesquels je n'entendis pas parler de lui. Je croyais qu'il était parti pour toujours et je me livrais à un désespoir auquel je ne puis encore songer sans frémir. Il me semblait que je vivais dans un état qui tenait le milieu entre la veille et le sommeil, et sous le prétexte d'une petite indisposition je restais presque continuellement dans la solitude de ma chambre. Là je demeurais étendue des heures entières, les yeux fermés, les mains jointes, remuant à peine, respirant à peine, n'ayant conscience de la vie que par le triste poids qui écrasait mon cœur.

Toutes mes pensées se concentraient en une seule : *Il est parti.*

Jamais je ne me suis demandé où il était allé; jamais je n'ai espéré le voir revenir, je disais simplement : tout est fini !

Le soir du troisième jour je me décidai à re-

tourner à Zollenstrasse. Cette résolution me fit du
bien et me donna une force temporaire. Je songeais
à Hilda, et tâchais de me persuader que
puisque l'art et l'amitié me restaient, la vie
pour moi, n'était pas entièrement sombre, mais
mon raisonnement ne me convainquait qu'à demi,
et ne me consolait pas. Comme tous ceux qui
pleurent, j'avais la ferme conviction que la tristesse
qui m'obsédait pèserait toujours sur mon
âme; seule, l'idée de changer de lieux, m'apportait
un peu de soulagement. — Je dormis
quelques heures cette nuit-là, et le matin du
quatrième jour je me levai encore pâle et faible,
mais résolue à accomplir ce que j'avais décidé,
et à en prévenir mon père sans délai.

« Si je pouvais seulement partir ce soir ! » me
répétais-je sans cesse. « S'ils voulaient bien me
laisser aller sans me torturer avec leurs questions! »
C'étaient les questions que je redoutais
le plus.

Comme je m'étais éveillée de très bonne heure,
et habillée un peu à la hâte en songeant à mon
projet, il arriva que j'étais prête une bonne heure
et demie avant le moment de notre déjeuner.

On n'entendait pas un seul domestique bouger
encore dans la maison.

J'étais en proie à une agitation que rien ne
pouvait calmer. — Que faire pendant une heure

et demie?... La matinée était fraîche et belle, les
feuilles, remuées par la brise faisaient entendre
un bruit charmant; je me figurai que l'air donnerait à mes nerfs la force dont ils avaient besoin pour mener à bien mes projets... m'envelop-
pant donc dans un châle, je me couvris d'un
voile épais, et sortis.

Je marchais vite, le mouvement me faisait du
bien, et je crois que j'allai jusqu'aux portes du
Bois... mais je ne me souviens bien nettement
de rien... si ce n'est que je marchai de pair avec
un détachement de soldats qui m'eut bientôt
dépassée. Ce détachement était précédé d'une
joyeuse musique militaire qui résonnait aussi
douloureusement à mes pauvres oreilles que si
c'eût été un *Requiem*. Comme je revenais vers
le Rond-Point, et tournais l'avenue dans laquelle
nous demeurions, les horloges du quartier son-
naient neuf heures, et je m'étais arrêtée hésitante,
me demandant si je devais rentrer, ou repartir
faire encore un tour, quand un monsieur qui
était assis sur un banc de pierre tout près de moi
se leva en m'appelant par mon petit nom.

« Barbara, » dit-il, « c'est moi! »

Oh! la chère voix que j'avais si bien cru ne
plus jamais entendre! Pendant un instant il me
sembla qu'elle avait suspendu les battements
de mon cœur, pour les précipiter ensuite avec

une telle violence que la respiration me manquait.

« Hugues ! » balbutiai-je, « je vous croyais parti !

— Et je l'étais en effet. Mais à Liège la force
m'a manqué ; je n'ai pu vous quitter, Barbara.

— Laissez-moi m'asseoir, » dis-je en me retenant après lui, « je me sens tout étourdie. »

Il passa son bras autour de ma taille et m'emporta vers un banc plus éloigné parmi les arbres.

« Ma chérie adorée ! » s'écriait-il, — Regardez-
moi, regardez-moi, souriez-moi, dites-moi que
vous êtes heureuse de me revoir. Oh ! que j'ai
souffert, Barbara ! Il me semble avoir traver-
sé une éternité depuis que nous nous sommes
quittés.

— Et c'est bien vous, bien réellement vous !

— Oui, c'est bien moi…. ton ami, ton amant,
ton mari !

— Et vous ne me quitterez plus jamais ?

— Non, tant que vous ne m'ordonnerez pas
de m'en aller ! »

Ceci me fit sourire, et je posai ma tête sur
son épaule comme un enfant fatigué.

« Hier, continua-t-il, nous avions entre nous
toute la Belgique. J'étais fou, complètement
fou, et mon cœur se brisait… j'aurais été heureux de mourir… je sentais que je serais mort
si j'avais été plus loin.

— Et alors, vous êtes revenu encore une fois.

— Oui, j'ai voyagé toute la journée, toute la nuit, et suis arrivé à Paris il y a cinq heures. Le jour pointait; et depuis ce moment j'arpente cette avenue attendant qu'il soit l'heure convenable pour me présenter chez vous.

— Un jour de plus, et vous ne me retrouviez pas. J'étais décidée à repartir pour Zollenstrasse ce soir.

— N'est-ce que cela? je vous y aurais suivie.

— Si loin?

— Cruelle! depuis que je vous ai vue, je vous ai fuie... je vous suis revenu... j'ai voyagé sans trêve ni repos... et vous doutez que je veuille vous suivre à Zollenstrasse?.. bien que ce soit au bout de la terre!

— Mais, pourquoi m'avez-vous fuie? »

Il baissa la tête et hésita.

« Ma chérie, » dit-il en pressant son front d'un mouvement nerveux de la main, « je suis une étrange créature... et j'ai mené une vie étrange. — Je... je ne puis voir les choses comme tout le monde; je ne suis civilisé qu'à demi, vous savez... et je raisonne plutôt comme un Indien rouge que comme un homme du monde. Vous ne pouvez comprendre ce que j'ai éprouvé pendant ces temps derniers; je ne puis même pas vous expliquer ce que je veux dire ! — J'ai

de fantasques scrupules, des doutes qui me tor-
turent, toutes sortes d'hésitations, de faiblesses, si vous aimez mieux les appeler ainsi. Ne me
pressez pas trop de questions; il faut que vous
m'excusiez, et que vous vous contentiez de savoir
voir combien je vous aime. — Je ne sais pas
toujours bien clairement moi-même pourquoi je
fais les choses, et j'agis bien plus souvent par
impulsion que par réflexion.

— Alors c'est par impulsion que vous m'avez
fuie, » dis-je avec reproche, « et c'est la réflexion
qui vous a ramené !

— Par le ciel ! c'est précisément le contraire.
Je vous ai fuie parce que... parce que je ne me
trouvais pas digne de votre amour, si pur, si
jeune. Et je suis revenu parce que je ne puis plus
vivre sans cet amour !

— Et cependant....

— Et cependant vous n'êtes pas satisfaite ! Oh !
Barbara ! soyez-moi indulgente, car je vous
aime ! — Je vous aime d'une affection qui dé-
passe l'amour... Je ne respire, mon cœur ne
bat, que pour vous ! — Dévouer ma vie à votre
bonheur, vous assurer un heureux avenir, devenir l'auteur de toutes vos joies, vous protéger
contre tous les chagrins,... voilà, oui, voilà désormais les seuls privilèges que je demande au
ciel ! »

Chacune de ces paroles venait du fond de son cœur.. cela se sentait... et devant une semblable conviction que pouvais-je faire, sinon écouter et croire?

« Je n'avais jamais songé, » continua-t-il, « que je pusse aimer encore. Jamais je n'avais espéré être aimé par une nature aussi charmante, aussi pure, aussi innocente que la vôtre. L'expérience que j'ai faite de la vie, chère, a été dure et orageuse, et mon âme porte les cicatrices de bien des blessures infligées par ma propre main. Vous voulez savoir le secret de ma vie agitée et errante?... lisez-le dans l'amertume de mon cœur, dans mes aspirations jamais satisfaites. — Commencées dans la première effervescence de la jeunesse, ces excursions lointaines finirent par devenir mon unique ressource. Changer de lieux, n'avoir affaire qu'à des étrangers, voilà les seules choses qui pouvaient m'empêcher de tomber dans une véritable misanthropie... Celui qui a toujours vécu dans le monde ne peut jamais le haïr complètement. Quant à moi, grâce à Dieu! j'ai trop fréquenté mes semblables pour les juger sévèrement. Et pourtant, Barbara, j'ai souffert; j'ai souffert des mécomptes de la solitude... j'ai souffert de cette fièvre qui a déjà entraîné à la perdition plus d'un homme meilleur que moi..... Mais tout cela est fini..... fini pour jamais, mon

enfant chéri! — Vous m'aimez, je suis calme!...
Vous m'aimez, et cette certitude est la bénédiction d'une vie qui ne l'a pas méritée! »

Jusque-là j'avais écouté en me laissant aller à
une sensation de bonheur vague, prêtant bien
plus d'attention au timbre bas et passionné de
sa voix qu'au sens même de ses paroles... mais
ses derniers mots me firent tressaillir... : « Mon
amour, à moi, était devenu la bénédiction d'une
vie qui ne l'avait pas méritée! » — Hélas! et quatre jours auparavant — quatre jours, pas plus,
ne s'était-il pas écrié avec un accent que je ne
pourrais jamais oublier, que pour lui, cet amour
était une malédiction?.... Une malédiction!!....
le souvenir était horrible et flamboyait devant
mes yeux comme une prophétie de malheur.

« Oh! Hugues, » balbutiai-je, » êtes-vous bien
sûr que je puisse vous rendre plus heureux?

— Aussi sûr, répondit-il, » que je le suis de
ma propre existence.

— Mais je suis si jeune, si ignorante... quelles
bénédictions puis-je apporter par moi-même?

— La plus grande de toutes : vous me rendrez un foyer, vous m'apprendrez la signification de ce mot si doux : *home!*... que je n'ai
jamais compris.

— Le foyer, le home, répétai-je en rêvant, c'est
Broomhill... oh! Hugues, que c'est étrange! »

Il appuya fortement sa main sur la mienne.

« Mon cher cœur, » répondit-il vivement,
« notre home sera là où il nous plaira; à vous
et à moi, de planter notre tente; nous le por-
tons au fond de nos cœurs, et ni le pays, ni le
climat, n'auront rien à faire avec lui.

— Voudrez-vous donc toujours voyager? » demandai-je avec quelque effroi.

« Le ciel m'en garde! Mais, ma chérie, pourquoi ce visage attristé? J'en ai fini avec les excursions; il ne me faut plus que votre présence,
et où vous serez, là sera mon foyer. — Mon rêve,
à moi, serait de vivre avec vous dans un châlet
bien retiré, sur les bords d'un des lacs de la
Suisse, ou encore dans quelque villa d'Italie d'où
l'on puisse voir la mer. Qu'en dites-vous, Barbara
mia?

— Je dis qu'avec vous je serai heureuse n'importe où, mais que je préfère et place au-dessus
de vos *homes* de convention, votre chère maison
de Broomhill, qui est votre home pour tout de
bon. »

Il détourna la tête, tout en continuant à jouer
tendrement avec ma main.

« Vous en souvenez-vous donc si bien, et
l'aimez-vous tant que cela? » me demanda-t-il
tout bas d'un air contraint.

« Je m'en souviens comme si je l'avais vu hier

pour la dernière fois... et je l'aime, plus que tout
autre endroit sur terre ! »

Il ne dit rien ; et pendant ce silence les horloges recommencèrent à sonner.

« Dix heures! » m'écriai-je, « dix heures! et
c'est toujours à neuf heures et demie précises
que nous déjeunons. — Que va dire mon père?

— Qu'il ne fait aucune objection, je l'espère,
à m'accepter pour gendre. — Allons, entrons
lui annoncer qu'il a, ce matin, perdu une autre fille. »

Et c'est ainsi que, quittant notre banc, nous
nous acheminâmes le long de l'allée des Veuves.
Arrivés à notre porte, nous fîmes halte... et Hugues mettait la main sur la sonnette, lorsque,
mettant la mienne sur son bras, je l'arrêtai en
lui disant, moitié riant, moitié pleurant :

« Voyons, dites-moi... est-ce que réellement
je ne dois plus retourner à Zollenstrasse-sur-le-
Mein?

« Pas plus, ma chérie, que je n'irai, moi, à
Saint-Pétersbourg ! »

CHAPITRE XXI.

Où la bague d'argent est changée en or.

Trois semaines s'écoulèrent... seulement trois
semaines de fiançailles, entre cette matinée et le
jour de notre mariage! Un intervalle bien court,
si l'on songe à quel point j'étais enfant... mais
encore trop long, pour son impatience, à lui.

Tout abasourdie par mille détails, par mille
préparatifs féminins, je voyais le temps s'envo-
ler sans comprendre, pour ainsi dire, combien
mon avenir était changé, et quel grave souci
j'avais introduit dans ma vie. J'allais devenir
la femme de Hugues Farquhar.... c'était l'unique
pensée qui remplissait tout mon être... Sa
femme!!! il y avait des moments où je ne pouvais y croire... non, pas même quand cette petite
bague en rubis, représentant un cœur, qu'il
m'avait donnée en souvenir de nos premiers en-
gagements, semblait vouloir me le prouver...
quand je sentais la chaleureuse pression de sa
main vigoureuse... quand je l'entendais me répéter sans cesse qu'il n'aimait au monde que moi,

même alors, je ne pouvais arriver à me persuader
que c'était bien la vérité. Sa femme! comment
pourrai-je assez lui faire honneur? Qu'avais-
je donc fait pour mériter de devenir la compagne de sa vie? Je l'aimais, il est vrai, depuis ma
plus tendre enfance... avant de le connaître j'en
avais fait le héros de tous mes contes de fées, et
depuis cette soirée à Broomhill où nous nous
étions rencontrés pour la première fois, il était
devenu l'idole de mes rêves... enfin je l'avais
aimé comme un enfant seul peut aimer... pure-
ment, passionnément... humblement. Quand je
me rappelais combien de fois je m'étais couchée
derrière sa porte lors de sa maladie, avec quelle
ardeur j'avais prié pour lui, je m'avouais qu'a-
près tant d'années j'avais bien gagné son amour.
Mais je me sentais si ignorante des usages du
monde, je craignais de ne pas le rendre heureux;
aussi aurais-je voulu prolonger d'un an notre
temps de fiançailles, mais ni mon père ni lui ne
furent de cet avis et il fallut me résigner.

Pendant ces trois semaines mon père se montra plus affectueux pour moi qu'il ne l'avait
été de sa vie. Connaissant les idées que j'avais
nourries sur les arts, je suppose que le tour
qu'avaient pris les choses l'avait fort agréablement surpris. Quant à mon trousseau, il fut
confectionné avec une libéralité qui m'étonna,

mais chez mon père l'orgueil gouvernait tout.

La veille de notre mariage on reçut des nouvelles d'Hilda; sa lettre, datée de Drontheim, ne
parlait que de son voyage; elle m'envoyait bien
ses amitiés avec ses félicitations, mais tout cela
était dit de façon à laisser croire qu'elle me par-
donnait difficilement mon bonheur.

Ajoutée à tous les soucis, à tous les tracas de
ce moment toujours si affairé, cette impression
m'avait attristée... et je sus grand gré à Hugues
quand il vint, à la fin du jour, me proposer une
dernière promenade dans les avenues poudreu-
ses des Champs-Élysées.

La nuit tombait, et la soirée se ressentait déjà
des gelées de l'automne; nous étions heureux de
marcher vite pour nous réchauffer, échangeant
un mot de temps en temps, et jouissant du bonheur d'être ensemble, aussi bien sans rien dire
qu'en causant.

Qu'elle était gaie la foule qui circulait dans ces
allées! Comme les lanternes brillaient, comme
on entendait bien la musique qui venait des
cafés-chantants, tout illuminés! Là, couraient
les voitures en files serrées; plus loin un casque
sur la tête et une trompette à son côté, un char-
latan gesticulait comme une marionnette. Un
peu plus loin encore, un rang de spectateurs applaudissant, entourait des chiens qui exécutaient

des danses. C'était un résumé de Paris... du
Paris fiévreux, avide de plaisir, avec toutes ses
richesses, toute sa pauvreté, toute son agitation.

Flânant d'un endroit à un autre, nous nous de-
mandions où nous serions, à une semaine ou
à un mois de là?... et ainsi devisant nous arrivâmes à une sorte d'espace vide, à la gauche du
cirque où un chanteur ambulant posait au milieu
d'un petit cercle d'auditeurs. Cet homme, qui
s'accompagnait sur une guitare, avait une voix
mélodieuse et le plaintif refrain de sa chanson
arrivait jusqu'à nous :

> File, file, pauvre Marie,
> File, file, pour le prisonnier.

Quand cette romance fut terminée, il en dit une
autre aussi triste, puis il s'opéra un mouvement
parmi les auditeurs; plusieurs s'éloignèrent, et
nous vîmes une femme qui présentait une sébile
de bois dans laquelle les plus généreux jetaient
quelques pièces de monnaie; bientôt elle s'approcha de nous, mais en hésitant, comme si elle
était trop fière pour mendier. Hugues me glissa
dans la main une pièce de cinq francs.

« Soyez la dispensatrice de mes aumônes, »
me dit-il tout bas, et il se retira pour me laisser
donner la pièce.

La femme la prit sans comprendre sa valeur, puis, s'arrêtant, elle se mit à examiner mon compagnon d'un air extrêmement étonné, et relevant la tête, me regarda bien en face. A ce moment, l'étreinte de Hugues sur mon bras me fit l'effet d'un étau.

« Venez! venez! dit-il, » en m'attirant tout à coup presque rudement vers la chaussée; « mon Dieu! enfant, pourquoi donc ne venez-vous pas? »

Trop effrayée pour répondre, je me laissai entraîner au milieu des roues des voitures et sautai dans le premier fiacre vide qui vint à passer.

« Où va Monsieur! » demanda le cocher. Hugues se jeta dans le fond avec une sorte de gémissement.

« N'importe où; n'importe où; » s'écria-t-il, « sortez hors la barrière... et revenez par les Invalides; n'importe où! »

L'homme porta la main à son chapeau et prit la route de Neuilly. Pendant un assez long moment nous gardâmes le silence; mais à la fin, lasse d'attendre, j'introduisis ma main dans les siennes et me blottis à côté de lui.

— Oh! Hugues, » dis-je, « qu'avez-vous? qu'est-il donc arrivé?

Il secoua tristement la tête.

« Est-ce de ma faute, Hugues?

— De votre faute, ma chérie? quelle folie? et prenant ma tête entre ses deux mains, il m'embrassa tendrement, presque avec compassion, comme un père indulgent.

— Mais alors, qu'avez-vous eu? »

Il frissonna, hésita, et soupirant profondément:

« Je ne sais, dit-il; c'est la vue de cette... de cette femme, quand la lumière a éclairé son visage. Une ressemblance, Barbara, une ressemblance aussi étrange qu'une apparition... Bah! enfant, ne comprenez-vous pas qu'il puisse se faire qu'un homme ayant voyagé pendant douze ou quatorze ans tout autour du monde, rencontre parfois un visage qui rappelle à son souvenir quelque autre visage vivant à des milliers de milles d'ici?... — Cela m'est déjà arrivé cinquante fois!

— Et, c'est là tout?

— Tout; et c'est bien assez.

— Oh! que vous m'avez fait peur!... et mon bras, il sera noir et bleu demain.

— Grand Dieu! vous ai-je fait mal? »

Tout en riant je relevai ma manche, et lui montrai, à la lueur des lanternes, les marques rouges que portait mon bras. Il s'accabla de reproches, me plaignant outre mesure, jusqu'à ce qu'enfin, satisfaite de l'excès de son repentir, je le fis taire en lui pardonnant.

15.

« Mais, commençai-je, vous ne m'avez toujours pas dit à qui cette figure ressemb... »

Il m'interrompit d'un geste.

« Mon cher amour, épargnez-moi cette question. Plus tard, quand vous m'aurez mieux connu
et depuis plus longtemps, je vous dirai l'histoire
de ma vie d'un bout à l'autre... mais ce n'est ici
ni le lieu ni l'instant. Attendez avec confiance...
et jusque-là ne me demandez plus rien; voulez-
vous me le promettre? »

Je le promis sans beaucoup de peine, et cet
incident se termina ainsi.

Le lendemain nous étions mariés. De très grand
matin, sans le moindre apparat, la cérémonie
avait eu lieu dans la petite chapelle Marbeuf de
la rue de Chaillot. Nous n'avions invité personne.
— Mon père, Mrs Churchill, et moi, nous nous
étions rendus à la chapelle avant le déjeuner.
Hugues nous y attendait. Je vois encore tout cela :
le soleil du matin qui filtrait en biais à travers
les fenêtres élevées, les bancs dont les coussins
n'avaient pas été retournés, et la vieille concierge de la chapelle en cornette et en sabots
qui époussetait les prie-Dieu sur lesquels nous
allions nous agenouiller.

Quand la cérémonie fut terminée, quand nous
eûmes signé nos noms sur les grands registres

dans le consistoire, nous revînmes à la maison,
toujours à pied, et nous déjeunâmes tous ensemble, comme d'habitude...

Quelques heures plus tard, j'étais seule avec
mon mari déjà loin de Paris, emportée à toute
vitesse par le train dévorant qui nous emmenait
vers l'Italie,... l'Italie azurée de mes anciens rêves!...

« Ma femme! murmurait Hugues en me serrant de plus en plus fort sur son cœur, ma
femme... mon bien... ma bien-aimée... dont jamais rien ne saurait désormais me séparer, ni le
jour ni la nuit! »

CHAPITRE XXII.

Nos jours heureux — Le retour.

Mon voyage de noces fut une série de rèves en-
chanteurs. Nous visitâmes tout l'Oberland Ber-
nois, toute la ravissante vallée du Rhône, et c'est
à Pise que le renouvellement de l'année nous
surprit. En février nous arrivions à Rome...
Rome, le but vers lequel tendaient depuis si
longtemps toutes mes pensées! Nous nous logeâ-
mes sur le Monte-Pincio, et chaque jour nous
voyait parcourant les galeries, les musées, mu-
nis de nos albums, faisant des études d'après
les grands maîtres. Hugues connaissait à fond
toutes les écoles, il me guidait avec son goût
exquis, ajoutant ainsi à mon éducation artistique
ce qui jusqu'ici m'avait complètement manqué...
Oh! l'heureux temps! l'heureux temps où nous
ne vivions que l'un pour l'autre!...

Pourtant, au sein de cet immense bonheur,
j'éprouvais un singulier malaise. Il me semblait
m'apercevoir que mon mari n'avait aucune envie de retourner à Broomhill. Moi, je revenais
sans cesse à ce désir qui me hantait comme une

idée fixe... mais alors Hugues se taisait, et cherchait à détourner le cours de la conversation.

Le printemps s'écoula ainsi; les ardeurs de l'été commencèrent à rendre le séjour de la ville fort désagréable; un soir, sous prétexte d'une promenade rafraîchissante, mon mari m'emmena à Albano. — Là il me conduisit à la porte d'un vaste et beau bâtiment où nous entrâmes. Le parc, quoique très sombre, était admirable, et on devinait que la maison devait être remplie de souvenirs historiques.

« C'est solennel, » dit Hugues, « mais pas triste, n'est-ce pas, Barbara?

— C'est très beau, » répondis-je le cœur serré.

Il me regarda comme s'il voulait dire quelque chose,... mais me prenant par la main :

« Montons, » dit-il.

Tout en haut de ce grand bâtiment on avait élevé une sorte de belvédère tout en glaces, avec une terrasse en marbre, d'où l'on dominait la campagne de Rome. Au dehors la vue était splendide, et au dedans tout ce que le luxe, la richesse et l'art avaient pu inventer, se trouvait rassemblé dans plusieurs pièces qui constituaient le plus joli nid que l'on puisse rêver.

J'étais abasourdie :

« Eh bien, » me dit mon mari en riant, « qu'en dites-vous, Barbara?

— Je... je ne sais pas, » répondis-je; « qu'est-ce que tout cela signifie?

— Cela signifie, mon amour, que tous les gens sensés quittent Rome par les chaleurs, et que voulant faire comme eux, j'ai loué ce joli belvédère pour vous y recevoir. Est-ce que vous ne serez pas bien heureuse ici?

— Partout où je serai avec vous, je serai toujours heureuse, mon bien-aimé, » répondis-je en l'embrassant. Mais, malgré tous mes efforts, le retour à la ville fut triste... Hélas! je voyais mon exil se prolonger indéfiniment, la rentrée à Broomhill s'éloignant toujours davantage. Mon cœur était bien gros et mes larmes coulaient sous mon voile.

Le lendemain nous étions installés à Albano. L'année suivit son cours, mais quand vint l'automne, ma santé déclina. Hugues fit venir des médecins qui ne trouvèrent en moi aucun mal défini et conclurent à une cure d'eaux de Vichy ou à un séjour à Cannes. Quand ils eurent tout dit, un soir, j'appelai mon mari près de ma chaise longue et lui jetant les bras autour du cou je lui dis à l'oreille :

« Emmenez-moi *chez nous,* mon chéri : c'est là tout ce qu'il me faut.

— Pauvre enfant, » dit-il, en se dégageant tendrement, « vous avez le mal du pays!...

— Je l'ai souvent pensé, » répondis-je.

Hugues poussa un gros soupir qui ressemblait à un sanglot .

« Quelle chose bizarre ! » disait-il en arpentant fiévreusement la chambre; « allons, il faut bien le croire, nous sommes les artisans de notre propre malheur... nous commettons des folies... et nous ne pensons pas que le châtiment des folies arrive toujours, tôt ou tard...

— Oh! Hugues, vous m'en voulez... » m'écriai-je terrifiée par l'état véhément dans lequel je le voyais. « Pardonnez-moi, je vous assure que c'est indépendant de ma volonté.

— Je n'ai rien à vous pardonner, » dit-il, d'une voix lente et mesurée, « rien, Barbara. Vous avez épousé le maître de Broomhill, vous avez le droit d'habiter cet endroit.

— Ah! ne parlez pas de droits, » m'écriai-je, « je ne réclame que ceux que votre affection me donne.

— Ma pauvre Barbara, ma pâle, ma triste Barbara ! » et il appuya sa tête sur ses deux mains; puis tout à coup, prenant son chapeau, il sortit de la chambre.

Il était presque nuit lorsque Hugues rentra. Il avait repris tout son sang-froid et parlait gaiement de l'Angleterre et de notre voyage...

Quelques jours après, nous étions en route

pour Broomhill. — Grâce à mon état de faiblesse, nous mîmes trois semaines à aller de Rome à Londres sans nous être arrêtés à Paris où aucun de mes parents ne se trouvait alors. Je n'avais pas plutôt mis le pied sur le sol de l'Angleterre que mon entrain et une bonne partie de mes forces avaient reparu. Nous descendîmes à l'hôtel Claridge, dans Brook street, d'où je comptais repartir deux jours après pour Broomhill; mais, hélas! le lendemain matin j'appris que mon mari ayant à s'entendre avec son homme d'affaires comptait partir seul d'abord, voulant s'assurer par lui-même que tout était bien en état pour me recevoir et annoncer mon arrivée à toute sa maison... Je baissai la tête pour cacher les larmes qui, malgré moi, me montaient aux yeux... encore un délai! c'était presque au-dessus de mes forces.

« Je ne... je n'aime pas beaucoup à être abandonnée, » balbutiai-je; « j'espère, Hugues, que vous ne serez pas longtemps.

— Une journée, pas davantage, ma chérie; je partirai par le train du matin et serai ici pour souper avec vous, si Votre Altesse consent à souper un peu tard ce jour-là.

— Mais, dites-moi, mon cher mari, » murmurai-je tout bas en me serrant tout contre lui; « pensez-vous que Satan soit assez calme maintenant pour moi? j'aimerais tant monter cette chère et belle bête...

— Satan! oh! le pauvre vieux! je ne sais seulement pas s'il est encore en vie. Mais j'aurai pour ma Barbarina un cheval arabe couleur crème, de toute beauté, et une petite victoria attelée de deux poneys des îles Shettland, qui feraient envie à Cendrillon elle-même.

— Oh, non, Hugues, non; pas pour moi.

— Ma Barbara, je veux que ma femme soit la mieux habillée, la mieux montée, la mieux aimée, de toutes les dames du comté! et après-demain nous irons ensemble faire un tour dans les magasins. Vous verrez comme je m'y connais en soieries, en dentelles, en cachemires...

— Mais, mon cher mari, qu'ai-je besoin de dentelles et de satins...

— Mon enfant, » me dit Hugues, d'un ton où perçait presque un triste reproche, « si vous aviez désiré continuer à vivre dans notre solitude bienheureuse, il fallait rester au loin. Dans le Suffolk, tout le monde me connaît. Je ne puis pas vivre *incognito* sur mes propres terres. Quand on saura que je suis à Broomhill et que j'ai ramené une femme légitime à mon foyer, nous serons inondés de visites et d'invitations. Ah! Barbarina, vous n'aviez pas songé à cela? »

J'étais terrifiée...

« Mais... mais nous n'avons pas besoin de voir
tous ces gens, » dis-je; « nous pouvons refuser
leurs invitations.

— Jusqu'à un certain point. Il y a des familles que nous devons recevoir et visiter, sous
peine d'être ridicules. Quoique peu civilisé, je
n'ai pas envie de devenir la risée du comté.

— Mais...

— Mais il n'y a pas moyen d'éviter cela, ma
chère petite femme; je veux bien, si vous le voulez, même encore maintenant retourner en Italie... Mais si le maître de Broomhill revient chez
lui avec sa femme à ses côtés, il ne doit pas oublier qu'il est le représentant d'une longue suite
de gentilshommes qui ne fermèrent jamais leur
porte au nez de leurs voisins, et ne négligèrent jamais la vieille tradition de l'hospitalité anglaise. »

C'était la première fois qu'il me parlait ainsi;
c'était la première fois qu'il prenait ce ton cô-
toyant l'autorité; c'était la première fois que je
l'entendais exprimer quelque chose qui ressem-
blât à l'orgueil de sa race, ainsi qu'au respect dû
aux usages du monde... Saisie, confuse, presqu'interdite, je ne savais quoi répondre :

« Vous... vous ne pensiez pas ainsi il y a sept
ans, » balbutiai-je; «vous vous enfermiez comme
un ermite, et c'est ma tante qui...

— Qui m'a traîné dans le monde, » interrom-

pit-il avec impatience, « je le sais bien. Mais alors
je n'étais pas marié, et j'avais sept ans de moins.
Comme je vous le disais tout'à l'heure, Barbara,
je ne veux pas qu'on puisse supposer que j'ai
honte de présenter ma femme. Dieu sait que je
ne suis revenu que pour vous faire plaisir, et
reprendrais bien volontiers l'aimable chemin qui
conduit à la liberté... Mais si nous persistons,
nous devons nous préparer à occuper notre
maison d'une façon convenable pour notre dignité. Choisissez donc : Broomhill, ou l'Italie? »

J'étais profondément désappointée... je m'en
allai vers la fenêtre et regardai dehors pendant
quelques minutes sans rien dire.

« Eh bien, » dit Hugues, après une pause assez
longue, « avez-vous pris votre parti, Barbarina?

— Oui, Hugues; nous allons à Broomhill. »

Le lendemain matin, après avoir vu partir
mon mari, je me faisais amener un fiacre pour
me conduire à notre ancienne maison où je
voulais aller voir ma chère vieille Goody, que j'a-
vais l'intention d'emmener avec moi dans le Suffolk. — Que de changements pendant ces huit
années! c'est à peine si je pouvais m'y reconnaître. — Je trouvai notre pauvre maison louée par
mon père à des étrangers, et eus grand'peine à
découvrir Goody dans une petite bicoque du voi-

sinage. A force de demander Mrs. Beaver, on
m'indiqua une porte ouverte où j'entrai.

Il y avait une femme dans la chambre. Bien
qu'elle me tournât le dos j'eus bien vite reconnu
ma bonne vieille gouvernante... elle aussi me
reconnut, et me reçut dans ses bras en me couvrant de baisers et de larmes. Pauvre Goody!
elle qui nous avait servis toute sa vie, on l'avait
abandonnée comme la vieille maison... elle avait
bien rarement des nouvelles de la famille, pourtant elle savait le mariage d'Hilda... Je me dé-
gantai et plaçai ma main gauche devant ses
yeux... Ah! ciel, quel torrent de questions!...
était-ce bien vrai? étais-je mariée? étais-je heureuse? et quelle ne fut pas sa joie quand elle
apprit que mon mari était un gentleman anglais. — Il fallut tout lui raconter... mais l'heure
me pressait.

— A demain, ma bonne chérie, je reviendrai demain — et dans quelque temps, lorsque
nous serons installés à Broomhill, vous viendrez
m'y retrouver et nous ne nous quitterons plus.
Ainsi, adieu; à demain!

— Peut-être bien, mon agneau, » disait-elle en
sanglotant, « peut-être bien... mais il me semble
que je ne vous reverrai jamais.

Je me hâtai de retrouver ma voiture et de
revenir à l'hôtel.

Combien la soirée me sembla longue et triste!
Il n'arriva qu'à onze heures et demie passées.

— Oh! mon cher mari, enfin!... enfin! Dieu
soit loué!...

— Oui, ma chérie, » dit-il en m'embrassant;
« malheureusement je n'ai rien de bon à vous
dire, » et sonnant, il demanda le souper, puis
m'apprit que ma tante était très malade et que
le docteur Topham en désespérait presque. Je
ne saurais rendre l'émotion que j'en éprouvai.

« Partons, partons, » dis-je avec véhémence...
« Oh! combien je bénis Dieu d'être revenue en
Angleterre!

— Un peu de patience, mon enfant, » dit Hugues, « j'ai déjà pensé à ce qu'il y avait à faire.
Demain, en prenant le train du matin, nous
serons arrivés le soir. Nous ne pouvons mieux
faire. »

Hélas! chère Goody! les pressentiments ne sont
pas une chimère... je serai bien loin demain...
bien, bien loin.

CHAPITRE XXIII.

Les visages familiers d'autrefois.

Il était environ quatre heures; il y en avait cinq que nous voyagions. Nous gravissions à pied la colline qui conduisait à Stoneycroft-hall quand un cavalier tournant la courbe de la route vint à nous, s'apprêtant à nous saluer avec politesse, soudain, quittant mon bras, Hugues s'élance et saisissant les rênes du cheval :

« Docteur Topham, » dit-il, « vous n'allez pas, j'espère, passer à côté de moi comme si j'étais un étranger?

— Dieu du ciel!. » s'écria le docteur, « serait-ce... serait-ce M. Farquhar de Broomhill qui est là devant moi?

— Lui-même en personne, » répliqua Hugues, et ils se donnèrent une chaude poignée de mains.

« Mais, M. Farquhar, vous nous arrivez comme une apparition, » dit le petit homme encore tout ahuri de la surprise. Ce n'est pas l'embarras, vous en avez fait tout autant il y a quelques années! De quelle partie du globe débarquez-vous, je vous prie?

— D'Italie, » répondit Hugues, « où je suis resté

près d'un an. » Le docteur jeta un coup d'œil de mon côté, puis tournant le manche de son fouet dans la direction de la maison de ma tante :

« J'imagine, » dit-il, « que vous savez les mauvaises nouvelles de là-bas... M. Farquhar? Notre pauvre amie, mistress Sandyshaft.... très malade, très malade, vraiment... Une fièvre lente... débilitée... la seconde visite que je lui fais aujourd'hui, Monsieur, la seconde visite.

— Et oui, vraiment, je l'ai entendu dire, répliqua Hugues, et ceci me ramène à mon arrivée soudaine. — Je ne vous ai pas présenté à ma femme : Barbara! je crois que le nom du docteur Topham ne vous est pas inconnu. »

Le docteur ôta son chapeau et me fit un grand salut.

« Je.... réellement je n'avais aucune idée.... bégaya-t-il... Mais voici surprise sur surprise!... L'honneur... le plaisir... recevez... recevez tous mes compliments!... En vérité je suis si étonné que je ne sais quoi dire!

— Étonné que *Bénédict* soit marié, ou bien de retrouver en *Béatrix* une ancienne connaissance, hein, docteur? » dit mon mari en riant.

Le petit homme semblait plus ébouriffé que jamais.

« Excusez-moi, » dit-il, « mais si fier que je sois d'être connu d'une dame aussi... aussi... enfin

que mistress Farquhar... je ne puis admettre que
j'aie aucun droit à une ancienne....

« — Fi! docteur Topham! » dis-je en l'interrompant, « avez-vous donc oublié Barbara, la petite
Barbara Churchill? »

D'un air délibéré le docteur descendit de son
cheval, posa son propre chapeau sur la tête de
l'animal, et m'embrassa sur les deux joues en
disant :

« A partir de ce jour, rien ne m'étonnera
plus! »

Et un moment après, le bras passé dans la
bride du poney, il marchait tout doucement côte
à côte avec nous le long de la route, tandis que
par-dessus les arbres tous les bruits de Stoneycroft-hall parvenaient jusqu'à nous.

« Je suis content que vous soyez venu, » dit-il,
« plus content que je ne saurais le dire. Et je suis
aussi très content de vous avoir rencontré avant
d'être arrivé. La surprise aurait pu l'exciter
beaucoup; de cette façon j'aurai le temps de la
préparer. Votre vue, Barbara, lui fera plus de
bien que tous les remèdes de ma pharmacie.
Oh! je vous demande bien pardon.... la vieille
habitude, voyez-vous!.. Mistress Farquhar, j'aurais dû dire.

— Non, non, docteur, je vous en prie, appelez-moi Barbara.

— Eh bien donc, Barbara, je compte sur vous comme sur un puissant tonique pour ma cliente ; pauvre âme ! Combien elle a désiré vous revoir !

— Oh ! docteur Topham, a-t-elle vraiment dit cela quelquefois ?

— Si elle l'a dit ? mais des centaines de fois !

— Ainsi, elle ne m'a pas oubliée ?

— Si elle vous avait oubliée est-ce qu'elle vous aurait envoyé chercher ?

— M'envoyer chercher ? que voulez-vous dire ?

— Mais bien sûr ; sinon, comment seriez-vous ici ?... vous avez reçu ma lettre ? »

C'était maintenant mon tour d'être intriguée.

« Je n'ai reçu aucune lettre, » dis-je, « et si vous avez écrit à mon père je n'en ai rien su. Il est à Spa, et ne m'écrit que très rarement.

— Mais alors, par quel heureux hasard êtes-vous ici ? Comment avez-vous su la maladie de mistress Sandyshaft ? — Et... surtout... surtout... comment se fait-il que vous soyez devenue la dame de Broomhill ?

— Est-ce donc si étonnant ? » demanda Hugues, que la mystification du docteur amusait beaucoup. « Vous oubliez que nous nous connaissons, Barbara et moi, depuis mon dernier séjour en Angleterre. C'est un très ancien attachement.

— Un ancien attachement ! » répéta le docteur Topham d'un air fort incrédule ; « hem ! je me

16

serais tout autant attendu à lui voir épouser le
Juif errant !

— Merci bien ; mais la disparité n'est pas aussi
grande.

— Je ne parle pas de votre âge, monsieur Farquhar, je parle de vos habitudes, » répondit vivement le docteur. « Souvenez-vous que nous sommes accoutumés à ne songer à vous que comme à
un enragé voyageur ne séjournant nulle part, et
pour qui un acte aussi civilisé que celui du mariage
paraissait être si impossible que jamais l'idée ne
nous en serait venue.... mais de plus, que ce soit
Barbara... notre petite Barbara qui, qui.... sur
mon âme, monsieur Farquhar, je crois que j'aurais
été moins surpris de vous voir épouser une In-
dienne, ou une peau rouge de l'Amérique du Nord.

— C'est faire peu d'honneur à mon goût, » dit
Hugues ; « mais je crois que vous ne m'accordez
qu'une supériorité : celle de la locomotion. Une
jolie réputation pour un gentilhomme du comté !
Tenez, Barbara, nous voici arrivés à la porte du
jardin ; à cette porte où, si souvent, vous avez
couru au-devant de moi ; rien n'est changé.

Oh ! non, en effet, rien n'était changé ; c'étaient
bien les mêmes roses sous le portique, les mêmes
nids d'hirondelles aux coins des toits, les mêmes
lauriers devant la porte.

Le docteur attacha son poney à un anneau

dans le mur, et marcha devant nous. En passant
sous le portique, il posa sa main sur mon épaule.

« Que Dieu vous garde, Barbara, » dit-il très
gravement; si quelque chose peut la sauver
maintenant c'est votre présence... Oh! il y a une
« Providence dans le hasard qui vous a fait venir... oui, une grande et miséricordieuse Providence!... » Nous entrâmes dans ce salon où se
trouvait cette fenêtre profonde dont je me souve-
nais si bien... Je m'assis épuisée d'émotion, de fatigue. Mon mari absorbé dans ses propres pensées
regardait le jardin.

« Naturellement, Barbara, » dit-il après un
long silence, « vous allez vouloir rester ici un
jour ou deux?

— C'est probable, » répondis-je avec un soupir.

« J'ai envoyé Tippoo à Broomhill pour me
ramener un cheval.

— Un cheval ?

— Certainement, « ajouta-t-il, » vous ne vous
imaginez pas, je pense, que j'aille m'établir ici
sans y avoir été autorisé par une invitation? »

Je n'y avais pas songé. Mais l'idée que mon
mari allait passer seul la première nuit de sa
rentrée sous son toit, me semblait d'un mauvais
augure.

— Oh! non, non, ne faites pas cela, » m'écriai-
je, « restez ici, ou emmenez-moi avec vous.

— Ni l'un ni l'autre n'est possible, » dit-il vivement. « Voyons, enfant, soyez raisonnable; je reviendrai déjeuner avec vous et c'est à peine si vous aurez eu le temps de vous apercevoir de mon absence. Et quoi! des larmes, pour une pareille bagatelle?

— Ce n'est pas du tout une bagatelle à mes yeux, Hugues; je ne puis supporter l'idée de vous voir rentrer à Broomhill sans moi. Cela me fait l'effet d'un mauvais commencement à notre vie de famille... et puis... et puis... nous ne nous sommes encore jamais quittés... »

La porte s'ouvrit et le docteur Topham entra.

« Je vous ai fait attendre longtemps, » dit-il, « mais j'ai été obligé de la préparer peu à peu. Elle sait maintenant que vous êtes ici, Barbara, et est prête à vous voir. Seulement il faut avoir grand soin de ne pas trop l'émouvoir, elle est très faible aujourd'hui.

— Mais pas en danger, n'est-ce pas?

— Pas en danger immédiat. Toutefois, si dans les douze heures qui vont suivre, elle ne se remontait pas, je commencerais à avoir des craintes sérieuses. Je vois que vous vous êtes laissée aller à votre émotion et je vous trouve peu préparée à l'entrevue. C'est très mal, Barbara; les larmes ne font jamais de bien à un malade, et peuvent quelquefois lui faire beaucoup de mal. Il faut vous remettre avant de monter. »

Voyant que Hugues persistait dans sa résolution et qu'il traitait mes observations avec une parfaite légèreté, je me sentis très courroucée, et m'efforçai de retrouver du calme.

« Je ne pleure plus maintenant, » dis-je, « vous pouvez avoir confiance en moi. Montons.

— Je le crois, » répondit-il d'un air approbatif, « vous êtes une brave petite femme. Rappelez-vous, toutefois, que votre tante ne sera pas de longtemps en état de supporter aucune émotion, aucune surprise : Vous êtes toujours la petite Barbara Churchill, et M. Farquhar que voilà, est toujours aux antipodes. Que ceci soit bien convenu entre nous. »

— Je vous le promets.

— Alors, suivez-moi.

C'est ainsi que nous quittâmes la chambre, laissant Hugues flâner tristement dans le salon, tandis que le crépuscule tombait avec rapidité et que la pluie commençait à cingler les carreaux. Un instant après j'étais sur le seuil de cette chambre de malade... et j'oubliais tous mes petits chagrins à la vue de ce lit sans rideaux, sur lequel reposait une forme décharnée qui ressemblait à une statue couchée sur un tombeau. Ma tante avait la figure tournée vers la fenêtre, de sorte que pendant un instant je vis son profil se

16.

détacher sur la lumière; il était sévère comme toujours, mais rendu plus anguleux encore par le temps et la maladie. Après tout, elle n'était pas aussi changée que je m'y attendais. Quand la porte se referma elle tourna la tête en disant d'une voix faible :

— Est-ce vous, Bab?

— Oui, ma tante, c'est moi, répondis-je en l'embrassant sur le front.

Elle me fit signe d'aller me placer au pied de son lit et, comme la nuit venait, demanda de la lumière.

« Je ne m'attendais pas à vous trouver l'air aussi femme, » dit-elle.

« J'ai dix-huit ans, ma tante.

— Peuh!... vous paraissez davantage; vous n'avez pas eu d'ennuis? » demanda-t-elle après une pause, « vous n'êtes pas malheureuse?

— Oh! non, ma tante; j'ai eu quelques soucis, mais quand vous serez rétablie, je serai tout à fait heureuse.

— Pauvre Bab, « murmura-t-elle, » pauvre petite Bab! je savais bien que vous finiriez par me revenir. »

Et fermant les yeux, elle parut s'être soudainement endormie. Le docteur posa un doigt sur sa bouche et approcha tout doucement un fauteuil près du feu. Pour moi, je ne pouvais bouger, car

ma tante avait gardé ma main dans la sienne et
j'aurais craint de la réveiller. On entendait au
dehors le vent et la pluie, et sauf le bruit des
charbons roulant dans la cheminée, tout dans la
chambre était silencieux comme la tombe. — Il
se passa ainsi un long espace de temps, pendant
lequel, faible et très fatiguée, je m'assoupis. Bientôt, quelque chose, je ne saurais dire quoi, me
secoua de ma torpeur; ma tante dormait toujours, le docteur Topham faisait un somme sur
son fauteuil, je me mis sur mon séant et écoutai!
— Chut!... serait-ce le pas d'un cheval sur la
route détrempée? — On dirait que c'est le bruit
du loquet de la petite porte... Il me semble entendre comme le son d'une porte qu'on ouvre
avec précaution en bas.

Sans respirer, et avec les plus grands ménage-
ments, je retirai ma main sans éveiller ma tante...
je me glissai vers la porte, suivis le corridor à
tâtons, et descendis dans l'obscurité, prenant par
une sorte d'instinct le passage qui conduit derrière la maison.

Je trouvai là Hugues, debout dans l'ouverture
de la porte.

« Je suis venu vous dire bonsoir, *Carissima*, »
dit-il, « et je suis bien heureux que vous soyez
venue, car je ne vous aurais pas envoyé chercher.

— Cruel! Vous voulez donc vous en aller.

— Il le faut. N'essayez pas de me dissuader. C'est mieux ainsi. Et pourtant... pourtant... non, non, pas de faiblesse, pour vous comme pour moi, il le faut. Oh! Barbara, Barbara! pourquoi m'avoir ramené en Angleterre!..

— Que voulez-vous dire? » m'écriai-je. « Pour l'amour de Dieu, Hugues, restez avec moi!

— Vous savez bien que c'est impossible. — Adieu, mon bien... adieu, ma femme chérie! Ah! que la nuit va être longue sans toi! » Et me serrant étroitement sur son cœur, il m'embrassa à deux ou trois reprises. Puis, s'arrachant de mes bras comme s'il ne se sentait pas sûr de lui-même, il s'élança en selle et partit.....

Au dehors tout était d'un noir intense, je ne pus rien voir... que les mares d'eau devant la porte... Je rentrai le cœur navré, comprenant à quel point cette maison allait être vide pour moi maintenant qu'il n'y était plus, à quel point la vie me semblerait insipide désormais sans lui... et par-dessus tout, à quel point ses manières étaient singulières depuis quelque temps, comme il était devenu irritable... impatient... — Tout en rêvant ainsi, je repris lentement le chemin de la chambre de ma tante...

Elle dormit toute la soirée. Le docteur Topham resta assis au coin du feu, buvant du thé très fort, pour se tenir éveillé. A dix heures, voyant que

je n'en pouvais plus il insista pour que je me re-
tirasse, et je me retrouvai encore une fois dans
cette même chambre que j'avais occupée quelques années auparavant... peut-être y fis-je les
mêmes rêves, et m'éveillé-je en murmurant le
même nom qu'autrefois !

. . . .

« Mistress Sandyshaft, » dit le docteur Topham,
« vous êtes infiniment mieux ce matin.

— C'est absolument faux, » répondit ma tante,
« je me sens beaucoup plus faible.

— C'est parce que la fièvre vous a quittée. » Ma
tante branla la tête.

« Et voilà pour quelle raison, » persista le docteur, « vous êtes mieux.

— Je suis beaucoup plus mal au contraire, » dit
ma tante, « et éreintée de n'avoir pas dormi.

— Vous avez dormi profondément toute la
nuit, » argumenta le docteur.

« Je n'ai pas fermé l'œil ! » dit ma tante.

« Treize heures, à ma montre... » riposta le
docteur.

« Treize balivernes ! » s'écria ma tante avec
mépris. Le docteur devint tout rouge, et ôtant
son chapeau avec une grande dignité :

« Je suppose, Mistress Sandyshaft, » dit-il,
« qu'il m'est permis de croire au témoignage de
mes sens. Je vous dis que vous avez dormi et je

vous répète que vous êtes mieux. S'il ne vous convient pas de me croire, vous êtes libre d'en appeler à un autre témoignage.

— Naturellement, » repartit aigrement ma tante, je savais cela avant que vous me l'ayez dit. » Le docteur salua avec raideur.

— S'il me convient de mourir, c'est mon af-. faire, je pense, et ne regarde personne que moi... hein?

— Oh! certainement.

— Et s'il me convient de vivre....

— S'il vous *convient* de vivre, mistress Sandyshaft, » interrompit le docteur en s'arrêtant quelque peu méchamment sur le verbe, il vous *conviendra* aussi, j'espère, de m'accorder l'honneur d'avoir quelque peu contribué à vous y aider. »

Ma tante sourit d'un air aimable.

« Topham, » dit-elle, « vous êtes un idiot, je vous l'ai toujours dit; il faut croire que je vais mieux, autrement je n'aurais pas eu la force de me quereller avec vous.

— Querellez-moi tant qu'il vous plaira, ma chère amie, « répondit le petit homme avec une altération soudaine dans la voix » j'ai été un imbécile de me laisser irriter. J'aurais dû être enchanté,... et je suis enchanté... oui... je suis enchanté. Mort de ma vie, vous n'auriez pas pu

me pousser à bout hier, votre existence en eut-elle
dépendu!

« — Je crois en effet que je n'aurais pas pu, »
admit ma tante; « mais qu'est devenue Bab, pendant tout ce temps? »

Là-dessus, Bab, qui écoutait derrière la porte,
avec une forte envie de rire et une envie de pleurer tout aussi forte, entra précipitamment, et gâta
la situation en cédant à la fois à ces deux faiblesses.

« Bonté du ciel, Bab, » dit ma tante d'un air
maussade; « vous êtes plus assommante que le
docteur! Tenez-vous tranquille, pour l'amour
de Dieu, et ne rougissez pas vos yeux.

« Eh, mais, miss Barbara, ne voyez-vous pas
que votre conduite n'est plus de saison? » dit le
docteur tout épanoui en se frottant les mains.

« Seulement, Topham, » reprit ma tante,
« je vous préviens d'une chose... c'est que je ne
prendrai plus un seul de vos poisons.

« — Mes poisons! » répéta le docteur tout effaré?

« Oui, vos poisons. J'en ai pris assez... j'en
ai pris trop, même; et si vous m'en envoyez
encore, je vous les ferai avaler.

« — Mistress Sandyshaft, vous êtes bien la femme
la plus déraisonnable... la plus...

« — C'est bon, c'est bon; Bab, je vous trouve
l'air plus jeune ce matin.

« — Ma chère tante! c'est que je suis bien heureuse... mais moi aussi je relève à peine de maladie. »

Elle me regarda tendrement et me tapota sur la joue, comme autrefois quand elle était contente de moi.

« Pauvre Bab! » dit-elle, « pauvre petite Bab! qu'est-ce qui vous est arrivé?.. trop travaillé?

— Non, le mal du pays, je crois... Je me mourais d'envie de revenir en Angleterre, et je suis tombée malade.

— Bab, vraiment! on vous avait envoyée dans une pension à l'étranger, pas vrai? oui, oui, je m'en souviens. Je vous ai écrit, mais votre père m'a renvoyé ma lettre sans vouloir me dire où vous étiez. Je m'étonne bien qu'il vous ait laissée venir.

— Oh! ma chère tante, vraiment, vous m'avez donc écrit?

— Mais sans doute, mon enfant; et quand vous avez été partie, j'aurais donné tout ce que je possède pour vous faire revenir. Mais mon sot orgueil ne m'aurait jamais permis de l'avouer. Miséricorde, que nous sommes donc bêtes!...

— Et moi qui croyais que vous m'aviez oubliée, et qui... mais j'avais trop d'orgueil, moi aussi, pour... ah! je ne me le pardonnerai jamais!

— Allons, allons, vous voici, dit-elle, cela suffit. Maintenant, dites-moi, avez-vous été heureuse

dans cette pension? Y avez-vous appris quelque
chose au moins, en dehors de leur baragouin?
Voyons, Bab, vous avez une masse de choses à
me dire.

Mais le docteur ayant interdit toute conversation passa mon bras sous le sien et m'emmena
au salon. Là, nous trouvâmes Hugues qui nous
attendait. Il était venu tranquillement par le
chemin de derrière, et fidèle à sa promesse arrivait à l'heure du déjeuner.

« Eh bien, petite femme, » dit-il, « eh bien,
docteur, quelles nouvelles de votre malade?

— Les meilleures du monde, » répondit joyeusement le docteur. « Il s'est produit une réaction
et le danger est passé. Je dois remercier mistress Farquhar, je crois, comme n'ayant pas été
étrangère à ce résultat. »

Mon mari sourit et m'attira doucement à lui.

« J'ai constaté plus d'une fois qu'elle était le
meilleur des médecins, » dit-il.

« Eh bien, la nuit dernière elle s'est surpassée,
car elle a fait dormir mistress Sandyshaft pendant treize heures consécutives. Mais vous, soit
dit en passant, vous avez l'air de n'avoir pas
dormi du tout.

— Moi?» dit Hugues un peu embarrassé! « Oh!
je me porte bien. J'ai veillé tard avec mon intendant; j'ai fait des comptes.

— Stupide! stupide, en vérité! » s'écria le docteur Topham, « quel besoin un homme qui ne dépend que de lui, a-t-il de travailler la nuit, quand toutes les heures de la journée sont à sa disposition? Barbara, ma chère, vous ne devez pas souffrir que votre mari agisse aussi inconsidérément. Voyez comme il a l'air défait et malade ce matin!

— Quelle folie, docteur, je vous dis que je me porte très suffisamment bien, » s'écria Hugues avec impatience. « Je ne veille généralement pas au-delà de minuit, mais la nuit dernière.....

— Oui, la nuit dernière vous n'aviez personne pour vous rappeler à l'ordre, n'est-ce pas? » suggéra le docteur. « Il faudra bien pourtant que vous nous laissiez notre médecin jusqu'à ce que la malade soit hors de tout danger.

— Ah! ah! et combien de temps ceci peut-il durer?

— Quatre ou cinq jours au plus.

— Quatre ou cinq jours! » répéta mon mari. « Me voler ma petite Barbara pour quatre ou cinq jours... oh! je vais être perdu sans elle! »

Mais tout en disant cela, quoiqu'il soupirât en jouant mollement avec mes cheveux, une idée étrange, sans aucune raison d'être, traversa mon cerveau : la pensée qu'il me fallait rester quelques jours de plus à Stoneycroft-hall, serait-elle pour lui un soulagement?

CHAPITRE XXIV.

La première nuit à Broomhill.

> HAMLET : Ne voyez-vous rien là?
> LA REINE : Rien du tout. Et cependant ce qui est, je le vois.
>
> SHAKESPEARE.

« Enfin, Barbara, ce qui est fait ne peut être défait, observa ma tante; les mariages, à ce qu'on dit, sont écrits dans le ciel... quoique à mon avis, le plus souvent, ils aient l'air d'avoir été arrangés dans un tout autre endroit; je suppose donc qu'il faut tâcher d'en tirer le meilleur parti possible.

— En tirer le meilleur parti! » répétai-je; « mais ma bonne tante, je n'ai aucun effort à faire; je suis parfaitement heureuse. »

Ma tante secoua la tête d'un air de mauvais augure.

« Pauvre enfant! pauvre petite Bab! si jeune! un bébé, si tendre, si inexpérimenté... Oh! Dieu! Dieu! Elle devrait être encore à l'école à l'heure qu'il est! Farquhar de Broomhill! est-ce vrai? un homme qui est d'âge à être votre père!...

— Je vous demande pardon, ma tante, » repris-je avec une certaine animation, « Hugues n'a que trente-quatre ans, et comme fraîcheur de sentiments, il a bien dix ans de moins.

— Fraîcheur de sentiments!... » riposta ma tante, « un homme qui a roulé dans tous les coins du globe depuis dix ou quinze ans!... Voyez-vous, enfant, il faut faire votre deuil de la vie de famille heureuse et tranquille, et je vous avoue, Barbara, que pour moi, il y a là une déception cruelle. J'espérais qu'une fois revenue ici, vous ne me quitteriez plus jusqu'à ma mort. Et voilà que vous m'êtes enlevée par un garçon qui peut prendre la fantaisie de vous emmener aux antipodes la semaine prochaine, sans que j'y puisse rien... C'est grave cela, Barbara!

— Mais, ma chère tante, je vous ai déjà dit que nous allions nous installer définitivement à Broomhill. Que pouvez-vous désirer de mieux? Et puis enfin que voulez-vous? Hugues est mon mari; je l'aime, je le respecte, je l'honore..... je sais combien il m'est supérieur... je comprends sa noble nature; et si vous ne pouvez le comprendre, du moins par amour pour moi respectez sa bonté, l'élévation de son esprit.... »

Ma tante haussa les épaules et eut l'air de prendre en pitié ma folie.

« Il faudra qu'il m'en donne une preuve...

de son élévation d'esprit, » dit-elle ; « quant au
respect, je ne respecterai jamais le gentilhomme
qui dissipe sa fortune à l'étranger, comme un
Anglais... et comme un sot ! »

Je ne répondis rien.

« Qui mène la vie inutile et paresseuse qu'il
a menée toutes ces dernières années, flânant
dans les musées, écrivant son nom sur les pyramides, chassant les singes dans les forêts de l'A-
mérique... Miséricorde ! comment appelez-vous
ce genre de carrière pour un gentilhomme du
comté ? Je vous dis, Bab, que c'est l'amour du
plaisir, et rien que l'amour du plaisir qui pousse
un homme à s'en aller vagabonder de cette
manière insensée sur tout le globe... C'est toujours la même passion, fatale et vulgaire, qui
pousse le malheureux au cabaret, et le coquin
aux galères. »

Que c'était dur d'être obligée de rester là à
entendre sortir de ses lèvres un pareil langage ?...
Je me détournai, et m'en allai verser des larmes
de mortification dans la profonde embrasure de
la fenêtre. C'était le quatrième jour que je passais
à Stoneycroft-hall, et mistress Sandyshaft était si
bien remise que mon mari devait venir me prendre le soir, pour me conduire à Broomhill. J'a-
vais conté à ma tante pendant ces quatre jours
l'histoire de mes amours et de mon bonheur...

et elle, en retour, m'avait répondu par des mots
bien amers... Oh! oui; trop amers pour porter
en eux-mêmes un levain de vérité,... et cependant... si l'amour de Hugues allait ne durer que
le temps d'un beau feu, et s'effondrer ensuite en
poussière et en cendres? Et s'il allait vouloir
reprendre un de ces jours son ancienne vie errante, me laissant là, avec mes larmes!... Cette
pensée était trop horrible, je n'osais m'y appe-
santir.

Hélas! il n'est pas dans la vie de moment plus
cruel que celui, où pour la première fois nous
sentons s'ébranler notre croyance au beau roman
de notre avenir! Heureusement le doute dure
peu. Le choc est trop rude; la flèche, ainsi que
les désirs de l'ambitieux, se surpassant elle-
même, vole par delà le but... Mais une femme ne
renverse pas si facilement son idole. Pour moi, au
contraire, les oscillations de ma foi n'avaient fait
que me la rendre plus chère, et je me confiai
de nouveau en elle, aveuglément.

Tout cela ne fut que l'affaire d'un moment;
et pourtant, pendant ce moment je parcourus un
cycle entier d'impressions... Je devins par quelque étrange alchimie de la passion, toute différente de ce que j'étais auparavant..... Que m'était-
il arrivé? c'était à peine si j'aurais su le dire.
Je me sentais plus calme, meilleure, plus digne

de moi-même et de lui, mon orgueil comme
femme, ma dignité comme épouse, se dévelop-
pèrent soudain ; et je sentis que jamais, quoi qu'il
arrivât, je n'aurais l'air de sanctionner l'injus-
tice des autres, ni par un acte, ni même par
une pensée.

En moins de temps qu'il n'en faut pour les
écrire toutes cès idées se succédèrent dans mon
esprit, et déterminèrent ma ligne de conduite
pour l'avenir.

Repoussant le rideau derrière lequel j'avais
caché mon chagrin, je revins tranquillement
m'asseoir auprès du lit de ma tante.

« Tante, dis-je, au nom de notre affection
mutuelle, au nom de notre tranquillité, faites que
cette conversation ne se renouvelle jamais. Il est
de mon devoir d'imposer silence à tous ceux qui
censurent la conduite de mon mari. Son honneur est le mien, ses intérêts sont les miens ; celui qui lui fait tort, m'en fait à moi-même. Dans
quelques instants il va venir me chercher et
m'emmènera chez lui pour la première fois depuis notre mariage... N'avez-vous rien à me dire
de plus affectueux, de plus juste, avant mon
départ? »

Ma tante s'agita d'un air embarrassé, mais
ne répondit rien. J'entendis une voiture s'arrêter
à la porte.

« Le voici, » dis-je très émue; « le voici, et
je vais être obligée de vous quitter... Oh! tante,
que ce ne soit pas ainsi! »

Elle ouvrit la bouche comme si elle allait parler, puis la referma bien vite comme poussée par
un ressort. Je marchai vers la porte.

« Adieu donc, » balbutiai-je.

« Bab, » dit ma tante, « revenez. »

Avant presque qu'elle eût achevé, j'étais auprès de son lit.

« Je suis une vieille femme, » continua-t-elle
en se détournant, « et pas plus sage que les autres. Quant à ma politesse, quant à mon humeur, moins vous en parlerez mieux cela vaudra.
Souvenez-vous, enfant, que je suis cruellement
désappointée. Donc, si j'ai dit tout à l'heure
des choses dures, oubliez-les. Il y avait bien
du vrai... mais ce n'est pas là que j'en veux
venir; vous pouvez les croire fausses si cela
vous fait plaisir... Que ce précieux mari vous
rende seulement heureuse, Bab, et je lui pardonnerai.

— S'il ne me rend pas heureuse, » pensai-je
en moi-même, « ce n'est jamais à vous que je
viendrai le dire, tante Sandyshaft!

— Eh bien, maintenant vous pouvez vous en
aller. Ah!... attendez... Il faut être poli même
envers le diable. Dites-lui de monter me voir.

— Qui ça, tante?... le diable?

— Pas de bêtise, enfant; votre mari, bien
entendu. Qui cela pourrait-il être? »

. Ce n'était pas une très gracieuse invitation,
mais je la présentai d'une façon plus agréable
et amenai Hugues dans la chambre de ma tante.

« Dites-moi un peu, Hugues Farquhar, » commença-t-elle avant que mon mari n'eût eu le
temps d'ouvrir la bouche, « quel besoin aviez-
vous de me voler ma petite Bab?..... Qu'avez-
vous fait toutes ces dernières années? des sotti-
ses..... j'en jurerais! Voyons, mon cher, vous
avez l'air d'un terrier d'Écosse avec tous ces
poils autour de votre figure. »

Hugues se mit à rire de très bon cœur et prit
un siège près du lit.

« Toujours complimenteuse à ce que je vois,
mistress Sandyshaft, » dit-il. « Je suis heureux,
toutefois, de vous trouver dans un état qui vous
permette d'être méchante! Vous paraissez mieux
que je ne m'y attendais.

— J'en ai l'air en effet : j'ai l'air d'un citron
et j'en ai toute l'âcreté. Quel droit aviez-vous à
épouser ma Barbara?

— Je n'avais aucun droit, ma chère Madame;
je n'ai eu qu'une heureuse chance, » répliqua
Hugues.

« Ça, c'est bien vrai, » dit ma tante, « mais les

17.

chances heureuses n'arrivent jamais qu'à ceux
qui ne les méritent pas. Elle est mille fois trop
bonne pour vous, Hugues Farquhar, voilà tout
ce que je puis vous dire. — Allons, dites-moi
ce que vous êtes devenu pendant toutes ces
années? Avez-vous acheté encore des tableaux
au taux de six mille livres pièce..... hein?

— Tout au contraire, j'ai fait de grands progrès en arithmétique, et en oubli de moi-même;
j'ai appris à établir une balance entre mon
amour pour les arts et mon livre de chèques.

— Hem! tant mieux. Et où avez-vous été?
qu'est-ce que vous avez fait?

— Depuis quand, Mistress Sandyshaft?

— Eh bien, depuis que vous avez quitté l'Angleterre, voici six ou sept ans. Après que vous
avez si bien failli faire l'imbécile à propos de
Flora Bayham. »

Mon mari rougit jusqu'à la racine des cheveux. Mais il retint la réponse qui lui montait
aux lèvres, et dit :

« J'ai été en trop d'endroits et j'ai eu trop
d'aventures, pour qu'il vous soit agréable de
me l'entendre raconter, ou à moi de vous le
dire.

— Fort bien; mais convenez au moins que
voyager ainsi sans un but utile est une folie.

— Les voyages sont comme l'amour, Mistress

Sandyshaft, c'est la folie du sage, ou la sagesse du fou... et j'ai la modestie de croire qu'ils ont été ma sagesse.

— Bon. Eh bien, pouvez-vous me faire voir ce que vous avez gagné à ce vagabondage, et ce que vous y avez appris ?

— Sans contredit : je suis devenu un admirable connaisseur des anciens maîtres... et du cigare!... J'ai appris à jouer des castagnettes et à jeter le lasso... je sais manger du riz avec de petits bâtons en guise de fourchettes... et dîner avec du caviar sans me boucher le nez... je...

—En voilà assez, » interrompit ma tante. « Ne vous fatiguez pas à me citer d'autres exemples. Seulement je ne vous engage pas à jeter le lasso aux vaches de vos voisins, ni à lancer des javelots à mes cochons... ce sont des passe-temps qui pourraient vous coûter cher. Et maintenant, bonsoir! »

Ainsi renvoyés brusquement, nous prîmes congé, et tandis que j'embrassais ma tante, elle me dit à l'oreille :

« Revenez demain, Bab. Je suis une vieille bien désagréable, mais je ne puis me passer de vous. »

Un vieux carrosse peint en jaune avec ses lanternes allumées et sa paire de chevaux patients nous attendait à la porte. Au son de nos voix le cocher, qui faisait un somme, s'éveilla en sursant.

C'était un vieux bonhomme; il porta la main à son chapeau quand je montai dans la voiture; puis, rassemblant les rênes d'une main faible, il nous fit descendre la colline au pas. Hugues, qui s'était blotti avec impatience dans un coin, trouvait à redire à tout.

« Quelle délicieuse manière de locomotion! » s'écriait-il; « cela nous reporte au temps de nos ancêtres, Barbarina, et nous fait comprendre la possibilité de mettre quatre jours pour aller de Londres à York par la *Volante*. Avez-vous jamais vu une pareille antiquité? C'était la voiture de mon père. Elle a été construite pour lui, à l'occasion de son mariage. Puah! ça sent les toiles d'araignées. J'ai déterré cela hier, et l'ai fait préparer pour commencer la maison de votre Seigneurie; cette relique, qui est là sur le siège, a été le cocher de mon père et aussi de mon grand'père, je crois. Il m'a fallu le déterrer comme le reste, car depuis quinze ans il est concierge. Quant aux chevaux, ils sont aussi vieux que tout l'équipage et ont servi à la charrue depuis bien des années. *Corpo di Bacco!* Si nous restons ici, quelle révolution je vais faire! Je ferai construire un billard et un théâtre. J'aurai des chevaux de chasse, un cuisinier fran-

çais, et vous apprendrai à suivre la chasse!
Qu'est-ce que vous direz de tout cela, petite
femme? »

Je secouai la tête. Sa gaîté fiévreuse me faisait mal... Mon cœur était rempli de projets si
différents.

« Tout cela ne me plaira nullement, Hugues, »
dis-je tristement; « j'aurais bien préféré transpor-
ter à Broomhill la vie tranquille que nous avons
menée en Italie. Cette heureuse vie passée au
milieu des livres et des beaux-arts, qui nous allait si bien à tous les deux.

« Bast, enfant! » répondit-il avec légèreté. « Le
doux *far niente* réclame le ciel du Midi. Dans cet
amer climat du Nord les hommes sont portés à
rechercher des rudes stimulants, et ont besoin
de quelque chose de plus fort que la lecture,
pour faire circuler leur sang. Pour ma part,
quand je suis en Angleterre, je ne quitte presque
pas la selle. Ah! à propos, vous vous informiez
de Satan?

— De Satan? Eh bien, que lui est-il arrivé?

— Il est mort, pauvre bête!.. C'était un bon
cheval... un arabe pur sang.

— Mais enfin, » dis-je avec anxiété, « vous ne
voulez pas dire que parce que nous sommes à
Broomhill et non à Rome, vous ne partagerez
plus jamais mes plaisirs tranquilles!... Oh! Hu-

gues! quand je songe combien nous avons été
heureux jusqu'ici... »

Il posa en riant sa main sur ma bouche.

« *Silenzio, Barbarina mia,* » s'écria-t-il, « nous
avons été heureux..... nous sommes heureux.....
nous serons, nous devons, nous voulons être
heureux, *et cætera, et cætera!* Maintenant regardez
un peu où nous pouvons bien être? »

Où nous étions!..... Nous étions sous l'arcade
feuillue des branches des chers vieux arbres de
l'avenue; nous passions devant les grands chênes à l'écorce rongée, les centenaires du parc;
enfin nous nous trouvions au milieu de tous ces
endroits bénis, que j'avais conservés depuis des
années photographiés dans ma mémoire.

Il faisait nuit, la lune n'était pas encore levée,
mais je parvenais à distinguer dans l'ombre la
silhouette de chaque objet... Nous tournâmes
l'angle de l'ouest et passâmes sous le portique.

« Un mot, Hugues, » balbutiai-je, « un seul,
avant d'atteindre la porte. N'éprouvez-vous vraiment aucun plaisir à m'amener sous le toit de
vos pères?

— Cher amour, » répondit-il vivement, « pourquoi raviver cette vilaine question dans un pareil moment? Nous y voici, tâchons de nous en
tirer le mieux possible. Attendez, je vais descendre le premier. »

Nous en tirer le mieux possible! C'était la seconde fois de l'après-midi que j'entendais cette
locution désagréable. Y avait-il donc dans ma
vie quelque principe vicieux pour qu'on m'a-
vertit ainsi de m'en tirer le mieux possible?.....
d'où venait ce malaise indéfini dont la source
m'était inconnue?

Oppressée, découragée, je franchis le seuil de
la demeure de mon mari, et passai devant les
domestiques rangés dans le vestibule, sans
même remarquer qu'ils étaient tous là en mon
honneur. Tippoo nous précédait, tenant en main
deux bougies; nous le suivions en silence. A
peine si je remarquai dans quelle partie du bâtiment il nous conduisait, à peine si je me ren-
dis compte du nombre de corridors qu'il nous
faisait traverser, de la quantité d'escaliers qu'il
nous faisait gravir... Non, il me fallut le voir
s'arrêter devant une porte gothique dont il écarta
la portière, pour deviner que nous allions dîner,
ce premier soir, dans la chambre de la Tourelle.
Ah! l'agréable chambre, si retirée, si confortable! avec ses livres et ses bustes. Comme je me
la rappelais bien!

En voyant ainsi tout à coup le passé revenu,
je poussai un cri de joie.

« Bon! » dit Hugues, « je savais bien que je vous
ferais plaisir en vous ramenant dans mon vieux

nid, où nous avons dîné tous les deux le premier jour de notre connaissance. Ah! petite femme chérie, vous souvenez-vous combien vous avez eu peur lorsque je suis arrivé derrière vous à la fenêtre de la bibliothèque?

— Ah! mon cher mari, vous souvenez-vous comme vous m'avez bien oubliée ce jour-là, quoique je fusse assise là dans le coin; jusqu'à demander à Tippoo pourquoi il avait mis un second couvert?

— Non? ai-je fait cela? je l'avais oublié. Pourtant, je me rappelle que vous avez eu le mauvais goût de ne pas aimer mon dîner et de ne manger presque rien.

— Et de plus, le bien plus mauvais goût d'être désappointée à la vue du Paul Véronèse. M'avez-vous pardonné cette offense, dites? » Il se mit à rire en branlant la tête.

« Pas encore, » dit-il, « pas tant que vous ne l'aurez pas revu avec vos chers yeux d'artiste... pas jusqu'à ce que vous ayez accompli la pénitence de professer une grande admiration! Mais, tenez, voici notre dîner. — Tippoo, priez mistress Fairhead de nous envoyer une bouteille de vieux Romanée, et un flacon d'un certain Tokay cacheté en jaune. Allons, petite femme, nous allons avoir un vrai festin, comme en un jour de fête. Ah! qu'en dites-vous? faut-il

renvoyer ce maladroit surnuméraire en cravate
blanche et ne garder que Tippoo pour nous servir?

— Oh! oui, rien que Tippoo! »

On renvoya donc le domestique, et Tippoo nous
servit aussi silencieusement, aussi habilement
que l'esclave de la *Lampe merveilleuse*. Les rires,
les plaisanteries, les toasts se succèdèrent; nous
étions gais comme des enfants en vacances. Ce
soir-là, tout semblait délicieux, et la vie couleur
de rose. Mon mari n'avait qu'une idée : m'amuser; et si, une ou deux fois, j'avais cru m'apercevoir qu'il faisait des efforts pour paraître gai,.....
j'avais banni bien vite cette pensée, me persua-
dant que je m'étais trompée.

Après le dîner, quand le dessert fut terminé,
longtemps après avoir pris le café, nous restâmes à causer de l'Italie, de Rome, de notre tournée dans les Alpes..... Nous regardâmes des gravures rares qu'il avait apportées de la bibliothèque
dans un grand porte-feuille pour me les faire
voir..... projetant d'aller un de ces jours visiter
Venise, le Tyrol, et peut-être même, Constanti-
nople. Ah! comme j'étais enfant! et qu'il fallait
peu de chose pour me rendre heureuse!

Ce fut ainsi que s'écoula cette charmante soirée; et il était près de minuit quand nous songeâ-
mes à aller nous coucher. — Ceci me ramène à

un incident que je dois raconter en son lieu, un incident si étrange, si désagréable, que le souvenir seul m'en fait encore frissonner.

Tout était bien tranquille dans la maison. Comme je l'ai déjà dit, minuit venait de sonner, et les domestiques, habitués aux mœurs de la campagne, étaient retirés depuis longtemps. — Tippoo attendait comme toujours dans le cabinet de toilette de mon mari, prêt à venir au premier coup de sonnette, mais, ce soir-là, nous étions si en train de causer gaîment que nous n'avions pas pris la peine de l'appeler. Hugues s'était chargé de la lampe, et me montrait le chemin. C'était une lampe d'un fort calibre, munie d'un abat-jour qui concentrait la lumière d'une façon intense dans un certain cercle, plongeant tout le reste dans les ténèbres. Comme nous sortions de la chambre dans le corridor, laissant la porte se fermer derrière nous avec un fracas qui fit vibrer tous les échos d'alentour, je comparais en badinant l'effet produit par cette lumière à celui d'une lanterne que nous avions remarqué quelques années auparavant sur une belle gravure de la Nativité de Rembrandt, et Hugues, tout en jouant, saisissant l'idée du côté profane, prenait l'attitude majestueuse du berger principal, tandis qu'il entonnait le chant traînard d'un cantique de Noël. C'était une farce d'enfant faite d'une manière enfantine..... une de ces folles plaisanteries qui ne nous viennent à l'esprit que lorsqu'on est deux, bien disposés à rire.

Précisément à ce moment je vis se glisser dans la partie non éclairée du corridor, quelque chose de plus noir encore que les ténèbres..... je regardai Hugues..... Évidemment, il n'avait rien vu.

« Chut! » m'écriai-je en frissonnant, « n'éveillons pas les échos de ces voûtes profondes à une pareille heure. Allons-nous-en; je n'oserai jamais me promener seule à la nuit dans cette maison!

— Pourquoi donc, enfant? Dans la famille nous n'avons jamais possédé cette vulgaire rengaine qu'on appelle un esprit. Mais, vous tremblez! »

Je balbutiai quelque chose sur le froid. Hugues passa son bras autour de moi, et pressa le pas. Nous étions arrivés en haut du grand escalier en forme de puits... et là, encore, si je n'ai pas été étrangement trompée par ma terreur, je revis l'ombre noire qui descendait légèrement devant nous... Garder plus longtemps le silence était au-dessus de mes forces.

« Qu'est-ce que c'est que ça? » m'écriai-je, en me cramponnant à la rampe et en montrant le bas de l'escalier d'un doigt tremblant. Voyez... voyez, où cela va!

Hugues arracha l'abat-jour, et tint la lampe à

bras tendu au-dessus de la profondeur de l'escalier.

« Où cela va?.. quoi? » dit-il, promenant si bien la lumière qu'elle tombait sur toutes les marches, éclairant à droite et à gauche l'escalier jusque dans ses plus profondes ténèbres; « je ne vois rien.

— Ni moi non plus... et pourtant, je suis positivement sûre... à l'instant même... une forme... cela ne peut être un jeu de mon imagination!...

— Ce n'est cependant pas autre chose; eh! mais, Barbarina, je ne vous aurais jamais crue si peureuse, vous tremblez des pieds à la tête. »

En effet, c'était vrai, et j'étais si terriblement effrayée que je n'avais même pas honte de ma frayeur; je ne fis que me serrer davantage contre son bras en le suppliant de nous hâter.

Quand nous fûmes arrivés dans notre jolie chambre à coucher, si confortable, si gaie, éclairée de brillantes lumières, avec son feu de bois pétillant, je verrouillai la porte et me jetai dans une bergère avec le plus profond sentiment de délivrance que j'aie éprouvé de ma vie.

N'y avait-il là qu'un jeu de mon imagination?... et rien d'autre? »

Hugues dormait profondément et depuis long-temps de son premier sommeil, quand encore

éveillée, je tournais et retournais cette question
dans mon esprit; et pendant toute la nuit, à plusieurs reprises, qui, dans mon agitation me semblaient s'être succédé sans intervalles, je me
réveillai en sursaut, écoutant, et me posant toujours la même question.

CHAPITRE XXV.

Le folio de Shakespeare de 1623.

« Va-t-en donc, tache damnée! »
MACBETH.

La peur est un oiseau de nuit, et comme le
hibou elle disparaît aussitôt que le soleil se lève.
« Allons, petite chérie, n'avez-vous pas honte
d'avoir été aussi pusillanime? »

En voyant entrer à flots par les fenêtres la
brillante clarté du jour qui éclairait le feuillage
flétri, brun et couleur d'ambre, qui nous envi-
ronnait, je me sentis saisie de honte et l'avouai
franchement.

« Quant aux apparitions, » continua Hugues,
tout en sirotant son thé et en examinant le chien
de son fusil alternativement, « nous nous refusons
à donner asile à aucun coquin, aucun vagabond
de cette espèce. Broomhill, mon enfant, abonde
en gibier, mais non en revenants. Maintenant,
j'ai la ferme conviction que je tuerai une
douzaine de faisans avant le dîner.

— Pas avant de m'avoir fait faire une pre-
-mière tournée dans votre maison, Hugues; j'ai

hâte de l'explorer dans tous ses coins et recoins.

— Bah! mon amour, la maison ne se sauvera pas. Vous êtes la maîtresse ici, vous pourrez la voir n'importe quand.

— C'est parce que je suis la maîtresse que je veux la voir tout de suite. Là, posez votre fusil; accordez un répit aux faisans en mon honneur, et favorisez-moi ce matin de votre compagnie.

— Mais pourquoi mistress Fairhead ne ferait-elle pas aussi bien votre affaire? Elle connaît là maison et son histoire bien mieux que moi.

— Cette brave mistress Fairhead peut venir avec nous, mais je ne puis rien faire sans vous.

— Mille tonnerres!! que voulez-vous de moi?

— Cent choses; je désire que vous me montriez le Paul Véronèse; et la salle de bal où l'accident est arrivé... et la bibliothèque. Et je désire aussi que vous me présentiez vous-même à vos ancêtres... dans la galerie capitonnée...

— J'ai mes ancêtres en horreur, » dit Hugues, irrévérencieusement.

« Et j'ai besoin de vous pour me dire l'histoire de toutes les vieilles armures qui sont dans l'aile de l'ouest, et...

— Alors, Barbarina, il est plus qu'évident que vos requêtes dépassent infiniment mes ressources. Voyons, faisons un compromis. J'irai visiter avec vous la bibliothèque et la galerie capiton-

née, mais vous vous contenterez de mistress Fairhead pour le reste. Elle est étonnante cette vieille
dame, elle sait toute la généalogie de la famille
des Farquhar sur le bout du doigt. Elle vous
montrera tout, elle vous expliquera tout, depuis
l'armoire à la vaisselle, jusqu'aux tableaux de la
galerie, avec la minutie et l'élégance d'un cata-
logue raisonné. Commandez-lui de vous parler,
et pendant des heures elle enchantera vos oreilles par ses dissertations sur le ton d'un Murillo,
ou sur la forme d'un service de majoliques. Pour
elle, l'archéologie n'est pas trop ardue, ni les intrigues de cour trop légères.

— Assez sur les mérites de mistress Fairhead,
que je me rappelle très bien d'ailleurs, » m'é-
criai-je. « Munissons-nous de sa personne et
commençons tout de suite. »

Nous la sonnâmes, et elle arriva..... C'était une
vieille femme un peu forte, blonde, au maintien
posé, vêtue d'un ample robe de soie grise ; elle
tenait à la main un petit panier où étaient des
clefs et un livre recouvert en rouge ; ce fut d'abord
à moi qu'elle fit une profonde révérence ; elle en
fit une ensuite à Hugues, puis encore à moi.

« Nous avons besoin de vous... c'est-à-dire,
votre maîtresse a besoin de vous, pour la mener
partout dans la maison, mistress Fairhead, »
dit Hugues.

« C'est ce que j'avais compris, Monsieur, » répondit mistress Fairhead en regardant le panier aux clefs et en me jetant de côté un coup d'œil curieux.

« Nous sommes arrivés si tard, hier soir, Mistress Fairhead, » continua Hugues, « que j'ai oublié de vous présenter à ma femme. — Barbara, vous voyez en mistress Fairhead une ancienne servante, bien attachée à la famille, une personne que nous ne saurions priser à une trop haute valeur. »

Mistress Fairhead recommença ses trois révérences avec tout le sérieux d'un mahométan qui fait ses génuflexions.

« Veuillez donc, je vous prie, Mistress Fairhead, continua mon mari, commencer par la galerie fermée. »

Nous commençâmes par cette galerie, mistress Fairhead nous montrant le chemin. C'était une belle pièce aux panneaux de chêne, éclairée sur la gauche par une longue suite de fenêtres. Du côté opposé aux fenêtres, des peintures disposées sur deux rangs étaient suspendues au mur. C'étaient pour la plupart des portraits de famille, à la manière des anciens maîtres. Entre chaque fenêtre on voyait un piédestal supportant un buste, et tout à l'extrémité de la galerie, comme un point d'admiration à la fin d'une belle phrase, sur un piédestal, un superbe vase romain en marbre vert foncé.

« Cette galerie, Ma'ame, » commença mistress Fairhead, « est située au premier étage de l'aile Tudor ; la bibliothèque occupe le rez-de-chaussée, précisément sous nos pieds. Cette aile a été bâtie en quinze cent, et...

— Épargnez-nous les dates, ma bonne Mistress Fairhead, » interrompit Hugues, « renseignez-nous sur les tableaux. — Qu'est-ce que cette espèce d'épouvantail avec un manteau brun et une toque en forme de muffin (1) ? »

Mistress Fairhead parut fort choquée et dit avec une gravité croissante :

« Ceci, Monsieur, est le portrait de Marmaduke, quatrième baron de Grey, dont la seconde fille, lady Mary, épousa John Farquhar de Broomhill, le chef de cette maison, en 1511. Le portrait de John Farquhar peint par Holbein, est au-dessus. Il est représenté dans un costume de fantaisie que l'on suppose être celui qu'il portait aux fêtes données à la cour en l'honneur du mariage du roi Henry VIII avec la reine Anne de Boleyn.

— Ce n'est pas plus d'Holbein que de moi !..... » dit Hugues entre ses dents..... « Allez, allez,

---

(1) Petit gâteau rond que l'on mange avec le thé.

Mistress Fairhead... » Et au milieu des lazzis que
mon mari se permettait, trouvant la nomencla-
ture insipide, mistress Fairhead, bien qu'un peu
scandalisée, continua à nous décliner la longue
suite des grands seigneurs, officiers de l'armée,
amiraux, etc., et des grandes dames, toutes nobles
et belles, qui composaient cette galerie. Quand
elle en arriva à un certain Farquhar (Alexandre),
esquire, le premier du nom qui ait représenté
le canton d'Ipswich à la chambre des commu-
nes...

   « Grand-papa Alexandre, le patriote!... » s'é-
cria Hugues; « ah! je me le rappelle, celui-là!
Faudra-t-il suivre son exemple, petite femme?
faudra-t-il me présenter aux prochaines élections
générales ?

   — Si c'était sérieusement que vous me posez
cette question, Hugues, je vous demanderais de
me laisser le temps d'y réfléchir avant de vous
répondre, » dis-je. Mais il n'eut pas l'air de
m'entendre.

   « Où est le Paul Véronèse?

   — Dans la salle à manger, je crois.

   — Et qui est celui-ci, en habit bleu et en cravate blanche? » continuai-je; « quelle honnête et
bonne figure!

   — Celui-ci, » dit Hugues, « et soudain une
ombre angoissée passa sur son visage, c'est mon

père... mon bien-aimé père, que je quittai plein
de santé, d'espoir et de joie, lorsque je partis
pour mon premier voyage, et que je n'ai jamais revu depuis !... »

Je regardai le portrait avec un vif intérêt,
essayant d'y découvrir quelque ressemblance
avec mon mari.

« Vous ne lui ressemblez pas, » lui dis-je.

« Par les yeux, seulement, et la veine de la
tempe gauche. Tous les Farquhar ont cette
veine ; invisible dans le calme, elle ne se montre en relief que dans la colère ou dans la passion. Mais, nous voici arrivés à la fin des portraits.

— Il faudrait y ajouter le vôtre, maintenant, »
dis-je.

« Peuh ! je suis trop laid.

— Trop laid, *sposo mio !*

— Eh, oui ! et trop vieux.

— Quelle folie ! Vous cherchez des compliments sur votre jeunesse et sur votre beauté,
j'imagine. Mais, vrai, Hugues, j'aimerais à.
voir votre portrait figurer parmi la collection des
Farquhar.

— Alors, nous nous ferons peindre tous les
deux, *carina*, la première fois que nous irons
passer quelques semaines à Londres. Vous regardez ce vase : c'est un véritable *verde antico*.

Je l'ai acheté à Rome lors de mon premier séjour en Italie, et je l'avais expédié ici, voulant en faire présent à mon père, lorsque je reçus la nouvelle de sa mort. Mais ce sont là de tristes souvenirs! Mistress Fairhead, nous vous suivons dans la bibliothèque. »

Sa gaîté avait disparu, et nous quittions la galerie dans un tout autre esprit que celui qui nous animait lors de notre entrée.

Comme mistress Fairhead plaçait la clef dans la serrure, elle éprouva une certaine difficulté à la faire jouer et ouvrit la porte avec peine.

« Qu'y a-t-il donc? » dit Hugues.

« Rien que je sache, Monsieur, » répondit la femme de charge; « elle marchait très bien ce matin. »

Mon mari était resté un peu en arrière, à examiner la serrure avec mistress Fairhead; je poussai la porte et entrai.

A ma grande surprise, j'entendis au même moment le bruit d'une porte qui se fermait à l'autre extrémité de la pièce.

C'était une salle étroite et longue, correspondant exactement en longueur et en largeur à la galerie de tableaux située au-dessus. Elle était tapissée de livres d'un bout à l'autre. Naturellement je cherchai où était cette porte que j'avais entendu fermer... il n'en existait aucune. Tou-

18.

tes les fenêtres, comme dans la galerie d'en haut,
étaient d'un même côté, mais aucune d'elles ne
s'ouvrait jusqu'en bas, de façon à permettre d'entrer ou de sortir par elle, et pourtant j'étais bien
certaine que mes oreilles ne m'avaient pas trompée.

« Un fameux étalage de littérature, hein,
petite? » me dit Hugues en se rapprochant.

« Fameux, en vérité..... mais, est-ce qu'il n'y
a pas d'autre issue à cette bibliothèque ? » demandai-je aussitôt.

« Quelle question absurde, mon enfant; vos
yeux ne vous répondent-ils pas?

— C'est que je suis sûre d'avoir entendu une
porte se fermer comme j'entrais. »

Mon mari n'eut pas l'air de m'avoir entendue
et, se retournant vers mistress Fairhead :

« Savez-vous, » lui dit-il, « où l'on a mis mon
dernier envoi de volumes étrangers?

— Je crois qu'il a été déposé ici, Monsieur,
entre deux fenêtres.

— Bon, merci. — Tenez, Barbara, voici un
Shakespeare de 1623. C'est une merveille qui
honore autant une bibliothèque qu'une lettre pa-
tente de noblesse; je l'ai payé trois cents livres st.
et n'ai jamais dépensé mon argent avec plus de
plaisir. Si défectueux que soit le texte, commencez un jour à lire notre grand auteur dans

ces pages, et vous ne pourrez plus supporter aucune autre édition.

— Mais, Hugues... — vous allez me trouver
stupide, — mais je vous assure que le son a été
trop distinct pour que j'aie pu me méprendre;
on a fermé une porte à l'autre extrémité de la
pièce, et.....

— Et c'est évidemment l'œuvre de cet esprit
que vous prétendez avoir vu hier soir dans l'escalier. Que dites-vous de cela, Mistress Fairhead?
Votre maîtresse est persuadée que cette vieille
maison est hantée...

— J'y ai vécu toute ma vie, Monsieur, et voici
la première fois que j'entends dire une chose
pareille.

— Elle affirme avoir entendu une porte sur-
naturelle se fermer au fond de cette pièce tandis
que j'examinais la serrure. »

Si la chose n'avait pas été absolument impossible, j'aurais cru remarquer un coup d'œil d'intelligence entre mistress Fairhead et son maître... Toutefois la femme de charge reprit en
rougissant :

« Je... je... suis certaine... si, si ma'ame...

— M. Farquhar plaisante, » dis-je avec un peu
d'impatience, « je ne crois pas plus aux esprits
que vous-même, Mistress Fairhead; je me serai
trompée, très probablement.

— Très probablement, et très certainement, »
dit Hugues en haussant les épaules. — « En
voilà assez sur cette absurdité. Dois-je remettre
le Shakespeare en place ?

— Non ; j'aimerais à le parcourir un moment.

— Bon ! alors je le pose sur cette table, tandis
que je vais chercher le manuscrit d'Horace. »

Il posa le volume sur l'une des deux tables :
elles étaient en chêne sculpté, avec un maroquin
vert, et placées à égale distance au milieu de la
pièce. Je commençai à tourner les feuillets jau-
nis, avec ce bonheur respectueux qui n'est connu
que du vrai bibliophile quand tout à coup je
vis avec effroi que mon doigt avait déposé une
tache d'encre sur la première page.

Je regardai ma main, et y découvris de l'encre encore humide. Comment cela pouvait-il
être ? Je n'avais touché à aucune plume, je n'a-
vais rien écrit de la journée..... Tout émue, je refermai le précieux volume et examinai la cou-
verture ; la vieille reliure en veau brun et lui-
sante était sèche, sans aucune tache. Intriguée,
mais rassurée, j'attirai une chaise vers la table
et j'ouvris le volume..... Soudain, tout mon sang
me monta au visage..... Sur le maroquin vert,
et tout contre mon bras, gisait une grosse goutte
d'encre.

Mon premier mouvement fut de jeter un cri ;

mon second de me retenir, puis de m'assurer
si la goutte était fraîche; j'y touchai, et retirai
mon doigt taché. Quel mystère y avait-il là?
Chacune des tables portait bien, il est vrai, un
encrier... mais puisque la porte était fermée à
clef avant notre arrivée... et qu'il n'existait pas
d'autre porte, il n'y avait personne dans la pièce.
Personne!... était-ce bien sûr?... n'y avait-il pas
réellement une autre issue?... Mistress Fairhead
en était-elle bien convaincue?... et Hugues!... —
— oh! non, non!... s'il existait un mystère, lui du
moins n'y était pour rien; on le trompait comme
moi. Mais mistress Fairhead... Je me méfiais
de mistress Fairhead. Sans savoir pourquoi j'é-
tais toute tremblante... et me penchant très bas
sur le livre, j'appuyai ma tête sur ma main, pour
cacher de mon mieux mon trouble et mon émo-
ion.

« Regardez donc, Barbarina, » me dit gaîment
mon mari qui venait à moi du fin 'fond de la
bibliothèque avec une pleine brassée de volumes poudreux... « voici des trésors dans lesquels
vous vous délecterez. — Mais qu'est-ce qu'il y
a?... comme vous êtes pâle!

— Je ne me sens pas très bien, Hugues, » répondis-je.

« Il fait trop froid ici pour vous, mon enfant, »
s'écria-t-il tout ému; « montons tout de suite. Je

crains que vous ne vous soyez trop fatiguée auprès de mistress Sandyshaft; songez que c'est à
peine si vous relevez vous-même de maladie...

— Mais ma pauvre tante n'a absolument rien
à faire avec mon indisposition, Hugues, je vous
assure, » dis-je lorsque nous fûmes seuls dans nos
tranquilles chambres du premier.

« Qu'est-ce que c'est, alors ?

— Si je vous le dis, vous allez vous moquer de
moi.

— Par Jupiter!... si c'est encore à propos de
votre revenant imaginaire... »

Je posai ma main sur sa bouche.

« Non, » dis-je, « ce n'est pas à propos d'un
revenant, c'est à propos d'une goutte d'encre.

— Ah! ah! alors c'est à propos du spectre
d'une goutte d'encre, » s'écria Hugues en riant.

« Oh! non, malheureusement; la goutte était
bien réelle, car elle a laissé sa trace sur la page
du titre de votre Shakespeare de 1623....

— Que le diable l'emporte!.. comment cela a-
t-il pu se faire ?

— Asseyez-vous, et je vais vous le dire. » Je lui
contai alors mon histoire avec tous mes doutes,
tous mes soupçons et toutes mes conclusions. —
Quand j'eus fini, il se mit à rire, me tapa doucement sur la joue en disant que j'étais une petite
folle, qu'évidemment l'une des femmes de cham-

bre avait un amoureux auquel elle écrivait en
cachette, et que rien n'était plus explicable que
la présence de cette goutte fraîche, attendu que
rien ne séchait vite dans cette salle humide.

« Oh, mais, en vérité, » ajouta-t-il, « enfant
nerveuse et sans cervelle, j'aurais cru trouver
dans votre chère petite tête plus de bon sens et
moins de romantisme allemand. »

Réduite au silence, mais bien peu convaincue,
je ne dis plus un mot sur ce sujet.

« Vous aimez bien votre petite Barbarina, quoiqu'elle vous semble un peu niaise, n'est-ce pas,
Hugues? » dis-je un moment après.

« Si je vous aime, chérie; je ne vis que pour
cela!

— Je vous crois. »

Il s'agenouilla auprès de mon fauteuil, je pris
sa grosse tête hérissée entre mes mains et l'embrassai sur le front.

« Maintenant, puis-je aller tirer quelques faisans? » dit-il avec une humilité moqueuse.

« Oui, pourvu que vous ne manquiez pas de
venir me chercher ici à cinq heures, Monsieur.

— Ton serviteur entend; et pour lui, entendre
c'est obéir! »

Je le regardai s'en aller avec son fusil et ses
chiens; il avait l'air actif et vigoureux comme
un chasseur de prairie. Quand il traversa la cour;

il me salua avec son chapeau. Ce geste et le sourire qui l'accompagnait me hantèrent tout le jour et me firent heureuse. Il m'aimait, je le savais..... Quant à moi, je l'aimais, et croyais en lui aveuglément.

CHAPITRE XXVI.

Notre vie à Broomhill.

La prophétie de Hugues ne s'accomplit que
trop. Notre arrivée à Broomhill ne fut pas plutôt connue dans le comté, que nous fûmes en-
vahis par les visiteurs. Il en venait tous les jours;
chaque soir j'ajoutais de nouveaux noms à la
liste des visites à rendre... Je n'ai guère besoin
de dire combien cette affluence d'étrangers me
fatiguait et m'ennuyait; je savais que les neuf
dixièmes d'entre eux n'étaient attirés que par la
curiosité; je me sentais l'objet de leurs sarcasmes;
tous les détails de ma vie privée semblaient s'ê-
tre propagés dans l'air, et s'être répandus, Dieu
seul sait comment!... Il n'y eut pas jusqu'à l'un
des journaux du comté, qui laissa entendre qu'entre mon mari et moi il y avait « un attachement
romanesque et de longue date. »

Pendant ce temps-là mon mari m'accablait de
présents; malgré mes goûts simples et sérieux, j'a-
vais des cachemires qu'une reine eût pu envier,
des fourrures dignes d'une princesse russe, des

bijoux de toutes sortes et de tous les pays, des
soieries et des velours si beaux que je m'effrayais
de les porter. Hugues fit venir une couturière
de la cour, qui les ajusta à ma petite personne ;
puis j'eus un cheval de selle, et mieux que tout
cela : la plus exquise petite victoria en forme de
coquille, avec une paire des poneys les plus hé-
rissés, les plus petits, les plus fringants, qui aient
jamais détalé sous le harnais.

Ce dernier présent me fit plus de plaisir que
tout le reste, et alla jusqu'à me réconcilier avec
le sévère devoir de rendre à mes voisins leurs
visites.

Et pourtant, malgré tout ce luxe et toutes ces
gâteries, mes heures les meilleures étaient celles
que je passais, soit dans mon atelier de peinture,
soit en tête à tête avec Hugues dans la chambre
de la tourelle. Je m'étais remise à peindre avec
bonheur, bien que les jours fussent devenus bien
courts... mais il m'était doux de sentir un tableau
sur mon chevalet, et presque tous les jours je venais travailler deux heures après le déjeuner.
Ma tante s'était rapidement rétablie ; et à l'exception du changement que ne peuvent manquer
d'apporter sept années, elle était presque la même
qu'autrefois. Seulement son caractère était devenu plus aigre, plus impérieux que jamais.
Déjà pendant sa maladie j'avais cru m'en aperce-

voir, et à mesure qu'elle revenait à la santé, je le voyais de plus en plus clairement.

« Je sais que je ne suis pas aimable, Bab, » disait-elle souvent, « mais je ne puis faire autrement. C'est une infirmité. Si vous ne m'aviez jamais quittée, je ne serais pas la moitié aussi mauvaise... Maintenant il est trop tard, il vous faut me prendre telle que je suis, et vous en arranger le mieux possible. »

C'était bien là ce que je faisais; mais, malgré cela, les choses n'allaient pas facilement. Son caractère était réellement une infirmité; il me fallait lui faire toutes sortes de concessions. Ma perte l'avait aigrie, je n'en doutais pas un instant; mais ce n'était pas tout : le fait était qu'elle ne pouvait me pardonner d'avoir épousé Hugues; cela avait dérangé tous ses plans favoris, et loin de la réconcilier avec le désappointement qu'elle avait éprouvé, le temps en s'écoulant semblait ne faire qu'aggraver l'offense dont elle prétendait avoir été victime. Ceci faisait qu'elle disait constamment des choses amères que je ne pouvais entendre tranquillement, ce dont elle me savait fort mauvais gré. Et avec mon mari elle était si rude, que, peu à peu, il avait cessé d'aller la voir.

Tout cela, nécessairement, était pour moi la source de troubles profonds et fréquents; les deux personnes que j'aimais le mieux au monde arri-

vaient petit à petit à se détester, et il n'était pas
en mon pouvoir d'empêcher la catastrophe; la
rupture devenait tous les jours plus imminente à
mes yeux. J'essayais de les raccommoder, mais en
vain; aussi y renonçai-je bientôt, me résignant
tristement à laisser les choses suivre leur cours.

Le mois d'octobre et la plus grande partie de
novembre se passèrent ainsi, à rendre des visites, à nous promener en voiture et à cheval, et
à reculer le plus possible la brouille qui semblait
être inévitable un jour ou l'autre entre ma tante
et Hugues. Actif et remuant par nature, depuis
notre retour à Broomhill mon mari n'avait pas
arrêté. Il vivait maintenant presque entièrement en plein air. Quand il ne se promenait
pas, soit à cheval, soit en voiture avec moi, il
s'en allait chasser dans ses réserves. Il semblait
avoir complètement perdu le goût de la vie intérieure et des plaisirs tranquilles; il lui fallait
toujours être en mouvement: on aurait dit, hélas!
qu'il n'était heureux que loin des murs de la demeure de ses ancêtres.

Bien des fois j'éprouvai un tendre regret en
pensant à la délicieuse vie que nous avions menée en Italie... et sans l'espoir de voir venir de
meilleurs jours, j'aurais presque déploré de l'a-
voir ramené à Broomhill.

Vers ce temps-là, Goody... la chère, la fidèle

Goody, vint s'installer dans une chaumière gothique où on avait logé autrefois un garde-
chasse et qui se trouvait située sur la lisière
des bois qui bordaient le parc, à l'ouest. Meu-
bler cette maisonnette, remplir ses armoires,
garnir la basse-cour, fut pour moi l'occasion
d'un plaisir sans mélange de plusieurs heures.
Quand elle se trouva propriétaire de toutes ces
choses, Goody se crut riche; et quoique nous
fussions presque en hiver quand elle vint nous
trouver, Broomhill prit à ses yeux, à peu de
chose près, les proportions d'un Eden terrestre.

« *Barbara mia,* » dit Hugues un soir, comme
nous nous asseyions après le dîner, « j'ai oublié
de vous dire que les Bayham allaient donner
un grand bal.

— Qui vous a dit cela?

— Lord Bayham lui-même; je l'ai rencontré
comme je revenais.

— Oh! grand Dieu! sommes-nous donc forcés d'y aller?

— Sans aucun doute; puisque c'est en grande
partie en notre honneur qu'ils le donnent.

— Je suis si fatiguée du monde, » dis-je en
soupirant.

« Moi, je n'en suis pas fatigué, je l'exècre; »
grommela Hugues en donnant un vigoureux
coup de pied à la bûche qui était dans l'âtre, ce

qui fit jaillir un flot d'étincelles qui montèrent
dans la cheminée comme une miniature de feu
d'artifice.

« Ah! que ne pouvons-nous vivre ici comme
nous vivions sur le continent! »

Il haussa les épaules tristement.

« Si nous le voulions pourtant, nous le pourrions, vous savez, » continuai-je en posant tendrement ma main sur la sienne. « Nous devions
rendre les visites qu'on nous a faites, et nous les
avons rendues; mais nous ne sommes pas forcés
d'accepter les invitations de tous ces gens-là ou
de cultiver leur connaissance... à moins que cela
ne nous plaise.

— Bah! qu'avons-nous à faire de mieux? Que
pourrions-nous faire d'autre, dans un endroit
comme celui-ci?

— Il y aurait de quoi employer d'une manière
satisfaisante l'espace de toute une vie et même
plus, croyez-le bien. N'avez-vous pas d'abord les
livres, et ensuite les arts?

— Ma chère fille, » répondit-il avec une certaine impatience, « les livres et les tableaux sont
très bien dans leur sphère; mais dans la vie de
campagne en Angleterre ils apportent un bien
mince agrément.

— Vous n'ambitionniez pas d'autres plaisirs
quand nous étions en Italie.

— En Italie, c'était tout différent. Nous avions à Rome tous les trésors de l'art, à Albano les beautés de la nature, et pour l'une comme pour l'autre, le climat du paradis.

— Mais....

— Mais, ma chérie, nous différons si complètement de manière de voir à ce sujet qu'il est inutile de discuter. Et quant à ce bal à Ashley-Park, il ne doit avoir lieu qu'environ dans un mois d'ici, c'est-à-dire dans la semaine qui précède Noël ; et comme ce sera la première fois que ma petite femme paraîtra dans une grande fête, je veux qu'elle soit aussi belle que possible.

— Oh ! je ne veux pas de nouvelle robe, Hugues, » m'écriai-je ; « j'en ai plus que je n'en porterai dans toute ma vie.

— Que vous êtes étonnante, Barbarina ! » dit-il en riant et en ouvrant un vieux bureau en bois sculpté d'une forme singulière placé dans un renfoncement à côté de la cheminée, d'où il tirait un grand écrin en maroquin rouge ; « allons, rassure-toi, chérie, ce n'est pas à une nouvelle robe que je songeais, mais à ceci. Il pressa le ressort et mit au jour une sorte de constellation de diamants.

« Oh ! cher ami, que c'est beau !

— Ce sont les diamants de ma mère, réunis à ceux de la mère de mon père, » dit Hugues un peu

tristement, « et parmi ces pierres il y en a quelques-unes, je crois, qui sont dans la famille depuis
plus longtemps encore. Elles sont à vous, chérie.

— C'est splendide!... mais, mais est-ce que
vous pouvez vous figurer ma mine là-dessous?

— Pourquoi pas?

— J'aurais honte de porter cela. Ma grandeur m'écraserait. Ah! comme ils iraient bien
à Hilda!

— Pas mieux qu'à toi, *carissima*. Mais leur
monture est passée de mode, il faut qu'ils soient
remontés avant que ma chère petite femme les
porte.

— Non, vraiment! Ils feront un effet superbe
tels qu'ils sont.

— Si, vraiment! Regardez un peu cette aigrette! Vous aimeriez à aller au bal de lord
Bayham avec cet objet perché sur votre tête
comme un croque-en-bouche? Voici les boucles d'oreilles; vous n'en avez jamais porté. Eh
bien, cette aigrette et ces boucles d'oreilles feront un charmant diadème pour votre front; le
collier a besoin d'être remonté d'une façon plus
moderne; et la broche?... que ferons-nous de la
broche?... faut-il la laisser en broche, ou bien en
faire un bracelet?

— Oh! oui, un bracelet, avec une miniature
de vous au milieu.

— Bon. Comme je n'aurais confié à personne le soin de porter ces bijoux à Londres, je pourrai m'occuper en même temps de la miniature. Je prendrai demain matin le premier train.

— Et vous reviendrez par le dernier?

— Hem! je ne saurais trop vous promettre cela, Barbarina : il va falloir que je choisisse des modèles pour les montures des diamants, que je cherche un artiste, et que je lui donne une séance, peut-être, si je ne le prends pas de trop court... et puis... enfin je ferai de mon mieux; et si je vois qu'il m'est impossible d'attraper le train, je télégraphierai.

— Vous ne télégraphierez rien du tout... vous reviendrez. Rappelez-vous la devise d'Henri IV : *A cœur vaillant, rien d'impossible!* »

Je le conduisis à la gare le lendemain matin à la clarté des étoiles, et le vis disparaître au milieu des cris perçants du mélodieux sifflet de la locomotive. Comme je revenais, le jour était superbe; le terrain de la route gelé sonnait sous les pieds de mes shetlanders.

Le ciel, sans une seule vapeur, semblait d'une transparence et d'une profondeur incommensurable. Il y avait comme une raideur magique dans chacun des buissons dépouillés qui paraissait à la lumière du jour, et les feuilles jaunies qui

19.

masquaient encore la nudité des masses boisées
semblaient avec leurs teintes d'automne se rail-
ler des paysages d'hiver. Il est vrai que pour ces
feuilles jaunies, il pouvait revenir une hâtive
matinée de printemps!

Ce sont peut-être quelques pensées de cette
nature qui me conduisirent pendant que je revenais à la maison, à de vieilles réminiscences de
l'heureux printemps que j'avais passé dans ce
pays, il y avait déjà longtemps. Je songeais à
cette dernière matinée pendant laquelle j'avais
rencontré Hugues dans le bois; je me rappelais,
presque avec un sentiment de reproche, que je
n'avais pas encore été visiter cet endroit depuis
mon retour; et je regardais la bague d'argent
que je portais maintenant à ma chaîne de montre, me demandant si la marque du coup de fusil
serait encore visible sur l'écorce du hêtre, et si la
vieille mousse qui garnissait la souche sur laquelle j'étais assise quand la balle siffla à mon
oreille, avait été épargnée pendant tout ce temps
par les coupeurs de bois. Donc, arrivée environ à
un mille et demi de Broomhill, et ayant rencontré un des grooms avec deux ou trois de nos
chiens, je descendis de voiture priant l'homme
de reconduire les poneys à la maison, en annonçant mon intention d'aller faire un tour dans les
bois.

« S'il vous plaît, ma'me, » dit le groom en
touchant sa casquette, « je crois que Nap irait
bien volontiers avec vous.

— Bien; je ne demande pas mieux, Joseph.

— Ici, Nap! Venez, mon vieux! »

Et là-dessus, accompagnée du grand chien
qui aboyait et galopait tout autour de moi, je pris
un sentier de côté menant aux bois. Le groom,
les autres chiens et les poneys, continuèrent jusqu'à la grande route.

Nous étions fort bons amis, Nap et moi : c'était
une très belle bête, un saint-Bernard pur sang;
fauve et puissant comme un jeune lion avec un
sillon profondément creusé sur le front et une
voix qui résonnait comme un tuyau d'orgue. Il
se nommait Napoléon; Nap en était l'abrévia-
tion, et sa généalogie était aussi illustre que son
nom. Par le fait, l'ancêtre dont il descendait en
ligne directe avait appartenu au guide du premier consul, lors du célèbre passage en 1800.
Souvent je m'étais dit que Nap avait la conscience
de sa noblesse. Il avait par moments des airs
d'une grandeur si aisée, qu'il eût été impossible de ne pas le traiter avec respect.

Ses premiers transports passés et sa satisfaction suffisamment exprimée, Nap se mit à trotter
à trois ou quatre mètres en avant de moi, s'arrêtant de temps à autre pour jeter un coup d'œil

en arrière. Nous fîmes le tour des dépendances
de Stoneycroft et entrâmes dans le bois par une
petite barrière rustique sur la traverse de laquelle des oisifs avaient gravé leurs initiales. A
ce moment, il était environ midi ; le bois dans
sa toilette d'hiver, tapissé de feuilles rougeâtres,
parsemé de houx et de sapins, brillait d'un éclat
tout particulier sous les rayons du soleil. Tout
était d'un calme parfait, les feuilles sèches cra-
quaient sous les pieds... et comme je m'avançais
hésitant sur le chemin à prendre, cherchant à
reconnaître l'endroit qui avait servi de scène
au roman de mon enfance, Nap, poussant un
aboiement joyeux, s'élançait vers une petite clairière où plusieurs troncs d'arbres couchés par
terre attestaient un travail récent, et se précipi-
tait, en proie à tout le ravissement d'une reconnaissance, sur les genoux d'une femme que je
n'aurais pas aperçue sans cet incident. Elle était
vêtue de noir et à demi cachée par la pile de
bois sur laquelle elle était assise. J'étais précisément placée assez près d'elle pour la voir jeter
ses bras avec passion autour du cou du chien, et
l'embrasser sur la raie de son front. — Un instant après, donnant un rapide coup d'œil autour
d'elle... et saisissant un livre resté sur l'herbe à
ses côtés, elle se dressait sur ses pieds en tournant
vers moi un visage pâle, éclairé d'une étrange

expression de terreur et de haine... et s'enfonçait
dans le fourré, le chien s'enfonçant à sa suite.
Surprise et troublée, je restai un moment immobile à les regarder... puis entendant encore le
craquement des feuilles sous les pas de la bête,
j'appelai : « Nap! Nap! Nap! » à plusieurs reprises, mais en vain. Après un intervalle de plusieurs minutes, j'entendis une fois un aboiement
faible, incertain, très éloigné... et tout retomba
dans le silence. Quelque peu désorientée par la
perte de mon compagnon à quatre pattes, assez
inquiète de l'étrange manière dont il avait disparu,
je continuai à suivre la clairière jusqu'à la petite
maison d'un garde où je m'enquis du chemin à
suivre pour rentrer chez moi. J'étais fatiguée;
je n'aimais pas beaucoup errer ainsi toute seule,
sans avoir même un chien pour me tenir compagnie : aussi je me dirigeai vers Broomhill en
prenant le chemin le plus proche me promettant
d'envoyer quelqu'un chercher Nap aussitôt mon
arrivée, et assez inquiète de l'idée qu'on ne le
retrouverait peut-être jamais. Quel ne fut pas
mon soulagement, lorsque, approchant de la maison par le côté de la bibliothèque, le premier
objet qui frappa ma vue fut Nap en personne,
couché à la façon des sphynx, le museau posé sur
ses pattes, au beau milieu de l'espace sablé et
ensoleillé où se jouaient les eaux de la fontaine.

J'ouvris la petite porte en fer; cette même
porte par laquelle, malfaiteur essoufflé, je m'étais
hasardée à entrer alors que Hugues m'avait surprise regardant à travers la fenêtre... J'allai droit
au chien, et me mis à le caresser tout en lui
reprochant sa conduite; mais lui ne fit que
battre la terre avec sa queue en me regardant
d'un air dolent... il était parfaitement inutile de
lui demander où il avait été, et avec qui il était
parti.

Je rentrai donc; j'envoyai chercher mistress
Fairhead, je lui dépeignis la femme que j'avais
rencontrée, lui demandant si quelqu'un avait vu
le chien rentrer. Mais mistress Fairhead ne put
pas m'en dire plus long que Nap lui-même; aussi
m'en allant dans mon atelier, je passai à travailler les tristes heures qui me séparaient du moment du retour de mon mari.

—⊰⊗⊱—

CHAPITRE XXVII.

Le vin impérial de Tokay dans des verres de Venise.

« Faire ma volonté en dépit de toute la raison de vos dents de sagesse, me plaît plus que tous les vins de Hongrie. »
DEATH'S JEST BOOK.

« Mettez la peinture de côté pour aujourd'hui Barbara; » dit Hugues en passant sa tête dans la porte, « et venez avec moi.

— Où cela, cher ami?

— Dans la chambre à côté.

— Pour quoi faire?

— Vous le saurez quand vous y serez.

— Bon. — Eh bien dans cinq minutes.

— Non, *carina*, tout de suite.

— Que vous êtes fatigant! Voici le jour qui s'en va, et il faut que j'ajoute encore une ou deux touches à cette tête, avant de la laisser.

— Je me moque bien de la tête; j'ai à vous montrer quelque chose qui vaut autrement la peine d'être regardé.

— La vòtre, peut-être?

— Cela se pourrait bien. *Chi lo sa?*

— Votre portrait! » m'écriai-je en me levant d'un bond... « je suis sûre que c'est votre portrait! Qu'est-ce qui l'a apporté?... quand est-il venu?

— Mais je n'ai pas dit que ce fût mon portrait, » répondit-il en riant, tout en me montrant le chemin. Arrivés à la porte de la chambre de la tourelle, il s'arrêta, posa ses mains sur mes yeux en disant que je ne devais entrer que les yeux bandés et s'écria : Et maintenant, *Une!* — DEUX! — TROIS!!! le rideau se lève sur le château étincelant de la Lumière, la demeure resplendissante de la fée Cristalline.

Puis, il retira ses mains, et tout d'abord je fus réellement éblouie; il avait fait disparaître les dernières lueurs du jour; deux énormes candélabres et une forte lampe étaient allumés, si bien qu'on aurait dit que la petite pièce flambait. Alors, à mesure que mes yeux se firent à cette grande clarté, je vis que ces lumières étaient rangées tout autour d'une sorte d'autel fantastique drapé d'un châle oriental en soie rouge et or, et formé d'un coussin de velours sur lequel étaient déposés, un diadème étincelant, un collier et un bracelet, le tout en diamants.

Je volai vers le bracelet en poussant des exclamations de délices.

« Oh! cher ami, que c'est joli! Quelle admirable ressemblance! Quel trésor!

— Je suis heureux que le portrait vous plaise, *Barbara mia*.

— Il m'enchante! jamais vous ne m'avez rien donné qui m'ait fait la moitié autant de plaisir.

— Allons, c'est pour le mieux. Et la monture?

— C'est bien là votre expression.

— J'avoue que mon expression est superbe, mais il ne faut pas trop me flatter.

— Je vous assure qu'on dirait que la bouche va dire : Barbarina!... et les yeux, demi-railleurs, demi-sérieux...

— Plairait-il à votre majesté de tourner ses yeux, à elle, dans cette direction, afin de me dire ce qu'elle pense du reste de la fête?...

— Je trouve tout excessivement beau... beaucoup trop beau pour que je puisse le porter. Quand j'aurai ce diadème sur la tête, je me croirai la fiancée du roi Copherus, ou Grisildis ornée de sa couronne.

— N'importe ce que vous croirez... moi, je veux voir l'air que vous aurez... Voyons, laissez-moi vous couronner.

— Quoi! avec cette robe de laine!

— Oh! il sera facile de dissimuler la robe de laine. Tenez, avec le châle jeté sur elle et arrangé sur l'épaule... là; nous relèverons les manches

de façon à ce qu'on ne les voie plus... nous po-
serons le bracelet sur le joli bras blanc, et le
diadème....

— Quel enfant vous faites, Hugues!

— Attendez, il y a encore le collier. *Per Bacco!*
j'ai vu plus d'une véritable reine qui n'avait pas
la moitié aussi bon air dans ses atours!

— Et moi, je ne puis pas me voir dans cette
chambre dépourvue de glaces!

— Eh bien, nous allons aller dans le salon, *carina;* là vous pourrez vous regarder du haut en
bas dans trois ou quatre glaces à la fois.

— Comme ce sera ridicule, si nous rencontrons
quelqu'un des domestiques sur l'escalier!

— Bah! qu'est-ce que cela fait?» s'écria Hugues
en riant et en tirant la sonnette. « Nous allons
faire comme une espèce de procession; Tippoo
nous précédera avec les candélabres, et moi je
formerai l'arrière-garde avec la lampe. Faut-il
envoyer chercher mistress Fairhead pour porter
votre queue?...

— Miséricorde! qu'est-ce que c'est que toutes
ces momeries? » cria une voix à la porte, et non
pas Tippoo, mais mistress Sandyshaft parut devant nous.

Nous tressaillîmes tous deux à la vue de cette
sévère apparition, et nous fûmes un moment sans
trouver une parole.

« Vous êtes donc fous, » poursuivit ma tante
encore sur le seuil, « entièrement, complètement
fous, tous les deux ! Et c'est vous faire la charité
que de ne supposer rien d'autre !... Voyons, je
vous prie, une personne saine d'esprit peut-elle
vous demander ce que vous étiez en train de faire ?

— Ma chère tante, » bégayai-je tout en me dé-
barrassant du châle et en baissant mes manches
le plus vite possible, « ce sont les... les... diamants ; Hugues voulait voir quel effet ils produi-
raient sur moi. On vient de nous les apporter.

— Les diamants ?... » répéta mistress Sandyshaft d'un air incrédule, « quel tissu d'absurdi-
tés !... Ça, des diamants !... en quoi sont-ils faits,
en strass de Bristol... ou en verre coulé ?

— Pouvez-vous penser, ma chère Madame, »
dit Hugues en levant les épaules, « que je veuille
laisser ma femme porter des bijoux faux ? »

Ma tante arracha le diadème de dessus ma tête
et se mit à l'examiner de près.

« Si ces pierres-là sont vraies, Hugues Farquhar, la honte n'en est que plus grande pour
vous. Aucun homme dans votre position ne saurait se permettre d'acheter de pareils diamants.
Ils valent huit ou dix mille livres.

— On les a évalués douze, » répondit Hugues
avec calme.

« Mais il ne les a pas achetés, » dis-je en m'in-

terposant, « ce sont de vieux bijoux de famille remontés; ils ont appartenu à sa mère et à sa
grand'mère; il y en a même quelques-uns plus
anciens.

— Hem! et vous êtes assez folle pour vouloir
les porter, Bab?

— Je ne puis comprendre en quoi je serais folle
en les portant, ma tante?

— Quelle sottise! une enfant comme vous, qui
devrait encore être sur les bancs de l'école...
tout le monde se moquera de vous.

— S'il en est ainsi, la folie sera pour ceux-là.
Comme femme et fille de gentilhomme....

— Ne discutez pas avec moi, Bab, je ne le
souffrirai pas. — Il me semble que vous auriez
bien pu l'un ou l'autre m'offrir un siège... quand
on pense que c'est la première fois que je vous
rends visite.....

— Mille pardons, Mistress Sandyshaft, » dit Hugues en avançant immédiatement un fauteuil;
« mais vous nous avez tellement surpris,....

— Que vous en avez oublié vos belles manières, »
interrompit ma tante avec aigreur, « bien que,
Dieu le sait! il n'y ait jamais eu lieu de vous van-
ter d'en posséder!

— Toujours indulgente et complimenteuse,
mistress Sandyshaft!... » rétorqua Hugues, avec
un salut aussi approbatif que moqueur.

Ayant pendant tout ce temps dissimulé le châle et renfermé les bijoux dans leurs écrins, je me hâtai de changer la conversation en aidant ma tante à défaire son grand manteau et son boa, tout en lui disant combien nous étions heureux de la voir à Broomhill.

« Ce n'est pas vrai, Bab; vous n'êtes pas du tout heureuse de me voir ici, » dit-elle d'un ton soupçonneux; « je ne saurais croire cela.

— Ma bien chère tante! pourquoi...

— Parce que je suis vieille, et que vous êtes jeunes, parce que je suis maussade et grinchue, et que vous êtes gais et heureux...?

— Mais vous savez bien que je vous ai toujours tendrement aimée, ma tante, et j'espère bien que vous allez rester à dîner avec nous, » dis-je, en jetant à Hugues un regard qui lui demandait de me seconder dans mon intention.

« Je ne doute pas que mistress Sandyshaft ne nous reste, » dit-il en souriant.

« Vraiment! » s'écria celle-ci en secouant la tête d'un air déterminé; « non, merci bien; vos mets étrangers ne me tentent nullement... Je retourne à mon simple bœuf, à mon simple mouton... le véritable bœuf, le véritable mouton anglais!

— Mais, ma chère tante, » commençai-je, « aidez-moi donc, Hugues...

— Mon enfant, vous ne pouvez faire plus que
ce que vous avez fait, » reprit-il, en regardant
par la fenêtre. « Je maintiens mon opinion :
mistress Sandyshaft nous restera.

— Parceque?... » dit ma tante.

« Parceque sa voiture vient justement de disparaître par la grille de l'ouest.

— Ma voiture!.. Miséricorde! qui donc a osé
la renvoyer?

— Moi.

— Mais je vous ai dit que je ne voulais pas
rester!... J'insiste pour qu'on rappelle ma voiture à l'instant même!... Bab, m'entendez-vous?
Je le veux.

— Fort bien, fort bien, Mistress Sandyshaft, »
continua Hugues avec sa gaîté impassible, « seulement je vous préviens que nous avons aujour-
d'hui des mulets rouges... »

Maintenant il faut dire que s'il existait un mets
qui tentât l'appétit de ma tante au delà de tous
les autres, c'étaient les mulets rouges ou autrement dit les rougets. A la distance où nous étions
de toute grande ville, le poisson en tout temps
était rare dans cette partie du pays, mais le rou-
get plus que tout autre. Il n'est pas donné à la
nature humaine de pouvoir résister à tant de circonstances réunies. La physionomie de ma tante
s'adoucit :

« Des mulets rouges ! » dit-elle, « hem !... d'où les avez-vous eus ?

— De Londres, — tout frais de ce matin.

— Et comment les arrangez-vous? Le mulet rouge bien préparé est le meilleur mets possible, mais gâté par vos ingrédients étrangers...

— On les apprêtera à la manière que vous préférez, ma chère tante, » dis-je.

« Bon. Et qu'avez-vous encore à me donner?

— Je crois pouvoir vous assurer avec eux, un faisan présentable... car Barbara et moi nous ne mangeons naturellement que des soupes aux nids d'oiseaux, ou bien des fricassées de grenouilles pimentées.

— Hugues Farquhar, » s'écria-t-elle, « vous avez une imagination dégoûtante. »

Et c'est ainsi que se termina la question du dîner.

Elle resta... Que de fois, depuis, n'ai-je pas déploré d'avoir tant insisté !..

Tout fut si bon, si bien dressé, si bien servi, que mistress Sandyshaft elle-même ne put dissimuler son approbation. Pour compléter le festin Hugues fit apporter ce qu'il avait de meilleur en vin et produisit au dessert une toute petite bouteille entièrement recouverte de toiles d'araignées, que l'on plaça aussi respectueusement qu'une relique sacrée, sur un support d'argent.

« Qu'est-ce que cela? » demanda tranquillement ma tante.

« C'est un patriarche, » répliqua Hugues, « un
patriarche qui dans un temps a habité la cave
d'un empereur et qui de vente en vente a passé,
avec ce qui a survécu de ses frères, entre les
mains d'un célèbre docteur anglais. Ce docteur,
qui avait été un ami de collège de mon père, m'a
laissé par testement, entre autres choses précieuses, les quinze dernières bouteilles du vin qui se
trouve en ce moment devant vous. Tippoo, en-
levez le bouchon. »

Tippoo obéit.

« Apportez-moi trois verres de Venise. »

On plaça devant lui les trois verres : Singuliers
et délicats objets, ressemblant par le bol à des
bulles de savon bien gonflées et dont les tiges
étaient ornées de fantastiques guirlandes en verre
blanc et bleu saphir. Il versa lentement dans chacun de ces gobetets le précieux liquide qui, sor-
tant de la bouteille comme une liqueur, se sus-
pendait au bord du vase en gouttes alourdies.
Ma tante goûta le sien... le reposa... le regoûta
encore... le flaira... le mira à la lumière, et finit
par dire :

« Voilà bien le vin le plus riche que j'aie bu
de ma vie. Comment l'appelez-vous ?

— C'est du tokay impérial.

— Et est-ce bien vrai tout ce que vous venez
de nous dire ?

— Il n'y a pas un mot qui ne soit vrai. L'empereur, c'est François Ier d'Autriche, et le médecin, sir Astley Cooper.

— J'ai déjà bu du tokay, » dit ma tante,
« mais il ne ressemblait pas à celui-ci.

— Je le crois facilement. Ceci est de la véritable essence de tokay.

— Il doit avoir une grande valeur, » dit ma
tante en vidant son verre avec beaucoup de plaisir.

« En effet, ce vin a pour le moins soixante ans.
Sir Astley Cooper l'a acheté à raison de soixante-
trois shellings la bouteille ; la bouteille contient
six verres, donc, chaque verre plein vaut une
guinée. — Les gobelets de Venise dans lesquels
nous le buvons ont trois cents ans ; et chacun de
ces gobelets vaut à peu près le prix d'une bouteille. — Voilà un joli calcul à faire, Mesdames.

— C'est boire de l'or liquide ! » s'écria ma
tante ; « c'est un véritable péché !

— Un péché fort agréable, » reprit Hugues :
« péchons, péchons encore !

— Pas pour rien au monde. Miséricorde ! je
n'aurais pas voulu boire de ce vin, si j'avais su
ce qu'il valait !

— Quelle folie ! On a sacrifié le patriarche en

20

votre honneur, et vous êtes obligée de prendre votre part de sa consommation. Tippoo, remplissez le verre de mistress Sandyshaft.

— Non, non.... pas une goutte de plus. »

Et dans l'énergie de son abstinence, ma tante posa si rudement sa main sur le haut de son verre, que le globe délicat se cassant à la jonction de son pied, roula de la table par terre, où il se brisa en mille morceaux.

« Miséricorde! un verre qui vaut trois livres st... je vous... je vous en aurai un pareil, » cria ma tante, suffoquée par son malheur.

« En vérité, il n'y faut pas songer, » dit Hugues, « cela n'a aucune importance. Tippoo, un autre verre pour mistress Sandyshaft.

— Mais vraiment si, je le veux. Je ferai fouiller tous les magasins de curiosités de Londres, jusqu'à ce que j'en aie trouvé un. — Donnez-moi les morceaux comme modèle, je vous prie..... Mon Dieu! mon Dieu! Je voudrais que les gens ne se servissent jamais d'objets qui sont trop beaux pour en faire usage!!

— Les gens qui agissent ainsi, ma chère petite tante, doivent s'attendre aux conséquences, » dis-je en riant; « je vous en prie, n'en parlons plus.

— Et je vous supplie de ne pas chercher à remplacer ce verre, ajouta Hugues, ce serait parfai-

tement inutile ; j'ai acheté cette demi-douzaine à
la vente du palais Manfrini, et je sais qu'il n'en
existe pas de pareils.

— Comment pouvez-vous savoir cela ? » demanda aigrement ma tante.

« Parce que je suis un connaisseur en fait de
verres anciens ; je connais toutes les belles collections d'Europe.

— En vérité, Hugues Farquhar, » dit ma
tante, « je crois que vous savez tout ce qu'il est
inutile de savoir, et rien de ce qui serait utile.

— Je sais aussi que ce tokay est trop bon pour
être refusé ; laissez-moi vous persuader d'en prendre un second verre... vous me faites vraiment
de la peine en me refusant, c'est un vin que je
ne produis qu'à de rares occasions.

— Plus elles seront rares et mieux cela vaudra, » rétorqua ma tante, « surtout si vous le
donnez dans des verres qu'on ne peut toucher
sans les casser, et qu'on ne peut remplacer quand
on les casse. — Si c'est là un honneur que vous
faites à vos hôtes, c'est un honneur bien désagréable, permettez-moi de vous le dire.

— Sur mon honneur, Mistress Sandyshaft, je
vous supplie de n'y plus penser.

— Mais je ne puis pas ne pas y penser. Cela
m'horripile.

— Et bien, plus un mot là-dessus.

— Oh! vous n'avez pas besoin de m'imposer silence, » dit ma tante, « quand je pense quelque chose il faut que je le dise... c'est ainsi que je suis faite... »

Un léger nuage de mécontentement passa sur le front de mon mari; il baissa les yeux sans répondre. Jusqu'ici il avait été d'une noblesse et d'une bonne humeur admirables; mais il était facile de voir que le ton sur lequel avaient été faites les dernières remarques de ma tante lui avait déplu.

« Et d'ailleurs, » reprit-elle, se montant elle-même à mesure qu'elle parlait, « je déteste contracter des obligations. Pendant cette dernière demi-heure je vous ai coûté six guinées, dont trois au moins que je ne pourrai vous rendre.

— Je n'ai pas l'habitude, Mistress Sandy-shaft, » dit Hugues froidement, « de chiffrer par livres, shellings et pence, ce que je dépense pour recevoir un ami à ma table.

— Il vous vaudrait peut-être mieux d'y songer un peu plus, » répondit ma tante.

« Quant à cela, vous me permettrez d'en être le seul juge.

—Pour moi, » reprit ma tante, « quand je rencontre des écervelés, des extravagants remplis d'ostentation, je leur dis leur fait; tant pis s'ils n'aiment pas à entendre la vérité.

— Il m'est réellement impossible de compren-

dre ce que vous voulez dire, Mistress Sandys haft, »
dit Hugues ; « si je pouvais croire que vous ayez
employé de pareilles expressions exprès pour....
— Si je les ai employées exprès!... parbleu!...
et pour qui donc, si ce n'est pour vous? Y a-
t-il dans tout le comté un autre homme qui ait
dépensé son argent plus sottement, plus folle-
ment que vous?... et non seulement son argent,
mais ses plus précieuses années, par dessus le
marché!... Oh! Bab, vous n'avez pas besoin de
me regarder ainsi! Il y a longtemps que tout
cela m'étouffe, et je dirai tout ce que j'ai sur le
cœur. — Je suis lasse de votre jargon artistique,
de vos absences continuelles, de vos manières
continentales,... et de votre Paul je ne sais quoi,
de vos poneys, de vos diamants, de vos curiosités, enfin de toutes vos folies. Rien de ce qui est
anglais n'est digne de vous; si vous avez un cheval, il faut qu'il soit arabe; si vous avez un
chien, il faut que ce soit un saint Bernard; si
vous achetez un tableau, ce ne sera jamais un
Gainsborough, mais quelque misérable barbouil-
lage trouvé dans les coins les plus orduriés de
Rome, et fait tout exprès pour duper les Anglais...
et jusqu'à votre domestique qui se tient là derrière votre chaise... c'est un sale nègre... un
païen... un sauvage... qui ressemble plutôt à un
singe qu'à un homme!

20.

— Assez, Mistress Sandyshaft! » s'écria Hugues, la veine de la colère gonflée sur son front. « Je puis faire de grandes concessions à vos préjugés, mais je ne souffrirai pas que vous articuliez un mot contre le serviteur le plus dévoué, l'ami le plus fidèle, que j'aie jamais rencontré.

— Oh! Hugues! » m'écriai-je, « elle ne pense pas ce qu'elle dit...

— Je pense parfaitement ce que je dis, Bab, » reprit ma tante, dont l'irritation longtemps contenue faisait irruption comme un torrent. « Et je ne fais que répéter ce que chacun pense, mais que personne n'ose lui dire en face. Non, il n'est pas Anglais; il n'a jamais rempli un seul des devoirs que sa position lui impose dans le comté; il n'a servi son pays ni au Parlement, ni comme magistrat, il n'a pas su faire autre chose que de dépenser hors de son pays l'argent que ses ancêtres y avaient amassé.

— Sur mon âme, » s'écria Hugues en se levant de table avec colère, « Mistress Sandyshaft, ceci est insoutenable. De quel droit vous permettez-vous de juger ma conduite?

— Du droit que me donne ma parenté avec cette pauvre enfant!... » répondit ma tante. « Il y a un an je n'en aurais pas dit un mot; mais maintenant les choses sont différentes... votre vie est liée à la sienne, et si vous vous perdez elle en

sera la victime. Ah! combien je gémis qu'elle
vous ait connu!... J'aurais autant aimé lui voir
épouser un comédien ambulant, ou un Africain
nomade, que vous, Hugues Farquhar!

« Eh bien, maintenant que vous avez tout dit,
Mistress Sandyshaft, maintenant que vous m'a-
vez suffisamment insulté à ma propre table, vous
devez être satisfaite, et vous me permettrez de
vous souhaiter le bonsoir, » dit Hugues très pâle
en se dirigeant vers la porte. « Barbara, je vous
laisse le devoir, ou le plaisir, de recevoir mistress Sandyshaft pour le reste de la soirée.

— Ça ne sera pas pour longtemps alors; il se
passera bien des jours avant que je ne franchisse
de nouveau votre seuil.

— Comme il vous plaira, Madame. »

Et là-dessus il quittait la chambre.

« Oh! tante Sandyshaft!... tante Sandyshaft,
qu'avez-vous fait! » m'écriai-je en fondant en
larmes.

« Je ne lui ai dit qu'une partie de ce que je
pense, Bab; et cela ne peut que lui faire beaucoup de bien, » répondit-elle en arpentant la
chambre d'un air furieux.

« Mais maintenant, vous ne serez plus jamais,
jamais amis!

— Je n'y puis rien.

— Mais moi, moi, que vais-je devenir? Moi,

qui vous aime tant tous les deux!... Souvenez-
vous combien il m'est cher... il est mon mari!

— Bab, c'est un chenapan! Il n'est pas digne
de vous.

— C'est faux! Vous ne le connaissez pas... il
est le meilleur, le plus brave, le plus noble... »
Mes sanglots m'interrompirent... ma tante s'arrêta court devant moi, et frappant avec violence
de sa main tout ouverte sur la table, elle s'écria :

« Bab, vous êtes une sotte! Cet homme vous
brisera le cœur un de ces jours; alors vous me
croirez! »

Quelques minutes après elle était partie, et
mon cœur me le disait, partie pour toujours.

CHAPITRE XXVIII.

Le mystère de la maison.

> « .... Nous courroucer contre
> celui que nous aimons fait autant
> de ravages dans le cerveau que la
> folie. »
>
> CHRISTABEL.

En dépit des jours courts et de mes fréquentes
interruptions, je n'avais jamais cessé de peindre
pendant tout le mois de novembre et une grande
partie de décembre. Mon occupation favorite me
faisait du bien en me forçant à détourner ma
pensée de cette pénible brouille qui semblait ne
jamais vouloir se remettre. Ma tante avait été
l'agresseur,... mais je la connaissais trop bien
pour espérer qu'elle reconnût jamais ses torts.
Elle serait morte plutôt que de faire des excuses.
Ceci étant donné, trouvant de plus en plus difficile de rester en bons termes avec elle, je passai
chez moi à travailler le temps qui s'écoula entre sa malheureuse visite et le bal des Bayham.

L'étude que j'avais commencée était un souvenir de notre voyage dans le Switzerland : Érasme

à Bade. Le philosophe était représenté debout sur
la terrasse de la cathédrale, tenant à la main un
vieux volume; j'avais pris pour modèle l'exem-
plaire de Shakespeare de 1623; mais il advint
qu'un matin que j'étais seule, Hugues étant parti
avec son fusil, je fus frappée du mauvais effet
produit par la reliure brune du volume, et je
pensai qu'un vélin vieux, amené par le temps à
une nuance dorée, serait plus en harmonie avec
les tons chauds du ciel. J'avais remarqué dans
la bibliothèque tout un panneau rempli de ces
vieux livres de théologie, connus sous le titre
d'*Acta sanctorum*. Ravie de mon idée, je courus
en choisir un.

Quand j'entrai dans la bibliothèque, le poêle
donnait une douce chaleur, les longues rangées
de livres richement reliés entassés sur leurs rayons
brillaient en répandant une agréable odeur de
cuir de Russie. — C'était un endroit fait pour
rendre un sauvage amoureux de bouquins. « Dire
que tout cela est à lui, » pensai-je, « et par conséquent à moi! »

Il y avait des moments où je pouvais à peine
croire à la réalité de mon bonheur. J'étais précisément dans l'un de ces moments. Je m'arrêtai...
contemplant cette noble galerie, et me demandant ce que j'avais fait pour mériter une si grande
richesse? Vraiment je n'avais rien fait qu'aimer,

et mon amour avait amené le sien... la récompense n'était-elle pas trop glorieuse, trop belle ? et mes yeux se mouillaient, tandis que mon cœur s'emplissait d'actions de grâce.

Tout en retournant ces pensées dans ma tête j'avançais lentement dans la bibliothèque, cherchant le compartiment des *Acta sanctorum*. Je le trouvai tout au bout ; c'était le dernier sur la droite. Les livres étaient protégés par des châssis en fil de fer. Ces châssis tournaient sur des gonds, s'ouvrant par le milieu, comme une porte à deux battants.

Je fis jouer la clé, pris le premier volume qui se trouvait sous ma main... et j'allais refermer le châssis sans pousser plus loin mes investigations, quand il me sembla que les volumes placés à gauche étaient plus frais et plus engageants.

Je replaçai mon livre, ouvris l'autre moitié du châssis et cherchai à prendre un autre spécimen.

A ma grande surprise, le livre ne bougea point ; j'essayai de son voisin, ou d'un autre volume sur le rayon de dessus, partout j'obtins le même résultat. En regardant de plus près, je découvris que bien que les dos de ces vélins fussent imprimés en lettres dorées tout comme les autres, par le fait, il n'y avait là aucun livre. C'étaient des imitations posées à cette place pour remplir un es-

pace vide; il n'y avait donc rien d'étonnant à ce
que ces volumes parussent plus frais que leurs
frères véritables, qui avaient supporté le poids
des siècles.

Souriant à demi de ma déception, j'allais retourner à mon premier choix, quand une pensée
me traversa l'esprit comme une révélation; en
même temps un flot de sang afflua à mes joues,
La porte! la porte que j'avais entendue se fermer il y avait quelques semaines, et au sujet de
laquelle j'avais été traitée d'enfant romanesque!

Tremblante d'émotion, j'examinai avec anxiété
la moitié simulée du compartiment. S'il y avait
une porte, elle devait s'ouvrir quelque part, et
cette ouverture, selon toute probabilité, devait
être cachée dans le châssis de bois. Je cherchai
tout du long du châssis en vain; aucun gond n'é-
tait visible. Je pensai alors que peut-être l'un de
ces faux volumes en se déplaçant cachait une serrure; je les touchai tous sans rien trouver. Enfin,
je commençais à penser que je m'étais trompée
quand, presque machinalement, je passai ma
main sous le bord des rayons. Soudain mes doigts
glissèrent dans une rainure et rencontrèrent un
petit verrou en métal. Je retirai ma main,... j'é-
tais à peine capable de me tenir sur mes jambes. J'avais soupçonné l'existence de cette porte,
j'avais voulu la connaître et maintenant que je

l'avais trouvée j'étais terrifiée de ma découverte!
Quelle faiblesse!... mécontente de moi-même je
tirai vivement le verrou tout en appuyant mon
genou contre les livres, et je vis les cinq rayons
d'en bas, qui, cédant sous ma pression, se balan-
çaient sur des gonds cachés, me révélant un corridor étroit et sombre de deux pieds environ de
large.

Je m'y précipitai sans une seconde d'hésitation;
mon pied heurta presque immédiatement la
première marche d'un petit escalier raide et
étroit. Je poursuivis mon chemin et montai avec
précaution.

Je comptai les marches une à une jusqu'à la
dix-huitième, et là, ma main étendue sentit une
porte; il faisait complètement sombre; une bien
faible lueur venue d'en bas éclairait le chemin
que je venais de parcourir. Je découvris un petit
bouton de métal qui tourna sans bruit sous mon
étreinte;... je m'arrêtai... Mon cœur battait violemment, mon front était baigné d'une sueur
froide... Pour la première fois je me demandais
ce que j'allais voir quand cette porte serait ou-
- verte.

J'hésitais... Après tout, me disais-je, ai-je
bien le droit de poursuivre cette découverte? Ne
devrais-je pas plutôt m'en aller comme je suis
venue?... C'était une lutte entre ma délicatesse

et ma curiosité... mais, je n'étais qu'une simple
femme, et la curiosité l'emporta.

« Arrive ce qu'il voudra! » m'écriai-je tout
haut, « je *veux* voir ce qu'il y a derrière cette
porte! »

Et j'ouvris.

Mon désappointement fut grand. Je m'étais
préparée à la vue de quelque chose d'étrange,
de terrible... peut-être même à quelques traces
de sang répandu... je me trouvais sur le seuil
d'un joli petit boudoir, bien gai, bien clair, avec
une fenêtre donnant sur les jardins et un bon feu
dans la cheminée. Dans une cage suspendue au
mur, chantaient une paire de serins d'un jaune
d'or; sur la table gisait une pile de livres dont
quelques-uns étaient ouverts, un pupitre, tout ce
qu'il faut pour écrire et un petit panier à ouvrage.

Par le fait, j'avais fait une curieuse découverte:
Sans aucun doute cet endroit était quelque pe-
tite retraite bien confortable où la bonne mistress
Fairhead venait passer ses heures de méditation.

— Il faut qu'elle aime terriblement la littérature, pensai-je, en regardant avec surprise tous
les livres éparpillés autour de moi, et voyons
quel genre de littérature elle se permet.

Je m'approchai de la table tout en souriant de
mes pensées... mais mon sourire s'évanouit; je

restai comme paralysée... Le premier livre sur
lequel tombèrent mes yeux portait le titre de
Storia d'Italie, *di* Francesco Guicciardini, *gen-
tiluomo di Firenze.*

Je m'assis machinalement et fermai les yeux
comme quelqu'un qui est frappé d'un coup inattendu. Une histoire d'Italie en italien!.. Qui donc
dans ma maison, excepté mon mari et moi, était
en état de la lire? Sûrement je rêvais, ou bien
j'étais folle.

Je rouvris les yeux, mais les mêmes mots me
sautèrent à la figure.

A côté, tout ouvert aussi, la célèbre Storia della litteratura italiana de Tiraboschi, puis le
dictionnaire anglais et italien de Baretti... *Wa-
verley... les Prisons* de Silvio Pellico! etc.

Qui donc lisait ces livres! Qui donc habitait
cette chambre?... Je regardai tout autour de
moi... un châle gisait sur une chaise; sur la table un panier à ouvrage... Ce ne pouvait être
qu'une femme... Dieu de miséricorde! qu'était-
ce donc que cette femme?... Pourquoi ne l'avais-
je jamais vue ?... Pourquoi ne m'avait-on jamais
parlé de son existence sous mon toit?... Comment
s'appelait-elle?... De quel droit était-elle là?...
Hugues le savait-il?... et mistress Fairhead?...

Est-ce qu'ils s'entendraient tous deux pour me
tromper?... Et dans quel but?... Je bondis sur

mes pieds, il me semblait que ma cervelle était
en feu. Ne trouvant aucun nom écrit dans tous
ces livres je me tournai vers ceux qui étaient
rangés sur des rayons. Presque tous étaient italiens! Manzoni, Alfieri, Metastasio... Évidemment
cette femme était italienne!...

· A cette pensée qu'elle était italienne il me devint comme impossible d'endurer plus longtemps
ce mystère. Je sentis que je la haïssais, tout inconnue qu'elle était pour moi. D'un seul coup
d'œil j'embrassai tout ce qui m'entourait et rai-
sonnai sur tout, avec une rapidité et une sûreté
de jugement qui ressemblaient à de l'inspiration.
Possédée par une espèce de désespoir, je me mis
à fouiller tout... J'ouvris un pupitre qui était
sur la table; en toute autre occasion la simple
pensée d'un pareil acte m'eût révoltée; mais
alors, affolée à demi, je n'eus même pas la conscience d'avoir mal agi.

Les premiers objets qui frappèrent mes regards
furent un petit livre et un petit écrin de velours, ovale, à peu près de la taille d'une pièce
de cent sous. J'ouvris d'abord le livre, un charmant petit format de poche contenant les sonnets
de Pétrarque, relié en maroquin rouge avec un
fermoir doré. Sur la première feuille, tracé par
la main hardie de Hugues, on lisait : *Maddalena, del suo amico* — H. F.

. Maddalena!... Elle s'appelait Madeleine. Je pris alors l'écrin ovale..., devant mes yeux dansait un brouillard ; et quand je le tins ouvert devant moi c'est à peine si j'osai regarder le portrait qu'il contenait. Je le regardai pourtant. C'était Hugues, un Hugues plus jeune, sans barbe, à l'air presque enfantin, très différent de celui d'aujourd'hui et pourtant le même. En face du portrait, sur une plaque en or intercalée dans le couvercle étaient gravés les mots : « *Hugo à Maddalena.* »

Je ne saurais dire combien de temps je passai les yeux fixés sur cet objet, en proie à un muet désespoir ; mais quand je me laissai tomber sur un siège la tête entre mes mains éclatant en sanglots, il me sembla que des heures entières s'étaient écoulées.

J'eus bientôt la conscience qu'il y avait quelqu'un dans la chambre. Je n'avais entendu entrer personne... mais je sentais que je n'étais plus seule. Je me retournai avec crainte et terreur, et vis mon mari tout debout devant moi. Il était très pâle... Oh! d'une pâleur livide!... et ses yeux pleins de larmes.

« Ma pauvre Barbara, » dit-il avec douceur en me tendant la main ; involontairement je reculai. Il frissonna.

« Oh! non, non, pas cela, » dit-il. « Tout,

excepté cela!... » Puis comme s'il rassemblait ses souvenirs,... et reprenant sa manière d'autrefois : « Je comprends tout, ma Barbara ; venez avec moi ; ayez confiance en moi ; je vous dirai tout. » Du doigt je montrai le portrait.

« Oui... oui... tout, ma chérie, tout. »

CHAPITRE XXIX.

L'histoire de Madeleine. — Une éclipse totale.

Il me conta tout en effet : comment le désir insensé qu'il nourrissait depuis l'enfance, de voyager sur le continent, l'avait poussé à quitter l'Angleterre au sortir de l'adolescence. Avec quel enthousiasme il avait visité l'Orient, avec quel désespoir il avait appris la mort de son père bien-aimé, au moment où il se disposait à venir le rejoindre dans la mère-patrie ; et alors, comment, découragé, le cœur brisé, il était venu s'établir dans une villa de l'île Capri, décidé à y séjourner longtemps. Pour charmer ses loisirs et se distraire, il avait frété un yacht, ce qui avait nécessité un pilote. Hugues avait trouvé en ce pilote nommé Jacoppo, un homme aux sentiments élevés et peu à peu ils étaient devenus amis.

Jacoppo très honoré de l'amitié de son jeune maître, n'avait eu ni trève ni repos qu'il n'eût réussi à l'emmener dans sa famille. Cette famille, qui se composait d'un frère marié, Paolo, — il était alors absent en tournée de pêche, — de la femme de ce dernier, et d'une jeune sœur,

Madeleine, belle brune de dix-sept ans, accueillit
le jeune anglais avec une simplicité cordiale, l'as-
sociant à ses travaux, à ses joies, à ses peines.
C'est ainsi que Hugues, partageant les soucis de
ces braves gens, vit projeter un mariage qu'il
trouvait disproportionné, entre Madeleine et un
homme beaucoup plus âgé qu'elle pour lequel elle
montrait une grande répugnance. Cet homme
était riche, Madeleine n'avait rien... Jacoppo prétendait que l'amour vient après le mariage quand
on s'estime... Ce n'étaient pas les affaires du
jeune gentleman... aussi après avoir fait tous ses
efforts pour rompre cette union, se sentant un
peu las de cette vie monotone, Hugues était-il remonté à bord de son yacht, ne sachant pas bien
encore, vers quel horizon il voulait faire voile.

Mais voici que lorsque le bateau fut en pleine
mer, mon mari rentrant dans sa cabine y trouva
une femme agenouillée, tout en larmes... C'était
Madeleine !... Madeleine qui mariée la veille du
départ de Hugues, n'avait pu se résigner à son
sort et était venue se cacher au fond de son bateau !...

« La surprise me fut profondément désagréable, » reprit Hugues. « Grand Dieu ! » m'écriai-
je, « que signifie ?...

— Sauvez-moi, » cria-t-elle toujours à mes
pieds, « je ne puis voir cet homme auquel ils

m'ont mariée... Non, plutôt mourir. Cachez-moi,
emmenez-moi, je .serai votre esclave...

— Eh, folle enfant que vous êtes, » répondis-
je, « qu'ai-je à faire d'une esclave? Et c'est
ainsi, »˙ continua-t-il, « que ma vie se trouva
forcément associée à celle de la pauvre Madeleine,
et que j'acceptai la responsabilité de la protéger.
Je l'ai conduite à Vienne dans une famille qui lui
a donné de l'éducation ; c'était son plus cher désir. Trois ans plus tard je l'ai ramenée ici, où
elle put donner un libre cours à son goût pour
l'étude et la littérature. Voici cinq ou six ans
qu'elle habite ces chambres qu'elle a choisies
pour être mieux cachée, car elle est hantée par
la crainte d'être retrouvée par son frère et son
mari. Toute figure nouvelle l'épouvante...
même la vôtre, ma chère femme, et elle désirait
ardemment que son existence ne vous fût jamais
révélée. Voyons, maintenant, ma Barbara chérie,
qu'en dites-vous? N'avais-je pas raison quand je
vous disais que vous plaindriez la pauvre femme
tout autant que moi?

Et me serrant dans ses bras, il me demandait
si j'étais satisfaite?

Satisfaite!... oui, pour le moment. Tant que
je l'écoutais, tant que je le regardais, comment
n'aurais-je pas été satisfaite? Je ne me demandai
seulement pas s'il y avait quelque chose de ca-

21.

ché là-dessous... je crus en lui, et ce fut avec la
naïveté la plus pure qu'au moment de nous séparer, je lui dis :

« Mais, Hugues, n'avez-vous jamais découvert
quel était l'homme que la pauvre fille aimait?...
car enfin tout est là.

— Si, chère enfant, mais cet homme ne l'aimait pas plus et ne songeait pas plus à elle, que
vous au grand duc de Zollenstrasse.

— Pauvre fille ! pourtant si on avait pu obtenir de la faire divorcer...

— Barbara, » interrompit Hugues en riant,
« vous dites des bêtises avec vos *si* et vos *mais*.
Ne savez-vous donc pas que la sainte Église apos-
tolique et romaine accouple ses enfants avec une
certaine fermeté. J'aurais eu plus de facilité à me
procurer à moi-même un chapeau de cardinal,
qu'une lettre de divorce pour Madeleine.

. . . .

La fameuse soirée arriva enfin... la soirée où
je devais faire mes débuts dans le monde. C'é-
tait mon premier bal, si j'en excepte la mémo-
rable nuit que j'avais passée à Broomhill, il y
avait bien longtemps; pourtant, je n'ai nulle envie de décrire ce bal. En un mot ce fut un bal
comme tous les autres, très beau, très foulé,
étincelant de lumières et de fleurs, tout rempli
du frou-frou des robes de soie, du murmure des

compliments et par-dessus tout des sons éclatants
d'un orchestre militaire. Pour moi ce n'était pas
un plaisir, mais bien plutôt une pénitence. J'é-
tais l'héroïne de la fête, moi qui aurais voulu
passer inaperçue. J'étais égarée; on me regardait; les hommes me prodiguaient leurs flatte-
ries, les femmes me critiquaient; et il me fallut
subir plus de présentations que ma mémoire ne
me permet de m'en souvenir. Ah! que je fus
heureuse, quand après avoir pris congé de nos
nobles amphytrions nous nous retrouvâmes en
voiture sur le chemin de notre maison.

« Ma petite femme! » dit Hugues, en passant
son bras autour de moi, « ma petite femme!
qui s'est si bien conduite, qui a déployé tant de
grâce, et dont j'ai été si fier!...

— Vous n'auriez guère été fier de moi, Hugues,
si vous aviez pu voir combien j'avais peur?

— Je le voyais bien, *carissima*, et trouvais
que vous montriez beaucoup de courage... Vous
étiez si jolie et si pâle aussi, sous cette couronne
de diamants!

— C'est terriblement lourd; cela me blesse le
front.

— Comment! déjà fatiguée des grandeurs!
N'avez-vous donc joui en aucune manière des
hommages qu'on vous a prodigués.

— Non, cher ami; je n'aime à être belle que

pour vous, à n'être admirée que par vous. Êtes-vous content, Monsieur?

— Si je n'étais pas content, » répondit-il, « je mériterais qu'un chevalier plus digne, vînt vous arracher de mes bras. Ah! mais, à propos, j'ai appris ce soir que la bibliothèque de lord Walthamstowe allait être mise en vente demain et les quatre jours suivants; pour rien au monde je ne manquerais une occasion pareille. Viendrez-vous avec moi, Barbarina?

— Où la vente a-t-elle lieu?

— A Londres. Nous tâcherions de retrouver nos anciennes chambres à l'hôtel Claridge...

— Oh! non, Hugues... pas en décembre. Je préfère cent fois rester à Broomhill. Faut-il donc absolument que vous y alliez demain?

— Si je n'y vais pas demain, ma mignonne, autant ne pas y aller du tout... les livres que je voudrais seront offerts en premier.

— Des livres! n'en avons-nous donc pas assez? Plus que vous et moi n'en pourrons lire dans toute notre vie!...

— Assez de livres, Barbarina!... un collectionneur peut-il jamais avoir assez de livres? Voyez-vous, chère enfant, il y a dans la bibliothèque de lord Walthamstowe un volume que j'irais chercher jusqu'à Calcutta : c'est un original du dictionnaire oriental de Meninsky... »

Et mon mari se mit en devoir de m'expliquer les mérites de ce livre... mais je n'entendis guère l'explication, j'étais tombée endormie, et quand mes yeux se rouvrirent, ce fut pour voir la figure olivâtre de Tippoo à la portière, et, plus loin, le vestibule éclairé.

Brisée par la fatigue et l'excitation, je montai à mon cabinet de toilette, où mon mari ne tarda pas à me suivre.

« Je viens, ma chérie, » dit-il, « pour vous dire bonsoir et vous supplier de vous coucher de suite; moi je veillerai tard, j'ai plusieurs lettres à écrire.

— Des lettres! » répétai-je, « mais il est deux heures du matin!

— Je le sais; seulement comme je dois partir par le premier train afin d'être à l'ouverture de la vente, il faut que j'écrive maintenant; et en écrivant tout de suite à mon homme d'affaires, à mon tailleur, et aux autres personnes qu'il me faut voir pendant mon séjour à la ville, j'avance d'autant mon retour.

— Et à quand le retour, cher ami?

— Peut-être après demain. Mais je le saurai mieux quand j'aurai vu les catalogues.

— Ce qui veut dire, je suppose, qu'il est possible que vous restiez jusqu'à samedi?

— Possible, oui; mais non probable.

— Oh! Hugues! que c'est long!... cinq jours!
cinq lugubres mortels jours!!! et tout cela pour
un stupide dictionnaire oriental!...

— Quelle injuste petite Barbara! Il n'y a pas
là que ce dictionnaire, il y a des ouvrages sur
la peinture, des fac-similés de dessins attribués
à Raphaël et à Michel-Ange; des gravures d'a-
près Léonard, Véronèse, et le Titien...

— Oh! Hugues!

— Mais tout cela montera certainement à des
prix fous. »

Mon enthousiasme tomba à zéro.

« Et d'ailleurs, » ajouta-t-il avec malice,
« comme on ne s'occupera des objets d'art qu'après
les livres, je serai certainement revenu avant.

— Hugues, vous êtes bien le plus cruel, le
plus agaçant, le plus tentateur des.....

— Je suis le plus indulgent, le plus délicieux,
le plus admirable mari de là terre! » interrompit-il; « allons, petite, nous ferons tout notre
possible. Je verrai à quel prix tous ces objets
peuvent monter... et si je me ruine, nous ven-
drons les diamants de la famille. Maintenant,
bonne nuit, mon cher amour,... bonne nuit, et
un heureux réveil... »

Et m'embrassant il me quitta.

Quand la robe de bal eut été jetée à l'écart,
et les bijoux replacés dans leur écrin de velours,

je renvoyai ma femme de chambre, et m'assis
près du feu, paressant avec délices. Je me sentais heureuse, et en avais conscience comme
dans un rêve. Tous les doutes qui m'avaient tourmentée dernièrement étaient mis de côté; je re-
portais ma pensée vers Zollenstrasse, comparant
le cher présent avec ce passé qui déjà me semblait bien loin... Mes yeux se fermèrent, mes
pensées errèrent... je tombai endormie. Bientôt,
après un intervalle qui me parut n'avoir duré
que quelques minutes, je m'éveillai... Le feu
était éteint, la lampe ne donnait presque plus
de clarté et j'étais glacée de la tête aux pieds.
Je me levai en frissonnant. Ma première pensée
fut d'aller vite me mettre au lit, de peur que
Hugues revenant ne me trouvât éveillée. Je regardai à ma montre, il était quatre heures et demie; déjà quatre heures et demie et Hugues
écrivait encore! Méchant Hugues! il y avait deux
heures qu'il m'avait quittée, et il devait partir à
sept!... J'échangeai ma légère robe de nuit contre un manteau doublé de fourrures, allumai
une petite lampe à main, et m'en allai à sa recherche.

Pour aller de notre chambre à coucher à celle
de la tourelle, il fallait traverser un corridor qui
parcourait dans sa longueur toute une façade de
la maison. Tout était sombre et tranquille; ma

petite lampe jetait une faible lueur sur chacune
des portes que je dépassais, mon ombre marchait lugubrement à côté de moi... il n'y avait
pas jusqu'au frôlement de mes vêtements qui
ne rendît un son fantastique. Arrivée au haut du
grand escalier en forme de puits, je regardai
autour de moi en frémissant, je me rappelais la
forme que j'avais vue, ou cru voir, glisser dans
l'ombre, la première nuit que j'avais passée dans
ma nouvelle demeure... Une fois ce terrible point
franchi j'avançai plus bravement, et j'eus bientôt atteint la porte de la chambre. — Avant de
soulever la portière intérieure j'hésitai...

Il me semblait entendre des voix.

Je retins ma respiration... fis un pas en avant...
et m'arrêtai.

« *Hugo... Hugo mio,...* ce sont les paroles que
j'entendis... regarde-moi, écoute-moi, un instant!

— *Pazienza, cara,* » répondit mon mari,
comme absorbé.

« *Pazienza!* » reprit l'autre voix, « Hélas! toujours *pazienza...* qu'est-ce que ma vie, sinon une
longue patience! »

J'avais entendu le bruit de la plume courant
sur le papier; maintenant j'entendais qu'on la
mettait de côté.

« Ma pauvre Madeleine, » dit-il.

« Oh ! oui ; pauvre Madeleine ! » répéta-t-elle avec un gros soupir.

— Vous êtes bien pâle ce soir... Seriez-vous fatiguée ?

— De mon existence... oui !

— Hélas ! Madeleine, je sais combien elle doit être monotone ; je puis si rarement vous voir.

— Voilà le pire !... voilà le pire de tout ! répondit-elle ardemment ; ah ! si je pouvais vous parler une ou deux fois par jour... toucher votre main... caresser vos cheveux, je serais presque heureuse... Vous ne savez pas combien j'ai soif d'entendre votre voix, Hugues !... souvent, quand la nuit est venue, je me glisse dans l'ombre pour vous écouter.

— Mais, *cara,* je n'aime pas que vous courriez ainsi dans la maison....

— Oui, oui, dans la crainte que je ne la rencontre, n'est-ce pas ? » interrompit Madeleine. « N'ayez aucune crainte, j'y fais attention. Une seule fois je me suis trouvée face à face avec elle... et j'aimerais mieux mourir que de recommencer !

Elle m'avait vue une fois, où donc ? — Mon cœur battait si fort que j'avais presque peur qu'ils ne l'entendissent. — Je soufflai ma lampe, et m'avançant d'un pas je soulevai un coin de la portière : c'était bien ce que je pensais : Ma-

deleine et la femme du bois était une seule et
même personne. Hugues était assis à son pupitre, la tête appuyée sur sa main ; Madeleine, agenouillée à côté de lui, portait sur sa pâle figure,
absolument la même expression de méfiance que
celle que je lui avais déjà vue.

Au même instant sa physionomie changea et
prit un air de douceur.

« Et pourtant, *Hugo mio*, » dit-elle, « je ne
la hais pas, tu sais ; j'ai... j'ai même essayé de
l'aimer pour l'amour de toi !

— Si vous la connaissiez, vous l'aimeriez, reprit vivement mon mari.

— Elle est jeune, elle est belle, et elle a l'air
sincère, » répliqua Madeleine ; « je suis heureuse
pour toi qu'elle soit belle.

— Elle est aussi sincère qu'elle le paraît, »
dit Hugues. « Elle sait toute votre histoire maintenant... du moins tout ce que j'ai pu lui en
dire... et si vous vouliez seulement la voir....

— La voir ! » interrompit l'Italienne avec un
geste véhément... « êtes-vous fou de me demander une chose pareille, la voir !... la femme à
laquelle vous avez donné votre nom !... qui dort
toutes les nuits dans vos bras !... qui, peut-être,
en ce moment même, porte dans son sein un enfant de vous... tandis que moi, je... *O dio!!* à
quel point il faut que vous me trouviez miséra-

ble et domptée pour me croire capable d'un pareil effort!...

— Maddalena...

— Mais le feu de mes yeux la consumerait, »
continua-t-elle avec impétuosité. Puis soudain
s'arrêtant : « Pardon, pardon, » s'écria-t-elle,
« ce n'est pas pour te faire de la peine que j'ai
dit cela, Hugo! Tu sais comme je suis douce,
comme je suis patiente, obéissante! Tu sais si je
t'ai tenu parole!

— Oui, oui, *poverina*, je le sais. »

Madeleine saisit la main qu'il avait de libre,
la baisa et posa, d'un mouvement caressant, sa
joue dessus.

« A quoi bon vivre, *idol mio*, si ce n'est pour
t'aimer, pour t'obéir?... »

Tandis que j'étais là froide et tremblante, en
proie à cette horrible impression d'impuissance
que l'on éprouve en rêve, je vis mon mari se
couvrir les yeux avec la main, je l'entendis répondre d'une voix altérée :

« Oui, oui, Madeleine, je le sais, tu m'aimes.

— Et crois-tu qu'on puisse t'aimer mieux? »
Il branla la tête.

« Non, non, c'est impossible.

— Et cependant, tu évites de me rencontrer...
oh! ne secoue pas la tête, c'est la vérité. Re-
douterais-tu mes reproches? tu aurais bien tort...

Ta simple vue me rend si heureuse... N'es-tu pas mon roi, ma vie?

— Madeleine, Madeleine, comme tu me tortures, » s'écria Hugues d'un ton fiévreux. « Quand je pense à toi, quand je songe à toutes les misères que je t'inflige... je me hais moi-même...

— Oh! cela, je ne le veux pas... »

Hugues posa sa tête sur son pupitre en se couvrant la figure de ses deux mains.

« Hugo, » balbutia-t-elle, « *Hugo mio,* il y a une chose... une seule que tu pourrais faire, mon amour, et qui me rendrait si heureuse!...

— Au nom de Dieu alors, dis vite....

— Est-ce que j'oserai te le demander?

— Oui... si... si... enfin, qu'est-ce que c'est?

— Oh! rien que cela... » Et je la vis qui jetait ses deux bras autour du cou de mon mari en posant sa tête sur son épaule... « Appelle-moi encore une fois... rien qu'une seule... par mon nom d'autrefois... que je l'entende encore, fût-ce même pour la dernière fois!... »

Il releva son visage pâli et lui prit la tête entre ses deux mains. Mon cœur ne battait plus. Il me semblait que j'allais entendre ma sentence... et se penchant sur elle, il murmura :

« Eh bien, oui, *ma femme! mia sposa!*

—◦◦◦—

CHAPITRE XXX.

Travaillée et chargée.

Sa femme !!!...

Il l'avait appelée sa femme !... Je l'avais entendu... et je vivais encore !... Je me rappelais
tout cela, m'étonnant vaguement de n'être pas
morte sur place en l'entendant... Mais non;
ces terribles paroles n'avaient fait que me para-
lyser, corps et âme, me laissant à peine cons-
ciente du coup qui venait de me frapper. Je ne
conservai aucun souvenir de ce qui avait suivi
cette scène; j'avais vu Hugues se remettre à écrire,
et Madeleine arranger la lampe sans avoir une
perception nette de ce qui se passait et sans savoir si leur conversation était terminée. Je ne
pus me rendre compte du laps de temps que j'a-
vais passé là, ni comment je me retrouvai peu
après dans ma propre chambre, debout devant
le foyer éteint. C'est là que pour la première
fois la conscience de mon malheur se fit jour
dans mon esprit.

La mémoire me revint; chaque mot, chaque

regard, chaque geste, enfin toute la fatale évidence de ce qui s'était passé sous mes yeux.

Je commençai à comprendre que Hugues m'avait trompée... que deux mots venaient de changer et mon passé et mon avenir... que mon existence n'était plus qu'un chaos, que j'étais perdue, et qu'il eût été bien préférable pour moi d'être tombée morte que d'avoir survécu.

Il faisait presque nuit dans la chambre. Là lampe que j'avais laissée vacillante s'était éteinte depuis longtemps. Seul, un faible reflet de la clarté des étoiles s'efforçait de passer à travers les persiennes.

Je me glissai jusqu'à mon lit, sans rallumer la lampe... on eût dit une statue de glace avec une cervelle en feu. — La réaction venait de se faire. — Ma tête brûlait, mes tempes battaient : craintes, possibilités, souvenirs rétrospectifs, tout cela me torturait, m'envahissait comme les vagues d'une mer tumultueuse... il m'était impossible de maîtriser mes pensées... je ne pouvais rien peser, rien comparer, je ne sentais qu'une chose : mon cœur brisé... ma misère profonde,... la présence d'une autre créature que moi, qu'il appelait sa femme!... que par conséquent il n'était plus à moi... et que j'étais seule dans le vaste monde... seule, pour jamais!

Le temps avait passé pendant tout ceci... des

heures, peut-être... peut-être des minutes, quand
j'entendis un pas léger dans le corridor... et une
main qui se posait sur le bouton de la porte.
J'enterrai ma figure dans mon oreiller feignant
de dormir. Hugues entra très doucement; je l'entendis poser sa lumière sur la table et passer devant le pied du lit, où il resta quelques instants
sans bouger; il me sembla alors le voir s'enfon-
cer dans la chambre en rapporter une chaise
qu'il approcha de la table, et tirer quelque chose
de sa poche.

Pendant le silence qui suivit, je distinguai une
ou deux fois un bruit de papier; peu après il
remua de nouveau avec beaucoup de précaution,
et le son très distinct d'une feuille de papier qu'on
plie et replie, vint frapper mon oreille. — Il m'é-
crivait... j'en étais aussi certaine que si j'avais
été derrière son épaule. — Il m'écrivait pour me
dire adieu, ne voulant pas m'éveiller!

Je crus que j'allais perdre connaissance; dans
mon angoisse je mordis mon oreiller, je croyais
sentir sur mon cœur l'étreinte d'une main de fer.

Puis se rapprochant du lit, il posa le billet à
côté de moi et se pencha silencieusement sur
moi. Je sentis sur mon cou le doux encens de son
haleine... je l'entendis murmurer tendrement
mon nom, comme à lui-même, il me semblait
voir l'expression affectueuse de son regard...

Alors il souleva une boucle de mes cheveux égarée sur l'oreiller, la porta à ses lèvres, soupira,
demeura encore un moment, puis partit.

Pendant un instant... un instant de folie, de
délire, je faillis le rappeler, lui ouvrir mes bras
et mon cœur, tout pardonner en versant toutes
mes larmes dans son sein... Mais les mots :
Eh bien, oui, ma femme! se dressèrent devant
moi en lettres de feu. L'horrible question : « Que
suis-je donc, moi, si une autre est sa femme? »
vint s'imposer à ma pensée avec une rigueur
sans merci. Je contins mon élan... je laissai passer le moment favorable... Il était parti! Alors
un malaise, une sensation de mort s'empara de
tout mon être. J'essayai de m'asseoir sur mon
séant... mon lit semblait se dérober sous moi...
Je m'évanouis.

Je revins à moi peu à peu et péniblement. Je
suppose que je suis restée longtemps sans connaissance, car lorsque j'ouvris les yeux, il faisait
grand jour. O Dieu! étais-je folle? ou tout cela
n'était-il qu'un horrible rêve? Mes yeux tombèrent sur le billet qu'il avait laissé sur mon
oreiller... je tressaillis comme si j'avais ressenti
la piqûre d'un aiguillon... l'adresse, écrite au
crayon portait ces mots : *à ma femme.* A sa
femme?... laquelle?

Pas moi!... non pas moi!... Mais alors, moi... Oh! honte et désespoir, je n'étais donc que sa maîtresse!....

Je n'avais plus qu'une pensée... une pensée insensée, désespérée, dominante,... fuir! Oui, fuir. Je sentais qu'il me fallait m'en aller... que je ne pouvais plus passer une seule nuit sous son toit... que je n'oserais plus le regarder. Et c'est à peine si je me demandais de quel côté j'allais porter mes pas... je ne le savais, ni ne m'en souciais. N'importe où, pourvu que ce fût bien loin, assez loin pour que personne de ceux que j'avais connus ne pût être témoin de mon malheur.

Une fois cette résolution prise, je devins la proie d'une hâte fiévreuse, qui, me tenant lieu de force physique, me poussa, sans me laisser aucun délai, de projet en projet. Je me levai, faible et tremblante, je m'habillai pendant cette froide matinée de décembre sans même penser à tous ces détails luxueux de toilette auxquels j'étais habituée depuis quelque temps.

Tandis que je m'habillais, la pensée de ma pauvre vieille bonne, si fidèle, traversa mon cerveau, et je résolus, si elle le voulait bien, de l'emmener avec moi.

Désespérée comme je l'étais, l'idée de m'enfuir absolument seule m'épouvantait;... et quant à

22

aller chercher un refuge chez mon père, ou chez ma sœur, ou chez mistress Sandyshaft, j'aurais préféré mourir. Leur pitié m'aurait rendue folle.

Je sonnai ma femme de chambre, qui fut tout étonnée de me trouver debout. J'appris d'elle que Hugues avait quitté la maison à sept heures, emmenant Tippoo avec lui. Il était déjà huit heures et demie; le premier train direct ne partait, je le savais, qu'à une heure et demie : j'avais donc quatre heures devant moi. Je priai cette fille de préparer le plus petit de mes porte-manteaux, et lui dis que je partais pour Londres.

« Pour Londres, Ma'ame… aujourd'hui? » bégaya-t-elle; « vous… vous avez l'air si fatigué! on vous dirait bien plutôt sur le point de prendre le lit que de partir en voyage. »

Je jetai un coup d'œil sur la glace et vis l'ombre de moi-même, avec un air hagard et des lèvres blanches. J'essayai de sourire et répondis d'un air insouciant :

« Je ne suis pas habituée à aller au bal, Anne, et à me coucher tard, et je ne crois pas que je retourne jamais dans une aussi grande réunion.

— Que voulez-vous que j'emballe, Ma'ame? » dit Anne, me regardant encore avec anxiété.

« Rien que les choses nécessaires; pas de dentelles, pas de bijoux. Du linge de corps et

une seule robe, la plus sombre et la plus simple
de toutes.

— Alors ce sera votre robe de soie brune,
Ma'ame. Et c'est tout?

— Non — ma boîte de couleurs.

— Et, m'emmènerez-vous, Ma'ame?

— Non, j'irai seule... Peut-être prendrai-je
mistress Beever avec moi... Je vais traverser le
parc et aller lui en parler. »

Anne me regarda avec plus de surprise encore.

« Non pas avant que d'avoir déjeuné, Ma'ame, »
dit-elle, en me voyant mon chapeau à la main.
« Permettez que je vous apporte avant, une tasse
de café; en vérité vous ne sauriez sortir par cette
matinée si rude, sans cela. »

J'acceptai; et quand elle fut partie je rassem-
blai tous les bijoux qui traînaient épars sur les
meubles, j'enlevai les bagues de mes doigts,
j'ôtai la broche que machinalement j'avais mise
à mon col, et j'enfermai le tout dans ma boîte à
bijoux... tout, excepté mon alliance... Je ne pouvais me décider à m'en séparer... toute dérisoire
qu'elle était, je sentais que je devais la garder.

Quelques minutes plus tard je traversais en
hâte le parc. Il faisait sombre et excessivement
froid... je poursuivais mon chemin comme quelqu'un qui est sous l'influence de l'opium, ne fai-

sant attention ni au vent qui gémissait, ni à
l'herbe mouillée que je foulais aux pieds. Je
crois que j'aurais à peine hésité dans ma course
quand même un orage accompagné de ton-
nerre, eût fait rage.

Arrivée à la petite habitation, j'entrai sans
frapper, et trouvai ma vieille bonne en train de
repasser du linge.

« Goody, « dis-je brusquement, » voulez-vous
laisser tout cela et venir avec moi? je pars. »
Elle me regarda, devint mortellement pâle, et
se laissa tomber sur une chaise.

« Bonté du ciel! » balbutia-t-elle, « qu'est-il
arrivé?

— On m'a grièvement offensée et affligée, »
répondis-je... je quitte mon... Mr Farquhar,
pour toujours. Voulez-vous venir avec moi? »

Elle se tordait les mains et me regardait avec
désespoir.

« Oui, oui... que Dieu vous garde... oui, mon
pauvre agneau! » s'écria-t-elle. — « Où voulez-
vous aller?

— Je ne sais pas. Quelque part sur le continent; bien, bien loin.

— Et quand, ma chérie, quand?

— Aujourd'hui... tout de suite. »

La vieille femme saisit sa tête à deux mains,
elle était complètement bouleversée.

« Aujourd'hui!!! miséricorde! comme c'est prompt.

— Oui, oui, aujourd'hui, répliquai-je avec impatience, chaque heure que je perds ici est pour moi une torture. »

J'avais hâte de partir. Il me semblait que chaque minute qui passait était une perte irréparable... Si Goody me l'avait proposé, plutôt que d'attendre le train, je serais partie à pied par la grande route, pour Londres.

« Et dire que tout cela devait finir ainsi! reprit Goody en gémissant... Mon petit agneau, que j'ai dorloté sur mes genoux si souvent!... — Bon, bon, j'aurai bien vite fait de rassembler mes pauvres nippes. Que dira le maître? et miss Hilda? Oh! Dieu! oh! Dieu! ce que c'est que de nous... nous sommes ici aujourd'hui... et le lendemain nous n'y sommes plus. Où est-il, ma chérie?

— Il est parti.

— Mais il prendra toujours soin de vous, chérie, n'importe où vous irez?

— Je ne voudrais pas accepter de lui un penny, quand même je mourrais de faim! » m'écriai-je, hors de moi. « Je n'ai rien gardé de ce qui me venait de lui... pas un livre, pas un bijou. Je saurai me suffire à moi-même, Goody; et à vous aussi.

— Bon, bon, chérie, mistress Sandyshaft est
là... elle ne vous laissera pas...

— Mistress Sandyshaft ne sait rien de mes affaires et n'en saura jamais rien, interrompis-je.
Tout ce que je demande, c'est de m'en aller me
cacher bien loin, là où aucun de ces gens-là
n'entendra plus jamais parler de moi. Ne me demandez pas pourquoi. Vous saurez tout d'ici à
peu. J'ai été trompée, j'ai été offensée... pas
un mot. Pour l'amour de Dieu, dépêchez-vous,
et partons. »

La pauvre vieille se leva machinalement, et
se mit à plier le linge qui était sur la table. Tout
d'un coup elle s'arrêta :

« Mais, ma chérie, avez-vous de l'argent? »

De l'argent! dans ma détresse, dans mon em-
portement, je n'y avais seulement pas songé. Je
n'avais rien à moi... et je n'aurais pas voulu
prendre de son argent, à lui, quand même c'eût
été pour m'empêcher de mendier. La foudre
tombant à mes pieds ne m'eût pas plus émue!

« Je n'ai pas un penny, » répondis-je... Goody
secoua la tête tristement.

« Hélas! hélas! mon agneau, » dit-elle, « où
pouvons-nous aller, et que pouvons-nous faire
sans argent?... je... j'en ai bien un petit peu
que j'avais mis de côté; mais c'est bien peu, et
quand il sera dépensé...

— Quand il sera dépensé, j'en gagnerai, moi, et je vous le rendrai dix fois, » dis-je vivement; « combien avez-vous?

— Oh! bien peu, ma chérie; quelque chose comme une trentaine de livres sterling, peut-être, » répondit-elle un peu à contre-cœur.

Trente livres! avec de l'économie nous pouvions faire un long voyage avec trente livres. Nous pouvions aller en Belgique peut-être; ou dans un coin obscur du Switzerland; ou à Rome...Oh, non, pas à Rome! C'est trop difficile à atteindre, Rome, nous ne pourrions pas y arriver avec trente livres; et pourtant dans Rome je pourrais, grâce à mon art, gagner plus facilement ma vie que partout ailleurs. Que fallait-il faire?

« Et, et... peut-être bien, y a-t-il tout près de cinquante, » ajouta Goody, « après une pause angoissée, durant laquelle elle avait suivi toutes les variations de ma physionomie; je suis presque sûre qu'il y a cinquante livres, mais pas plus.

« C'est bien assez, dis-je; oui, oui, c'est tout à fait suffisant. »

Goody alla prendre sur sa fenêtre une espèce de tronçon de myrthe tout fané, mit le pot sur la table, et dit avec un soupir.

« Tout est là, ma chérie, jusqu'au dernier

sou; je vais vous le donner tout de suite, et je
n'y penserai plus. »

Et là-dessus, enlevant le myrthe du pot, elle
en sortit une petite caisse ronde, la nettoya avec
soin de la terre qui la couvrait et versa son contenu devant moi. Il y avait des banknotes avec
un peu de monnaie.

« Deux de vingt livres, » mon agneau, « disait-
elle en caressant tendrement les billets qui gisaient sur la table, « deux de vingt livres, un
de cinq, quatre souverains, deux demi-souve-
rains, et un pauvre petit six-pence. Ce sont les
économies de toute ma vie, ma chérie, mais
tout est bien puisque c'est pour vous. »

La fidélité généreuse et simple de cet honnête
cœur fondit la glace de mon désespoir; j'éclatai
en sanglots.

« Que Dieu vous récompense, chère femme,
que Dieu vous récompense... et merci! » m'é-
criai-je en jetant mes bras autour de son cou et
en posant ma tête sur son épaule comme j'avais
la coutume de faire dans mon enfance, « vous,
au moins, ne me manquerez jamais! »

C'étaient les premières larmes que je versais
depuis que j'avais reçu le coup; il me sembla
qu'elles rafraîchissaient mon cerveau et déten-
daient mes nerfs. Elles me rendirent l'esprit plus
net, plus libre... et c'était bien heureux, car main-

tenant, hélas! tout inexpérimentée que j'étais, je devais penser et agir pour deux.

Le temps passait pendant tout cela... nous échangeâmes encore quelques mots, tout fut bien vite arrangé, c'était moi qui garderais l'argent. Nous quittions Broomhill à midi, je prendrais Goody à la porte de la loge en me rendant à la station. Et là-dessus nous nous séparâmes. J'avais à peine franchi la grille du jardin que Goody courait après moi.

« Vous leur recommanderez bien de ne pas abandonner les pauvres bêtes, ma chérie, » me dit-elle, en portant son mouchoir à ses yeux; « il y a le chat, le chardonneret, les coqs et les poules... ils m'aiment tous, et la pensée qu'on pourrait les oublier me fait horreur. »

Frappée de l'égoïsme de mon chagrin, je revins sur mes pas, la pris par les deux mains et lui dis fiévreusement :

« Vous ne les quitterez pas, non, ma chère vieille amie... Vous aimez votre petit intérieur, vous aviez compté y finir vos jours, je ne veux pas vous en arracher pour vous faire partager ma triste fortune. Je suis jeune, plus propre que vous à supporter le combat de la vie; oubliez donc ce que je vous ai demandé. Que Dieu vous garde, chère, et adieu! »

Mais Goody ne voulut rien entendre... La trou-

vant si résolue et sentant si bien à quel point
j'étais faible, que pouvais-je faire... si ce n'est
de la remercier de tout mon cœur et d'accepter
le sacrifice qu'elle me faisait?

Quelques heures plus tard nous étions empor-
tées à grande vitesse vers Londres; chaque instant qui s'écoulait enfonçant Broomhill toujours
davantage dans le passé, tandis que le vaste
monde s'ouvrait devant moi comme un désert.

Ah! le triste voyage! le malheureux, le misérable voyage!! tout rempli de jours anxieux, de
nuits lugubres, de fatigue corporelle, de pros-
tration intellectuelle! Je n'en ai gardé qu'un
souvenir confus. Les scènes et les incidents qui
y prirent place me reviennent çà et là, comme
les lueurs d'un panorama à demi oublié. Aujourd'hui je frémis au souvenir de cette mosaï-
que de choses et d'endroits, qui dans ma mémoire se trouve liée à tant de souffrances.

Tantôt je revois la triste salle où nous avons
attendu le train allant à Douvres... puis le bateau
sur lequel nous traversâmes le détroit... plus tard
le chemin de fer qui nous emportait vers Marseille. J'avais pris le nom de mistress Carlyon,
sujette de S. M. Britannique voyageant sur le
continent avec sa servante. Ce nom était honorable, il avait appartenu à un ancêtre éloigné de
notre famille; je l'avais vu figurer sur la carte

généalogique accrochée au mur dans le petit salon de mon père. Qu'elle est monotone cette manière de voyager en chemin de fer! Toujours le même paysage qui semble voler, toujours ces mêmes squelettes de peupliers qui ressemblent à des spectres à la clarté de la lune... Abattue, engourdie, fiévreuse, renfermée dans un silence maussade, la tête douloureuse, les lèvres sèches, les yeux brûlants, voilà en quel état j'arrivai à Marseille. Nous nous embarquâmes aussitôt pour l'Italie... mais une fois installée dans ma cabine, ce n'est que très vaguement que je me rappelle ce qui s'est passé... du feu coulait dans mes veines... à tout moment je croyais entendre le pas de Hugues... puis je me croyais dans la vieille maison qui m'a vu naître... enfin, j'entendis une voix étrangère qui disait : Elle est bien malade... mais à partir de ce moment, le vide se fit dans mon cerveau.

CHAPITRE XXXI.

Le·secret de Goody.

« Je crois, ma bonne Goody, que j'ai été bien malade, » dis-je faiblement.

« Pour sûr, mon agneau, » répondit Goody en s'essuyant les yeux, « si malade que je n'espérais plus vous entendre encore m'appeler par mon vrai nom! »

Je regardai languissamment autour de la chambre : les arabesques peintes sur les murs et sur le plafond, le foyer teint en noir, les fioles posées sur la table,... tout m'était étranger.

— Où suis-je? » demandai-je.

« Ils appellent cela un hôtel, » dit Goody avec mépris; « moi j'appelle cela une baraque.

— Et où sommes-nous? »

Goody secoua vivement la tête.

« Oh! pour ceci, ma petite chérie, ne me le demandez pas, car je vous jure que je ne serais pas plus capable de vous le dire que ne le serait l'un de ces petits chérubins qui sont là sur le plafond... C'est un nom étranger, et quoique je

l'entende vingt fois par jour; je ne pourrais pas
contraindre mes lèvres à le prononcer, quand il
s'agirait de sauver ma vie! Tout ce que je puis
vous répondre, c'est que le pape de Rome n'est
pas très loin d'ici et que tous les voyageurs venus par les steamers prennent terre en cet endroit. »

Je fermai les yeux et restai longtemps silencieuse, cherchant à me rappeler comment et
pourquoi j'avais quitté Broomhill, et par quel
hasard il se faisait que ma vieille bonne fût avec
moi. Mais j'étais trop faible pour penser... et au
milieu de mes efforts je tombai endormie.

Quand je me réveillai, c'était à la tombée du
jour, deux messieurs étaient dans la chambre;
ils causaient ensemble à voix basse auprès du
feu. Voyant que j'étais réveillée, l'un d'eux vint
s'asseoir auprès de mon lit, l'autre quitta la
pièce.

« *La Signora sta meglio*, » dit l'étranger en
prenant mon poignet entre ses doigts et en souriant gravement, « *molto meglio*.

— C'est le médecin, ma mignonne, » murmura Goody par-dessus l'épaule du docteur. C'é-
tait un homme grand, jeune, avec une barbe
noire et une voix très douce. Saisissant à la volée le sens de l'explication de Goody, il salua
légèrement en ajoutant :

« *Si, Signora, sono il medico.* »

Je répondis en italien que je lui étais infiniment obligée, et lui demandai depuis combien de temps j'étais malade.

« La signora est arrivée ici, » dit-il, « le 5 janvier, et nous sommes au 2 février.

— Et je suis ici à Civita-Vecchia, je suppose.

— *Si, Signora, è Civita-Vecchia.* »

J'avais été malade pendant tout un mois... un mois tout entier dont chaque jour n'existait pas dans mon souvenir. Le docteur se tourna vers les fioles, examina leur contenu et griffonna rapidement une ordonnance. C'est à ce moment que la mémoire me revint; mais j'étais si faible, que le souvenir de ce qui s'était passé ne provoqua pas chez moi d'autre émotion qu'un langoureux étonnement.

L'ordonnance écrite, le docteur vint reprendre sa place auprès de mon lit.

« La Signora devra se tenir bien tranquille, » dit-il.

A quoi je répondis :

« Quand serai-je en état de repartir pour Rome, Signor? »

Il sourit en secouant la tête.

« Si vous êtes impatientée, le meilleur moyen serait de mettre toute idée de ce genre de côté. Vous ne saurez jamais être assez calme; moins

vous penserez, moins vous parlerez, mieux ce
sera. »

Je promis d'obéir aussi ponctuellement que
possible, et il prit congé. .

Le lendemain vers midi, tout d'un coup je me
rappelai que j'avais vu le soir précédent, dans
la chambre, un second gentleman ; je demandai
à Goody qui c'était.

« Un second gentleman, mon agneau? » dit-
elle avec embarras. « Que voulez-vous dire ?
quel second gentleman ?

— Il a quitté la chambre juste au moment où
je me suis éveillée, » repris-je ; « il était près
de la cheminée, là où vous êtes, le dos tourné
au lit. Vous devez bien savoir ce que je veux
dire !

— Eh! Seigneur! à qui donc ressemblait-il,
ma mignonne, » dit Goody en se penchant vers
le feu.

« Je ne sais pas, il faisait sombre ; et il est
parti tout de suite. Est-ce que c'est l'aide du
docteur ?

— L'aide du docteur? » répéta-t-elle ; « mais
oui, pour sûr, c'est cela même ; je me le rappelle
maintenant.

— Alors c'était bien cela, c'était l'aide du docteur.

— Comment, je ne vous l'avais donc pas dit ?

mais Dieu vous garde, ma chérie, vous savez
que vous ne devez pas causer.

— Bon, dites-moi encore une chose... Savez-
vous le nom du docteur?

— Son nom? Ah! Dieu, mon agneau, je ne
puis pas me rappeler seulement une syllabe de
tous leurs mots étrangers... les pauvres païens!
je vous assure que j'ai bien souvent envie de
tomber à genoux pour remercier Dieu de ne pas
m'avoir fait naître parmi eux... Son nom! non
vraiment, ma chérie, je n'en sais rien; mais
voici sa carte, peut-être pourrez-vous y voir
quelque chose. »

Je regardai la carte qu'elle tenait devant mes
yeux et je lus : *Giorgio Marco.* M. D.

Alors je demeurai calme pendant un assez long
espace de temps; mes pensées ne reprenaient
leur cours que très lentement, et la première fois
que je reparlai ce fut pour dire :

« Goody, combien avons-nous encore d'argent? » ce à quoi Goody répondit gaiment :

« Oh! beaucoup, ma chérie : près de vingt-
cinq livres st. »

Près de vingt-cinq livres!!... je refermai les
yeux, essayant de calculer ce que nous avions
déjà dépensé au moment où j'avais perdu la mémoire. Mais c'était un effort dont j'étais absolument incapable; j'essayai alors de me rendre

compte de ce que nous avions dû dépenser depuis que nous étions à Civita-Vecchia, mais sans
plus de succès.

« Il y a le docteur à payer, » suggérai-je au
bout d'un petit moment.

« Oh! ce ne sera pas grand'chose, » dit-elle.

« Il m'a soignée pendant un mois, n'est-ce
pas? » Goody n'admit le fait qu'à contre-cœur.

« Et il est venu tous les jours, je suppose. »
Goody admit cela aussi.

« Il y a même eu quelques jours, » ajouta-
t-elle, « où il est venu deux fois... quand vous
avez été si mal, ma chérie. Mais, grâce à Dieu,
sa note ne sera tout de même pas bien forte; il
demeure dans deux petites chambres tout en haut
d'une grande maison blanche, qu'on voit là-bas,
il est toujours venu à pied, et quand il fait humide il porte un parapluie rouge. » Il se fit une
autre longue pause.

« Et puis il y a la note de l'hôtel, » repris-je
quelque temps après.

« Eh, cela non plus ne peut être bien fort, »
dit Goody; « nous n'avons qu'une chambre et
c'est moi qui vous ai veillée tout le temps. Quant
à ce qui est de boire et de manger... ah! je n'en
ai guère pris, de leur sale nourriture; je n'ai pas
dû dépenser plus de six pence par jour.

— Bon, Goody, » soupirai-je, épuisée par cette

longue conversation. « J'espère que l'argent durera jusqu'à ce que je puisse en gagner. Sinon...

— Ne pensez pas à cela, mon agneau, » interrompit-elle; « il y en aura assez, et nous en mettrons encore de côté, je vous en donne ma parole. Et d'ailleurs, je sais ce que je sais... Mais en voilà assez, le médecin dit que vous ne devez pas parler; donc ne disons plus un mot de cela. »

Et à partir de ce moment, je remarquai que toutes les fois que je revenais sur le thème de l'argent, ou sur mon désir d'atteindre Rome, invariablement elle cherchait un refuge dans la prescription du docteur Marco et me réduisait au silence. Chaque jour, quoique bien doucement, je marchais vers la convalescence. Mon temps se passait dans une espèce de langueur; assise sur mon lit, ou soutenue par des oreillers dans une bergère, je me contentais de regarder Goody travailler, ou de laisser mes yeux errer de corniche en corniche, sans y joindre à peine une pensée. A mesure que les forces revenaient, pourtant, mon esprit se reprenait à errer vers le passé et aussi vers l'avenir; et la perpétuelle étreinte du malaise d'autrefois recommençait à peser sur mon cœur. Je devins fiévreuse, agitée, mourant d'envie de m'occuper sérieusement. Je sentais que le grand choc du premier moment

était passé, mais qu'une vie triste et désolée était
désormais mon partage.

Mon jeune médecin, qui observait ces symp-
tômes, m'arriva un matin avec un paquet de livres sous le bras.

« Qu'avez-vous là, docteur Marco? » lui demandai-je.

« Un tonique, Signora; vos pensées demandent
à être nourries, aussi bien que votre corps demande à être fortifié. »

Je le remerciai et ouvris le paquet. C'étaient
plusieurs ouvrages sur l'art; entre autres les *Let-*
tres de Schlegel, en allemand, et les *Musées d'I-*
talie, par Viardot; j'en fus toute saisie, et levant
les yeux sur lui avec la prompte appréhension
de celui qui a un secret à garder :

« Voici un singulier choix, » lui dis-je, « vos
livres traitent tous le même sujet. Comment pou-
viez-vous savoir qu'ils auraient de l'intérêt pour
moi? Il rougit jusqu'à la racine des cheveux.

« Je... je n'en savais rien... Signora, » bal-
butia-t-il.

« Ah! vous n'en saviez rien? » répétai-je.

« A vous dire vrai, Signora, » reprit-il, « ces
livres ne sont pas à moi. Je les ai empruntés
pour vous; on me les a donnés.

— Alors c'est à un artiste que vous les avez
empruntés, » dis-je en souriant.

« C'est ce que je ne sais même pas, » répondit-
il en examinant les livres avec une sorte d'embarras. « Ils appartiennent à un monsieur qui demeurait dans cet hôtel quand on vous y a amenée,
et qui, maintenant, est à Rome. Il vient encore
de temps en temps à Civita-Vecchia. Ce pourrait
bien être un artiste, cela n'a rien d'impossible... Il y en a une telle foule à Rome.

« Ah! Signor Marco, » dis-je ardemment, « si
je pouvais partir pour Rome je serais guérie.
Quand donc pensez-vous?...

— Aussitôt, Signora, que vous pourrez faire
sans trop de fatigue une promenade en voiture,
et que vous serez en état de supporter un voyage
de huit heures. Et, à propos, je crois qu'il vous
serait bon de changer cette chambre pour une
autre plus gaie. Il y en a dans cette maison qui
sont situées au sud, et qui donnent sur la mer
et sur le port; vous y auriez beaucoup plus d'a-
grément. »

Pensant à l'exiguité de nos moyens, je soupirai. Le docteur rougit encore comme une jeune
fille.

« Il y a si longtemps que vous êtes ici, » ajouta-
t-il, « que je ne doute pas que le maître de l'hôtel ne consente à vous louer une chambre sur
le devant au même prix que celle-ci. Puis-je né-
gocier cela avec lui? »

Je le remerciai et acceptai son offre. Quand il fut parti, je pris un volume de Schlegel et, lorsque j'eus tourné la première feuille je m'aperçus que le coin de droite, en haut de la feuille, avait été déchiré; j'en pris un autre; il était mutilé de la même manière; j'examinai alors le reste : partout le nom du propriétaire avait été arraché de la même façon brutale. La singularité de la chose éveilla ma curiosité.

« Goody, » dis-je, « avez-vous vu ce monsieur qui était ici quand nous y sommes venues?... Le monsieur qui a prêté ces livres au docteur Marco?

— Comment voulez-vous que je sache cela, ma chère, » répliqua Goody négligemment, « j'ai vu beaucoup de messieurs depuis que nous sommes dans cette maison.

— Celui que je veux dire est parti pour Rome. » Ce à quoi Goody ayant répondu simplement : « Ah! vraiment; » la conversation tomba.

Le lendemain nous déménagions pour aller dans une chambre du devant donnant sur le port, et dans laquelle, assise à la fenêtre, me réchauffant pendant des heures entières aux rayons du soleil, je suivais des yeux le mouvement des barques de pêcheurs qui entraient ou sortaient. Appuyée sur le bras de Goody je me promenais pendant un quart d'heure tout autour de la chambre, et le docteur Marco pro-

23.

posa de me faire essayer une promenade en voiture pour le lendemain matin. Revenant ainsi d'heure en heure à la vie, et voyant que j'approchais toujours davantage du terme de mon voyage je commençai à devenir sérieusement inquiète de savoir si nous aurions assez d'argent pour suffire aux dépenses que nous avions faites à Civita-Vecchia. J'examinai le contenu de la bourse, et trouvai, comme Goody l'avait dit, une somme équivalente à environ vingt-quatre livres et douze shillings.

« Que ferons-nous, ma bonne chérie, si ce n'est pas assez? » dis-je en regardant d'un air découragé l'argent étalé sur mes genoux.

« Ce sera assez, et nous en mettrons de côté, mon agneau, comme je vous l'ai déjà dit, » reprit Goody du ton d'un oracle.

« Je pourrais vendre ma montre et ma chaîne, il est vrai, » poursuivis-je, « mais cela me ferait bien de la peine.

— N'est-ce pas lui qui vous l'a donnée, ma chérie?

— *Lui*? vous imaginez-vous que je l'aurais prise avec moi, s'il en était ainsi? » demandai-je toute rouge à la seule énonciation du nom de Hugues. « Non, c'est le présent que m'a fait mon père, le jour... le jour de mon mariage!

— Oh! très bien! vous ne devez pas avoir envie de vous en défaire alors, » dit Goody avec un calme confiant.

Je n'étais pas tout à fait aussi satisfaite ; aussi, peu de temps après, j'écrivais au propriétaire de l'hôtel un petit billet dans mon meilleur italien, lui demandant de vouloir bien me donner la note de ce que j'avais dépensé jusqu'à ce jour. A mon grand étonnement Goody se refusa nettement à porter ma lettre.

« Toujours à écrire à propos de notes, d'argent, de montres, et tout cela ! » s'écria-t-elle avec irritation. « Voilà juste la manière de vous faire retomber malade dans votre lit, pour un mois encore ! Ah ! je voudrais bien savoir ce qu'en dirait le docteur Marco. — Non, non, je n'irai pas.

Je me levai et tirai la sonnette.

« Je n'aurais pas cru cela de vous, Beever, » dis-je avec colère ; « mais il y a dans l'hôtel des domestiques qui m'obéiront. »

La porte s'ouvrit presque immédiatement, et l'un des garçons qui passait par là, probablement, entra.

« Le maître de l'hôtel est-il ici ? » demandai-je.

« Oui, Signora.

— Alors, soyez assez bon pour lui remettre ce billet en lui disant que je lui serai fort obligée de me donner une prompte réponse. »

Le garçon prit mon billet et se retira. Il n'a-

vait pas plutôt quitté la chambre que Goody fon-
dait en larmes, et se dirigeait vers la fenêtre en
proie à une grande agitation.

« Oh! mon Dieu! mon Dieu! » criait-elle en
gémissant. « Que faire, que faire maintenant? Je
ne puis pas supporter votre colère, mon agneau,
tout ce que j'ai fait je l'ai fait pour le mieux et
parce que je vous aime comme si vous étiez ma
propre chair et mon propre sang!! et voilà maintenant que vous n'aurez plus jamais confiance en
moi... non, jamais, je le sais bien... et quant à
savoir si j'ai bien ou mal fait, je n'en sais pas
plus long que l'enfant qui vient de naître! »

La véhémence et la soudaineté de son repentir
me causèrent une vive surprise.

« Ma bonne chère vieille amie, » lui dis-je affectueusement, « ne vous affligez pas ainsi...
plus un mot là-dessus. Oui, vous avez eu tort
de refuser de m'obéir, mais...

— Non, non, non, » interrompit-elle en sanglotant, « ce n'est pas cela, mon amour chéri,
ce n'est pas cela du tout!... Mais vous allez
tout savoir bien assez tôt... Oh! Seigneur! Seigneur! c'est le propriétaire de l'hôtel en personne... et tout va être découvert. »

Le maître de l'hôtel entra. C'était un homme
grave, habillé de noir, avec une cravate blanche
et des bijoux en profusion. Il tenait dans sa main

mon billet tout ouvert, et dit en saluant profondément :

« La Signora m'a fait l'honneur de m'écrire? »

Je répondis que oui, et le priai de s'asseoir.
Les dernières paroles mystérieuses de Goody
m'avaient quelque peu énervée et j'attendais ce
qu'il allait dire avec une certaine anxiété.

Quant à lui, il saluait de nouveau, s'asseyait,
toussait, et se hasardait à dire qu'il espérait que
la santé de la signora commençait à se rétablir.

Je le remerciai, et répondis que ma santé s'é-
tait déjà notablement améliorée, ce que je devais en grande partie au docteur Marco.

« Le docteur Marco, Signora, » observa le maître de l'hôtel, « est un homme de valeur; il est
perdu ici, c'est à Rome qu'un homme comme
lui trouverait à développer ses talents. »

Je répondis que je n'en doutais pas.

« La Signora voit Civita-Vecchia dans une saison bien triste; c'est à l'époque des bains qu'il
faut la voir; alors, tout est vie et gaieté; tous les
hôtels regorgent. Nous avons tous les jours de la
musique sur le môle. — *E molto piacevole.*

— En effet, ce doit être charmant; mais, pour
en revenir au sujet de ma lettre, » dis-je interrompant résolument ce flot de paroles, « le *padrone* voudra bien me faire ma note en son entier jusqu'à aujourd'hui. Nous reprendrons, si

vous voulez bien, à partir de ce jour. Je compte partir pour Rome, d'ici à peu et je désire avoir une idée de ce qu'ont été mes dépenses pendant ma maladie. »

Le maître salua de nouveau, se remit à regarder mon billet au travers d'un double lorgnon, jeta un regard soupçonneux vers Goody qui se dandinait fiévreusement sur sa chaise à l'autre bout de la chambre, et dit :

« La Signora désire avoir un... un état de toutes ses notes hebdomadaires à partir du 5 janvier?

— Précisément.

— Il n'est pas dans nos usages de recopier d'anciennes notes, » dit le maître de l'hôtel, « mais comme nous ne sommes pas dans une saison très occupée et qu'il y a longtemps que la Signora est avec nous, nous le ferons pour lui faire plaisir.

— Pour me faire plaisir? » répétai-je en souriant.

Il lança un autre coup d'œil vers Goody, parut un peu embarrassé, et dit avec une hésitation toute différente de l'entrain primitif :

« Je me trompe sûrement en supposant que la Signora ignore... ignore... que toutes ses notes ont été payées régulièrement, depuis qu'elle est dans ma maison.

— Payées? » redis-je, en croyant à peine mes oreilles.

« Payées ponctuellement tous les lundis matin.

— Par qui?

— Par la propre servante de la Signora, qui a tous les reçus en sa possession.

— Est-ce vrai? » demandai-je en me levant toute tremblante, et en regardant fixement Goody de ma place. « Est-ce vrai?

— Quoi? » dit Goody qui pleurnichait en détournant la tête.

Sa voix, son attitude, confirmaient tout, sans qu'aucune confession de sa part fût nécessaire. Je me retournai vers le maître de l'hôtel, qui, avec son lorgnon, paraissait être dans la plus grande perplexité, et lui souhaitai le bonjour.

« Si je puis être d'aucune utilité à la Signora... » commença-t-il....

« En rien au monde, merci.

— On va se mettre tout de suite à recopier les notes, » dit-il en hésitant.

« C'est inutile, » repris-je, « puisque ma domestique possède les originaux. — Bonjour!

— Bonjour, Signora... Bonjour! »

Et le *padrone* se retira fort à contre-cœur, sa curiosité n'était pas satisfaite.

Quand il fut parti, je m'avançai vers Goody et me tins debout devant elle.

« A qui était cet argent? » demandai-je d'une voix basse et fiévreuse. « Dites-le-moi à l'instant... pas de mensonges, pas d'équivoques, à qui était cet argent?

— Oh! mon Dieu! mon Dieu! » criait-elle; « j'ai cru faire pour le mieux... bien vrai, bien vrai... »

Mise presque hors de moi par l'appréhension et la colère, je la pris par le bras et dis en la secouant violemment :

« Parlez, parlez immédiatement, quelle misérable sottise avez-vous faite? Vous m'avez trahie... avouez que vous m'avez trahie!...

— Non, non, non, mon cher agneau, je n'ai pas fait cela!... je n'ai pas fait cela! — Mais pouvais-je empêcher qu'il vous vit?... On vous portait sur un matelas, pauvre amour, comme un enfant sans forces!... Mais attendez, donnez-moi le temps... ne m'effrayez pas, et je vais tout vous dire... oui, ma chérie, tout... aussi vrai que l'Évangile.

— Est-ce *lui*? » balbutiai-je, m'accrochant à une chaise pour ne pas tomber. « Qui est-ce? pour l'amour de Dieu, qui est-ce? »

La pauvre vieille Goody se tordait les mains, en me regardant d'un air suppliant à travers ses larmes.

« Je n'en sais rien, ma chérie, » dit-elle au milieu de ses sanglots, « je ne l'avais jamais vu auparavant, mais il m'a dit qu'il vous connais-

sait aussi bien que si vous étiez sa fille... et... et
je l'ai cru... et je vois bien que j'ai eu bien tort
de prendre son argent, mais j'étais toute seule
au milieu d'étrangers... Dans un pays étranger...
et vous étiez mourante, ma chérie... j'étais si
heureuse de trouver un ami !... »

Je volai dans ses bras et l'embrassai à plusieurs
reprises.

« Chut! chut! chère; » m'écriai-je, « chut!
j'ai cru que c'était... vous savez à qui je pensais.
Mais puisque c'est un étranger, ce n'est rien;
nous lui rendrons son argent, qu'il soit n'importe
qui. J'ai été bien dure pour vous, pauvre chère,
je vous en prie, pardonnez-moi. Là... maintenant, essuyez vos yeux et tâchez de me décrire
ce monsieur... d'abord, comment s'appelle-t-il?

— Je ne sais pas, ma chérie.

— Ne vous l'a-t-il jamais dit, ou l'avez-vous
oublié ?

— Il ne me l'a jamais dit.

— Est-il jeune ou vieux? grand ou petit? blond
ou brun?

— Seigneur Dieu! mon agneau, » s'écria
Goody tout effarée, je n'en ai aucune idée.

« Ne serait-ce pas le docteur Topham? » Elle
secoua la tête d'un air de doute.

« Vous vous rappelez bien l'avoir vu à Broomhill. Le médecin de ma tante qui avait l'habitude

de traverser le parc à cheval sur un petit poney.
Un homme gai, aimable...

— C'est quelqu'un que je n'avais jamais vu
encore, » répliqua fermement Goody, « et c'est
bien l'homme le moins gai et le moins aimable...
Je ne dis pas pour cela qu'il ne soit pas bon ; oui,
il est aussi bon qu'on peut l'être. — C'est lui qui
vous a portée lui-même, jusqu'ici ; et il m'a
fourré l'argent dans la main, de force.

— Et il est revenu après?

— Oh ! Seigneur ! oui... Il est resté dans l'hôtel
un ou deux jours... Et après qu'il a été parti
pour aller trouver le Pape à Rome, il est revenu
une ou deux fois, voulant toujours me donner
plus d'argent.

— Avait-il l'air d'être un grand personnage,
bien riche ? » Je demandais cela avec une vague
idée que ce pourrait bien être le grand-duc de
Zollenstrasse... « avait-il beaucoup de domestiques, menait-il un grand train?

— Ah ! grand Dieu ! non ; il est aussi simple
que possible.

— Vous êtes bien sûre qu'il n'est pas Anglais?

— Dame, non ; je n'en suis pas sûre du tout ;
il a une drôle de manière de parler, bien sûr il
doit être de quelque part par ici ; car je ne puis
m'empêcher de penser que l'anglais ne lui est
pas très familier. »

Nos yeux tombèrent sur les volumes ; une pensée soudaine me traversa l'esprit

« C'est le même Monsieur qui a prêté les livres au docteur Marco, » m'écriai-je avec angoisse ; « courez, chère, courez demander au patron de me faire voir le registre des voyageurs. Je suis sûre que je sais qui c'est, maintenant !

— Comment ferai-je pour demander cela, chérie ? » dit Goody ; « il faut que vous me l'écriviez sur un bout de papier. — Eh ! miséricorde !... le voici...

— Où... où donc ?

— Là, là... ma chérie ; là-bas auprès de ces poteaux, il vient par ici ; tenez, sa figure est tournée de ce côté ! »

Je suivis la direction de son doigt... et ainsi que je commençais à m'y attendre, je vis... le professeur Metz !

CHAPITRE XXXII.

Le professeur.

Pour un artiste, la « Rome habitable » ne s'étend pas au-delà de la via Margutta et du café Greco. Il vit, il travaille dans la première ; il fume, soupe, rencontre ses amis dans la seconde. Moi, dont le sexe et les dispositions ne comportaient pas la recherche du café, je tâchai de me loger si ce n'est dans la rue même, du moins dans son voisinage immédiat. La maison qui fait le centre du vicolo d'Aliberti, d'où l'on domine la via Margutta, m'offrit l'asile que je désirais ; j'avais un atelier me servant aussi de salon, une chambre pour Goody et une terrasse sur laquelle je pouvais déjeuner en plein air. Nous n'avions pas de jardin, mais nous en étions entourées ; c'était un petit coin gai et tranquille, parfaitement en harmonie avec la vie de travail et de solitude que je voulais mener.

Mon brave ami le professeur Metz m'avait découvert ce nid. Il paraît que la pauvre Goody, dans sa perplexité, lui avait dit que j'avais perdu mon mari et voyageais pour changer mes idées.

Il croyait que je m'appelais mistress Carlyon, et savait que je devais vivre de mon talent d'artiste. Ne voyant aucun inconvénient à lui laisser croire tout ceci, je ne cherchai point à le détromper, ce qui m'était d'autant plus facile qu'il s'abstenait scrupuleusement de toute allusion à ma vie de femme mariée. Ai-je eu tort d'agir ainsi? Je ne le pense pas. Je ne pouvais rien lui dire, sans lui tout dire... et ma blessure saignait encore trop, pour pouvoir supporter de la rouvrir.

Mon bon, mon cher professeur! Jamais jusqu'ici je n'avais compris quel cœur chevaleresque et généreux battait sous cette rude enveloppe. Il m'avait accompagnée de Civita Vecchia à Rome, où il avait été envoyé par le grand-duc pour collectionner des objets d'art; et malgré ses nombreuses occupations il trouvait moyen de venir me voir chaque jour. Souvent, même, après avoir passé la matinée à visiter les boutiques et les ateliers, il m'amenait une voiture découverte, et m'emmenait faire une promenade le long des prairies, derrière Sant-Angelo.

A mesure que mes forces revenaient, il me présentait aux marchands de tableaux les mieux achalandés, et bientôt l'un d'eux me commandait la copie d'un des tableaux de Schiarra palace... De ce moment mon modeste avenir fut assuré;

comme copiste, j'étais certaine de trouver à utiliser mes talents. Espoir, ambition, amour de la louange, tout était mort en moi, je ne voyais même plus les chefs-d'œuvre des maîtres du même œil qu'autrefois. Partout le souvenir du temps béni que j'avais passé avec Hugues parmi ces beautés, absorbait ma pensée. Je vivais, je savais qu'il me fallait vivre, mais qu'était-ce que la vie pour moi?... J'étais calme cependant... si calme que je me demandais quelquefois si mon cœur battait encore dans ma poitrine, si mon sang courait encore chaud dans mes veines.

Et avec tout cela, le sable tombait, tombait toujours, dans le grand sablier du Temps.   .   .

.   .   .   .

J'avais passé ma journée à travailler à ma copie, et me dorlotais après le dîner auprès de mon petit feu de bois, quand le Professeur, entrant sans se faire annoncer, vint s'asseoir de l'autre côté du foyer.

« Les soirées sont encore fraîches, » dit-il, « je suis content que vous ayez du feu.

— Elles sont très fraîches, » répondis-je en jetant dans le feu une couple de pommes de pin qui flambèrent aussitôt comme deux pyramides de flamme.

« Comme c'est gai! » dit le Professeur en manière d'approbation.

« Si gai que je voudrais qu'il fût possible de
supporter leur chaleur même au cœur de l'été.
Il y a dans le feu une compagnie réelle.

— Vous vous sentez un peu seule ici.

— Quelquefois. »

Il se remua sur sa chaise avec un certain malaise, et resta les yeux fixés sur le brasier.

« Je ne suis pas plus seule ici que partout ailleurs, » dis-je après une pause. « Il ne faudrait
pas croire, mon bon ami, que je ne m'y plais pas.

— Fort bien, » dit-il; et il soupira.

Encore une fois il y eut un silence.

« Rome est triste, » observa-t-il environ cinq
minutes après.

« Je ne suis pas bien sûre d'être de cet avis.
Pour un cœur meurtri Rome est triste, peut-être ;
mais pour ceux qui sont heureux, c'est le plus
charmant endroit du monde. »

Le Professeur releva la tête et dit aigrement :

« Hem ! alors vous croyez qu'un couple amoureux, en pleine lune de miel, verra dans la voie
Appienne une route gaie et fréquentée?

— Nous parlons de Rome, Herr Professeur,
non pas du chemin qui conduit de Rome au ciel.

— L'idée est jolie, » dit-il en souriant, « mais
d'une application douteuse. Il n'y a guère de ces
anciens Romains qui soient allés au ciel... tout
au contraire. »

Et la conversation retomba encore une fois.

« Il... il faut que je m'en aille, *meine schüle-rin*, » dit-il un moment après.

« Pas avant que je vous aie fait une tasse de café ? »

Il secoua la tête.

« Ce n'est pas là ce que je veux dire. — Il faut que je retourne en Allemagne.

— Hélas ! et quand cela ?

— Après demain ; ou... ou peut-être demain.

— Si tôt !

— Oui, si tôt.

— Comme je vais me trouver encore plus seule quand vous serez parti ! » repris-je avec tristesse.

Il continua à fixer le feu d'un air sombre sans répondre.

« Vous... vous voudrez bien prendre quelquefois la peine de m'écrire, meine professeur ?

— Oh ! bien sûr. »

Un autre long silence...

« J'ai une grâce à vous demander, » commençai-je enfin ; « c'est-à-dire, je voudrais vous prier d'ajouter une bonté à toutes celles dont vous m'avez déjà comblée.

— Vous n'avez qu'à parler, mon enfant, » dit-il toujours avec le même regard fixe.

« Et bien, je.... je... voudrais obtenir de vous une promesse.

— C'est fait ; qu'est-ce ?

— C'est de ne dire à personne le nom que je porte, ni l'endroit où je vis ; de tenir secret le fait de mon existence ; de nier mon identité, si c'était nécessaire, fût-ce même à mon propre père. »

Il releva la tête ; une flamme passa dans ses yeux.

« A votre père ? » s'écria-t-il.

« Oui, à mon père... à ma sœur... à n'importe qui m'a connue. A... à... M. Farquhar, s'il revenait visiter Zollenstrasse.

— M. Farquhar ? » dit-il vivement ; le riche anglais qui...

« Lui-même — Promettez-vous ?

— Mais j'ai promis, » répondit-il en retombant dans sa première attitude.

« La raison pour laquelle je vous demande cela, » continuai-je en hésitant, « n'a d'importance que pour moi-même. Je ne suis pas heureuse. J'ai derrière moi un lugubre passé et devant moi un avenir lugubre. Je ne demande qu'une chose maintenant : la solitude ! Je veux être morte pour tous... excepté pour vous... morte et enterrée.

— Qu'il en soit comme vous voulez, » dit-il ; « je garderai fidèlement votre secret.

— Et... vous ne m'en voulez pas de vous cacher mon motif ?

— Pas le moins du monde. »

Je lui tendis silencieusement la main en signe de remerciment. Il la prit, la garda dans les siennes sans la serrer pendant un instant, comme s'il ne savait qu'en faire, et la laissa retomber.

— Croyez-vous réellement que je vais vous manquer? » dit-il après une autre pause.

« Pouvez-vous me faire une pareille question?

— Je ne suis qu'un vieil ours.

— Vous êtes mon meilleur... mon unique ami.

— Je pourrais rester, si je voulais, » continuat-il en tirant sa moustache d'un air pensif. « Si je renonçais à la direction des Beaux-Arts et si je m'installais ici, peut-être cela pourrait-il s'arranger.

— Renoncer à la direction des Beaux-Arts! » répétai-je avec un étonnement plein d'incrédulité. « Vous ne parlez pas sérieusement.

— Hem! La direction des Beaux-Arts me donne plus d'honneur que de profit, et est plus ennuyeuse qu'autrement. Cela ne rapporte que douze cents florins par an.

— Mais l'académie... le grand-duc... que deviendraient-ils sans vous? Comment pourriez-vous accepter de vivre autre part qu'en Allemagne?

— Je travaillerais davantage pour ma propre renommée.

— Ça, c'est vrai; vous feriez plus de tableaux.

— Et je ne vous laisserais pas toute seule à Rome.

— Pour l'amour de Dieu, chassez cette pensée ! Si vous prenez un parti aussi grave, mon cher ami, que ce soit uniquement en considération de votre bien-être et de votre bonheur.

— Oh ! quant à mon bonheur, *meine schülerin*, je suis précisément aussi isolé que vous-même... je n'ai aucun lien... et... et... je suis venu... avec le désir de vous faire une question...

— Une question à moi ? quelle question ?

— Une question qu'après tout, je n'ai jamais eu le courage de vous faire... » et il tortillait sa moustache à croire qu'il allait l'arracher. « Ne la devinez-vous pas ?

— Pas le moins du monde ; mais si c'est quelque chose que je puisse faire pour vous... n'importe quoi... Quand ce serait de la plus grande difficulté... ou bien...

— Non, non, non, ce n'est rien de ce genre. Ah ! je ne suis qu'un sot !

— Mais pourquoi hésitez-vous ?

— Parce que, parce que... quelque chose me dit que j'aurais mieux fait de me taire... et cependant, je ne puis supporter la pensée de vous voir travailler pour vivre ici, sans personne pour vous aider, ni pour veiller sur vous. Vous êtes jeune, vous êtes pauvre... vous êtes... jolie... le

monde présentera pour vous des dangers auxquels vous n'avez pas encore songé. Vous avez
besoin d'un soutien. Je suis... je suis un vieux
bonhomme, bien désagréable, bien refrogné,
bien rude, aussi mal appris qu'un ours... mais...
voulez-vous m'épouser ! »

L'épouser ! épouser le Professeur ! Pouvais-je en
croire mes oreilles?

« Je ne m'attends pas à ce que vous m'aimiez, »
continua-t-il vivement; « je sais que c'est impossible. J'admets parfaitement que votre cœur soit
enterré avec le mari que vous avez perdu. Mais
si vous pouvez m'accorder votre estime, me prendre pour ce que je suis, et vous faire à l'idée de
m'avoir pour compagnon tout le reste de votre
vie... dites-le tout de suite, et terminons cette
affaire.

— Si j'avais pu croire que vous m'aimiez, mon
excellent ami, » commençai-je, « si j'av...

— Je vous aime, » dit-il en m'interrompant,
les yeux toujours fixés sur le feu.

« Je savais bien que vous m'aimiez comme
un ami; mais si j'avais pensé que vous pussiez
m'aimer autrement...

— Eh bien, alors?

— Alors, j'aurais eu à supporter un bien amer
chagrin de plus; car je ne puis pas être votre
femme.

— Voilà ce que j'attendais, » murmura-t-il, plutôt pour lui que pour moi.

« Je ne saurais vous dire pourquoi; cela fait partie de mon malheureux secret; mais...

— Mais je sais pourquoi, moi, » dit-il avec un mouvement d'impatience; « parce que je suis vieux, grisonnant et laid.

— Non, de par le ciel, ce n'est pas pour cela! »
Il secoua la tête.

« Est-ce que vous ne me croyez pas?

— Je crois que la Belle n'aurait jamais aimé la Bête, si à la fin la Bête n'était devenue un beau prince.

— Hélas! Il y a deux minutes il n'était pas question d'amour... vous ne me demandiez que mon estime et ma main. Mon estime, vous l'avez... et même davantage... j'ai pour vous la reconnaissance la plus grande, l'amitié la plus vive...

— Pourquoi, alors...?

— Ne me demandez pas pourquoi. Ne vous suffit-il pas que je vous dise que c'est impossible!

— Oh! en voilà assez, » répliqua-t-il avec amertume.

Je tressaillis, aiguillonnée par son incrédulité.

« Ah! vous n'êtes pas généreux! » m'écriai-je, « vous n'êtes ni généreux, ni bon! Sachez donc, puisque *vous voulez* le savoir, que je ne

24.

suis pas veuve. Celui que j'ai épousé vit. Il m'a trompée... je me suis enfuie... Je n'ai plus ni cœur, ni main à donner... Et maintenant que vous savez tout... êtes-vous satisfait? »

Au premier moment il releva la tête, ses yeux rencontrèrent les miens, puis il se leva.

« Je vous demande pardon, » dit-il; mais si bas, qu'il semblait que c'était sa respiration qui tremblait, non pas la voix; « je vous demande pardon, je me suis bien trompé.

— En effet, oui.

— Me pardonnerez-vous avant que je ne parte? voulez-vous me donner la main? »

Je lui tendis ma main, non sans un peu de répugnance.

Il la prit entre les siennes; elles étaient froides, humides, et toutes tremblantes.

« Adieu, » dit-il.

« Adieu ! »

Il se dirigea vers la porte, la franchit à demi, et demeura indécis.

« Nous nous séparons bons amis... bien sûr? » dit-il presque tout bas.

« Bons amis! » répétai-je, tandis que la dernière ombre de ma contrariété s'évanouissait. « Les meilleurs amis, les amis les plus sincères qui aient jamais existé... tant que nous vivrons... n'en doutez pas.

— Merci, » dit-il, et il fit un pas en avant.

« Vous ne quitterez pas Rome demain , n'est-
ce pas? vous reviendrez me voir encore.

— Bon... je ne quitterai pas Rome demain , »
répondit-il, après avoir hésité un instant.

Il y avait dans sa manière quelque chose d'é-
trange que je ne comprenais pas.

« Bien sûr vous ne voudriez pas rester ici encore une journée tout entière sans me revoir, »
persistai-je.

Il porta la main à son front, comme s'il souffrait.

« Non, non, je ne resterai pas à Rome encore
un jour entier sans vous voir. Adieu... que le
Seigneur vous garde! »

Il fit un pas sur le seuil, se retourna... Dieu!
qu'il était pâle!... ses lèvres remuèrent sans prononcer un son, et il partit.

J'écoutai son pas jusqu'en bas de l'escalier,
puis je revins prendre ma place auprès du feu.
Son fauteuil vide était en face de moi... Depuis
longtemps les pommes de pin étaient réduites en
cendres, et ma petite chambre avait un aspect
plus abandonné que jamais. Je m'assis, les mains
jointes, et me mis à songer tristement.

« Hélas! » me disais-je ; « ceci ne va-t-il pas me
coûter le seul ami que j'aie? Nous retrouverons-
nous jamais les mêmes, maintenant? J'étais déjà
bien pauvre; le serais-je plus encore? Oh! que

Dieu fasse qu'il n'en soit pas ainsi. Il ne m'aimait
pas... ce n'est pas possible qu'il m'aimât!... Me
voyant si désolée, généreusement il a cherché
le moyen de me venir en aide. Cœur chevaleresque! noble et bon! Il sait maintenant qu'il ne
peut avoir ce droit, mais il sait en même temps
que rien là ne saurait blesser ni son orgueil, ni
son amitié, et alors pourquoi ne pourrions-nous
pas nous retrouver demain comme si cet entretien n'avait jamais eu lieu? Si vraiment il m'a
aimée... mais non, cela n'est pas possible!... Il
ne m'a certainement pas aimée d'amour!... »

Et parvenue à me persuader que j'étais dans
le vrai, tantôt je me reprochais le mouvement de
colère qui m'avait poussée à me trahir, tantôt je
me consolais en pensant à tout ce que je lui dirais le lendemain, avant de nous séparer. Au
milieu de ma rêverie Goody entra avec le café.

« Mon agneau béni, » dit-elle d'un air singulièrement agité, « il n'est rien arrivé, n'est-ce
pas? Dites, dites vite, ma chérie; il n'est rien
arrivé?

— Non;... c'est-à-dire... pas grand'chose.
Pourquoi me demandez-vous cela?

— Parce que... parce que, mon cher agneau...
ça m'a donné un tel coup, que je suis encore
toute tremblante.

— Qu'est-ce qui vous a donné un coup? » demandai-je vivement, « y aurait-il eu quelque malheur?

— Je ne sais pas, ma chérie; mais je le croirais... autrement, comment aurait-il été dans un état pareil?

— Il... qui cela? le Professeur?

— Pour sûr, ma chérie, Qui ce pourrait-il être? Alors, voyez-vous, je ne l'ai pas reconnu tout de suite; il faisait noir au pied de l'escalier.

— Quand cela?

— Et n'y a pas deux minutes; comme je rapportais le sucre pour le café.

— Il n'y a pas deux minutes, » répétai-je en me dirigeant vers la porte; « mais alors il est encore là.

— Oh! non, mon agneau, il est bien loin maintenant; quand il m'a vue il a tout de suite rabattu son chapeau sur ses yeux et s'est enfui comme un fou.

— Mais qu'est-ce qu'il faisait là, Goody?

— Qu'est-ce qu'il faisait, ma chérie? Il avait sa pauvre tête appuyée sur la rampe, et sanglotait à se briser le cœur. »

Je sentis mon propre cœur défaillir, j'étais toute froide des pieds à la tête... oh! serait-ce donc de l'amour, après tout?

Le lendemain matin à déjeuner je trouvai une lettre sur la table; elle contenait ces mots:

« Quand ce billet sera entre vos mains je serai
« à bien des lieues d'ici. Je ne manque pas à
« ma parole... « je ne quitte pas Rome demain,
« je pars ce soir par le courrier. Je sais que cela
« vaut mieux. Je désire ne pas vous revoir avant
« que ce rêve soit devenu un souvenir moins
« douloureux. Je vous aimais... je vous aime,
« vous aurez été le premier, le dernier, l'uni-
« que amour de ma vie. Que cette vérité serve
« d'excuse à ma présomption, et qu'il n'en soit
« plus jamais question. Vous aimer, est mainte-
« nant un crime qui doit avoir son expiation.
« Quand je me sentirai maître de moi, en état de
« supporter votre présence, je reviendrai à Rome
« et veillerai sur vous jusqu'à mon dernier jour.
« J'ai laissé à la banque de Pakenham un petit
« compte de quelques centaines de scudi que je
« vous supplie d'emprunter si vous avez besoin
« d'argent; je l'ai fait mettre à votre nom, afin
« d'éviter tout ennui; vous me le rendrez plus
« tard, quand vous serez à votre aise. Que Dieu
« vous garde ! »

CHAPITRE XXXIII.

Un secret qui arriva avec l'été.

Le printemps vint ; le joyeux printemps d'Italie, embaumé, langoureux, où tout est soleil, parfum, chants d'oiseaux, fleurs écloses...

Époque heureuse et douce !... pleine d'un baume consolateur pour les cœurs blessés, d'espérance pour les âmes travaillées. Époque bénie, à laquelle je ne saurais jamais songer sans verser des larmes de reconnaissance.

D'abord j'avais eu un doute... puis un espoir... et voici que j'avais une certitude !...

Pendant des mois cette idée m'avait hantée jour et nuit. Tout à coup elle avait flamboyé devant mes yeux, faisant battre mon cœur, et passer ma joue de la pâleur au cramoisi. Oui, maintenant c'était une certitude, une ravissante, bouleversante certitude !... pour moi le monde se trouva subitement transfiguré... je marchais sur des roses !

C'était mon secret à moi ; j'en étais avare, je le voulais pour moi toute seule ; je recherchais la

solitude pour pouvoir me le répéter des centaines
et des centaines de fois. Tout me semblait prendre
une face nouvelle.

Mon enfant... grand Dieu! comme ces mots
vibraient dans ma cervelle!... quelles paroles
avaient jamais produit une pareille mélodie?
Y eut-il jamais une plus grande consolation? Ceux-
là seuls qui ont vécu sans affection, ne travaillant
que pour eux-mêmes, peuvent comprendre ce
qu'était pour moi mon secret. Il faisait revivre
en moi l'ambition de l'artiste, morte depuis si
longtemps; il me rendait le sentiment du beau;
il se ralliait à mille projets heureux. Quelquefois
il m'arrivait de m'arrêter devant la porte ouverte
d'une église pour écouter les chants; et je me
rappelle que ces images théâtrales de la Vierge
et de l'enfant sacré qu'on trouve à tous les coins
des rues, avaient elles-mêmes pris à mes yeux
une signification poétique...

A cette époque-là, c'était toujours avec répugnance que je rentrais à la maison... Égoïste que
j'étais! le babil innocent de la chère vieille
Goody m'impatientait. Ah! combien j'avais peur
qu'elle ne pénétrât mon secret!... Comme je re-
mettais de jour en jour à le lui dire!... Comme
je redoutais qu'elle ne le découvrît! Désormais
je n'étais plus seule, je possédais le plus saint, le
plus fort des amours de la terre et j'allais vivre

dans la plus tendre des compagnies. Cette pensée couronnait mon bonheur, qui jusqu'ici n'avait pas été sans mélange et sans ombre. Pouvais-je oublier que mon enfant allait naître en dehors de la loi? qu'il ne connaîtrait jamais le père auquel il devait la vie?

Hélas! ce père, que j'aimais encore si tendrement, j'allais bientôt chercher ses traits sur le visage d'un enfant. J'allais guetter le son de sa voix dans celle d'un enfant... et pourtant, je devais m'efforcer de ne plus l'aimer que comme un souvenir... mort... pardonné... mais effacé! Et voici le secret que l'été avait apporté.

Tout en travaillant, en espérant, en me livrant à de tendres expectatives, l'été passa. Quand j'eus terminé ma copie du Sciarra Palace il me sembla que j'étais devenue riche; j'avais un capital de deux cents scudi, et, de plus, une nouvelle commande : celle-ci était la copie d'un tableau de Giulio Romano n'appartenant à aucune collection, ce qui me permettait de travailler chez moi sur l'original qu'on confiait à mes soins. — Je m'étais fait un petit atelier en divisant mon petit salon par moitié au moyen d'un large paravent, et là, tout contre la fenêtre pas trop claire, respirant le parfum des orangers qui remplissait l'air des jardins environnants, je peignais tout le long du

jour. Goody venait souvent s'asseoir près de moi
avec son ouvrage, ou me faisait la conversation
de l'autre côté du paravent, tout en préparant
notre modeste dîner ; puis nous allions passer une
heure à la brune sur notre terrasse, à regarder
circuler les mouches de feu tout en nous entre-
tenant tout bas de l'hôte à venir. Bientôt, quand
vinrent les grandes chaleurs, les rues de Rome
devinrent silencieuses, chacun partit, soit pour le
bord de la mer, soit pour la montagne. Moi je
n'avais ni le désir, ni le moyen, de suivre cet
exemple ; à moins d'avoir recours à l'argent du
Professeur, ce que je ne voulais point. — D'ailleurs
j'aimais mieux Rome pendant sa saison de solitude ; j'avais moins peur d'être reconnue et me
hasardais de temps en temps dans les jardins et
dans les galeries.

Juillet et août passèrent ainsi ; Septembre
arriva, amenant avec lui le mouvement des ven-
dangeurs sur les collines. Septembre, si plein
d'espérances et de promesses, qui devait apporter
un si beau présent ; qui s'était fait tant attendre
et que j'accueillais, enfin, avec tant de bonheur !
Le Professeur m'écrivait rarement et de très
courts billets. Au commencement de septembre, alors que l'espérance dont il n'avait aucune
idée n'était pas encore réalisée, je reçus de lui
une lettre m'informant que mon ancienne amie

du collège de Žollenstrasse, Ida Saxe, partait pour
Rome avec une légère subvention de l'académie
lui permettant de poursuivre ses études en Italie.

« Elle a déjà passé quelques semaines à Flo-
« rence, » m'écrivait le Professeur, « et quand
« vous recevrez ce billet elle sera très probable-
« ment arrivée à Rome. Vous aurez son adresse
« si vous le voulez à l'*hôtel de Minerve*. J'ai fidèle-
« ment gardé votre secret et laisse à vous-même
« de juger si, en cette circonstance, vous ne
« devriez pas vous départir de votre ligne de
« conduite. Pour moi, s'il m'était permis de vous
« donner un conseil, je vous dirais : Allez à elle.
« Toutefois, dans le cas où vous préféreriez vous
« en aller à Florence, n'hésitez pas ; je vous re-
« commanderai à quelques marchands de ta-
« bleaux et vous vous tirerez là tout aussi bien
« d'affaire. — Je serai heureux de savoir par le
« prochain courrier ce que vous aurez décidé.
« A vous toujours, etc. »

Ma décision fut bien vite prise. Je laissai là mon
travail et après m'être assurée de l'existence,
tout en haut de notre maison, d'une grande chambre à louer, je partis pour l'*hôtel de Minerve*, où
ma chère Ida venait d'arriver. Avec quels transports de joie elle me reçut !...

« Ah ! Barbara, » s'écriait-elle, « je croyais bien
ne plus vous revoir. On nous avait bien dit que

vous étiez mariée, mais nous n'avons jamais
su votre nom. Pourquoi n'avez-vous jamais
écrit? Hélas!... vous nous aviez oubliées... » Puis,
changeant de sujet : « Est-ce que vous habitez
Rome? Votre mari serait-il peintre? Comment
avez-vous su que j'étais ici? Oh ! que je suis heureuse de vous avoir rencontrée ! »

Je répondis à cette avalanche de questions en
proposant à Ida de venir demeurer avec moi.

« Comment pouvez-vous douter du plaisir que
ce serait pour moi, » dit-elle ; « ah! chère
amie, partons... partons immédiatement, mais, »
continua-t-elle, hésitante, « votre mari... êtes-
vous sûr qu'il consente à avoir chez lui une
étrangère?

— Mon mari, chère fille, n'est pas à Rome, et
je n'ai d'autre consentement à obtenir que le
mien. Êtes-vous trop fatiguée pour aller à pied,
nous ferions porter vos bagages par un *facchino*.

— J'aimerais beaucoup aller à pied si... si...
cela ne vous fati.......

— Non, » dis-je vivement, « cela ne me fati-
guera pas. Je sors tous les jours à cette heure-ci
quand la nuit commence à tomber et que la chaleur est passée. »

Nous partîmes tout en causant.

« Comme c'est gai ici, » disait Ida, « comme
c'est plus vivant qu'à Florence!... J'arrive de Flo-

rence où j'ai passé cinq semaines dans une triste
pension bourgeoise ; j'y ai été bien malheureuse !
Et vraiment, je ne sais ce que je serais devenue
sans une vieille dame anglaise, bien désagréable,
qui s'était prise d'affection pour moi et m'emmenait quelquefois faire des promenades en voiture.
C'était une si bonne vieille... contredisant tout le
monde, et détestant tout ce qui n'est pas anglais.
Ah ! elle m'a bien fait rire... On la détestait à la
maison, excepté moi. Aussi, quand elle a été partie pour aller rejoindre sa nièce à Pise, tout est
devenu si intolérable que je n'ai pu y rester davantage.

— Mais, les galeries... les églises... tout cela a
dû vous ravir.

— Me ravir ? eh bien, non. J'ai été saisie, étonnée. J'errais au milieu de toutes ces merveilles
comme Aladin dans le jardin des pierreries.
Seulement le paradis des peintres, ce sont les *Uf-
fizzi*... Où rien trouver de pareil ? Mais vous ne
m'avez toujours pas dit comment vous aviez su
mon arrivée à Rome ?

— Par une lettre du professeur Metz, que j'ai
reçue ce matin.

— Le Professeur Metz ! au fait, c'est bien simple, il était à Rome il y a quelques mois. Mais
comme c'est drôle qu'il ne m'ait jamais parlé de
vous ? Et à propos, *liebe*, je ne sais pas encore vo-

tre nom de dame, et ne vous connais que sous celui de Barbara Churchill.

— Eh bien, chère Ida, dorénavant vous me connaîtrez sous celui de Barbara Carlyon.

— Barbara Carlyon... c'est un joli nom. Et bien, vous ne le croiriez pas, ma chère, j'avais toujours pensé que vous deviendriez mistress Farquhar, et que vous seriez une grande dame, bien plus riche et bien plus huppée que notre grande-duchesse. Je suis presque désappointée en voyant que vous n'êtes que mistress Carlyon. Mais, parlez-moi donc un peu de votre mari... ah! mon Dieu, qu'avez-vous?....

— Rien, ma chère, rien... Le nom de Carlyon m'a occasionné bien du chagrin... nous ne parlerons, si vous le voulez bien pour le moment, ni de mon mari, ni de moi; cela me fait trop de mal. »

Et c'est ainsi que j'introduisis mon amie Ida dans mon petit intérieur.

Le soir même nous prenions le café sur ma terrasse en causant du bon vieux temps.....

Ce fut précisément cette nuit-là que les anges qui président à la vie et à la mort des humains se tinrent sur mon seuil... Et pendant des heures, on se demanda si la volonté du Tout-Puissant serait d'envoyer une âme de plus sur la terre, ou d'en faire remonter deux au ciel...

Mais si les souffrances avaient paru avec la nuit, la joie était venue avec le lever du soleil; et au moment où la lumière du jour inondait ma croisée, on déposait entre mes bras un frêle petit bourgeon de vie...

CHAPITRE XXXIV.

Le modèle.

Ma petite fleur de vie, si belle, si douce, si fragile!... Pour elle, mon amour était une Providence, ma vie une nourriture, mes bras tout l'univers... J'adorais mon enfant. Il était à moi... uniquement à moi; c'était ce que je ne me lassais de me répéter à moi-même, ce que je me murmurais tout bas entre deux baisers sur les lèvres de mon fils... ces jolies petites lèvres!... De vraies feuilles de rose, dont j'étais si jalouse que lorsqu'une autre bouche que la mienne les avait touchées je me hâtais d'effacer le baiser étranger en les baisant bien vite, afin que de nouveau elles fussent bien à moi.

Tout d'abord j'étais presque honteuse de laisser voir combien j'adorais mon idole. Si l'enfant souriait à quelqu'un d'autre que moi, j'en étais si contrariée que j'étais prête à en pleurer. Ce n'était jamais sans une secrète angoisse que je le livrais à d'autres bras que les miens; je n'étais vraiment heureuse que lorsque, le tenant couché sur mon propre oreiller, je le regardais dormir,

440

et ma joie, mon extase, étaient indescriptibles
lorsque penchée sur lui au moment du réveil, ma
main rencontrait ses petites mains hésitantes,
mon regard se plongeait dans la profondeur
inconsciente de ses grands yeux bleus. Je con-
templais chaque jour le doux mystère de sa croissance; inscrivant journellement quelque chose
de nouveau sur les tablettes de ma mémoire.
Je guettais, chaque jour, l'éternel miracle du
développement de la vie qui s'accomplissait en
excitant mon adoration, en faisant mes délices,
au point d'en ressentir une douleur au cœur tant
il était rempli d'amour... chaque pensée devenait
un poème, chaque action une prière. C'est ainsi
que s'écoulèrent les premières semaines, et, de
huit jours en huit jours ma petite fleur merveilleuse croissait en grâce et en vigueur. Dans les
premiers jours mon enfant était beau de cette
beauté angélique qui est propre à l'enfance, et
d'une si parfaite pureté qu'elle confirmerait presque la théorie du poète, quand il dit que « l'enfant apporte avec lui un reflet du ciel; » mais
avant que le premier mois de cette petite existence
ne se fut accompli, il se produisit un changement
dont mon cœur seul fut ému, dont mes yeux seuls
furent frappés : sur cette figure d'enfant, apparut
comme l'aurore d'une ressemblance avec celle
du père; lueur fugitive, qui tout en me rendant,

25.

si la chose était possible, le petit être encore plus cher, pénétrait toute ma joie d'un amer sentiment de douleur... Cette lueur n'était pas toujours présente, il suffisait même que je la cherchasse pour ne pouvoir la saisir : c'était quelque chose d'indéfinissable, d'inexplicable, pas plutôt entrevu qu'évanoui.

Toutefois Ida avait loué la grande chambre d'en haut; Goody avait pris le poste de pourvoyeuse et de cuisinière, et nous prenions nos repas toutes les trois ensemble sans distinction de rang, absolument comme le roi Arthur et ses chevaliers de la table ronde. Durant les premières semaines, Ida resta presque constamment à la maison, m'entourant des soins les plus affectueux, montrant une indifférence complète vis-à-vis des merveilles de Rome. Ce ne fut qu'avec difficulté que je la décidai à aller une ou deux fois jusqu'à Saint-Pierre ou au Colisée; mais je ne pus jamais obtenir qu'elle visitât le Vatican sans moi. Elle s'était promis, disait-elle, de ne rien voir, ni la *Transfiguration*, ni la *Communion de Saint Jérome*, ni le *Jugement dernier*, tant que je ne pourrais pas aller avec elle; et quoiqu'il fallût encore trois mois pour arriver à ce résultat, elle était décidée à m'attendre. Elle employa ce temps à peindre dans mon petit atelier recherchant tous les modèles qu'elle pouvait recruter.

Un jour elle avait rencontré un chanteur ambulant qui attroupait le monde autour de lui avec
une guitare : la tête de cet homme avait du caractère ; elle le ramena à la maison en triomphe ! Il
posa deux heures et promit de revenir le lendemain
matin. Aussitôt son départ, l'esquisse en main, la
tête pleine de projets, Ida vint me trouver.

« Regardez, Barbara ; à peine si c'est jeté sur
la toile, et ça a déjà de l'effet. Il a une tête
charmante, si fine, si mélancolique. J'ai bien
envie d'entreprendre une grande œuvre dont il
serait le héros. Si j'en faisais un Christophe Co-
lomb développant son plan devant Ferdinand et
Isabelle, qu'en diriez-vous? J'ai déjà fait quelques études sur ce sujet.

— Voyons vos études, » dis-je en souriant.

Elle courut les chercher. Elles étaient réellement au-dessus de l'ordinaire.

« Et vous pensez, vraiment, que je puis me
risquer à entreprendre une pareille œuvre? »
dit Ida haletante.

« Je le crois sincèrement.

— Et mon modèle?

— Me semble parfait. C'est la figure d'un
homme qui a souffert, qui a pensé; c'est bien le
type de l'héroïque navigateur, contemplatif,
intelligent!... C'est étrange, mais plus j'y songe
et plus il me semble que cette physionomie ne

m'est pas inconnue... J'ai vu cet homme quelque
part, certainement, il y a longtemps... »

Le lendemain matin à dix heures, le modèle
revenait donner sa première séance.

Étendue sur une chaise longue sur la terrasse,
je jouissais de l'air embaumé d'octobre, à l'ombre des feuilles de vigne tremblotantes qui formaient un toit au-dessus de ma tête. Un livre tout
ouvert était sur mes genoux, mon enfant dans
son berceau dormait à mes pieds, et Goody assise
en face de moi épluchait des haricots pour le dîner.

« *Buon giorno*, *Signore;* » dit le modèle en
ôtant sa casquette et en nous saluant à la ronde.

« *Buon giorno*, » répondit Ida. « Je vais vous
faire figurer dans un grand tableau, *amico*, et
j'espère que vous resterez à Rome assez longtemps pour me permettre de l'achever.

— Je l'espère aussi, Signora; » puis, prenant
un air grave : « C'est à la volonté de Dieu, » dit-il,
et il s'approcha de la fenêtre ouverte en dehors
de laquelle j'étais assise :

« *Che bello fanciullo!* » s'écria-t-il en se penchant sur le berceau, « *è la sua, Signora?*

— Oui, » répondis-je toute rouge d'orgueil et
de plaisir, « c'est mon enfant.

— On dirait une goutte de neige, » dit l'homme
dans son italien musical, et il se détourna d'un
air triste.

Ce fut en ce moment que je le reconnus. C'était le chanteur ambulant des Champs-Élysées, celui que nous avions rencontré la veille de notre mariage. Il était vieilli, il portait une barbe qui lui descendait jusqu'au milieu de la poitrine, mais malgré cela, j'en étais sûre, c'était bien lui. Jamais mon mari ne m'avait donné l'explication de son étrange conduite ce soir-là, et moi j'avais complètement oublié de lui en reparler... Ah! *dolce tempo passato!* que de joies, que de chagrins n'ai-je pas eus depuis ce moment-là! Des larmes me montèrent aux yeux et tombèrent goutte à goutte... personne ne s'en aperçut. Ida avait commencé le trait au fusin, Goody était occupée aux affaires du ménage... Un instant après, mon enfant s'éveilla en souriant... Je le pris sur mon cœur, je le couvris de baisers!... Mon pauvre enfant qui ne devait jamais connaître que l'affection de sa mère... qui n'aurait même pas le droit de porter le vieux nom de son père!

Goody, qui avait fini d'éplucher les haricots me laissa seule sur la terrasse; je cueillis une branche de vigne et me mis à jouer avec le baby jusqu'à ce que mes larmes fussent séchées au soleil de ses yeux. Soudain un nom qui frappa mon oreille faillit me couper la respiration : *Capri!*

Immobile, comme pétrifiée, je perdis ce qui suivit... les premières paroles pourvues de sens

qui parvinrent à mes oreilles étaient prononcées
par Ida :

« Vous êtes sûr de ce que vous me dites-là,
amico ?

— *Certo, certo,* Signora.

— Comment se fait-il que vous soyez si au
courant des gréements d'un vaisseau?

— Signora, j'ai été marin.

— Mais ceci est une galère espagnole d'il y a
plus de trois cents ans.

— *Faniente, Signora.* Aucun vaisseau au repos
dans un port, n'aura ses agrès comme vous re-
présentez ceux-ci dans votre tableau. Cela n'est
pas possible. Où la Signora a-t-elle vu le vaisseau qu'elle a pris pour modèle ?

— Dans une vieille gravure espagnole.

— Et, est-ce que le bâtiment était à l'ancre
le long des quais?

— Non ; la gravure représentait une flotte de
galères en mer.

— *Eccolà !* si le vaisseau était en marche la Signora aurait parfaitement raison ; mais dans
le port, toutes ces cordes-là doivent être lâches et
toutes les voiles ferlées; elle peut en être sûre,
je demande bien pardon à la Signora de ma
hardiesse...

— Oh! je vous en prie, » dit Ida, « je vous
suis très sincèrement obligée de l'information. »

Et tous deux retombèrent dans le silence.

Il était Italien... il avait été marin... il avait parlé de Capri! Il se pourrait qu'il sût quelque chose de l'histoire de Madeleine... il serait peut-être à même de me donner quelques éclaircissements... Que devais-je faire? L'interroger, c'était dire à Ida tout ce que mon orgueil avait jusqu'ici tenu caché dans mon cœur; n'en rien faire, c'était laisser perdre une chance qui pouvait ne plus jamais se représenter. Tandis que toute troublée j'hésitais encore, Ida reprit :

« Combien y a-t-il de temps que vous avez quitté la mer, mon ami ?

— Environ trois ans, Signora.

— Et probablement vous avez trouvé plus avantageux de poser pour les artistes?

— Je ne fais pas le métier de modèle, Signora; je vous l'ai dit quand vous m'avez demandé de venir poser.

— C'est vrai; je l'avais oublié. Vous êtes un chanteur ambulant.

— Oui, Signora.

— Et pourquoi avez-vous quitté la mer pour aller chanter dans les rues? Gagneriez-vous plus d'argent avec ce métier?

— Oh! bien au contraire, Signora; là où je gagne deux pauls avec mon chant, j'aurais eu un scudo en mer.

— Alors pourquoi avoir abandonné la mer?

— Parce que... parce que je désirais voir les pays étrangers, Signora.

— Eh bien, mais, un marin visite les pays étrangers.

— *É vero*, Signora; mais il ne visite que les ports de mer. Moi, je voulais voyager dans les terres.

— Et où êtes-vous allé, alors? » poursuivit Ida que la conversation intéressait et amusait évidemment.

« A Paris et à Londres, Signora.

— A pied?

— Toujours, Signora, et en chantant pour gagner mon pain de chaque jour.

— Comme c'est singulier! Et maintenant que vous avez vu le monde, je suppose que vous allez retourner dans votre pays natal pour le restant de vos jours.

— Je ne sais pas, Signora, le monde est bien grand et j'en ai vu bien peu. Et puis le but que je me proposais en voyageant n'est pas encore atteint. Pour le moment je retourne chez moi.

— Allez-vous reprendre la mer?

— Oui, Signora, je le crois.

— Vous m'avez dit que vous étiez Napolitain?

— Natif de Capri, Signora.

— Les habitants de ces îles, pour la plupart, sont marins, n'est-ce pas?

— Marins ou pêcheurs, Signora.

— Vous, vous êtes marin?

— Tous les deux, Signora; c'est-à-dire je fais le métier de pilote entre Naples et l'archipel de la Grèce; et quand je me trouve à la maison pour une ou deux semaines je vais pêcher comme les autres. »

Je tremblais... Je devenais glacée... Je posai l'enfant dans son berceau et me penchai en avant, les mains jointes, les lèvres entr'ouvertes.

« Est-ce que vous êtes marié? » continua Ida au bout d'une minute, de ce ton distrait propre aux gens dont l'attention est fortement engagée autre part.

« Oui, Signora.

— Votre femme voyage avec vous?

— Oui, Signora.

— Est-elle à Rome en ce moment?

— Non, Signora; je l'ai envoyée à Capri par un vaisseau à voiles qui quittait Livourne il y a quelques semaines, pour qu'elle aille préparer notre vieille maison.

— Et c'est là que vous allez maintenant?

— Oui, Signora.

— N'avez-vous donc pas de famille?

— J'ai eu un frère, Signora... mais il est mort

il y a bien des années;... il a été noyé en mer.

— Hélas! et vous n'aviez jamais eu de sœur?

— Je... je... n'ai ni père, ni mère, ni frère, ni sœur, » répondit tristement le modèle; « ma femme et moi nous sommes seuls au monde. »

Je me levais, je me rasseyais... je tremblais de la tête aux pieds... Chacune de ses paroles ajoutait une certitude à mes soupçons. Les réserves elles-mêmes, étaient pour moi autant de témoignages. C'était Paolo, j'en étais sûre... Paolo, le frère de Madeleine, que Hugues n'avait jamais vu, qu'il avait rencontré aux Champs-Élysées sans le connaître. Celui qui avait été noyé en mer était le taciturne Jacopo; mais la femme..., la femme à laquelle j'avais donné une pièce de cinq francs... Hugues l'avait reconnue, elle... de là son émotion quand la lumière était tombée sur son visage! Je sentis qu'il me faudrait questionner Paolo à n'importe quel prix. Cette fois ce fut le modèle qui rompit le premier le silence :

« La Signora n'est pas Italienne? » dit-il :

« Non, » répondit Ida, « je suis Bavaroise.

— Bavaroise, » répéta-t-il, « je n'ai jamais entendu parler de cette nation-là.

— La Bavière fait partie de l'Allemagne, » dit Ida, « une Bavaroise est une Allemande, comme un Napolitain est un Italien.

— *Capito, Signora,* » dit-il d'un air pensif ; puis
après une pause il ajouta : « Je croyais que la
Signora était Anglaise ; il y a tant d'Anglais à
Rome.

— Oui, beaucoup, » reprit Ida, absorbée par son
travail. « La tête un peu plus vers l'épaule, s'il
vous plaît.... non, c'est trop maintenant... Là,
comme cela.

— La Signora a peut-être été en Angleterre ? »
poursuivit le modèle.

« Non, jamais. Je vous en prie, ne remuez pas.
Pourquoi me demandez-vous cela ?

— Oh ! pour rien, Signora.

— Mon amie est Anglaise, » dit Ida, « elle est
de Londres. »

Je ne pus résister plus longtemps.

« Ida ! » m'écriai-je « Ida ! venez, venez me
parler, *liebe.* »

Elle posa son pinceau et accourut.

« Ah ! *lieber Gott !* que vous êtes pâle !.. qu'est-
ce qu'il y a ?

— Il faut que je parle à cet homme... que je
lui parle, seule.

— Au modèle ? » balbutia Ida tout étonnée.

« Au modèle, oui chérie. — Je crois savoir
quelque chose de sa famille, de son histoire particulière ; voulez-vous bien rester ici pendant
que je vais lui parler ?

— Je vais monter dans ma chambre, si vous
voulez.

— Ce n'est pas la peine, *liebe* ; prenez soin de
l'enfant pendant ce temps-là. »

Et, fermant la porte-fenêtre sur moi, j'allai
m'asseoir à la place d'Ida, en disant :

« Je suis Anglaise, mon ami ; puis-je faire quelque chose pour vous? auriez-vous dans mon pays
quelque parent, dont je puisse m'informer? »

Il rougit, et resta un moment sans répondre.

« *Grazie, Signora,* » dit-il, « j'ai une parente
qui... qui est allée en Angleterre... qui doit être
en Angleterre maintenant, si elle existe encore.
Mais je l'ai perdue de vue.

— Est-ce une proche parente?

— Oui, Signora.

— Une sœur, peut-être?

— Oui... oui, Signora.

— Alors c'est pour aller à sa recherche que
vous avez entrepris le voyage dont je vous ai
entendu parler tout à l'heure. »

Il baissa la tête un peu à contre-cœur, comme
s'il était ennuyé d'être forcé de l'avouer.

« Combien y a-t-il de temps qu'elle est allée
en Angleterre?

— Je... je ne saurais pas vous dire, Signora.
Je sais seulement qu'elle est allée en Angleterre
depuis qu'elle a quitté Capri... Il y a treize ans

environ... Mais c'est bien inutile, Madame, vous ne pouvez nous aider. Elle est partie, et nous ne la reverrons plus jamais.

— Vous ne devez pas dire cela. Quelquefois les gens qu'on croit perdus reparaissent au mo--ment où on s'attend le moins à les retrouver. Comment savez-vous que votre sœur est en Angleterre?

— Elle m'a écrit, Signora; et la lettre porte le timbre de la poste anglaise.

— Ne vous a-t-elle jamais donné d'adresse?

— Jamais.

— Combien y a-t-il de temps qu'elle vous a écrit?

— Cinq ans, environ, Signora.

— Pourquoi a-t-elle quitté Capri, et avec qui?

— Pardon, Signora, mais je ne puis répondre à ces questions.

— Alors, comment pouvez-vous espérer que je puisse vous venir en aide, si vous ne voulez pas me tout dire librement?

— Je... je ne puis pas, Signora. »

Je me levai et regardai sur la terrasse. Ida avec mon enfant dans les bras s'était retirée vers le coin le plus éloigné, et jouait avec le bébé comme si elle en était un elle-même. Satisfaite de voir qu'elle n'avait rien pu entendre, je vins reprendre ma place.

« Écoutez-moi, » dis-je, « j'ai entendu parler un jour d'une jeune fille... la sœur de deux marins qui habitaient l'île de Capri. L'un des frères était marié; et la jeune sœur vivait avec la jeune femme et ses deux frères. Le frère aîné était pilote, comme vous dites l'avoir été. »

Le modèle releva vivement la tête en prononçant une expression gutturale.

« Vers cette époque, » continuai-je, « un riche Anglais vint à Capri. La jeune fille en devint amoureuse, et...

— *Ah! Dio!* le nom de cette jeune fille!... son nom! son nom!

— Madeleine. »

Il fit un bond vers moi, tomba à mes pieds... il baisait l'ourlet de ma robe.

« Signora, pour l'amour de Dieu! où est-elle? chère Signora, Signora bénie, *la sorellina mia...* la sœur que j'ai cherchée avec des pieds meurtris et un cœur saignant... Parlez, parlez, où est-elle?

— Hélas! dis-je, presque aussi émue que lui-même, voilà ce que je ne saurais vous dire; je sais seulement qu'il y a un an elle était vivante et en santé.

— L'avez-vous vue?

— Une amie à moi qui l'avait vue m'a dit son histoire.

— Est-ce qu'elle était malheureuse?

— Non... elle était triste, calme et studieuse. Elle travaillait beaucoup d'après des livres.

— Elle était pauvre, n'est-ce pas, Signora?

— Non, elle n'était pas pauvre.

— Et ce *maladetto Inglese*, qu'était-il devenu? est-ce qu'il l'avait abandonnée?

— Comment l'aurait-il abandonnée puisqu'elle est sa femme!

— Sa femme?

— Mais oui, il l'a épousée. »

Paolo se leva tout droit en riant amèrement.

« Ça, c'est impossible, » dit-il, « elle était déjà mariée. »

Mon cœur sauta dans ma poitrine... tout mon être fut envahi par un flot de joie inexprimable.

« Elle était déjà mariée, » répétai-je, « mais... mais peut-être un divorce...

— Non, non, non, Signora. Notre église n'admet pas le divorce. Et d'autre part son mari vit encore, il est à Capri. »

Je me voilai le visage avec la main, de peur d'être trahie par l'expression qui l'animait. J'étais abasourdie par le bonheur.

« Non, » continua Paolo sévèrement, « il l'a séduite, il l'a volée à un brave homme, il l'a enlevée à un foyer honorable. Sans lui, elle serait actuellement une heureuse femme, entourée de petites figures d'enfants.

— Mais êtes-vous sûr qu'il l'ait enlevée? dis-je en balbutiant.

— Que veut dire la Signora?

— Je... j'ai... entendu dire qu'elle était venue à lui de son plein gré, lui demander protection. Qu'il l'avait trouvée cachée à bord de son bateau, après qu'il était en mer... et que, enfin, c'était elle qui s'était mise à sa merci. »

Paolo frappa de son poing fermé lourdement sur la table.

« Je n'en crois rien, » dit-il avec violence.

— J'ai aussi entendu dire qu'elle abhorrait l'homme auquel elle avait été mariée.

— Je ne crois pas cela non plus. Je comprends qu'elle ne l'aimât pas. Il était vieux... il aurait pu être son père; mais rien ne la forçait à l'épouser. J'aurais besoin de le lui entendre dire à elle-même, Signora, pour pouvoir le croire.

— Et en supposant qu'il en fût ainsi, que feriez-vous?

— Alors je la mépriserais.

— Non, vous la plaindriez, vous lui pardonneriez. »

Il ne dit rien, et passa sa main sur son front.

« Peut-être, en effet, Signora, dit-il lentement. Je l'aimais tant... c'était pour moi pres-

que comme mon enfant... Notre père, à ses derniers moments, m'avait recommandé de l'aimer,
de prendre soin d'elle. Oui, pauvre Madeleine,
oui, je lui pardonnerais, oui, j'aurais pitié d'elle.

— Et... vous lui pardonneriez aussi à lui, n'est-
ce pas?

— A l'Anglais?

— Oui, à l'Anglais.

— Oh! j'ai juré de me venger, » dit Paolo.
« Nous ne sommes pas de simples paysans, nous
autres, Signora, nous ne sommes pas instruits,
nous sommes pauvres, mais nos aïeux ont porté
un nom noble, et dans un temps la moitié de
l'île leur appartenait. Nous sommes aussi jaloux
de notre honneur que si nous étions encore des
gentilshommes, et j'ai juré, si jamais je le ren-
contrais de me venger sur l'amant de Madeleine
en combat régulier.

— Mais, si la faute venait d'elle?

— Nous n'en sommes pas moins déshonorés,
Signora. D'ailleurs j'ai juré...

— Tenir ce serment serait plus mal que d'y
faillir. N'êtes-vous pas chrétien?

— Je suis Italien, Signora.

— C'est assez, dis-je, en me levant très mécontente, vous ne retrouverez jamais votre
sœur...

— Signora!!

26

— Je sais où est ce gentleman. C'est l'ami le plus cher de mon amie, et je n'irai pas le livrer à votre stupide vengeance. J'aurais pu venir à votre aide... mais maintenant tout est dit. Je les avertirai et jamais vous ne reverrez le visage de Madeleine. »

Il pâlit; des larmes montèrent à ses yeux.

« *Cara Signora*, » dit-il en bégayant, « *per pieta*. »

Je me tournai vers la fenêtre... il me saisit la main..

« Je... je promettrai tout ce que vous voudrez, » s'écria-t-il, « si elle avoue s'être enfuie avec lui sans y avoir été sollicitée... Eh bien, j'oublierai mon serment... je ferai' tout pour que vous me rendiez Madalena.

— Je ne puis pas vous la rendre, » dis-je, « je ne puis que la faire chercher. En ce moment, je ne sais pas plus où elle est, que vous-même.

— Voudrez-vous vous en occuper alors, Signora?

— Je n'en sais rien. Comment puis-je être sûre que vous ne me manquerez pas de parole?

— Je le jure, Signora.

— Cela ne me suffit pas. »

Il prit une petite croix en métal qu'il portait sur la poitrine et tombant sur les genoux il la baisa dévotement.

« Je jure, » dit-il, « par ma foi en la miséricorde de Dieu et l'intercession de la Mère bénie du Christ... par l'espoir que j'ai d'être pardonné dans la vie à venir, par ma foi en mon saint patron saint Paul, et sur la mémoire de mon père et de ma mère dont je crois les âmes au ciel. »

La solennité avec laquelle il prononça ce serment ne laissait place à aucun doute.

« Je vous crois, » lui dis-je, « et ferai tout ce qui sera en mon pouvoir. Retournez à Capri et fiez-vous-en à moi. S'il existe au monde une personne qui puisse vous aider à retrouver votre sœur, c'est moi. Prenez patience, il peut se passer des mois avant que je réussisse à entendre parler d'elle, car je ne puis employer que des moyens détournés. Mais tout ce que je pourrai, je le ferai; vous pouvez y compter. »

Il se leva et me baisa la main.

« Je prierai pour vous, Signora, nuit et jour.

— Alors, nous sommes amis?

— Parfaitement, Signora.

— Et vous consentez à toutes mes conditions?

— A toutes, sans exception. »

J'allais ouvrir la porte-fenêtre et rappeler Ida quand une autre pensée me vint à l'esprit... je m'arrêtai, la main sur l'espagnolette.

« Comment se nommait cet Anglais? » demandai-je.

— Est-ce que la Signora ne le sait pas?

— Je pourrais certainement le savoir, mais si
vous pouviez me le dire, cela nous épargnerait
une grande perte de temps.

— Hélas! Signora, je ne puis pas. Mon frère
et ma femme l'appelaient signor Hugo ; mais ce
n'était que son nom de baptême, son autre nom
était si dur, si difficile, qu'ils n'ont pu s'en souvenir. Ah! mais attendez, Signora, voici un
livre qu'il a laissé dans notre chaumière; il y
a quelque chose d'écrit dedans; je l'ai toujours
porté sur moi, dans l'espoir qu'un jour il pourrait être utile... Tenez, voyez.

C'était un tout petit volume des *Géorgiques*
de Virgile relié en vieux vélin taché, avec les
initiales H. F. sur la première page et quelques
notes explicatives, écrites négligemment au
crayon dans les marges.

« Est-ce là la seule preuve que vous possédiez?

— Oui, Signora.

— Vous ferez aussi bien de me la laisser.
Cela pourrait servir à prouver l'identité de cet
Anglais auprès de quelqu'un qui connaîtrait son
écriture. Mais êtes-vous bien sûr que ce soit
écrit par lui?

— Je n'en suis pas sûr, Signora, je le crois.

— *Ebbene,* il nous faut prendre patience et espérer, ami Paolo.

— Que les saints vous bénissent et vous gardent, Signora ! »

J'ouvris la fenêtre, rappelai Ida, l'embrassai en hâte tout en lui murmurant tout bas un : merci, *liebe;* et prenant mon enfant dans mes bras je courus jusqu'à ma chambre où je fermai la porte à clé. Là, mon premier mouvement fut de poser le cher petit sur un sofa, de tomber à genoux à côté de lui, et de le couvrir de baisers et de larmes de joie...

Il était donc vrai... plus de tache sur sa naissance, plus de honte attachée à son innocente vie!... Mon fils, mon adoré, mon trésor!... Un jour, il porterait son vieux nom... un jour,... serais-je encore là pour le voir?... il soutiendrait l'honneur de ce nom sous le toit de ses ancêtres... avec l'antique dignité des Farquhar de Broomhill! O certitude bénie! Quel brillant univers venait de s'ouvrir devant moi pendant cette dernière demi-heure!... et pourtant... pourtant... les larmes, ces stupides larmes rebelles et brûlantes, continuaient de couler tout le long de mes joues, comme si je n'étais pas aussi heureuse que j'aurais dû l'être.

Étaient-ce bien des larmes de joie? Difficile

26.

question. Ce n'étaient pas des larmes de chagrin; et cependant il y avait du chagrin dans
ma joie, de l'amertume dans mon bonheur.
Peut-être bien s'y mêlait-il quelque chose comme
quelques reproches personnels sur le passé?
Toujours est-il que je pleurais, sans pouvoir m'en
empêcher.

—⚬—

CHAPITRE XXXV.

Le torse du Belvédère.

Comment pourrais-je tenir la promesse faite à Paolo?

Cette question me tourmentait; elle hantait mes jours, elle troublait mes nuits. Si j'avais éprouvé un grand bonheur à découvrir que j'étais bien la femme de mon mari, j'y avais trouvé aussi matière à bien des anxiétés. A dire vrai, en faisant cette promesse j'avais entrepris une tâche que je ne savais comment remplir. Je n'avais personne pour me conseiller, personne pour m'aider. Si je sollicitais un avis, je trahissais mon secret; si j'ouvrais une enquête en écrivant à des amis, ou à ma famille, je trahissais mon incognito. Mon orgueil m'interdisait toute espèce de démarche qui parût vouloir ouvrir les voies à une réconciliation avec mon mari. Ma pauvreté me rendait impossibles les moyens secrets et coûteux qu'entraîne une pareille recherche. A cette époque je désirais l'éloignement de Madeleine avec une ardeur passionnée qui ne faisait que me rendre l'impuissance de ma posi-

tion encore plus amère; j'aurais eu besoin d'un
ami sage, sur le jugement duquel j'eusse pu me
reposer et je n'avais pour me conseiller que mes
passions. L'orgueil, la jalousie, le ressentiment
d'un cœur blessé, quel résultat un peu modéré
pouvait-on attendre d'un tel assemblage?...
Quelques semaines s'écoulèrent dans cette pénible incertitude, l'anxiété commença à me prendre; chaque jour je devenais plus pâle et plus
maigre. Quant à Paolo, je l'évitais comme s'il
était un créancier... Hélas! comment... comment
ferais-je pour tenir ma promesse?

Vers ce temps-là, alors que mon fils atteignait
ses trois mois et que mes perplexités étaient au
comble, je voulus tenir une autre promesse depuis si longtemps remise, et m'en allai avec Ida
visiter le Vatican. Nous choisîmes un jour qui
n'était pas public, et après avoir fermé nos
chambres à clé nous partîmes emmenant Goody
avec nous pour porter l'enfant.

Il faisait un temps délicieux, l'air était doux, le
soleil brillait, c'était le 2 décembre; on aurait cru
être en mai : le ciel, sans un seul nuage, formait
un dôme d'un bleu sans fond, adouci vers l'horizon par une légère vapeur qui y mélangeait une
teinte grise.

Nous traversâmes la cour, dans laquelle sta-
tionnaient trois ou quatre voitures, et nous com-

mençâmes notre visite par la galerie des Inscriptions et le musée Chiaramonti; mais ni l'une ni l'autre de ces deux collections n'offrait d'attraits à mon impatiente compagne. Elle n'avait qu'un désir et courut directement à la Transfiguration et aux Stances de Raphaël. Elle mourait d'envie d'y voler, afin d'arriver la première. Nous allâmes donc au vestibule du torse où nous demeurâmes en présence de ce grand fragment, le divin idéal de la force physique qui confère une gloire éternelle au nom d'Apollonyos, le fils de Nestor d'Athènes.

Là, oubliant son impatience, Ida restait silencieuse à force d'admiration pour cette ruine merveilleuse. Peu à peu nous nous mîmes à parler de Michel-Ange, de l'étude pleine d'adoration qu'il avait faite de ce chef-d'œuvre, de tout ce qu'il disait lui être redevable pendant le cours de sa vie. Et je racontais à Ida comment, alors qu'il était devenu vieux et aveugle, il avait l'habitude de se faire conduire dans la pièce où était le torse, afin de pouvoir passer ses mains sur lui, cherchant à ressaisir par le toucher, la beauté qu'il ne pouvait plus voir.

« *C'est joli*, » dit en français une voix grave tout près de nous.

« *Question de goût!* » répondit un frou-frou de soie accompagné de parfums.

« Eh bien, » dit en anglais une troisième
personne, « pour moi ce n'est qu'un horrible débris, et je me moque de ceux qui disent le contraire. »

— Tiens! » s'écria Ida, « Barbara... C'est ma
chère, vieille dame anglaise de Pise, si désagréable. »

Mais je l'avais reconnue déjà, et m'étant involontairement retournée au son de cette voix
bien connue... je me trouvais face à face avec...
mistress Sandyshaft !

« Eh?... quoi?... comment?... Dieu vivant!
Hilda... Hilda, regardez donc... sur ma vie, c'est
Barbara !

— Ma chère tante !

— Ma chère tante ! ma chère tante, vraiment!
autant dire, ma chère n'importe quoi ! A quoi
cela sert-il de m'embrasser ainsi?... après m'a-
voir... après m'avoir... à moitié brisé le cœur.
Eh, là, quelqu'un... passez-moi un flacon... je
sens que je vais faire la bête. »

Et en réalité nous faisions la bête toutes les
deux, si on appelle ainsi rire, pleurer, s'embrasser, et parler tout à la fois. Ce qui était bien vrai,
c'est que nous nous aimions tendrement, nous
doutant à peine, avant d'avoir été séparées, du
degré où en était venue cette affection qu'on ne
laissait jamais paraître que dans les grandes

circonstances. Toutefois en ce moment nous
étions enlacées dans les bras l'une de l'autre,
comme si nous comptions bien rester unies à jamais.

« Ah bien! Barbara, » dit Hilda, en essuyant
une ou deux vraies larmes, « je puis dire que je
suis bien heureuse de vous avoir enfin trouvée!...
Mais, comment avez-vous... comment avez-vous
pu faire une chose... aussi vulgaire, que cette
sotte manière de vous enfuir?

— Oui... bonté du ciel, oui!! Qu'est-ce qui a
pu au monde et sur la terre, vous faire fuir ainsi,
petite sotte? » dit ma tante à demi suffoquée, en
essuyant ses yeux d'une main, tandis que de l'autre elle me tenait étroitement serrée. « Pourquoi,
au nom du ciel, nous avoir rendus tous si misé-
rables pendant une année tout entière, nous coû-
tant une fortune en avertissements dans les journaux, et me forçant à quitter mon confortable
intérieur pour m'en aller dans d'ignobles con-
trées étrangères, barbares, non civilisées, où le
savon et l'eau sont un luxe inconnu, où les lits
sont de véritables sacs à puces, si ce n'est à quelque chose de pis! et à mon âge, encore! vous
devriez avoir honte... mais j'espère bien que
vous l'avez. Ah! si vous ne l'avez pas, vous
êtes pire que je ne pensais! »

A ce moment le comte de Chaumont qui s'était

discrètement retiré au fond de la salle, s'avança, toujours solennellement poli, et soulevant son chapeau à un pouce de sa tête, me dit :

« Madame, j'ai l'honneur de vous saluer.

— Écoutez que je vous dise, Bab, » continua ma tante, « quand la première émotion de notre rencontre fut passée, maintenant que je vous ai rattrapée, je n'ai pas envie de vous reperdre ; vous allez venir avec moi à mon hôtel, que nous puissions causer un peu, car il me faut l'histoire complète de votre vagabondage, jeune idiote, et du commencement à la fin.

— Mais, je suis avec une amie, » répondis-je, « et...

« Vous donnerez congé à votre amie pour aujourd'hui, interrompit ma tante, et vous lui direz qu'à l'avenir vous demeurerez à l'hôtel d'Angleterre, où elle pourra venir vous voir si cela lui plaît.

— Mais nous habitons un logement ensemble.

— Taritata, vous n'habitez rien du tout ! ne vous ai-je pas dit, mon enfant, que c'est avec moi que vous habitez ? Voyons, où est-elle, votre amie ? Je ne souffrirai pas de contradiction... Ah ! je vois... c'est cette jeune femme qui est là-bas... Eh bien, allez lui dire que je suis votre tante, que j'ai des droits légitimes sur vous et que je vous emmène chez moi directement.

— Si je fais cela, » dis-je fort désolée, « il faut que j'amène aussi le baby.

— Le QUOI? cria ma tante sur un ton aigu.

— Le baby.

— Le baby de qui?

— Le mien. »

Ma tante ne prononça pas un autre mot, mais se laissa tomber sur un énorme pied de colonne antique auprès duquel elle se trouvait, et ferma les yeux en silence :

« Ça, c'est trop, » dit-elle d'une voix faible après une pause de plusieurs secondes... « Non, je ne me serais jamais attendue à une chose pareille de votre part. Bab!... S'enfuir était déjà assez mal... mais y ajouter la folie d'avoir un enfant!... Oh!... est-ce que le monstre est ici?

— Il est loin d'être un monstre, » dis-je avec indignation. « C'est le plus bel enfant que vous ayez jamais vu.

— Apportez-le, » dit ma tante en tenant toujours ses yeux fermés.

Je fis signe à Goody d'avancer.

« Maintenant regardez-le, je vous prie, ma tante, et voyez s'il a mérité qu'on le traite de... de ce que je ne puis forcer mes lèvres à répéter.

— Est-il là?

— Oui. »

Ma tante ouvrit un œil avec précaution, puis

l'autre; regarda l'enfant comme elle aurait fait d'une invention étrange, touchant sa joue de l'extrémité de son doigt indicateur comme si elle craignait de la voir éclater à l'instar d'une grenade, et ne dit pas un mot.

« C'est vraiment un bien bel enfant, » observa Hilda d'un ton protecteur. « Quel âge a-t-il, ma chère?

— Presque trois mois.

— Madame, » dit le comte sententieusement, « je vous fais bien mon compliment. »

Ma tante ne disait toujours rien.

J'étais piquée. Et ne me souciant pas de rester là à attendre son opinion sur mon trésor, je me détournai et vins vers Ida qui s'était assise tranquillement dans un coin, attendant que j'eusse le temps de me rappeler qu'elle était là. Quelques mots d'explication suffirent; nous nous donnâmes la poignée de mains en nous disant adieu pour la journée, et... et... me retournant vivement, je pus apercevoir ma tante, qui subrepticement embrassait le petit, pensant que je ne la voyais pas !

CHAPITRE XXXVI.

Mistress Sandyshaft dans le rôle de médiatrice.

« Et maintenant, » dit mistress Sandyshaft en
attirant sa chaise de façon à se placer bien en
face de moi, s'installant pour me faire subir un
interrogatoire en règle.... « et maintenant que
nous sommes seules et tranquilles, faites-moi le
plaisir de me dire, Bab, ce que vous pensez de
votre conduite? »

Assise là, en face de mistress Sandyshaft, dans
ce lugubre salon de l'hôtel d'Angleterre, — Goody
et l'enfant avaient été relégués dans la chambre
à coucher, — me sentant sous le coup d'un procès
presque judiciaire, je fus prise d'un esprit de
résistance tout à fait inaccoutumé, et formai la
résolution de ne rien dire de mes affaires en
dépit de toutes les provocations.

« Comment l'entendez-vous, ma chère tante? »
demandai-je en souriant.

« Sous toutes ses faces : comme nièce.....
comme fille..... comme épouse. — Vous ne pensiez
pas, je suppose, me faire un grand plaisir en vous

en allant, Dieu seul sait où,... vivre, Dieu seul
sait comment! n'est-il pas vrai?.. Vous ne pensiez pas, je suppose, être particulièrement agréable à votre père en attachant un scandale public
au nom de sa propre fille?... hein?... vous ne
pensiez pas tenir vos serments de femme mariée,
d'aimer, d'honorer votre époux devant la loi,
et de lui obéir, quand vous vous êtes imaginé
de déserter son toit... n'est-ce pas? Ah! vous
avez mis tous vos parents dans un joli état!...
et pour faire une fière sottise par-dessus le
marché.

— Ma bien chère tante, » répondis-je, « que
vous vous soyez chagrinée à mon égard... que
vous m'ayez cherchée... que vous ayez quitté
toutes vos habitudes... que vous ayez bravé, pour
l'amour de moi, tous les désagréments d'un
voyage en pays étranger...

— Des désagréments! parlons-en! j'en ai eu
assez, et de reste! Dieu le sait! » s'écria ma tante
en manière de parenthèse.

« Voilà qui me touche à un tel point qu'il me
serait impossible de l'exprimer par des paroles...
et qui m'inspire une si grande reconnaissance,
je pourrais presque dire de si grands remords...

— Oh! vous pouvez; dites, dites... le mot est
parfaitement à sa place, »' murmura ma tante.

«... Et quand je pense que par ma conduite (du

reste fort justifiable à d'autres égards) j'ai été la cause de toutes ces angoisses, je sens que je ne puis en compensation mieux faire que de vous offrir de me dévouer à vous pour la vie, de me faire votre compagne pour toujours.... je ne vous quitterai jamais, ma chère tante, pour peu que vous le désiriez.

— Hem! » dit ma tante radieuse, mais indécise.

« Quant à mon père, » continuai-je, « son orgueil seul a eu à souffrir de ma disparition. Il m'a si peu aimée dans tout le cours de ma vie que j'attache une bien faible importance, je l'avoue, à l'effet que ma conduite a pu produire sur lui.

— Bon, » dit ma tante, « jusqu'ici ça ne va pas trop mal, mais votre mari?

— Oh! pour ce qui est de M. Farquhar, ma tante, vous êtes bien la dernière personne de qui j'attendais un reproche au sujet de sa séparation...

— Et pourquoi, je vous prie? » demanda-t-elle aigrement.

— Parce que vous n'avez jamais aimé M. Farquhar, du moins depuis le moment où il est devenu mon mari...

— Ah! depuis que vous vous êtes si mal conduite envers lui je l'ai bien aimé, le pauvre gar-

çon! » dit-elle en branlant la tête d'un air résolu.

« Parce que vous vous êtes montrée on ne peut
plus contrariée, on ne peut plus désappointée,
quand vous avez connu mon choix...

— Ce n'était pas une raison pour que mon
plus cher désir ne fût pas de vous voir vous conduire en femme mariée respectable, alors que
c'était fait.

— Et parce que, enfin, lorsque l'occasion s'en
présentait, vous ne manquiez jamais d'ébranler
le respect et la foi que j'avais en lui!...

— Je n'en ai été que plus stupide! » dit ma
tante, « j'aurais dû mieux comprendre. »

Je ne cherchai point à la contredire. J'avais
réussi à donner tous mes arguments jusqu'au
bout, et attendais ce qu'elle allait dire.

« Et, s'il vous plaît, qu'êtes-vous devenue pendant cette année tout entière? » demanda-t-elle
après une courte pause.

« Je suis restée ici, à Rome.

— Hem!... et qu'est-ce que vous avez fait?

— J'ai commencé par faire une fièvre cérébrale, et pendant plusieurs semaines j'ai dû rester à Civita-Vecchia. Depuis, j'ai vécu en copiant
les grands maîtres.

— Avez-vous des dettes?

— Pas un penny... ah! attendez; il ne faut

pas que j'oublie que je dois cinquante livres st.
à ma vieille bonne. Ce sont les économies de
toute sa vie qu'elle m'a prêtées quand nous avons
quitté..... Broomhill.

— Elle les aura aujourd'hui même, » dit vivement mistress Sandyshaft. « Et maintenant, Madame, puis-je me permettre de vous demander
sous quel nom vous avez vécu pendant tout ce
temps? Ce n'est évidemment ni sous celui de Farquhar, ni sous celui de Churchill, autrement il y
a longtemps que je vous aurais découverte.

— Je me suis fait appeler mistress Carlyon.

— Carlyon, » répéta-t-elle d'un air rêveur,
« Carlyon.... je suis sûre d'avoir entendu ce
nom-là quelque part. Que le bon Dieu vous
bénisse ! j'ai fait chercher dans les livres de
passe-ports de tous les principaux ports, et Dieu
sait où encore!... tout cela en vain, personne ne
pouvait me donner aucune nouvelle de vous. Et
puis voilà qu'enfin, par l'effet d'un pur hasard,
je vous trouve ici; c'est absolument l'histoire de
votre perversité.

— Vous auriez préféré, probablement, réussir
à me traquer, » dis-je en riant.

« Oui, j'aurais préféré avoir quelque chose
pour mon argent, » répliqua mistress Sandyshaft.
« Savez-vous, Bab, vilain mauvais sujet que vous
êtes, que vous m'avez coûté plus que vous ne

valez dans toute votre personne depuis les pieds
jusqu'à la tête !

— Quant à Hugues... il a dépensé à votre recherche des centaines de livres st. !

— En vérité?

— En vérité! » reprit ma tante avec colère;
« oh! vous pouvez bien contourner vos lèvres
avec autant d'arrogance que vous voudrez, et
laisser traîner votre voix en disant : en vérité;
il n'en est pas moins vrai qu'il vaut douze fois
mieux que vous, voyez-vous..... et quand on
pense que vous n'avez pas encore demandé une
seule fois de ses nouvelles! Vous ne devez
pourtant pas savoir s'il est mort ou vivant?... il
serait bien mort deux fois que vous n'en sauriez
rien.

— Il se pourrait, en effet, qu'il fût mort, ma
bonne tante, » dis-je en affectant une profonde
indifférence, « mais je ne vois réellement pas
comment il aurait fait pour mourir deux fois.

— Nous mourons tous deux fois, » reprit-elle;
« la première, quand nous cessons d'exister; la
seconde, quand nous sommes oubliés.

— Voilà qui est bien dit, chère tante; » m'é-
criai-je.

« Que ce soit bien ou mal dit, cela ne fait rien
à l'affaire, » répondit-elle avec aigreur. « Vous
n'avez pas besoin de me faire des compliments,

je n'en fais pas plus de cas que d'un penny. J'apprécie les bons sentiments, le bon sens, et les principes, tout autrement que les compliments.

— J'espère, » dis-je, toute rouge et quelque peu froissée, « que vous ne me croyez pas dépourvue de principes et de bons sentiments?

— Si, vraiment; une femme qui s'enfuit d'auprès de son mari sans avoir pour cela une raison plausible...

— Mais je vous demande pardon, j'ai eu une raison qui à mes yeux est parfaitement plausible.

— Taritata! vous avez agi dans un moment de folie; la raison n'a rien eu à faire là-dedans.

— Je vous demande encore une fois pardon...

— C'est le pardon de votre mari, que vous feriez bien mieux de demander, » interrompit ma tante.

« Vous ne pouvez savoir sous l'empire de quelles impressions j'ai agi, ni quels sont les motifs qui m'ont poussée.

— Eh bien, vous vous trompez; car je sais tout, depuis le commencement jusqu'à la fin.

— Comment....

— Taisez-vous un peu, Bab, je vais tout vous dire : la nuit où vous êtes rentrée du bal de lord Bayham, vous avez surpris une conversation entre votre mari et... une autre personne, vous avez interprété à votre façon ce que vous

27.

avez entendu, vous n'avez demandé aucune explication, vous n'avez recherché les conseils de personne, vous avez raisonné à peu près autant qu'un enfant qui a peur d'une ombre. Il en est résulté que vous avez agi comme une sotte, et vous vous êtes enfuie. Je jurerais bien que vous avez cru faire là quelque chose de très beau, de très héroïque, de très dramatique, etc... Personne ne l'a jugé ainsi, c'est ce qu'il y a de consolant.

— Mais, comment savez-vous que j'ai surpris cette conversation, et comment pouvez-vous savoir ce qui y a été dit?

— Petite sotte que vous êtes! vous aviez laissé tomber à la porte d'où vous écoutiez, quelque chose, un bijou, ou n'importe quoi, que les domestiques ont trouvé plus tard et qu'ils ont donné à votre mari; de sorte que le mystère de votre fuite a été vite dévoilé. Il s'est rappelé tout ce qu'il avait dit et a parfaitement deviné la sage conclusion que vous en aviez tirée. C'était aussi limpide que de l'eau de roche.

— Et je présume alors, qu'il vous a conté tous ses torts, » dis-je avec amertume.

« Il est venu à moi, » reprit très gravement ma tante, « croyant que je savais où vous trouver... plein de regrets pour ses folies passées, et se reprochant amèrement toutes les concessions dont sa faiblesse l'avait rendu coupable. Plein

d'amour et de pitié pour vous aussi... amour
et pitié que vous ne méritiez nullement. Vous
avez entendu cette femme lui demander de l'appeler *sa femme...* et lui a été assez âne pour céder à ce désir. — Elle n'était pas plus sa femme
que je ne suis sa grand'mère!

— Je le sais maintenant; mais un ange des-
cendrait tout exprès du ciel pour me dire qu'elle
n'a pas été sa maîtresse, que je ne le croirais pas.

— Bien entendu qu'elle a été sa maîtresse, il
ne le nie pas; — mais il y a de cela douze ou
treize ans.

— Il l'a séduite; il l'a enlevée à un excellent
mari, à un foyer respectable... » dis-je, en répé-
tant tout ce que Paolo avait dit.

« Il n'a rien fait de tout cela, » interrompit
ma tante, « c'est elle qui s'est éprise de lui, et qui
est venue se cacher sur son yacht, comme une
effrontée qu'elle est.

— Oh! naturellement, vous le défendez, uniquement pour me donner tort; » m'écriai-je en
cherchant à me monter moi-même. « Peut-être
trouvez-vous qu'un gentilhomme anglais peut,
sans choquer les convenances, entretenir sous le
même toit et sa femme et sa maîtresse!

— Je n'admets rien de semblable, mais je ne
saurais blâmer Hugues d'avoir cédé à la tentation
quand il était jeune et libre, et que cette femme

est venue se jeter à sa tête. Il n'y a pas d'homme
qui eût résisté en pareil cas... à moins d'être...
saint Antoine... et, je ne suis pas de ceux qui
croient à tous vos miracles de vertu. Mais ce que
je lui reproche, c'est d'avoir gardé la malheureuse à Broomhill après vous y avoir amenée
vous-même. Là est son grand tort.

— Un tort que rien n'excuse.

— Hein! je ne dis pas cela, Bab, je ne dis
pas cela. Pour lui, cette pauvre créature était un
être qui l'avait aimé au prix de grandes souffrances; qui avait été tout pour lui pendant des
années et des années, avant qu'il ne s'occupât
de vous; elle s'était donnée tout entière aux
livres et à l'étude; son seul bonheur était de
vivre comme une souris dans un coin, sous son
toit, soignant sa bibliothèque et baisant la poussière de ses pas. — Il n'a pas eu le cœur de la
renvoyer; — ç'a été une faiblesse... une coupable faiblesse... j'en conviens. — Mais elle aurait pu en mourir, Bab, et c'eût été pour Hugues
Farquhar une pensée bien désagréable tout le
reste de sa vie.

— Hugues Farquhar semble avoir trouvé un
excellent avocat!... » dis-je en me raidissant
contre toute compassion.

« Ceci a été sa première grande faute, continua mistress Sandyshaft, sans tenir aucun

compte de mon observation ; la seconde fut encore une faiblesse. Quand vous eûtes découvert
que cette femme vivait dans la maison, il aurait
dû se fier à votre générosité et vous tout dire.
Une demi-vérité fait souvent plus de mal qu'un
mensonge. Si c'est un proverbe il est de moi.
Mais de façon ou d'autre, il est vrai, et voici un
cas qui en est la preuve.

— Toute femme aurait senti ce que j'ai
éprouvé... cru ce que j'ai cru...

— Très probablement ; mais elle ne se serait
pas sauvée comme vous, sans avoir demandé si
ce qu'elle avait cru, si ce qu'elle avait senti, était
fondé sur quelque chose.

— Je... je conviens que j'ai agi avec un peu
trop de promptitude, » dis-je à contre-cœur.

« Voilà la première parole sensée que vous
ayez encore prononcée.

— Merci bien.

— Bab... Si l'on vous donnait un bon conseil
voudriez-vous le suivre ?

— Certainement.

— Eh bien, asseyez-vous là-bas devant mon
pupitre et écrivez à votre mari. Vous avouez
avoir agi avec trop de promptitude... dites-le-
lui. Dites-lui que vous regrettez votre folie et
que vous êtes prête à lui pardonner la sienne.
Que tout cela soit fini.

— Je ne ferai rien de semblable... plutôt mourir!

— Et pourquoi, je vous prie?

— Parce que c'est lui qui a eu tous les torts depuis un bout jusqu'à l'autre. J'ai commis une erreur de précipitation... lui, m'a offensée de propos délibéré. Il semble, ma tante, que vous oubliiez à quel point mon orgueil a été blessé, et ma foi déçue!

— Je conviens qu'il a agi bien sottement; mais, Dieu sait qu'il a assez souffert!

— Il méritait de souffrir, » dis-je, « et qu'est-ce que ses souffrances en comparaison des miennes?

— Absolument les mêmes, » observa froidement ma tante.

« Oh! c'en est trop! A-t-il eu à souffrir de la jalousie, de la fièvre, du désespoir, de l'exil, de la honte? A-t-il eu à supporter la pensée que notre mariage n'était qu'une illusion? A-t-il eu à lutter contre la misère, à travailler pour gagner son pain de chaque jour avec un esprit sans repos et une grande faiblesse physique?

— Il a été malade de corps et d'esprit... et quant à avoir goûté du repos : à le voir arpenter sa chambre de long en large, se relevant aussitôt qu'il était assis, on aurait dit, le pauvre homme, qu'il était possédé par la danse de Saint-Guy. Il

errait dans son parc et sur la route par tous les
temps ; un jour à Londres, le lendemain à Broomhill. Une autre fois il partait pour Douvres,
ou pour Calais, ou pour Marseille... puis on le
voyait revenir au bout d'une semaine ayant
voyagé nuit et jour, les vêtements couverts de
boue et de poussière, la cravate nouée tout de
côté comme s'il avait voulu se pendre avec ! Je
vous assure que j'ai souvent pensé qu'il avait
plutôt l'air d'un fou que d'un homme dans son
bon sens. Puis il commençait une phrase... ne
pouvant l'achever parce qu'il ne se rappelait plus
ce qu'il avait voulu dire ; ou bien il tirait une carte
de sa poche, vous montrant que sa femme avait
dû prendre telle direction et que s'il y avait songé
plus tôt il aurait pu la rejoindre !... Aussi il paraît
vingt ans de plus, et cela n'a rien d'étonnant avec
ses nuits sans sommeil et ses cheveux tout gris...

— Ses cheveux gris !... Hugues Farquhar a
des cheveux gris ?

— Gris comme un blaireau, » répliqua ma
tante, « et aussi maigre, aussi blafard, que s'il
avait vécu d'opium toute sa vie. Dame, voyager ainsi perpétuellement cela tuerait plus d'un
homme. Il a été deux fois à Zollenstrasse ; je ne
sais combien de fois à Paris ; une fois jusqu'ici...
oui il a été jusqu'à Rome !... et sans jamais avoir
obtenu une récompense pour sa peine. Mais

à quoi bon vous dire tout cela? puisque cela ne
vous fait rien...

— Cela me fait beaucoup, je vous assure, »
dis-je incapable de maintenir plus longtemps la
fermeté de ma voix, et me détournant pour me
voiler la face avec ma main.

« Hem! si cela vous faisait quelque chose,
vous écririez cette lettre.

— Non, tante Sandyshaft, » m'écriai-je, en
faisant tous mes efforts pour ne pas laisser ma
voix trembler, « je *n'écrirai pas* cette lettre. Je
ne puis qu'être très affligée par le tableau que
vous me faites. Mon cœur se brise en apprenant
que le mari que j'ai tant aimé... que j'aime tant
encore:.. est aussi changé, aussi défait, mais
malgré cela, rien ne me fera écrire cette lettre;
non, rien; ainsi c'est perdre son temps que de
m'en parler.

— Tout cela est fort beau, » dit ma tante,
« mais qu'est-ce que cela signifie? Je ne pense
pas que vous ayez l'intention de demeurer à
Rome pour le restant de vos jours, en vivant au
moyen des copies des grands maîtres, comme
vous les appelez.

— Je ne dis pas cela.

— Que dites-vous, alors? parlez en bon anglais, Bab, je ne comprends pas les choses héroïques.

— Je veux dire, ma tante, qu'avant de donner
la main à mon mari, en signe de réconciliation,
qu'avant de franchir son seuil comme sa femme,
j'entends que cette femme soit rendue à sa famille et bannie de ma vue à jamais... car pour
la tolérer sous mon toit...

— Personne ne vous dit de la tolérer, interrompit mistress Sandyshaft, il va sans dire qu'on
la renverra corps et biens. Croyez-vous que je
vous laisserais rentrer à Broomhill si cette co·
quine était encore dans la maison?

— Alors que ceci s'accomplisse; et ensuite,
que M. Farquhar me demande de lui pardonner
de n'avoir pas agi ainsi avant de m'avoir fait
franchir les grilles de son château, et...

— Et... alors qu'il n'y aura plus rien à dire,
que probablement votre mari sera tombé ici
comme un boulet de canon, vous daignerez lui
écrire. Est-ce cela, Bab?

— Oui.

— Oh! très bien; nous commençons à nous
entendre... Mais en attendant il faut que quelqu'un lui apprenne que vous êtes retrouvée, ainsi
que les conditions que lui pose votre haute et
puissante seigneurie... hein?

— C'est clair; seulement il faut que je dicte la
lettre.

— Et qui est-ce qui doit l'écrire?

— Personne n'est mieux placé pour cela que
vous-même.

— Oui, mais je veux écrire à ma guise. Je
vous le dis nettement.

— Quelle folie, ma chère tante! Pour une affaire qui me concerne, moi, si particulièrement...

— Je ne suis pas une marionnette, » dit mistress Sandyshaft avec un mouvement de tête
plein d'obstination; « j'ai assez de capacité pour
écrire une lettre ordinaire, j'espère; et je n'écrirai sous la dictée de personne.

— Mais ceci n'est pas une *lettre ordinaire*; c'est
une lettre très importante, et son résultat dé-
pendra beaucoup de la manière dont elle sera
tournée. Ma dignité, le respect de moi-même,
commandent que...

— Au diable votre dignité et votre respect de
vous-même! Tâchez donc de penser un peu
moins à l'un et à l'autre, Bab, pour penser un
peu plus au pauvre misérable qui n'a pas connu
un moment de tranquillité, ni jour, ni nuit, depuis que vous l'avez quitté. Quant à la lettre,
dites-moi ce que vous voulez qui soit dit, et
je le dirai; mais je ne veux pas qu'on me la
dicte.

— Eh bien alors, je ne veux pas qu'on lui
écrive.

— Ah! ah!... très bien; comme il vous plaira.

— Seulement, vous vous souviendrez, tante Sandyshaft, qu'actuellement c'est vous qui mettez des entraves.

— Taritata!

— Et... et un jour, » dis-je en éclatant en sanglots « peut-être serez-vous... bien... bien fâchée de vous... être re... re... fusée à...

— Bab, ceci est de l'entêtement... de l'entêtement, et rien d'autre. Ça ne prendra pas avec moi. Vous pouvez écrire votre lettre vous-même si cela vous convient; ou bien obtenir d'Hilda qu'elle l'écrive; quant à moi, si j'écris, ce sera à ma manière, et qu'il ne soit plus question de cela. »

A ce moment on entendit taper doucement à la porte et Goody passa sa tête.

« Il est trois heures passées, ma chérie; je vous demande bien pardon, Madame, d'être entrée, mais le cher petit ange est très agité, le crépuscule commence à tomber, et vous savez, mon agneau, qu'il ne faut pas qu'il soit dehors à la nuit.

— C'est parfaitement vrai, Goody; j'étais bien étourdie de l'avoir oublié. Tenez, voyez, je n'ai que mon chapeau à mettre je vais être prête en un instant. Adieu, tante Sandyshaft; voici mon adresse, au cas où vous voudriez venir me voir.

C'est tout près d'ici... il n'y a pas un quart de mille. Et... et si, lorsque je serai partie, vous reveniez sur votre décision... et qu'il vous fût agréable de venir prendre une tasse de thé avec moi à sept heures, nous reparlerions de la lettre. Je suis sûre que vous penserez différemment quand vous aurez eu le temps de réfléchir. Bien des choses à Hilda; dites-lui que j'espère bien la revoir demain. Voilà, Goody donnez-moi le chéri; je le porterai en bas, moi-même. »

Et descendant en grande hâte le vaste escalier de pierre, je revins chez moi par des rues de derrière en coupant au plus court, et en marchant aussi vite que j'en étais capable. Je ne m'étais arrêtée qu'une fois pendant deux minutes afin d'acheter çhez le boulanger anglais quelques muffins pour le thé de ma tante. Car j'étais certaine qu'elle viendrait.

Ah! comme les heures de cette après-dînée me parurent s'écouler lentement! Comme j'étais agitée! Comme ma conviction faiblissait à mesure que j'approchais de l'heure de sept heures.

« Elle est si entêtée, » pensais-je. « Elle ne peut jamais croire qu'elle n'ait pas raison... Mais après tout elle est juste; et il faudra bien qu'elle admette que c'est moi qui ai principalement voix au chapitre dans une affaire qui me concerne aussi positivement... Viendra-t-elle?

ou se piquera-t-elle d'attendre, pour voir si je
reviendrai la première?... Si elle avait eu l'intention de venir, elle serait déja là!... et pourtant... »

J'allais à tout moment regarder par la fenêtre
de ma chambre; j'empilais les bûches dans le
feu; je plaçais son fauteuil dans le coin le plus
chaud; j'arrangeais la lampe; surveillant les
muffins; me réconfortant de temps à autre par
un coup d'œil donné avec précaution à mon trésor endormi dans son petit berceau; et écoutant,
le cœur palpitant, chaque bruit de l'escalier. Enfin, comme ma montre marquait sept heures
un quart, j'allais m'asseoir en pleurant de désappointement, quand ma porte s'ouvrit et ma tante
entra.

Je m'élançai à sa rencontre avec un cri de
joie. Je l'embrassai, l'aidai à se débarrasser de
son manteau, courus lui chercher un tabouret
pour ses pieds, versai nos premières tasses de
thé, et après lui avoir servi un morceau de muffin, lui pris les deux mains en disant :

« Maintenant, ma bonne vieille chère tante,
puisque vous avez été assez gentille, assez bonne,
assez aimable, pour céder sur ce point, moi aussi
je céderai sur quelque chose. Pendant que vous
êtes là, ce soir, vous écrirez votre lettre comme
vous l'entendrez. Je ne ferai que regarder

par-dessus votre épaule, et je placerai un mot par ci, par là.

« — Hem ! ma chère, la poste part à quatre heures, vous savez, » répliqua sèchement ma tante, « et ma lettre est partie avec elle. J'ai pensé que je ferais bien de venir vous le dire... Sur mon âme, voici la première goutte de thé, méritant de porter ce nom, que j'aie bue depuis que j'ai quitté l'Angleterre. »

CHAPITRE XXXVII.

En suspens.

Hugues, à ce qu'il paraît, était sur le point de
partir pour Chambéry la dernière fois que ma
tante avait entendu parler de lui ; c'est-à-dire
qu'il lui avait fait demander, en cas d'événement,
de vouloir bien lui écrire à Chambéry. — C'était,
semblait-il, sur quelque rapport vague qu'il se
dirigeait de ce côté, espérant contre toute espérance, et s'attendant parfaitement au désappointement inévitable qui jusqu'ici avait toujours été
son partage. « Je pars, » écrivait-il, « mais je sais
« d'avance que c'est pour rien. — Elle est perdue
« à tout jamais pour moi. — Quelque jour, quand
« je serai complètement épuisé par cette longue
« recherche, peut-être trouverai-je sa tombe
« dans quelque coin parmi les tombes des étran-
« gers. Dieu m'en préserve ! Tout ce que je vou-
« drais, ce serait de mourir là, afin d'être enterré
« à côté d'elle. » Ma tante me donna cette lettre.
Tout le jour je la portais dans mon sein, la nuit
je dormais avec elle sous mon oreiller, la trem-

pant de mes larmes. Chez moi il n'y avait guère
qu'un semblant de stoïcisme dont la surface seule
avait l'air d'être profonde, tout en étant tristement transparente, après tout.

De Rome à Chambéry... Je regardai sur la
carte et demeurai effrayée de la distance qui sé-
parait ces deux villes, ainsi que de la quantité de
montagnes qui se trouve entre elles. J'allai à
la poste; on me dit qu'on pouvait envoyer ses
lettres, soit par Turin, soit par Marseille; dans
tous les cas elles mettaient cinq ou six jours...
autant de temps que pour aller à Londres!
De là je m'en allai à l'hôtel d'Angleterre demander à mistress Sandyshaft par quelle voie elle
avait envoyé sa lettre, et voici la réponse que je
reçus. « Elle ne s'était pas cassé la tête à propos
de routes et de bureaux de poste. Elle avait
mis sur sa lettre : Chambéry-Savoie; c'était bien
assez. Elle avait indiqué l'endroit; c'était tout
ce qu'on pouvait lui demander; le reste regardait les gens du métier. »

Ainsi fort peu réconfortée, je ne pus que me
résigner patiemment à attendre que les six longs
jours fussent écoulés, alimentant mon imagination de toutes les calamités qui pouvaient fondre
sur la lettre de ma tante : Je me disais qu'elle
avait écrit en bien grande hâte, que son écriture
ne serait peut-être pas lisible... que la malle qui

emportait les lettres par Turin pouvait être dé-
valisée dans la montagne, que si elle prenait
la voie de mer, le steamer pouvait se perdre,
que même en supposant que la lettre arrivât sans
encombre·à Chambéry, Hugues pouvait en être
parti avant,... alors, dans ce cas, la ferait-on
suivre jusqu'à Broomhill? ou resterait-elle pendant des mois couverte de poussière, sans être
réclamée, avec son contenu d'espérances et de
consolations que personne n'aurait lu?...

C'est ainsi que se passèrent cinq jours. Le
cinquième, je me dis : demain il aura la lettre.
Le sixième : aujourd'hui, il l'a. Et je me l'i-
maginais entrant négligemment dans le bureau
de la poste... ou la trouvant sur la table en venant
déjeuner. Je me représentais le soupir d'impatience avec lequel il repoussait cette lettre loin
de lui, persuadé qu'elle ne contenait rien de
bon... puis la lueur soudaine qui éclaircirait sa
pauvre figure pâlie quand il l'aurait ouverte!...
et le bond qu'il ferait jusqu'à sa sonnette, pour
demander d'une voix vibrante des chevaux de
poste, et enfin la vie, l'énergie, remplaçant cet
état d'espérances toujours déçues, qui affadit le
cœur.

À mesure que la journée s'avançait, à mesure
que le soir venait, je me disais : « Il est en route.
Il voyagera jour et nuit... » Je calculais ce qu'il

28

lui faudrait de temps pour venir, soit par Turin,
soit par Gênes, soit par la mer; et je trouvais
qu'il était parfaitement possible qu'il arrivât dans
la soirée du troisième jour. A cette pensée je me
sentais pâlir et trembler.

Plus que deux jours! Je ne pouvais le croire.
Ma tante vint me tenir compagnie dans la matinée pendant que je peignais; Hilda vint me
prendre dans sa voiture à la fin du jour pour
faire une promenade. Je ne sais où nous allâmes;
je ne sais ce que nous fîmes... je ne pensais qu'à
Hugues.

Plus qu'un jour! Je me mis machinalement à
mon travail le matin, m'interrompant à chaque
instant pour aller embrasser mon enfant en murmurant à sa petite oreille inconsciente: « Demain,
demain, mon ange, tu seras dans les bras de ton
père. » A Paolo, je disais : « Attendez avec patience, nous ne serons pas longs à avoir des nouvelles de Madeleine. » Le dernier jour passa
comme dans un rêve. Je ne pouvais ni peindre,
ni causer, ni rester assise.

Le soir mon état d'excitation nerveuse était devenu si pénible, si violent, que le simple bruit des
cendres tombant sur le foyer, ou le grincement
des fenêtres, me faisaient trembler de la tête
aux pieds. « Il ira directement à l'hôtel d'Angleterre, » pensais-je, « et ma tante me l'enverra

tout de suite. » Dire qu'on allait entendre son pas
sur l'escalier! Quelle joie que de se sentir encore
une fois enveloppée dans ses bras et de verser
sur son sein les dernières larmes amères!
Puis vint le souvenir douloureux du changement qui s'était opéré en lui; j'essayais de
me préparer à la vue des cruelles rides qui sil-
lonnaient son front, et aux cheveux gris qui
brillaient parmi les boucles noires que dans un
temps j'avais connues si peu accessibles au changement. C'est ainsi que les heures de la soirée se
traînèrent... Minuit sonna, et pas de Hugues! — A
une heure, Ida était descendue me supplier de
me coucher. A quoi cela aurait-il servi avec les
nerfs tendus comme je les avais? La nuit se passa
donc ainsi. A la fin, six heures ayant sonné, exténuée d'avoir veillé, je réveillai Ida qui était tombée endormie sur son fauteuil, et nous allâmes
toutes deux nous mettre au lit. Je dormis lourdement pendant quelques heures, et m'éveillai
pour trouver mistress Sandyshaft assise à mon
chevet.

« Est-il arrivé? » furent les mots qui s'élan-
cèrent instantanément de mes lèvres.

« Non, mon enfant; il ne peut pas voler.

— Mais il y a maintenant trois jours et trois
nuits qu'il a votre lettre.

— Mais, folle que vous êtes! supposez que dans

les montagnes il ait trouvé les chemins obstrués
par la neige entre Chambéry et Lyon; supposez qu'une fois à Marseille, il n'ait pas rencontré
de steamer prêt à partir; supposez qu'il ait
quitté Chambéry... pour Paris, par exemple; il
faut du temps pour que la lettre aille le rejoindre. Et puis, que sais-je encore? »

Je me renversai sur mon oreiller avec un soupir découragé.

« Non, rien de tout cela n'est arrivé. Mais
enfin, si cela arrivait, quand donc alors pourrait-
il être ici?

— C'est impossible à dire; dans huit jours,
sans doute...

— Dans huit jours! encore une longue semaine!...

— Et par la même occasion, » ajouta ma
tante, « je vous conseille vivement de ne pas vous
mettre à veiller toutes les nuits; cela ne le fera
pas venir une minute plus tôt.

— Combien y a-t-il de temps que vous ne l'a-
vez vu, tante Sandyshaft? » demandai-je au bout
d'un instant.

« Pas depuis le moment où j'ai pris le parti
de venir rejoindre Hilda et son précieux comte,
ici, en Italie. Il m'a accompagnée jusqu'à Marseille, et je vous assure que sans lui je ne sais ce
que je serais devenue... il ne m'a quittée que

lorsqu'il m'a vue saine et sauve sur le bateau de
Livourne.

— C'était aimable ce qu'il a fait là, » dis-je
avec chaleur.

« Hem! ça a été poli, mais il n'y a rien là de
si étonnant, » répondit ma tante en me jetant de
côté un coup d'œil aigre.

« Et après, où devait-il aller?

— En Angleterre, je crois; toujours est-il que
la première lettre qu'il m'a écrite était datée de
Broomhill.

— Et vous n'en avez eu que deux, vous m'a-
vez dit?

— Deux seulement; vous avez l'autre.

— Vous avez détruit la première sans doute?
En êtes-vous bien sûre, ma tante, l'avez-vous
détruite?

— Seigneur Dieu, oui, j'en suis bien sûre; je
vois encore les parcelles du papier voler dans la
cheminée. Je n'ai gardé celle-ci que dans la
crainte d'oublier l'adresse. Entasser des inutilités, Bab, n'a jamais été une de mes faiblesses. »

Des inutilités! elle appelait ses lettres des inutilités!

« Je suppose, » dis-je après une autre pause,
« qu'il doit conclure que vous êtes actuellement
à Rome.

— Je ne vois pas trop comment, car je n'en

parlais pas dans ma réponse à sa lettre. A cette
époque, les de Chaumont parlaient d'aller passer l'hiver à Naples, mais Hilda, comme toujours,
a changé d'idée au dernier moment, et au lieu
de cela nous sommes venues ici. Pour moi, cela
m'était absolument indifférent ; on pouvait vous
retrouver aussi bien à Rome qu'à Naples ou ailleurs. Donc si Hugues Farquhar suppose quelque
chose, il doit me croire dans le sud de l'Italie,
gravissant le Vésuve. Et à propos, Bab, vous ai-
je dit que votre père s'était fixé à Bruxelles ?

— Non ; vous ne m'en avez rien dit.

— Eh bien, c'est comme cela. Ils ont pris un
logement dans un quartier à la mode, ils vont à
la cour, se promènent chaque jour dans leur ca-
lèche, ils tripotent sur les chevaux, et tous les
quinze jours ils ont des réceptions où on ne
donne rien à manger. Ils font les grands personnages... à peu de frais... Ceci va admirablement
à votre père : Edmond Churchill Esquire, s'est
toujours cru un grand homme. Mais vous ne
m'écoutez pas.

— Oh ! si... si... j'écoute.

— Oui, comme l'homme de la chanson : « Mon
corps est en Ségovie, mais mon cœur est à Ma-
drid. » Oh ! Bab, Bab, vous n'êtes pas faite autrement que les autres, en dépit de toute votre dignité. Allons ! allons ! ne pleurez pas ! Quel bien

cela a-t-il jamais fait à personne de pleurer?

— Il... il me semble maintenant qu'il ne viendra jamais! » m'écriai-je en cachant ma figure dans mes oreillers et en sanglotant. « J'ai espéré avec tant de confiance pendant ces dix derniers jours... maintenant je n'espère plus du tout... du tout!

— Parce qu'il s'est écoulé douze heures depuis le moment que vous aviez fixé dans votre sagesse ! Ne soyez pas stupide, Bab. — Supposez qu'il soit en retard d'une semaine ; la belle affaire... Vous êtes toujours sûre qu'il finira par venir.

— Une semaine!... mais que vais-je devenir pendant une semaine toute entière, ne sachant ni où il est, ni s'il a eu la lettre? — Il peut... il peut être tombé malade... ou bien être en route pour retourner en Angleterre... qui peut savoir? »

Ma tante se leva fort tranquillement en mettant ses gants.

« Si vous me demandez, Bab, ce que vous allez devenir pendant une semaine entière, » dit-elle, « je vous dirai de faire ce qu'il a fait, lui, pendant toute une année... supporter votre mal.

— Vous êtes... ah! vous êtes bien cruelle !

— Peut-être: c'était votre tour dernièrement; maintenant c'est le mien. Pourtant je retourne à la maison pour... pour écrire trois lettres : l'une à Hugues Farquhar, adressée à Broomhill;

l'autre à sa femme de charge en la priant de faire
suivre cette lettre n'importe où; et la troisième
au directeur de la poste à Naples, lui demandant
d'envoyer à Rome tout ce qui a pu arriver pour
moi dans ses bureaux. Eh bien, que dites-vous
de cela?...

— Ma bonne, mon excellente tante!...

— Ah! je suis bonne maintenant?... j'étais
cruelle, il n'y a pas deux minutes. Allons, re-
mettez-vous, Bab; dépêchez-vous de vous habiller, de déjeuner, et soyez prête à deux heures :
je viendrai en voiture pour vous faire faire un
tour avec ce monstre d'enfant. Adieu... »

Je me remis en effet, non sans un grand effort,
ce jour-là et les jours suivants. Mais c'était quand
je souriais le plus que mon cœur était le plus
gros, et mes nuits se passaient dans les larmes.
Ainsi s'écoula cette fameuse semaine, et une
autre encore... et il ne venait pas, il n'écrivait
pas!... La lettre avait eu plus que le temps d'être
envoyée de Chambéry à Broomhill, et de Broomhill à Chambéry. A la fin, l'attente devint intolérable; je décidai que je ne l'endurerais pas
davantage. J'allai trouver mistress Sandyshaft,
lui annonçant la détermination que j'avais prise
de partir le lendemain pour Chambéry.

« Vous ne pouvez rien faire de plus stupide,
Bab, » dit-elle; « c'est précisément le moyen de le

manquer. Quand deux personnes sont à la recherche l'une de l'autre, il faut que l'une des
deux ne bouge pas.

— Comment savoir s'il n'est pas justement
celle-là? comment savoir s'il n'est pas couché sur
un lit par la maladie?

— S'il en était ainsi, il aurait eu sa lettre, et
il aurait écrit ou aurait fait écrire.

— Bon... ce ne sont que des conjectures... et
je veux m'en aller. J'aurai du moins la satisfaction de savoir ce qu'il est possible de savoir,
et... je ne resterai pas ici à Rome à me ronger
le cœur dans l'inaction.

— Vous êtes bien décidée?

— Absolument. Je vais de ce pas retenir ma
place pour Civita-Vecchia.

— Cela n'est pas nécessaire. Si vous voulez
vous en aller, j'irai avec vous... que vous le vouliez ou non, et nous prendrons des chevaux de
poste. Qu'est-ce qu'on fera du monstre?

— Baby et Goody viennent avec moi, bien entendu.

— Une jolie folie!... et dire que c'est après-
demain le premier janvier!... Bab, Bab, vous
êtes une bien plus grande idiote que je ne l'aurais cru... la plus grande idiote que j'aie jamais
connue, si ce n'est moi-même. »

CHAPITRE XXXVIII.

Où cela?

Merci, vaillant Cassio; quelles
nouvelles pouvez-vous me donner
de mon Seigneur? »
OTHELLO.

De Rome à Civita-Vecchia en chaise de poste,
de Civita-Vecchia à Marseille en bateau à vapeur
avec accompagnement de courts orages qui couvraient la mer de neige et de pluie; de Marseille
à Lyon en chemin de fer, et de Lyon à Chambéry encore en chaise de poste... ce fut un lugubre voyage qui dura plusieurs jours, par un
froid intense, et fut d'autant plus pénible pour
moi que mes compagnes ne m'aidaient en rien.
Le dernier jour fut le plus terrible de tous; nous
restâmes quinze heures en route, dont six se
passèrent en pleine obscurité avec la neige, à lutter contre les difficultés des chemins, rendus im-
praticables par plusieurs jours de mauvais temps.

Exténuées de fatigue et de froid, nous attei-
gnîmes Chambéry à une heure après minuit;
on nous conduisit à l'*Hôtel du Petit-Paris*. Là ma

première question fut pour m'informer de Hugues. Le garçon de l'hôtel, à moitié endormi, ne
savait rien de ce nom : je lui dépeignis mon
mari ; il était sûr qu'aucun gentleman de ce
genre n'était venu dans l'hôtel... Je demandai
s'il n'y avait pas d'autres hôtels dans la ville ; il
répondit qu'il y en avait plusieurs, mais que pas
un ne valait l'*Hôtel du Petit-Paris*. — « Il y avait
bien *la Poste*, et l'*Hôtel de l'Aigle noir ;* Madame
pourrait s'informer dans ces deux endroits demain, mais il n'était guère vraisemblable qu'aucun voyageur anglais préférât n'importe quel
hôtel à celui du *Petit-Paris*. Et quant aux autres
hôtels, c'étaient de vraies auberges tout à fait
hors de question. »

Il fallut me contenter de cela jusqu'au lendemain matin.

J'étais si fatiguée que je dormis profondément
tout d'un trait, pour ne m'éveiller qu'entre neuf
et dix, le lendemain matin. Les rayons du soleil
venaient frapper mes yeux comme un reproche ;
il faisait une splendide matinée, froide mais gaie ;
il y avait quelque chose de rassurant qui prêtait
à l'espoir dans l'air qu'on respirait. Je me levai
avec la confiance que j'allais réussir et me dirigeai vers la poste avant le déjeuner. Un jeune
homme qui flânait à la porte avec un cigare aux
lèvres, me suivit au dedans et alla s'asseoir à son

bureau. Je lui demandai s'il ne pourrait pas m'indiquer l'adresse d'un Anglais, M. Farquhar, que j'avais des raisons de croire à Chambéry... ou qui du moins y avait été.

L'employé secoua la tête. Il ne connaissait personne de ce nom.

« Il y a peut-être ici quelques lettres qui attendent l'arrivée de M. Farquhar?

— Non, Madame, aucune.

— Pourtant, je sais qu'il doit y en avoir une, car elle a été envoyée il y a près d'un mois. Monsieur voudrait-il avoir l'obligeance de chercher? »

Monsieur s'en alla de fort mauvaise grâce dans un coin éloigné du bureau, y prit hors d'un boulin, dans une espèce de petit buffet placé entre les fenêtres, un paquet de lettres qu'il fit glisser les unes sur les autres comme des cartes à jouer, les replaça dans le boulin et revint en secouant de nouveau la tête. « Il n'y a pas de lettre au nom du parent de Madame, absolument pas. »

Je me détournai. J'étais fort désappointée, mais non convaincue. — Sur le seuil je m'arrêtai : après tout, cela pouvait provenir d'une erreur de prononciation ; je tirai mon portefeuille, et ayant écrit au crayon : « Hugues Farquhar Esquire, » bien clairement sur une feuille blanche, je la

tendis à l'employé. Sa figure s'illumina instantanément :

« Ah! c'est ce nom-là, » dit-il; « mais oui,
je crois qu'il y a des lettres. Je demande mille
pardons à Madame; mais elle parlait d'un Anglais, et ce nom-là est russe ou polonais.

— Non, non, il est bien anglais, » répondis-je
avec impatience, les yeux fixés sur le boulin.

Il retourna à la petite armoire, en tira les lettres, les arrangea... oh! avec quelle lenteur! en
mit une de côté, les étala de nouveau pour être
sûr qu'il n'en oubliait pas, replaça le paquet à
sa place, s'arrêta pour épousseter la lettre avant
de l'apporter sur le comptoir... et là, au lieu de
la mettre dans ma main fiévreuse, il dit :

« Madame a apporté le passeport de M. Farquhar?

— Non; — comment aurais-je pu apporter
son passeport, puisque je ne sais même pas s'il
est ici ?

— Alors je ne puis livrer la lettre.

— Mais, Monsieur, je suis madame Farquhar.

— La loi postale ne permet de délivrer les
lettres que sur la présentation du passeport de
la personne à laquelle elles sont adressées.

— Alors, Monsieur, permettez-moi au moins
de voir la lettre. »

Il ne voulut pas me la confier, et de l'autre

côté du comptoir il me la tint à regret, de façon
à ce que je pusse lire l'adresse. Elle portait,
écrit de la main de mistress Sandyshaft : *Hugues
Farquhar Esq. Broomhill*, et avait été renvoyée
à Chambéry par mistress Fairhead. Le dos était
couvert de timbres anglais, français et italiens,
de différentes dates. C'était évidemment la seconde lettre écrite dix jours après la première.
Où était la première?

« Vous êtes sûr, Monsieur, qu'il n'y en a pas
d'autre?

— Madame, j'en suis très sûr.

— Et il n'y en a jamais eu d'autre? »

Il hésita.

« Je ne saurais vous le dire, Madame. Mais s'il
y en a eu, elles ont été délivrées. »

Je me sentis bouillir d'impatience.

« Bonté divine, Monsieur, mais c'est fort grave!
Ne pouvez-vous donc pas vous rappeler quelles
sont les lettres que vous donnez et à qui vous
les donnez? »

Il haussa les épaules et répondit avec un sourire demi-impertinent :

« Madame demande des choses impossibles.
Je ne dis pas qu'il n'ait pas pu se faire qu'il y
ait eu d'autres lettres. Je crois qu'il y en a eu;
mais je ne puis pas me les rappeler. — Mon
collègue peut-être pourrait dire s'il les a déli-

vrées. Madame ferait bien de le lui demander.

— Et où est-il votre collègue ? » dis-je avec une certaine hauteur.

— Il est allé déjeuner. Ah ! le voici. »

En ce moment, un autre jeune homme entrait dans les bureaux. Il était petit, vif, avec des yeux noirs, tout à fait l'homme du métier. Ils échangèrent quelques mots à voix basse, puis le nouveau venu, s'avançant, vint prendre la place de l'autre dans le comptoir.

« Madame demande s'il y a eu d'autres lettres livrées par ce bureau à monsieur... monsieur ?

— Hugues Farquhar.

— Justement. Oui, Madame, il y en a eu ; je ne saurais dire combien,... trois ou quatre, peut-être six. On les a toutes données, excepté la dernière qu'on a montrée à Madame, et qui n'a pas été réclamée.

— C'est à lui-même que vous les avez données ?

— Les unes à lui-même, les autres à la personne qu'il envoyait, sur la présentation de son passeport.

— Combien y a-t-il de cela, Monsieur ?

— Trois semaines, je crois,... ou un mois.

— Il aurait donc quitté Chambéry.

— Ça en aurait tout l'air, Madame ; mais si vous vouliez prendre la peine d'aller vous informer à l'*Hôtel de la Poste*...

— A l'*Hôtel de la Poste*?... Était-ce donc là qu'il était descendu?

— Je le croirais, Madame, parce que le garçon de cet hôtel est venu une ou deux fois chercher des lettres.

— Il serait superflu, je suppose, de vous demander, Monsieur, si l'une de ces lettres, portant une adresse écrite de la même main que celle qui est là, a été remise à M. Farquhar vers le 12 décembre? »

L'employé prit la lettre de mistress Sandyshaft, l'examina scrupuleusement et dit :

« Il nous passe tant de lettres par les mains, Madame, que je ne voudrais pas me hasarder à émettre une opinion ; mais je crois avoir déjà vu cette écriture sur une lettre adressée à la même personne. S'il en est ainsi, c'est bien vers l'époque dont parle Madame...

— Est-ce à lui-même, Monsieur, qu'on l'aurait délivrée?

— J'allais justement vous dire que, si c'est ce que je crois me rappeler, c'est à une dame que la lettre a été remise.

— A une dame?

— Sur la présentation du passeport, oui, Madame. »

Je m'appuyai un instant sur le comptoir... je ne pouvais parler et me sentais m'en aller. Puis

abaissant mon voile je répondis très vite :
« Merci, Monsieur, » et me précipitai hors du
bureau.

Un peu plus loin en montant sur la route, il y
avait un bouquet d'arbres, une fontaine et un
banc de pierre. Je me dirigeai vers ce banc et
m'y assis; je me sentais tout étourdie; mon esprit n'était pas net... il me semblait qu'un grand
malheur venait de tomber sur moi, quoique
j'eusse de la peine à me rendre compte de quelle
nature il était. Des jeunes filles qui venaient
remplir leurs cruches à la fontaine, arrivèrent
tout en babillant et en riant. Je vis qu'elles me
regardaient en se parlant tout bas; je frissonnai,
me levai et m'en allai. Tout en marchant, ins-
tinctivement, je traversai un espace vide tout
entouré de bâtiments publics, et prenant une rue
qui donnait à l'un des angles, je me trouvai
immédiatement en face d'une grande maison
blanche sur le devant de laquelle on voyait
peint en grosses lettres : *Hôtel de la Poste.* Un
homme d'un extérieur respectable, les mains
dans ses poches, se tenait debout à la porte ; je
m'arrêtai... puis, faisant un pas en avant, je lui
demandai si je pourrais parler au propriétaire
de l'hôtel, ce à quoi il répondit tout en saluant :

« Madame, c'est moi qui suis le maître de
l'hôtel. Veuillez entrer.

— Non, merci, Monsieur, je... je voudrais seulement vous faire une demande.

— A votre service, Madame.

— Je suis très anxieuse de savoir si un Anglais, nommé M. Farquhar, est descendu dernièrement dans votre hôtel.

— Pas tout dernièrement, Madame; il y a près d'un mois qu'il est parti.

— Puis-je vous demander combien de temps il est resté?

— Environ quinze jours, Madame.

— Et pourriez-vous me dire s'il retournait en Angleterre?

— Si Madame veut prendre la peine d'entrer s'asseoir dans le bureau, je vais regarder dans le livre des voyageurs, et je verrai si ce monsieur a laissé une adresse. »

J'entrai dans le petit salon du maître de l'hôtel et m'y assis, tandis qu'il tournait les pages d'un grand livre posé sur un des côtés de la table. Bientôt son doigt indicateur, qui avait rapidement couru de colonne en colonne depuis le haut jusqu'en bas, s'arrêta comme un pointeur.

« On n'a laissé aucune adresse, Madame, » dit-il; « mais ce monsieur a, je crois, demandé des chevaux de poste et en regardant dans mes livres je verrai dans quelle direction il voyageait. »

Et l'obligeant maître d'hôtel descendit un gros registre de sa bibliothèque, recommençant à chercher par le même procédé. Encore une fois l'agile indicateur s'arrêta tout à coup.

« Monsieur F..., numéros 4, 3, 5 et 6, » dit-il en passant rapidement sur les *item* des différents articles : « Pour les appartements,... tant; dîners, déjeuners, vins, etc.,... chevaux de poste pour Grenoble... Ce monsieur est parti d'ici pour Grenoble.

— Pour Grenoble, » répétai-je, « merci, Monsieur... et il n'a laissé aucune adresse?

— Aucune, Madame.

— Monsieur Farquhar voyageait... seul?

— Monsieur est arrivé seul, Madame ;... c'est-à-dire accompagné de son domestique noir, puis mademoiselle sa sœur est venue le rejoindre.

— Sa sœur... sa sœur est venue le rejoindre?

— Oui, Madame, Mademoiselle est arrivée la veille du jour où ils sont partis pour Grenoble... Mon Dieu, Madame,... vous trouveriez-vous mal?

— Merci, non, » dis-je, en passant ma main sur mon front. « J'ai eu... un instant de faiblesse; un peu de fatigue... d'avoir marché à jeun après un long voyage.

— Permettez-moi de vous faire apporter un verre de bon vin.

« — Oh! non, merci... un peu d'eau plutôt...
Vous êtes bien bon. »

Le maître de l'hôtel courut lui-même à une
fontaine placée dans le vestibule et m'apporta
un grand verre d'eau fraîche. Réconfortée par
cette boisson froide, je me levai, en lui souhaitant le bonjour. Il m'accompagna jusqu'à la
porte, et, me voyant hésiter, me demanda dans
quelle direction je voulais aller.

« A l'*Hôtel du Petit-Paris*.

— Tout droit, Madame, jusqu'à ce que vous
arriviez au bout de la rue, et là, vous tournerez
à gauche. Le *Petit-Paris* sera juste devant vous;
vous ne pouvez vous tromper de chemin.

— Je vous suis bien obligée, Monsieur; bonjour.

— Madame, j'ai bien l'honneur... »

« Bab, ma chère, » dit ma tante, « nous ne
pouvons rien faire de plus que ce que nous avons
fait. Asseyons-nous donc tranquillement, et prenons patience.

— Prendre patience, » répétai-je en soupirant
amèrement.

« A quoi nous servirait de nous laisser gagner
par l'impatience? nous voici à Grenoble, la station du chemin de fer n'est pas loin; nous som-

mes aujourd'hui le 8 janvier. Il y a vingt-six
jours, un voyageur quitte cet hôtel avec armes
et bagages, s'en va à la station du chemin de
fèr, prend ses billets pour je ne sais où, et dispa-
paraît... Qui peut savoir dans quelle direction, à
l'est, à l'ouest, au nord ou au sud, il a été?
Le plus habile des *detectives* de Bow street ne
pourrait réussir à traquer un homme sur un tel
indice. Je l'en défie. Encore bien moins trois
femmes et un bébé.

— Cependant, il serait trop dur d'y renoncer,
maintenant que nous sommes véritablement sur
ses traces...

— Allons donc, Bab! des traces qui ont vingt-
six jours de date ne servent pas à grand'chose.
On peut aller à New-York et en revenir dans cet
espace de temps. »

Ma tante était assise dans une bergère près du
feu; moi, je me tenais debout à la fenêtre regardant les Alpes tout embrasées des rayons du soleil couchant.

Nous avions suivi jusqu'à Grenoble les indica-
tions concernant Hugues et sa compagne, mais,
là, toutes traces avaient disparu. Ils étaient re-
partis par le chemin de fer le lendemain matin
de leur arrivée, et personne ne pouvait dire où
ils étaient allés.

Tout en le reconnaissant, bien à contre-cœur,

29.

je sentais que ma tante avait raison et que prolonger nos recherches était inutile.

« Eh bien ? » dit-elle après un moment, « que
faut-il faire ?

— Ce que vous voudrez, » répondis-je nonchalamment.

— Hem ! si je faisais ce que je veux, je m'en
retournerais dans le comté de Suffolk et vous
emmènerais avec moi. Le voulez-vous ?

— Dans le comté de Suffolk !... oh ! non, jamais... jamais... tant que...

— Tant que quoi ?... je vous prie.

— Tant que ce ne sera pas avec lui...

— Voilà qui est bien ridicule, Bab.

— Tant que tout ne sera pas éclairci... tant
qu'il n'aura pas expliqué comment il se fait que
cette femme soit encore avec lui...

— C'est bien facile à expliquer. Elle l'a suivi
comme un chien, cela n'est pas douteux.

— Peut-être ; mais ce n'est pas tout... ce n'est
pas assez.

— Voyez-vous, Bab, pour le présent, le seul
asile convenable pour vous, c'est ma maison. —
Refusez-le si vous voulez, mais c'est là votre place ;
et en même temps il faut bien que je vous le
dise, nous ne pouvons rester dans cet endroit
perdu... n'est-ce pas votre avis ?

— Certainement. Il nous faut retourner à Rome.

Peut-être y est-il déjà, attendant notre retour.

« — Ah! s'il en était ainsi je jurerais bien qu'il n'aurait pas été assez sot pour courir après nous jusqu'à Chambéry, » dit ma tante ; « mais je ne crois pas que nous le trouvions là.

— Ni moi, » répondis-je avec découragement.

Ma tante se leva et vint vers la fenêtre.

« Faut-il nous remettre en route demain matin, alors? » dit-elle en me posant affectueusement la main sur l'épaule ; « vous en sentez-vous la force, hein?

— Oh! oui ; parfaitement.

— Et vous préférez retourner à Rome?

— Naturellement ; c'est la seule chance qui nous reste.

— Fort bien ; va donc pour Rome! et quant à cette lettre... Bon, bon, j'ai mes doutes à moi ; mais n'importe ; qui vivra, verra. Pour le moment il nous faut jouer le jeu de la patience ; seulement, nous avons en main toutes les belles cartes... et il nous faudra bien gagner... un de ces jours... ma pauvre chère Bab! »

Pendant plusieurs minutes nous demeurâmes là dans un parfait silence, contemplant les teintes rosées qui peu à peu envahissaient les pics les plus éloignés. Je pensais au temps où nous voyagions ensemble, Hugues et moi, à travers le puissant Oberland, et à ce souvenir mon cœur se gonflait, ma vue s'obscurcissait.

« Que c'est beau ! » m'écriai-je tristement.

« Oui, certainement, c'est beau... c'est très beau, » répondit mistress Sandyshaft. « Mais, à vous dire vrai, ma chère, je n'ai pas grand goût pour le sublime. Les montagnes font très bien à leur place... mais rendez-moi mon Suffolk ! »

Le lendemain matin nous reprenions le chemin de fer pour Marseille, et nous allions nous embarquer à bord du bateau français qui conduit à Civita-Vecchia.

Janvier, février, mars s'écoulèrent; avril arriva sans que Hugues eût fait un signe, ni écrit un mot. Hilda était partie pour Naples avec son docile mari pour y passer la saison à la mode ; Ida, qui avait achevé son grand tableau, l'avait envoyé à Zollenstrasse pour le prochain concours qui approchait ; Paolo, après avoir langui quelques semaines à Rome, ayant perdu toute foi en mon habileté, était retourné chez lui à Capri auprès de sa femme. Pendant ce temps-là ma tante était venue demeurer avec nous dans mon ancienne maison ; nous avions loué pour elle toute la partie supérieure du bâtiment et aussi deux bonnes servantes... et pendant tout ce temps mon trésor chéri avait poussé comme une jeune plante au soleil, buvant la force et la beauté, dans cette atmosphère parfumée, toute imprégnée des premières pousses du printemps.

Il me connaissait maintenant... de loin quand
il m'apercevait il me tendait ses petits bras,
souriait quand il me voyait sourire, et me témoignait sa tendresse de mille petites manières à
peine intelligibles pour d'autres yeux que les
miens. Dieu sait si j'avais besoin de ces consolations que le cœur inconscient de mon petit enfant savait me donner! C'était le mystère, ce
douloureux mystère qui m'enlaçait, qui m'oppressait, qui rendait ma vie si misérable! me
hantant perpétuellement nuit et jour, jusqu'à
en avoir la tête et le cœur fatigués.

La lettre avait été délivrée, ceci était certain ;
et aussitôt que Hugues l'avait eue il avait quitté
Chambéry pour Grenoble, c'était certain aussi.
Il était reparti de Grenoble en chemin de fer
après avoir passé une nuit, et là toute trace
de lui disparaissait. Il n'avait laissé aucune
adresse : il n'avait écrit ni à mistress Sandyshaft,
ni à personne de Broomhill. Il avait disparu
totalement, mystérieusement, et avec lui, Tippoo et Madeleine. Quelquefois je me disais qu'il
avait peut-être été tué par des brigands et enterré à l'endroit même du meurtre ; d'autres
fois je me demandais si Madeleine ne l'aurait
pas empoisonné dans quelque farouche accès de

jalousie et de désespoir : elle était italienne, et
ses yeux noirs portaient en eux une expression
dangereuse. Je retournai encore demander s'il
était probable qu'il eût reçu la lettre de mistress
Sandyshaft; l'employé croyait bien l'avoir remise à une dame. Cette dame ne pouvait être
que Madeleine... Si elle allait l'avoir détruite?...
En admettant cette supposition il aurait pu se
faire que Hugues, ne comprenant rien au long
silence de ma tante, lui eût écrit à la poste restante de Naples.

Toutes ces idées me tourmentaient, me pour-
suivaient, empoisonnant l'atmosphère et le soleil
tout autour de moi, et faisaient de ma vie une longue angoisse. En vain me prêchait-on la sagesse,
la nécessité de prendre patience ; je pouvais supporter la souffrance, mais non accepter la patience devant un fardeau aussi lourd que le mien.

Ainsi se traînèrent des semaines... Petit à petit
l'espoir allait s'évanouissant, et j'arrivais à me
dire que je ne le reverrais jamais.

Un soir, j'étais seule, ma tante était allée dîner
chez son banquier : le cœur navré je repassais
dans ma mémoire tous les événements de cette
dernière année, assise au coin de mon feu qui
seul éclairait la chambre et serrant mon enfant
dans mes bras, quand Goody tout effarée passa
la tête par la porte :

« Ma chérie, il y a là une dame qui demande à vous parler. ·

— Une dame?

— Oui; et... et elle a demandé madame Farquhar, ma chérie, » ajouta la vieille servante avec inquiétude.

« Mon nom! » balbutiai-je, saisie d'une vague terreur. « Qui peut connaître mon nom?

— Elle m'est complètement étrangère, » dit Goody, « mais... mais, la voici! »

Comme ma visiteuse paraissait sur mon seuil je me levai. Elle entra, ferma la porte et souleva son voile :

C'était Madeleine.

CHAPITRE XXXIX.

La confession de Madeleine.

> « Je l'ai vue face à face dans
> ma chambre, dans ma chambre
> silencieuse! — Dieu, elle et moi
> nous étions seules. »
> Mrs BROWNING.

Ma première impression fut une impression de terreur, oh! mais une vraie terreur, que je ne pouvais maîtriser. Je sentis le froid m'envahir de la tête aux pieds et mon cœur faiblir dans ma poitrine. Pendant un instant nous restâmes en face l'une de l'autre, nous regardant à la lueur du feu, toutes deux silencieuses. Ce fut Madeleine qui parla la première :

« Enfin, nous voici donc face à face ! » dit-elle d'une voix basse et distincte... « Enfin ! »

Je frémis. Je me rappelais si bien cette voix triste et vibrante avec son léger accent étranger.

« A qui est cet enfant? »

Je serrai mon enfant encore plus étroitement contre mon sein, mes lèvres remuèrent, mais je n'articulai rien.

« A qui est cet enfant? » répéta-t-elle.

« A moi. »

Elle fit un pas en avant; mais comme elle avançait je fis un bond en arrière, posai l'enfant dans son berceau, et me plaçai devant, tremblante, mais désespérée, comme une bête fauve aux abois.

« Sotte! » dit-elle avec mépris, « croyez-vous donc que je veuille faire du mal à votre enfant? »

Et sa voix s'adoucissant, sa figure devenant plus calme, elle ajouta.

« N'est-ce pas *le sien*, à lui aussi! »

— Le sien! » répétai-je, tandis que l'indignation se substituait à la terreur. « Vous imagineriez-vous que je vous permettrai de parler de mon mari devant moi?

— Je ne suis venue que pour cela, » dit-elle.

« En ce cas, » dis-je, cherchant à maintenir ma voix sur un ton ferme et froid, « vous voudrez bien vous souvenir que c'est à la femme de M. Farquhar que vous vous adressez. »

Elle sourit avec dédain.

« Sa femme! » reprit-elle, « oh! il n'est guère probable que je l'oublie.

— Qu'avez-vous à me dire?

— Beaucoup de choses, » répondit-elle en s'appuyant contre la table et en portant la main à son côté, comme quelqu'un qui souffre.

« Beaucoup d'amères vérités… si amères,
qu'il y a quelques semaines encore, je me fusse
plutôt arraché la langue que de les articuler. »

Elle s'arrêta de nouveau, comme pour reprendre haleine et je vis qu'elle paraissait fort malade.

Du doigt, presque involontairement, je lui
montrai un siège; mais elle ne fit aucune attention à ce geste.

« Écoutez, » dit-elle d'une voix si pleine de
provocation qu'elle semblait se jouer du tremblement de ses lèvres. « Écoutez, vous, la grande
dame, vous, sa femme légitime, ce que veut
vous dire la paysanne, qui fut sa maîtresse… Il
ne m'a jamais recherchée, c'est moi qui suis
venue vers lui et qui me suis couchée à ses
pieds. Il ne m'a jamais aimée d'amour… de
mon côté seulement était l'amour! Quant à lui,
il n'a jamais eu pour moi que pitié et indul-
gence. Il ne m'a pas épousée… sa nature était
si chevaleresque que si la chose eût été possible il l'eût faite, rien que parce que moi, une
faible femme, je m'étais donnée à lui. Mais j'étais
déjà mariée… la chose n'était donc pas possible.
Toutefois, dans sa grande générosité il m'avait
solennellement promis de ne jamais épouser
personne. C'était une promesse qu'il n'aurait jamais dû faire. Il n'eut pas la force de la tenir.

Depuis, il m'a conté ce qu'il avait souffert; combien il avait lutté devant cette tentation... comment avant d'y succomber il s'était enfui au
loin... mais vous savez tout cela mieux que
moi ! »

Vraiment oui, je le savais!... Je baissai la tête
en silence. Je ne pouvais parler, je ne pouvais
qu'écouter... et à mesure que le passé se dé-
gageait des nuages qui l'enveloppaient il me
semblait voir ma vie et mon avenir suspendus
aux lèvres de cette femme.

« Je n'ai su qu'il avait failli à cette promesse, »
continua-t-elle, « que peu de jours avant celui
où... où il amena à Broomhill... sa femme!... et
ce fut alors que je connus l'alternative où je me
trouvais, soit de quitter son toit, soit d'y vivre en
prisonnière. Je choisis ce dernier parti et pour
l'amour de lui j'endurai... »

Elle s'arrêta, me lança un regard acéré et
continua :

« Peu à peu vous avez tout découvert. Seulement vous avez pris trop à la lettre des expressions... des expressions qui n'étaient pas faites
pour vos oreilles. Me comprenez-vous?

— Parfaitement. Mais mon mari, M. Farquhar,
dites-moi où...

— Patience; j'ai une confession à faire d'a-
bord. Vous vous êtes enfuie, » dit-elle d'une voix

caverneuse, « et votre fuite a décidé de mon sort.
Vous reviendriez un jour, je le savais bien... et
le jour de votre retour serait celui de mon ren-
voi, je le savais aussi. Je vous ai haïe donc plus
que jamais. Oh! vous pouvez bien trembler.
Nous autres méridionaux ! nous haïssons comme
nous aimons... jusqu'à la folie! Et à un moment, il n'y a pas longtemps de cela, je vous
aurais tuée sans miséricorde... »

Il me semblait être la proie d'un mauvais
rêve...

« Vous vous êtes enfuie, » reprit-elle, « et je
me suis retrouvée libre; mais il n'existait plus de
tranquillité pour moi. Il souffrait; et je souffrais
de ses souffrances.

« Il partit pour le continent, d'où il m'écrivit :
son désir était que je ne restasse pas plus longtemps à Broomhill. Il... il avait résolu de m'é-
tablir au loin, et m'ordonnait de venir le rejoindre à Chambéry. Quand cette lettre m'arriva,
elle me fit l'effet de mon arrêt de mort. Je m'y
attendais... mais le coup n'en fut pas moins bien
dur. J'obéis sans un murmure; il m'aurait or-
donné de me tuer avec un poison lent, que j'aurais obéi de même. Je partis. Il me dit qu'il
m'avait acheté une villa au bord de la mer,
à Nice... qu'il fallait que j'allasse y vivre : c'é-
tait mon climat, c'était ma mer, c'était un pays

où on parlait ma langue... mais c'était l'exil...

— Mais, » commençai-je, tremblant d'en apprendre davantage, « quand vous avez quitté Chambéry, dans quelle...

— Patience, » dit-elle encore, « vous saurez tout petit à petit. Je le rejoignis à Chambéry, où il me fit passer pour sa sœur. J'arrivai dans l'après-midi du dimanche; il fut convenu que nous reprendrions le cours de notre voyage le jour suivant. Le lendemain je me levai de grand matin et m'en allai faire un tour avant le déjeuner. J'étais fort agitée. M. Farquhar m'avait priée de passer à la poste, et d'y laisser l'ordre d'envoyer *poste restante*, à Nice, toutes les lettres qui pourraient venir pour lui; il m'avait aussi donné son passe port afin de le montrer dans le cas où il serait arrivé une lettre à son adresse par le courrier du matin. Tout en cheminant vers la poste, j'avais pris la résolution de ne laisser aucune indication. Le danger qu'il arrivât des nouvelles de vous était sans cesse devant mes yeux... car tout mon espoir résidait dans votre absence... Comme j'entrais, on était en train d'ouvrir le sac du courrier, et aussitôt on me tendit une lettre pour M. Farquhar.., je reconnus l'écriture de mistress Sandyshaft, je l'avais vue si souvent à Broomhill. Je ne tins pas plus tôt cette lettre dans ma main que je pressentis un mal-

heur... Que voulez-vous? la tentation fut trop
forte... J'ai ouvert cette lettre, je l'ai lue et dé-
chirée en mille morceaux que j'ai jetés à tous
les vents. Maintenant vous savez tout.

— Mon pauvre Hugues! » balbutiai-je tout en
larmes.

Madeleine darda ses yeux noirs sur moi avec
une expression moitié étonnée, moitié dédai-
gneuse. Elle s'était attendue à un torrent de reproches, elle ne pouvait comprendre que dans
mon cœur la douleur et la pitié passassent avant
le ressentiment.

« Nous quittâmes Chambéry, » reprit-elle vivement, « et nous allâmes à Nice... Là, il con-
sentit à s'arrêter un peu. Il avait été convenu
avec mistress Sandyshaft qu'elle n'écrirait qu'au
cas où elle aurait quelque chose de positif à
dire. Les jours passaient; lui écrivait, espérant toujours. Enfin, il écrivit à mistress Sandyshaft à Naples, mais j'interceptai cette lettre,
aussi resta-t-elle sans réponse. — Bientôt le
climat qui avait semblé lui faire du bien n'eut
plus d'effet sur lui; à mesure que le printemps
avançait il devenait de plus en plus malade; je
le voyais décliner tous les jours... non pas par
maladie, mais parce qu'il était trop fatigué de la
vie pour pouvoir en supporter le poids... c'est
alors que mon châtiment commença.

— Misérable! » m'écriai-je, « vous l'avez laissé mourir... quand d'un mot vous pouviez le sauver!... mais c'est un meurtre cela... c'est un assassinat! »

Elle sourit d'un sourire étrange; un sourire terrible comme pourrait sourire une personne qu'on torture.

« Ah! vous avez été bien vengée, allez! »

Je tombai à genoux auprès du berceau, j'étais en proie à un paroxysme de désespoir et d'horreur. Je ne pouvais pas pleurer, tous mes efforts consistaient à ne pas perdre la respiration; de mes deux mains je me cramponnais convulsivement au bois du petit lit.

« Mon enfant! » dis-je en suffoquant... « mon pauvre enfant sans père!... Mort alors? Oh! mon Dieu!... il est mort!... »

Madeleine se glissa vers moi en silence, et posa sa main froide sur la mienne.

« Ne vous désolez pas, » dit-elle, « votre mari est vivant. »

Je la regardai... mes lèvres remuèrent, mais ma langue resta muette. Il me semblait que les mots qu'elle disait avaient un sens qu'il m'était impossible de saisir.

« Il vit, » vous dis-je, « et je suis venue vous chercher, pour aller auprès de lui. »

La réaction était trop forte. Je n'avais pas

la force nécessaire pour supporter cette joie inat-
tendue. Je poussai un faible cri, sentant que
je tombais en avant sans pouvoir étendre une
main pour me préserver, et n'eus plus conscience
de rien.

CHAPITRE XL.

L'osteria della Fossa.

« Tout à fait muet — Mort,
mort! »
SHAKESPEARE.

« Où est-elle ? »

Telles furent les premières paroles que je pro-
nonçai quand la mémoire me revint et que j'eus
la force de parler.

« Chut ! Bab ! » dit ma tante en posant un
doigt sur ses lèvres, « il ne faut pas que vous
parliez. Celle dont je ne sais pas le nom est partie
il y a environ trois quarts d'heure, et... miséricorde ! vous n'allez pas essayer de vous asseoir,
mon enfant ! recouchez-vous, et tenez-vous tranquille, ou vous allez vous trouver mal encore,
c'est sûr et certain.

— Partie ?... elle est partie sans moi ? » m'é-
criai-je tout en luttant pour me mettre sur mon
séant en dépit des efforts de ma tante qui voulait
me maintenir étendue sur le sofa.

« Sans vous ? Eh mais, je le crois bien. Vous
êtes tombée là évanouie, comme morte... si
bien qu'on est venu me chercher. Vous n'au-

30

riez pas voulu, je le suppose, qu'elle vous mît dans une voiture et qu'elle vous emportât dans cet état? Mais couchez-vous donc, Bab, je vous en prie, ne parlez pas... soyez raisonnable. »

Je retombai, muette et épuisée.

« D'ailleurs nous avons l'adresse, » ajouta ma tante, « Ida l'a écrite sur une carte. Hôtel... hôtel... Comment donc ça s'appelle-t-il, ma chère?... Je ne pourrai jamais m'en souvenir.

— *L'Osteria della Fossa,* » répondit Ida tout en rejetant mes cheveux en arrière avec tendresse.

« Où est-ce? » murmurai-je.

— Un peu au-delà de la Storta, *liebchen,* sur la route de Florence, non loin, je suppose, de Velii. »

Je fermai les yeux et restai sans bouger pendant plusieurs minutes; durant ce temps ma tante insista pour qu'on me donnât de l'eau, qu'on me fît respirer des sels, et Goody se mit à préparer un bon thé anglais, bien fort.

« Quelle heure est-il? » fut ma première question.

« Près de dix heures, chérie; et la nuit est lugubre. »

Ma tante releva la tête et d'un ton aigre :

« C'est complètement inutile, Bab; je vois à quoi vous pensez, cela ne se peut pas. Vous ne bougerez pas d'un pouce jusqu'à demain

matin, je vous en réponds... et même pas encore
demain matin, à moins que vous ne soyez beaucoup, beaucoup mieux. »

Je ne répondis rien ; mais Ida m'ayant pressé
la main d'une manière significative, je lui ren-
dis sa pression.

« Hugues lui-même ne vous aura pas attendue, » continua ma tante ; « elle lui aura dit que
vous n'étiez pas bien portante, et ça ne le tuera
pas d'attendre douze heures de plus.

— Il n'attendra pas jusqu'à demain, » dis-je
avec confiance. Il sera ici avant minuit.

— Ici, lui ? non, non, ma chère ; l'amour peut
faire bien des choses, je n'en doute pas, mais je
ne crois pas aux miracles. Non, l'amour ne donnera pas à un homme couché sur un lit par
la maladie, la force de se lever et de...

— Sur un lit par la maladie !! » m'écriai-je en
me redressant d'un bond. « Dieu de miséricorde ! il est malade, et vous ne me l'avez pas
dit !...

— Je ne vous l'ai pas dit... je ne vous l'ai pas
dit... » bégaya ma tante. « Eh bien, et elle ?...
ne vous l'a-t-elle donc pas dit ?...

— Elle ne m'en a pas dit un mot. Oh ! parlez, parlez vite... la vérité, je veux la vérité. »

Ma tante hésita ; on eût dit qu'elle aurait voulu
rétracter ses paroles.

« Il... il était malade quand il est parti, vous savez.

— Eh non, je ne l'ai jamais su!

— Mais aussitôt qu'il vous a sue à Rome, il a voulu venir. Il était trop malade pour s'aventurer sur mer, alors ils ont pris la poste.

— Et ils sont venus en poste depuis Nice jusqu'ici?

— Non; des bains de Lucca où il était allé pour changer d'air, environ douze jours auparavant.

— Continuez... continuez!...

— Eh mais, ma chère, il ne reste pas grand chose de plus à dire. Au lieu de se mettre en route il aurait dû prendre le lit; mais rien n'a pu l'empêcher de faire à sa tête, et au beau milieu de son voyage il a été forcé de s'arrêter dans un endroit appelé... appelé... Comment dites-vous cela?... *la Fossa?*... à douze ou quatorze milles de Rome, où il fut bien forcé de faire ce que tout homme sensé eût fait dès le début : prendre le lit, et vous envoyer chercher en même temps qu'un médecin.

— Et, c'est elle qui vous a dit tout cela?

— Après lui avoir fait subir un interrogatoire en règle. Mais vous le savez, ma chère, quand je questionne les gens, moi, il faut qu'ils me répondent. Miséricorde, mon enfant! qu'est-ce que vous voulez faire?

— Aller trouver mon mari, » répondis-je avec fermeté. « Oh! ma tante, il n'y a pas d'opposition qui tienne. J'irai. Qu'on m'ait à l'instant une voiture et des chevaux de poste.

— Mais, Bab, vous aussi, vous êtes malade, et...

— Je me sens bien... très bien maintenant.

— C'est un accès de folie... je vous le dis!

— Admettons que ce soit de la folie... Je veux être à minuit à *l'Osteria della Fossa.* »

Ma tante jeta ses bras en l'air en signe de protestation et Ida se glissa sans bruit hors de la chambre, pour veiller à ce que mes ordres fussent exécutés.

« Songez-y bien, Bab, » dit mistress Sandyshaft, si jamais il résultait quelque malheur de tout ceci, vous vous rappellerez que je m'y suis opposée de toutes mes forces. Vous pouvez parfaitement être arrêtée en route par des brigands... A-t-on jamais vu chose pareille?... une femme, seule, sans protection, qui s'en va la nuit traverser cet affreux désert dont Rome est entourée!... d'ailleurs, comment pouvez-vous songer à laisser là cet enfant?

— Je vais le prendre avec moi.

— Oh! si vous voulez sa mort, je n'ai plus rien à dire, » s'écria ma tante tout à fait fâchée. « Vous savez mieux que moi l'effet que peut avoir sur une petite créature comme celle-ci, l'air pes-

tilentiel de la nuit dans la campagne. C'est ten-
ter la Providence, c'est faire une mauvaise action!... Maintenant, faites comme il vous plaira.»

En effet, je fis comme il me plaisait. Je savais que la nuit, lorsque l'atmosphère avait été
purifiée par une grande pluie, il n'y avait plus
aucun danger de respirer des miasmes nuisibles,
et je savais aussi que je pourrais emporter mon
enfant dans mes bras, sans qu'il se réveillât une
seule fois. Je dis tout cela brièvement, mais
d'un ton déterminé, et laissant mistress Sandyshaft apaiser sa colère, j'allai me préparer au
voyage. Quand je revins je trouvai ma tante en
chapeau, tenant devant elle sur la table un vieux
et lourd pistolet d'arçon.

« Là, ma chère, » dit-elle, tout en secouant la
tête d'un air enjoué, « voici de quoi tenir les
brigands à distance... Cet objet est toujours sur
la tablette de ma cheminée à Stoneycraft, et
quand je suis venue sur le continent je l'ai mis
dans le tiroir de mon nécessaire de voyage... là
où les autres mettent leurs bijoux. Pas un de
vos espions étrangers n'a pensé à y regarder.
Oh! vous ne m'attraperez pas à courir le monde
sans moyens de défense personnelle! »

. . . .

C'est la nuit... les ténèbres sont profondes...
le vent gémit, la pluie fouette les vitres de la

voiture... Nous sommes bientôt hors de la ville, nous suivons la route entourée de murs, la violence de la pluie nous aveugle.

Mistress Sandyshaft est assise à côté de moi. Mon enfant dort paisiblement dans mes bras; nous gardons le silence. Le postillon gourmande ses chevaux en faisant claquer son fouet.

Nous voici à la Storta, le premier relai de poste après Rome. Nous y prenons de nouveaux chevaux. Cet arrêt semble interminable à mon impatience... je jette une *bonne main* libérale au dernier postillon; le nouveau saute en selle, nous partons d'un bon pas. Nous avons actuellement franchi plus des deux tiers de la distance et dans vingt minutes environ... Mon sang se glace; un instant après je brûle... je puis à peine respirer!... Les plus affreuses appréhensions me traversent l'esprit. S'il allait être mort quand nous arriverons!... ou s'il ne vivait que pour exhaler son dernier soupir dans mes bras!... Qui sait si Madeleine le sachant mourant n'avait pas cédé, en venant me chercher, à quelque subtile et impitoyable vengeance? Je m'efforçais de me rappeler sa figure comme je l'avais vue un instant avant de perdre connaissance. Elle était pâle, singulière, pleine de sous-entendus. Elle avait dit : « Votre mari vit... » mais non pas : « Votre mari vivra, » hélas!

La route tourne brusquement... nous sommes dans un ravin fort raide.

« Voici un endroit parfait pour les brigands, » dit ma tante entre ses dents en jetant à droite et à gauche des regards angoissés.

Tout à coup on aperçoit une petite lumière au loin, en avant. Notre postillon éperonne ses chevaux, crie, fait claquer son fouet... et nous arrête devant une auberge peu élevée d'étages, avec une large façade : *L'Osteria della Fossa.*

Le propriétaire de la maison (un simple paysan vêtu d'une jaquette de peau de mouton) se précipite dehors avec une torche de résine allumée et nous introduit dans un tout petit salon, aussi peu confortable que possible, carrelé, et dans la cheminée duquel couve une poignée de cendres.

« Je vous attendrai ici, Bab, et je prendrai soin de l'enfant, » dit ma tante très troublée, « et pour l'amour de Dieu, ne vous laissez pas trop émouvoir. Rappelez-vous qu'il est très malade et que les émotions ne peuvent que lui faire du mal. Là, maintenant, soyez forte et que Dieu soit avec vous!

« Est-il éveillé? » demandai-je en tremblant.

« *Demandero, Signora*, » répond le propriétaire en se dirigeant vers l'escalier.

Je bondis après lui.

« Non, non, » m'écriai-je en saisissant la lampe
sur la table, montrez-moi le chemin.

— En haut, Signora, la seconde porte à droite.
Permetta...

— C'est assez. J'irai seule. »

Je montai seule. Je m'arrêtai sur le palier, dé-
sirant et redoutant tout à la fois d'avancer ; mon
cœur battait d'une façon insensée ; mes jambes
me semblaient en plomb... Avant d'atteindre la
seconde porte je m'arrête. Est-ce une ombre ?
qu'est-ce que c'est que je vois de noir sur le
seuil ?

L'ombre fait un mouvement, gémit, et présente à ma lumière une face pâle ; puis se traînant
vers moi, elle s'écrie d'un ton lamentable :

« Si dans votre poitrine, bat un cœur de
femme, si vous espérez en la pitié de Dieu à votre
dernière heure, parlez pour moi...

— Madeleine !

— Que je le revoie une fois encore... que je
puisse baiser sa main... entendre sa voix et me
savoir pardonnée !... rien que cela !... je ne demande rien que cela !...

— Pauvre créature ! qu'est-il donc arrivé ?

— Il ne veut plus me voir... il ne veut plus
me parler !... Je me suis couchée mourante, sur
le seuil de la porte... oui, mourante parce qu'il
me hait.

— Non, vous n'êtes pas mourante, et il ne vous hait pas. Calmez-vous. Vous le verrez et il vous pardonnera pour l'amour de moi. Allons, allons, levez-vous et allez en bas auprès du feu. Vos mains sont comme de la glace.

— Vous me promettez...

— Je vous le promets. Qu'avez-vous fait pour le fâcher?

— J'ai tout avoué... tout avoué! Jusqu'à ce soir je ne lui avais jamais tout dit; je n'osais pas... J'avais eu l'air d'avoir reçu des nouvelles de vous par un étranger... c'était pour lui sauver la vie... Mais je n'ai pas pu supporter de le tromper plus longtemps; je lui ai tout dit... Et quand j'ai eu tout dit... *Ah! Dio!* il m'a maudite!

— Il rétractera sa malédiction. Laissez-moi passer, Madeleine, je vous jure qu'il vous pardonnera.

— Que le Dieu qui est aux cieux vous bénisse!

— Mais vous allez descendre près du feu et attendre patiemment pendant un petit moment. Il se passera peut-être bien une heure, avant que je ne vous appelle.

— Une heure!!... oh! non, non, pas une heure! »

Je la calmai en l'assurant que je ferais le plus de diligence possible. Je l'aidai à se relever, la regardai descendre les escaliers, marche à marche en trébuchant... puis me retournant vers la porte de la seconde chambre, je l'ouvris doucement et entrai.

Je vis un lit, orné d'un seul rideau ; une table sur laquelle brûlait une petite lampe, et près de la fenêtre une jeune paysanne qui dormait sur un fauteuil. J'hésitai un instant, me demandant ce que je devais faire, puis, traversant la chambre sans faire de bruit j'allai d'une touche légère, réveiller la jeune paysanne, et mettant un doigt sur mes lèvres je lui montrai mon alliance d'abord, et la porte ensuite. Elle ouvrit ses yeux noirs, parut un peu saisie au premier abord, puis intriguée, et enfin comprenant, elle murmura : *Capisco*, et se glissa hors de la chambre.

Je m'assis sur son siège resté vide. J'étais seule avec *lui!*...

Sa montre, sa chère vieille montre, reposait sur la table, et en même temps qu'elle un petit médaillon en or uni, contenant mon portrait que je lui avais donné un jour. Je retins mon souffle pour mieux l'entendre respirer... mais mes terreurs revinrent m'assaillir de plus belle. J'étais venue avec l'intention de m'asseoir tranquillement attendant qu'il se réveillât, cela ne m'était pas possible. Il fallait que je le regardasse quoi qu'il pût en arriver!!!

Je me levai, ombrageant la lampe avec ma main et volai auprès du lit.

Sa figure était tournée vers le mur; ses cheveux gisaient sur l'oreiller en mèches incultes; il avait un bras passé au-dessus de sa tête, l'autre pendait sans force. Comme sa main était décharnée... et comme les veines en étaient saillantes! J'étais aveuglée par les larmes, qui, montées de mon cœur à mes yeux retombaient lourdement une à une sur le couvre-pieds, comme les larges gouttes d'une pluie d'été. Il remua, et je me rejetai vivement en arrière.

Il soupira, murmura quelque chose comme à lui-même, remua de nouveau et dit :

« *Que ora è?* »

Je balbutiai :

« *Mezza-notte, Signore.* »

Sa respiration resta immédiatement suspendue... il parut écouter un instant, puis se dressant tout à coup sur son séant et arrachant le rideau il s'écria : « Barbara, ma femme! » Et encore une fois, nous étions dans les bras l'un de l'autre!

Oui, encore une fois, après avoir été séparés pendant de si cruels mois!... Oh! la joie de ce moment! joie débordante, délirante, enivrante! Jamais elle ne sera oubliée... et pourtant... jamais on ne pourra en conserver un souve-

nir parfaitement exact. Des larmes, des baisers,
des questions, des sanglots, des exclamations en-
trecoupées!... qui peut jamais garder un fidèle
souvenir de ces choses? — Elles sont sacrées...
elles restent vaguement dans la mémoire...
comme un parfum à demi oublié.

.   .   .   .

.   .   .   .

« Je suis mieux... je me sens mieux. La lourde
atmosphère de la mort ne pèse plus sur mon
cœur... je sens les ressorts de la vie renaître
dans mes veines. Ah! Barbarina, ma petite Barbarina, qu'il est doux de revenir à la vie... combien
le monde m'a semblé insipide sans toi! Je crois
vraiment que jusqu'au moment où je t'ai perdue,
j'avais à peine compris toute l'étendue de mon
amour pour toi.

— Mon bien-aimé, nous ne nous quitterons
plus jamais.

— Jamais, jusqu'à la mort... mais ne parlons
pas de mort, ma chérie. Là, laisse-moi reposer ma tête sur ton sein, que je sente ton
haleine sur mon front. Dieu soit béni, pour tant
de bonheur!

— Amen, mon cher mari.

— Est-ce que je t'ai bien manqué, ma petite
mignonne?

— Jour et nuit; endormie aussi bien qu'éveil-

lée ; pas une action, pas une pensée, pas un effort de ma vie, où je n'aie souffert de ton absence ! »

Il sourit et ferma les yeux ; une paix ineffable
se répandit sur tous ses traits... il s'endormit.

Je n'osais pas bouger, c'était à peine si j'osais
respirer, car sa tête reposait sur mon sein et mes
bras le soutenaient. Hélas ! comme il était faible !... faible et pâle, et dévasté par le chagrin...
et blême !... Il s'écoula alors un assez long espace de temps..... du moins, c'est l'effet que
cela me fit ; il dormait comme un enfant, et,
tandis qu'il dormait, je voyais avec délices ses
lèvres entr'ouvertes se colorer légèrement et la
pâleur mortelle de ses joues et de son front s'at-
ténuer. J'eus alors à passer un moment extrêmement pénible. — Les crampes commencèrent à
envahir mes membres, la tête me tournait, mes
pieds et mes mains avaient perdu tout sentiment,
et je me sentais à tout moment sur le point de
faire quelque mouvement involontaire qui l'aurait réveillé. Heureusement je réussis à conserver mon empire sur moi-même, je supportai
l'angoisse jusqu'à l'agonie, et peu à peu elle se
transforma en un simple engourdissement physique facile à endurer.

Pendant tout ce temps la maison était plongée
dans une paix profonde. J'entendais les chevaux

piaffer de temps à autre dans l'écurie d'à côté,
et le tic-tac d'une horloge placée en bas au rez-
de-chaussée. Une fois je crus entendre un pas
sur l'escalier, mais ce ne fut qu'un instant. A la
fin, comme en dépit de tous mes efforts pour les
tenir ouverts mes yeux commençaient à se fermer, il s'éveilla.

« Ainsi c'est vrai! » dit-il; « ce n'est pas un
rêve, bien sûr!...

— Absolument vrai, mon ami.

— Et j'ai dormi, mon adorée,... dormi dans
tes bras chéris! C'est la vie qu'un pareil sommeil! Je me sens bien... tout à fait bien déjà...
et tout à fait heureux. Encore un baiser, ma
Barbara... laissez-moi tenir votre main... ainsi... »

Et il retomba endormi.

A mesure qu'il dormait, comme l'étreinte de
sa main se relâchait, je pus dégager la mienne,
sa tête reposait cette fois sur l'oreiller, sa respiration était douce et régulière, ses mains étaient
fraîches, et le sourire qui avait accompagné ses
dernières paroles errait encore sur ses lèvres.
Oui, un pareil sommeil c'était la vie! Il était
sauvé... je savais qu'il était sauvé. Et je tombai à genoux à côté de son lit, offrant de silencieuses actions de grâces à Celui qui donne le
sommeil à ses bien-aimés.

Alors, me relevant, je pris la lampe et traver-

sai la chambre. J'ouvris la porte. Un paquet
noir gisait étendu sur le seuil. C'était Madeleine
couchée à son ancienne place, la figure enfouie
dans ses mains. Pauvre Madeleine! je l'avais
presque oubliée!... Craignant de la réveiller pendant que la porte était encore ouverte, j'enjam-
bai par-dessus ses jambes, puis, fermant la porte,
je lui touchai l'épaule.

« Madeleine! » murmurai-je bien bas, « réveillez-vous. »

Pas un mouvement, pas une parole... Je pris
sa main... elle était aussi froide, aussi pesante
que du marbre. Ce contact fit courir dans mes
veines un frisson glacial.

« Madeleine! » répétai-je, « dormez-vous? »
Aucune réponse. J'approchai la lampe de son
visage... elle était morte!...

Mon histoire est finie. J'avais cru l'écrire en
quelques mois... le bonheur et la prospérité
sont peu propices au travail... Voici six ans que
j'ai commencé, si bien que les faits les plus ré-
cents de mon roman sont déjà tombés dans le
domaine d'un passé éloigné, et que plus d'un de
ceux qui ont figuré dans ces pages ont disparu
de la scène de la vie. — Et quand j'aurai dit que
Paolo ramena tristement le corps de sa sœur
au petit cimetière de Capri, que le bon professeur

Metz continua à consacrer sa vie au grand art,
qu'Ida ayant fait à Rome la rencontre d'un aimable artiste l'a épousé et a mené avec lui la
vie de travail qu'elle aimait, que mistress Sandyshaft n'a jamais cessé de quereller le docteur
Topham, tout en faisant le piquet avec Hugues et
en proclamant que tous les bébés sont des mons-
tres sans exception... qu'aurai-je ajouté à la couleur de mon récit?...

Quant à moi, je ne saurais rien dire des années bénies qui ont suivi les événements que j'ai
racontés. Le grand bonheur, comme la grande
douleur, est chose sacrée. Les mots ne peuvent
que le défigurer... Sa paix est trop profonde, ses
joies sont trop parfaites, pour supporter d'être
grossièrement rendues. Que ceux qui savent aimer se représentent le poème de notre vie. Pour
toutes autres oreilles son chant serait discordant,
sa poésie inintelligible. La baguette de coudrier
qui fait paraître à la lumière tous les trésors de
la terre, n'a aucun pouvoir si elle n'est pas entre
les mains du grand Devin.

FIN.

TABLE.

FIN DE LA TABLE.